深山犹闻口弦声

SHENSHAN YOUWEN
KOUXIAN SHENG

马有福 著

广西师范大学出版社
GUANGXI NORMAL UNIVERSITY PRESS
·桂林·

图书在版编目（CIP）数据

深山犹闻口弦声 / 马有福著. -- 桂林 ：广西师范大学出版社，2025. 5. -- ISBN 978-7-5598-8031-4

Ⅰ. I267；G236

中国国家版本馆 CIP 数据核字第 2025FR6133 号

广西师范大学出版社出版发行

（广西桂林市五里店路 9 号　邮政编码：541004
网址：http://www.bbtpress.com）

出版人：黄轩庄

全国新华书店经销

广西广大印务有限责任公司印刷

（桂林市临桂区秧塘工业园西城大道北侧广西师范大学出版社集团有限公司创意产业园内　邮政编码：541199）

开本：787 mm × 1 092 mm　1/16

印张：28.25　　字数：450 千

2025 年 5 月第 1 版　　2025 年 5 月第 1 次印刷

定价：68.00 元

▲ 我在祁连山里采风

▼ 初雪祁连山

▲ 祁连山里的冰川一角

▼ 远眺祁连山

◀ 祁连秋牧场

▶ 黑河不黑绕祁连

▲ 生我养我的地方

▼ 我的故乡一角

■ 暗了雪山暗不了花

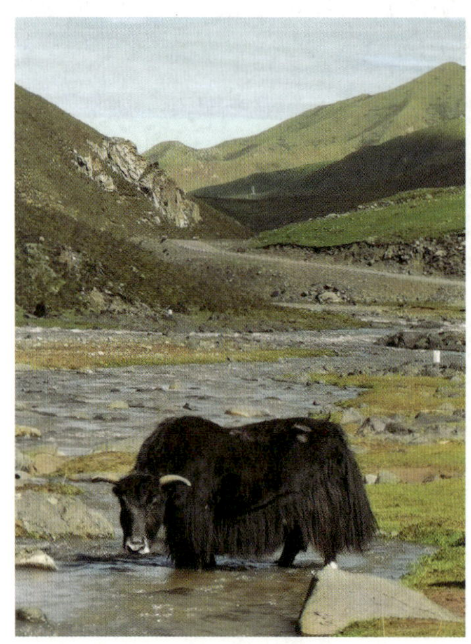

1 装扮荒野的馒头花

2 沙棘熟了

3 “高原之舟”牦牛

▲ 牵马进山去游牧

▼ 河西走廊的丹霞地貌

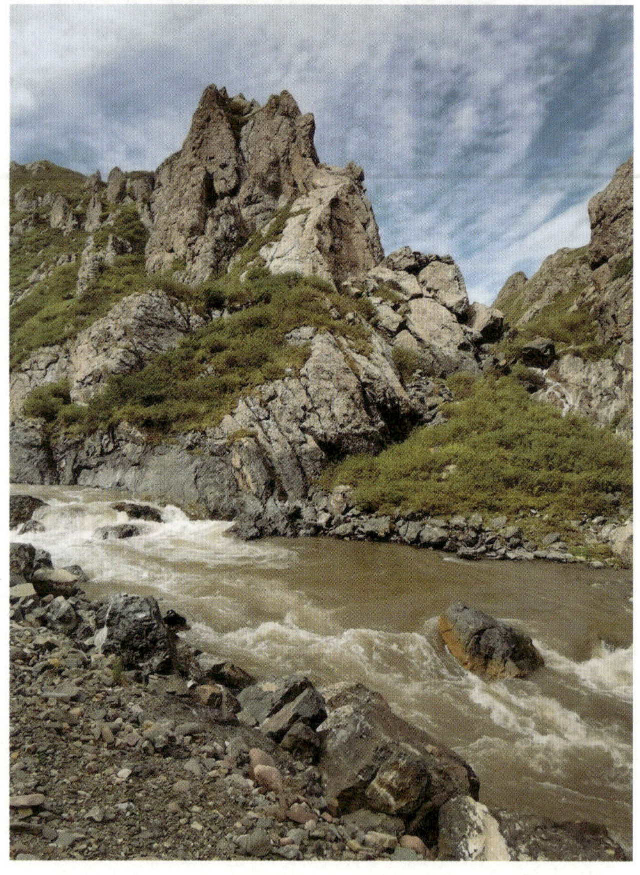

▲ 黄河与丹霞相映

▼ 黑河百条支流之一

序

大义与亲情

一

几天前，我刚完成了近几年来揪扯心头愈来愈烈的一个悲愿：与西海固的农民们一起，千里灵犀，排除困难，实现我们四十年之后重聚沙沟的纪念。

无论是我，还是农民，不管是在公众号上，或在题墨留言中，我们都在重复着、共同地使用着一句话：“大义生亲情。”

有趣的是，跟随着出现了对这用语的质疑：“究竟什么是大义？其实并不清楚。”

这使我沉吟良久。

对于习惯了漫天铺地的网络垃圾，直视着自幼攻读的美好汉语正在流行语的泛滥中被腐蚀不仅不心痛反而乐滋滋往里倾倒便溺产品的人——不消说，“大义”的话语是落后于时代的痴人说梦。

但它在实行着语言的抗战，不仅对下三烂的网络意淫，而且对厩养圈食的学术。社会公正与天下大义的追求者与他们分庭抗礼，进行着持久的价值观对峙。

萧关迤西，江湖辽阔。我半生出入其中，任两肩之侧流过了形形色色。但我更生而有幸，结识了一些讲大义的人。

跳过雨水切碎的西北边界，接着西行便是古时的陇东。固原，海原，再分生出一个西吉县。不久前我刚与那三地结交了四十年的农民弟兄相会一聚，回到北京，此刻正觉得自己像块刚从炉火里夹出的石头——滚烫的心持续地激动，甚至要不断提醒自己镇静。

原因太简单——你们念着我，我也念着你们。当文学界的墨虫一旦论文写完就返回污浊时，唯他们不忘其中的大义，农夫们念挂着我，我更念挂着他们。

同时，我感到笔被一个指令拨动，对应着他们：要字字朴素。

一个朋友在《四十年的沙沟》留言栏先问再答。她说：

"我到现在也没明白西海固和大哥是什么关系，从文章中好像看出了亲情。"

答问都触着关键。

真的，是什么关系呢？

总之像是"亲情"。

但我们非亲非故，毫无血缘。我们之间只是经历了一些大事，共过欣喜磨难——没有捞取一丁点儿富贵荣华，倒是满盛了一腔沉重。胸中波澜，发酵激荡，一旦凑齐了四十年，它突然爆发出来。路人当然好奇，"好像看出了亲情"。

那么，什么是亲情呢？

我想说：亲情并非姑舅姨娘所能囊括——唯有大义，才生亲情。

二

从青海最西的海西，越过一般人能到达的德令哈再往西，二百公里外的柴达木盆地西缘有个聚落大柴旦。接着还要往西，如果不迷路，在戈壁滩上再颠簸一百公里左右，飞鸟绝迹的荒漠上有一个哈萨克族人的小村。

我与马有福的此生交友，我俩生命中的一次大义之行，就发生在那里。

具体说，是我的提议被马有福推诸实行，向那些在绝境中艰难孤独生存的哈萨克族人，实行了一次援助，帮助他们盖了房子。

此事被我牢记不忘，只是由于那些同胞兄弟的命运太过悲惨。在马有福和他的友人、已逝的“玉带桥关云长”马英看来，放任不管、视而不见是最大的道德缺损，即信仰的不真。

义士面前，万难可除。马有福日日呼吁募捐，“关云长”督战施工。戈壁尽头天涯绝处的蚊子一个个竟有寸大！但是苦不足惧，戴着防蚊帽，心里并不求回报——甚至不求受助者的理解。就这样，扶贫的建筑，一节节拔地而起。

在这样的实践里，我们渐渐接近了大义的含义。支援与致敬亲人们，是天地为纲的大义。为投身这种大义，自己不仅要殚精竭虑，而且要献身于他人的土地。这是真正的人的道路，是实践人道主义。

马有福为哈萨克族同胞的热心服务，换得了马海人的真心信任。看着那些哈萨克族人把有福看作亲人，给他披上紫红色的长者长衫，遥远的我凝视着视频，心潮澎湃。

人就这样升华了，我想。

三

视野之外的历史在徐徐潜行，如造物者不可见的工作。确实关于大义的探讨是必要的，一代人由于回避和疏远大义，萎缩成了一种缺乏血性、不知同情的人。他们的语言浸透了低级趣味，早已是一种蚊蝇孳生的网络赝品。

但厩舍岂生骏马，市井空谈绝非四海江湖；失了大义的友情，随时可能变质；唯有深具意味的经历，才能为人催生质地的巨变——我们谈论的，已是一个人性升华的命题。

在那种“值得为之一死”的奋斗中，人、行为，以及表述它的语言，都在提升。我们须臾不离的汉语文，因锤炼而达美雅，并获得强大的卫护。

在笔墨键盘之外，能听见社会四隅的声音。他们是我们的亲人，他们在呼唤大义，如语言在期待纯朴。

我坚信：这才是文学之路。

是为序。

张承志
2024 年 9 月 14 日
刘公岛归来

目　录

辑一　故乡情

辑二　说青海

辑三 谈文学

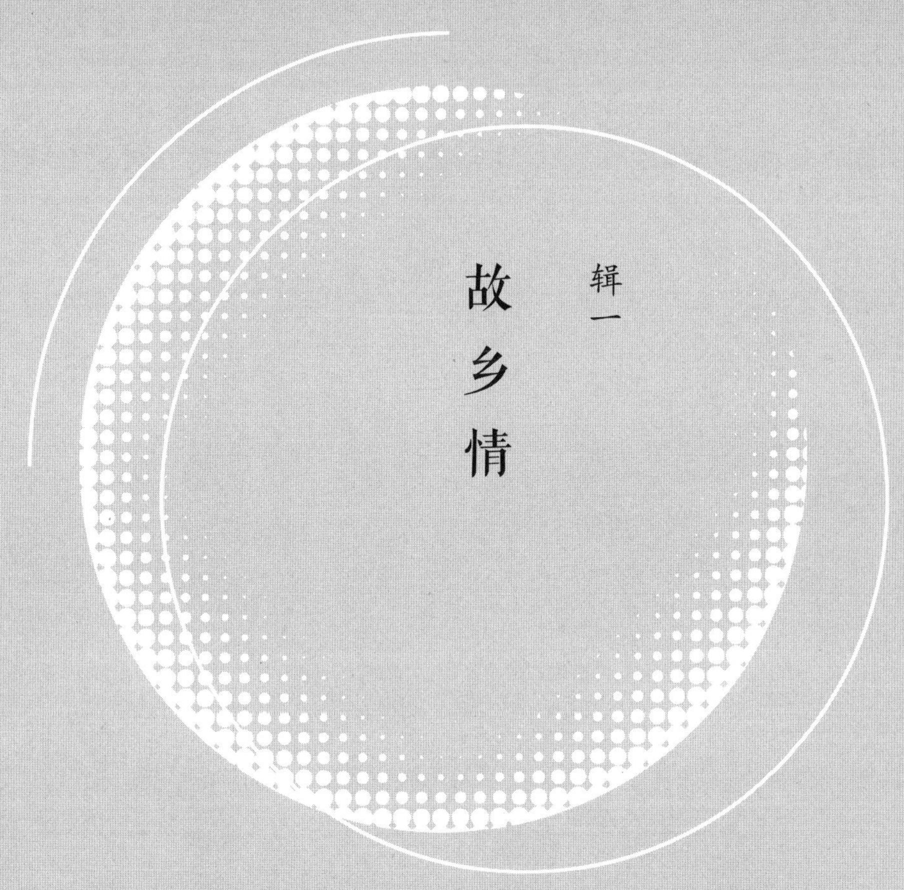

辑一

故乡情

丰沛的母乳

费孝通在晚年发表的《试谈扩展社会学的传统界限》一文中认为，中国的社会学应该将“天人之际”和“精神世界”纳入研究范围，并指出要避免简单“还原论”的倾向，即简单地用“非精神”的经济、政治、文化、心理等各种机制来解释，而“最理想的，是在社会学研究中真正开辟一个研究精神世界的领域”，应该关注人与人之间“只能意会”和相互感通的部分。花儿是否就是这样一种天人合一、天地交融的媒介，或是连通青海各民族精神世界的纽带？

我将花儿称为流通在青海各族人民之间的精神货币！

——题记

一

花儿是乡愁。花儿里到处都是故乡的姿影和气息，一个人走多远，花儿就会跟多远。

那是一九八九年夏天，在新疆伊犁新源县的街头，听到青海歌手马俊演唱的花儿旋律，我为之一怔：这么远，它是怎么跨越几千公里山水而成为祖国西北边陲的一丝气息的？在随处摆放的酿皮摊子前，我以普通话发问。谁料，摊主以地道的青海话作答：这声音就是我们心上的声音，就像生活中少不了盐一样，这是我们听得懂的故乡。

可是，花儿把式尕*马俊才二三十岁，而你们在伊犁的生活远不止这么些年吧？

是的，我们这里的青海、甘肃人自从清朝开始就移民伊犁，大多数人都说不清自己到底是青海、甘肃哪个县、哪个村的，可是，一听到花儿就觉得是找到了故乡。尕马俊的歌声最容易把我们带回老家。

那你们为什么还坚持说青海话？

说不清青海话有啥魅力，但是用青海话唱出来的花儿就像是在用熨斗熨着我们的心。

就这样，我在祖国西北边陲听到了花儿子民的心声。就从那时开始，自觉不自觉地搜寻着花儿，揣摩着花儿在游子心目中的分量，这一晃就是几十年。

先是在热衷淘金的那一段激情岁月，花儿一度成为我在金场里享受到的一种“天籁”。在金场，那些远离了家乡的男人，在一日五餐十几个小时的强体力劳作中，偶尔得闲，就会面对苍茫大地声嘶力竭地吼出他们心中的思念：

架子车拉哈的肩头疼，
铁锨把抓哈的手疼；
一天里想你肝花疼，
晚夕里想你时着心疼。

金场的特殊在于那是一个纯男人的世界，男人们每天干着与砂石打交道的重活、累活，要不是对财富的渴求，谁还愿意一整个夏天都泡在这种罕见

* 西北常见昵称，人名前加“尕”以示亲切。

的枯燥与单调里？然而，越是在这样的环境里，人的思维就越显活跃。在蒙头干活的每一刻，他们各怀心事，内心丰满，不发一言，但一经花儿的点燃，他们就会扶着劳动工具在稍作喘息的时间里，唱出自己隐秘而朴素的心声。

日头的影子下来了，
长虫在石崖里过了，
指甲儿连肉离开了，
活剐了我心上的肉了。

就在这样的环境里，我掏出了事先准备好的日记本开始了“补习”。虽然，耳濡目染，从小听着花儿长大，但是，近距离学习花儿对于我是一个难得的机缘。于是，我主动地跟每个人学，他们给我唱了不止于思念的各种题材的花儿，我写满了整整一本日记本。后来，每每拿出来温习时，我犹能记起每一名演唱者的声息。他们的嗓音或沙哑，或粗壮，或悠长，或像岩石相击，给我留下了深刻的印象。我觉得，这是他们音容的一部分，也是他们心灵生活的冰山一角，借此我们了解到了他们寂寞内心里一轮轮照亮了他们生活的太阳。

要不是花儿，在荒滩野地里，他们怎么表达内心深处最隐秘的想法？怎么打发在大地冰冻之前漫漫长季的孤独？

二

我所知道的是，青海上一代人很少有识文断字的，那些寥若晨星般的识字者中更少有著述者。再加上“春风不度玉门关”，过去，青海的闭塞是可以想见的。为此，青海人喜欢打听，总喜欢说“阿门了”。可是，奇诡的是，就是这么一块曾经封闭了很久的江源大地并没有因此背离传统、失去多元文化的滋养，一旦接触到来自中原以及更遥远的异域文化，它便马上心领神会，不觉陌生，甚而会借此发挥出令人为之惊愕的全新水平。

发源于古印度的佛教，一经西藏的过滤与缓冲，在青海结出参天大树般的硕果：在驰名中外的塔尔寺的熏染下，西藏班禅代代相传，青海儿成藏传佛教沃土；失传于中原大地的汉族的诸多远古礼仪，在青海的社火以及民间礼俗中依旧保有昔日的鲜活；自广州、泉州登陆，而在西安与汉文化碰撞中羽翼渐丰的伊斯兰教，与成吉思汗西征引来的色目人相遇，色目人在大地上来回迁徙的过程中，选择河湟*大地为其最适合的土壤，在这里繁衍生息，发挥经商优势，活跃一方经济，接续丝路文明。

为此，我常常发问：青海从来没有过引领一方潮流的传统和历史，但是，它为什么却始终保有一股文化再造的活力？

我再次想到了花儿。在多民族文化异彩纷呈的青海，花儿是青海人精神的货币，花儿是流淌在各族人民心中的高山雪水，它与长江黄河澜沧江一样滋养着它所到之处的大地和人民。

就说我最熟悉的大通。它是青海省省会西宁市下辖的一个县，也是青海多元文化色彩比较集中的一隅。大通被称作花儿的故乡，这里最具代表性的花儿沃土就是老爷山。老爷山花儿会被认定为国家级非物质文化遗产。有意思的是，老爷山几乎囊括了这个县的几大文化元素：山脚是代表伊斯兰文化的清真寺，离清真寺不足二百米的山腰里有一个道观，再往上，离道观不足一百米，则是塑着释迦牟尼佛像的大雄宝殿，山顶上是代表着现代文明的电视转播塔。更有意思的是，几大文明在每年农历六月六前后，以花儿为媒介拆除藩篱、走在一起。

六月六是大通地区的黄金季节，也是人们最为闲适的时节，大通民间的朝山会也定在这一天。朝山会本来是民间的一个活动，事关山神崇拜和民间礼仪，不具宗教仪轨。但是由于受宗教仪轨的影响，如今它有些宗教意味了。不过，依旧让我们无法归类的是，它既有拜山仪轨，又有拜佛程序，更

---

* 指青海东部农业区以及黄河沿岸、大通河沿岸等河谷地区。

有唱道号的过程。它杂糅多元，却无人叫停。最为有意思的是，一俟活动结束，脱去了朝山服的人们就会与围拢着看热闹的人们一起走进山林，开始唱花儿：

老爷山上的刺梅花，
扎是扎来嘛摘两把；
只要你尕阿哥给句话，
死里嘛活里的我不怕。

老爷山上的老爷庙，
再甭修，
越修得越玄妙了；
披着衣服了送哥哥，
再甭送，
越送得越难过了。

老爷山上云起来，
閤门滩下起个雨来；
尕妹妹就像个嫩白菜，
一指头弹出个水来。

大胆开口，以山取比，比起兴随——源自《诗经》的古老手法，就这样在山林里恢复了生机，长上了翅膀，直逼云霄。这就是著名的老爷山花儿会。男女歌手，不分老少，拆除了心灵、宗族以及日常的藩篱，共同建立起了一个自由歌唱的世界。

红铜和黄铜是一样的铜，

只不过颜色不同；
回族跟汉族是一样的人，
只不过信仰有不同。

这是花儿的典型修辞方式之一。“上去个高山望平川”，登高望远，花儿让每一个人一下子走出了自己的阶层以及生活的庸常，获取了一种站在云端端详一切的视角和姿态。花儿是文学，文学是人学，人在超越自己的那一刻，其精神的寰宇一下子变得很宏大，这使歌唱者自觉不自觉地站在人性的高度审视生活。生活不再是婆婆妈妈、家长里短的一日三餐，而是像江源大地一样辽阔苍茫的另一种存在。于是，歌手们变得就像一只只俯视大地的雄鹰，其目光是那么的明澈、辽远，一时忘记了自己的卑微与生活的苦难。

花儿是音乐。音乐是带着翅膀的一团云，一旦冲出胸腔，就会与蓝天相伴。这使歌手们在开口的一瞬，就会与天地宇宙精神紧紧结合在一起，让雄伟险峻、壁立千仞的老爷山仿佛一时变成自己骑马飞奔的脚下的一块垫脚石。

三

在宏阔的宇宙和时光的长河之中，人何其渺小啊。在花儿的视野里，只有人在天地之间的爱情以及相思最是他们心中万年不倒的长城。

一把麻籽撒上了天，
落下了千千万万；
心里的花儿唱不完，
从家门口唱到了天边。

一首首花儿，就是一块块奠基长城的砖石；一段段旋律，就是一截截葱郁在记忆深处的山川。山川大地、历史记忆，甚至神话传说、民风民俗，生活中的经历，经过花儿的端详、审视，就成为他们共有的财富，共生的呼吸，精神的养料。

多么神奇的集体记忆！自《诗经》开始，甚至早于《诗经》的这样一股田野雄风在青海的大地上得到了毫无阻拦的传承。关于劳动的花儿，比如农耕、出门寻找财富的淘金、放羊、拔草、做脚户，里面包含了最为生动传神的劳作以及与其相关的动植物。

一溜儿山，
两溜儿山，
三溜儿山，
车夫哥下了个四川；
一日儿牵，
两日儿牵，
天每日牵，
好人哈牵成了病汉。

左肩子担水右肩子换，
担水着浇花院里；
哥哥是牡丹在心儿里转，
啥时候走进婚姻里？

任谁也意想不到的是，多少消失或者正在消失的劳作或者生活场景就这样在花儿的歌词和旋律中得到了最为传神的保护：

上去个高山扬红灰，
青犏牛架上了四对；

端起个面片想起个你，
我没有了食欲咽口水。

随着农业现代化以及全球化大潮的势不可当，多少传统劳作方式以及传统产业正在迅速消失，来不及保护、回顾，它们就从我们的视野中消失了。就像这首花儿中提到的“红灰”、以牛犁地的场景，在今日的河湟生活中已经很少见到了，但是花儿在不经意间却为我们记录下了曾经的筏子客、脚户、金客以及放羊、除草、打链枷、做针线等传统职业、生产生活场景，在一个不善著述的大环境中，作为记忆的宝库，花儿让后人探视到一代代先民们远去的背影。

花儿之中，有一个久唱不衰的种类叫作大传花儿，其鲜明的特点是以历史或神话传说起兴，让只字不识的歌手们打捞历史记忆，从其冰山一角看到历史的鲜活，以此丰富文化修养。在这方面，大通歌手马得林可谓是一位民间文化达人。他曾任教于中学，当他看到花儿的这一艺术特点之后，便从盘古开天地的传说开始，按照中国历史进程的顺序搜集编排大传花儿，一度使学生们对历史产生了浓厚的兴趣，由此提高了教学质量，也使学生们对花儿的表达方式有了更加入肌入里的了解。

青海花儿中有较多以杨家将、三国、白蛇传、薛仁贵征东等起兴的内容。

六郎的名字杨延景，
单枪匹马地上阵；
千百万伙里的真英雄，
尕妹妹离开你心疼。

薛刚上的是铁丘坟，
动哭声，

惊起了十万大兵；
我晴天盼雨实难心，
根更深，
相思病扎下的冬根。

在花儿中，“相思”的内容占了很大的比例，这是由其忧伤的情调注定的，也是花儿对历代相思诗的继承和发展。

上去个高山望平川，
平川里一朵儿牡丹。
看去时容易折时难，
折不到手里时枉然。

这是一缕淡淡的忧伤，这就是爱情，这就是花儿的魅力，这就是青海人心中的关于距离与美的最鲜活的阐释。有人猜想，青海人就是这样借着花儿找对象，借着花儿谈情说爱，借着花儿走出传统婚姻的束缚而走入心仪的情感乌托邦的。我认为，这话只说对了一半，或者说只是盲人摸象的一己之见。从深层说，花儿的深根还在于它对于人类自身尴尬以及诸多不如意进行了一种乐观观照，对于爱情以及生命本身有一种诗性的把握，完全不是一种功利的浅近。如果是那样，它就不会有世代相传、越唱越远的生命力了。

就像我们读波斯诗人鲁米诗歌中的爱情和酒一样，花儿中的相思也突破了男女肉欲的层面，蕴含了更为丰沛的对于人类情感的珍视。我喜欢将花儿中的相思曲与中国诗歌长河中的边塞诗作比较。花儿高于边塞诗之处，在于其唱词更加贴近普通民众的习性，更加贴近人性，更少“饮马长城窟”等过于宏大的表达，而更多关于无奈却并不失去希望的心灵倾诉。一句话，在豪放与婉约之间，花儿找到的是一条适合自己的表达方式。

四

就像一千个读者心目中有一千个哈姆莱特一样，花儿的个性任谁也说不尽，这是因为花儿就像长江水一样源远流长，随地就行，逢山开路，在不同的地方呈现出不同的姿态。就青海沉淀下来的老爷山花儿会、丹麻土族花儿会、瞿昙寺花儿会、七里寺花儿会等四个国家级非物质文化遗产而言，它们各有特点，各有发挥，在花儿的文化版图上呈现出了各自不同的个性。

老爷山花儿会多以老爷山起兴，以山喻人，以山说事，天人合一，对自然山川的感悟达到了较高水平。老爷山是祁连山里延伸出来的一截山体，其生态植被、自然气息与大通的东峡、城关、祁家寺的没有太大不同，但其现有的地理优势和丝绸之路必经之地的险要造就了它在人们心中的重要地位。于是，它荟萃这一片山川的精气神于一体，成为这里首屈一指的花儿摇篮，孕育出了大通“直令”和“东峡令”两种不同于别处的花儿唱腔，其气息回转打上了这一片地域包容而和谐的宽阔烙印。尤其是流传较广的《尕马儿令》和《水红花令》在这里更是家喻户晓，成为广大民众心目中最为亲切的文化气息，一度影响着他们的生活节奏和心跳节拍。

互助的丹麻土族花儿会最大的特点是，其令悠长，回声婉转，余味无穷，拖着一条蒙古长令的尾音，具有较强的抒情性和含蓄性，风格较别处花儿婉约。因此，一开场总缺少开门见山的直白，较多青稞酒香的敦厚与清冽。互助是青稞酒的故乡，生活在互助的以土族、汉族为主的各族人民都喜欢自己酿酒、喝酒，民间戏言：这里的麻雀都能喝三两！因此，丹麻土族花儿会染上了浓浓的青稞酒香。不知是丹麻土族花儿会的传统，还是人的惯性或怯场使然，在丹麻土族花儿会上，大多数歌手开口前总喜欢喝上二两白酒；在演唱中，唱着唱着，也会不时地抿上一口，这使丹麻土族花儿会在羞答答的氛围中开场，而唱到下午就会出现热烈火爆的场面，直至晚上，人不散场，热闹的势头会延续很久很久。丹麻土族花儿会孕育了具有鲜明土族风格的《尕连手令》《黄花姐儿令》《杨柳姐儿令》《梁梁上浪来令》《大眼睛令》等多种曲令，也引来了其他曲令，这是一个体验花儿艺术多样性的不可多得的花儿会。

瞿昙寺花儿会犹如这里的瞿昙寺，具有皇家文化和民间文化相互交融的深刻烙印。瞿昙寺是朱元璋敕赐修建的藏传佛教寺院，其规制以及设计有点故宫的味道，因此民间素有“去过瞿昙寺，故宫再别去”之说。这里始终保持着与中原文化的密切联系，再加上，乐都是青海的文化之乡，这里的汉族人对唐诗宋词比较熟悉，这使他们对于花儿中的比兴有着更加高超的领悟力和驾驭力，因此，好花儿大都荟萃于此。与此同时，瞿昙寺的存在让周围的藏传佛教信众在花儿会期间来这里时，也不忘与各民族歌手邂逅与交流，这使瞿昙寺的花儿唱词吸收了很多藏语词语，花儿旋律中飘荡着藏族拉伊的音符，因而听起来就有非常鲜明的地域特色。在这样两种强势文化的碰撞中，这里孕育出了具有乐都特色的《咿呀咿令》《碾伯令》，也使广为流传的《白牡丹令》《尕马儿令》《水红花令》《三闪令》等略有变异地在这里得到了进一步的推广和发扬。

七里寺花儿会是青海最富激情的花儿会，也是参与人数最多、影响地域最广的花儿会，这是因为七里寺位于青藏高原和黄土高原的交界地带，青甘两省的客商往来时少不了要从这里路过，花儿会让他们停止脚步，也让一颗心找到了暂时的驿站。所以，花儿会期间，我们可以在这里看到许多帐篷，有的甚至扎到了山涧。他们中的一些人是远道而来的客商、慕名而来的花儿把式；还有一些是奔着七里寺药水泉来的病人。他们沉浸在这里，想以花儿进行心理治疗，以山泉滋润身体，让形而下的山泉和形而上的花儿挽臂徐行，祛除他们身体和心中的沉疴。为此，一代代花儿把式在这里留下不少掺杂着当地神话传说的花儿佳话。这里孕育出的花儿曲令常见的有《古鄯令》《马营令》《二梅花令》《东乡令》，其中，古鄯、马营是民和两个乡的名字，东乡是毗邻民和的临夏地名，也是一个民族的称谓。有意思的是，在青海花儿界颇负盛名、由联合国授予一级文化勋章的赵存禄就是民和东乡族的一位花儿文化传承人；青海花儿王尕马俊也是民和东乡族的一位唱把式。他们或编词或演唱，让花儿获得了更加健飞的翅膀，飞越大江南北，成为全人类的文化财富。

在青海，远近闻名的花儿会远不止这四个。就我所知，还有西宁凤凰山花儿会、平安夏宗寺花儿会、湟中南佛山花儿会、循化道帏花儿会、化隆昂思多花儿会、湟源日月山花儿会、贵德花儿会等五十多个。我曾将此告知一些外地朋友。谁知，一辈子研究花儿的青海民族大学教授朱刚说，这个数字太保守，其实，在青海，一到夏天凡有绿荫处，不论是在田野还是在山林，也不论是在休闲还是在劳作，都有唱花儿的人；有人开腔，就有人附和；众人相聚，何事可说？那就唱吧！这是青海人骨子里的爱好，焉能以“会”数尽？

五

青海人就这么离不开花儿，这是否有点矫情或者夸张？花儿为什么这样红？不少人展开了学术思考，但至今仍旧谁也说服不了谁。

我常想，大概这与青海这一方水土有关。青海自古是流放之地，其“春风不度玉门关”的偏僻和荒凉决定了这里的地广人稀，人多孤独。孤独的时刻，往往是人的心灵最富激情、最具创造力的时刻。在这样的时刻，有时一只盘旋在眼前的蜜蜂也会引起一个人的高度警觉；随着阳光的远去，一截大山的影子也会在人心里泛起阵阵涟漪。花儿就是这样孕育于人的孤独的。

青海人来自五湖四海。青海的先民羌族如今在青海已寥若晨星。在青海的世居民族中，藏族是人口超过一百万的民族，其形成过程中，融合了吐谷浑人以及汉族人、羌族人等的血脉，是滚雪球一样滚大的一个民族。

关于青海的汉族，如今流传最广，甚至可以家谱佐证的最庞大的一支移民来自南京珠玑巷。那是明朝，他们祖上因为得罪当朝皇上，而被贬谪到青海。如今，青海话里的许多词语与《红楼梦》中的词语相当一致，甚至严丝合缝，这是谁也否认不了的文化一脉。新中国成立后，青海一度是安置河南移民、山东知青等迁徙人口的首选地。汉族移民的脚步一直没有停止过，这使青海的普通话推广走在西部前列。

青海的土族是元朝时期入居青海地区的蒙古人吸收汉藏民族成分以及文化因素而形成的民族，如今还在保留着自己的语言。信仰伊斯兰教的回族、撒拉族是元代后出现的民族，不断迁徙的习惯让他们近乎始终在路上。至于蒙古族，是在明朝中期才在青海逐渐定居下来的。

这么多的民族，会聚于此，相互不了解，再加上山川地理的阻隔，他们一定是孤独的，同时是需要交流的。可是，交流需要有共同的语言、共同的文化背景与相应的心理基础，如何抵达？可能花儿是他们之间最好的使者。与陌生人打交道，交浅言不深，那就得寻找共识，寻求最大公约数。花儿艺术不就是这样一种突破了意识形态的人性旗帜？

我还猜测，花儿创作之繁盛还可能与青海人的生存状态有关。青海远离中原文化和权力中心，这使青海人大多无缘仕途，也没有在商业舞台上驰骋的机会，为此，青海人放牧、种地、吃粮、淘金，最有运气者无非是给大户人家当脚户，始终与大自然保持着最近的距离。

这些职业的共同特点是流放，即把人放在一个季节或途程的隧道里，靠其持久的耐力完成任务，求得生存与发展，于是，为了驱赶寂寞，他们就吟起了花儿，而放羊娃、吃粮人、出门人、相思等成为他们创作的主题，也成为他们的心灵伴侣，伴随着他们远行。不是吗？他们走过的地方，无一例外都是花儿扎根、盛行的地方。

花儿听起来像秦腔，有点张扬，这是青海人平时不事张扬的一种补偿。在青海电视台拍摄的花儿剧《马五哥与尕豆妹》的研讨会上，看着片子，我忽然想，是花儿塑造了青海人的个性，青海人不善投机，不懂讨好，也不会说场面话，而花儿的直率和直达心灵的个性正好可弥补青海人不善言辞的不足。在我的印象中，“会讲话、会来事”跟青海人无缘，其但凡需要发言，每露窘态，说不圆满。那么，就以花儿表达心情，走出窘境吧。我发现，在青海的影视作品中表达一个主人公的心情时，再没有比花儿言辞更少、内涵更多的手法了。为此，我在审看别人的片子，或者操刀为别人写台词时，常常试着以花儿表达人们最隐秘的心声，每每都会拿起电话求救于我所认识的那些花儿把式。

最隐秘的心声，最张扬的曲令。最酣畅的表达，最不善言辞的民众。

这是潜藏在花儿艺术里的辩证法。

我在回味着，看到了土耳其思想家葛兰的一句话：伟大的思想和优秀的作品总是在子宫般的漆黑中培养完成。难道花儿就是青海人在“青海长云暗雪山”的茫茫大野里与自然的一次次碰撞中点燃的让他们眼前一亮的束束火花？

六

花儿是艺术，是关于心灵的艺术。然而，在有些青海人的心目中，花儿却是爱情的宣言、人格的底线，是他们以心相许的良言。

追溯历史，自由恋爱尚未在全国流行时，花儿已经成为青海自由恋爱的先声。早在明末清初，在青海各地，一些胆大的青年男女就通过花儿会相识、相约，寻找伴侣。花儿曾成为他们爱情地平线上一束强光，照亮了那一颗颗在黑暗中的心，一度开创了自由恋爱的新风。

就此，前几年，与民俗专家谢先生聊天时，他告诉我，青海海东一对青年在三十年前的花儿会上相识、相爱，以至难分难离，离别时以花儿发誓：

一对儿白马扯地边，
鞭麻滩，
水红花开满了塄坎。
如要我俩的心儿变，
海炼干，
隆宝滩摇着动弹。

从此，这首花儿成为他们心中的风景，成为他们坚守的堤坝，也让他们一生难以释怀。残酷的现实，让他们以心相许的婚姻未能如愿，女方在父母的威逼下远嫁玉树，在牧区一个干部家庭里生儿育女，一晃几十年，儿女们都已成家立业。谁知，2010 年的玉树地震让这个早已满头银丝的老太太一下子回到了青春岁月，连夜坐班车回到了家乡。因为，她早已探听到与她花儿有约的初恋情人至今依然单身，在乡下茅屋里实践着他以青春相许的诺言，尽管日子过得很贫寒。

隆宝滩，隆宝滩，这是玉树的草原一角，还是他们都不知道玉树在哪儿时一语成谶的天机？在回来的路上，她全然忘记了她将从此开始适应与她现有生活天差地别的一种苦寒岁月。那是她曾经出发的地方，也是留着青春和初恋的难以忘怀之地，贫困有什么可怕！她这一次的决绝，让子女和朝夕相处几十年的丈夫都难以理解。

在青海花儿界，远近闻名的花儿编词家冶进元先生最是为花儿以身相许的一个人。他这一生，干过许多行当，日子过得并不如意。相反，随着家庭负担的加重，个人倍觉不堪其累。于是，年轻时，他心一狠就抛家撂口走出家门，唱花儿，编花儿，过起近乎流浪的生活。今天是在这个花儿会上，明天是在那个花儿沙龙，后天又是在一场酒宴的桌旁抚腮演唱。直至七十多岁，被儿女们寻找到时，他已病入膏肓，不能开腔。

我曾筹款想让他把自己编创的花儿结集成册，但他早已说不清自己随手记录的笔记本在哪里。他这一生成就了许多能够挣钱的歌手，自己却潦倒不堪，无家可归。唉，要是有那么一点功利心，他早年或许就不会那么决绝地离家出走而一生落魄了。我见过他几次，包括动员出花儿集时在他儿子的办公室里，也听过他编创的花儿，他对于花儿内在逻辑“连象”修辞的高妙追求，是任何人都无法企及的。他一生创编的近千首花儿中，我只记住了一首，是他的自嘲：

吃烟喝酒的唱少年，

臭名远扬了青海高原；
亲戚六眷的全不管，
阿訇爷见了着转脸。

言辞间透着孤独、悲凉、尴尬以及无可奈何的迷茫。回忆到此，我仿佛看到他在人生尽头接受着亲人的严厉审视时脸上那一缕乐观而调皮的眼神。

花儿到底是迷魂药，还是清醒剂？乐都女歌手王克秀说，谁也说不清。

王克秀身为青海人，从小时候起，就听花儿，但奇怪的是，她讨厌花儿，认为那是不正经的人用以调情的野曲，不值一听。但是，她的老公偏偏就好这一口，每逢花儿会，有再要紧的事也敢耽搁。这还不要紧，一来二去，在他们共同生活了二十多年之后，他竟迷上了一个花儿歌手，后来，居然跟着花儿歌手跑了，将她和儿子晾在一边不管不顾。这对她来说是多大的打击？最终她抑郁成疾，一查，竟是癌症，真是祸不单行。亲人们好言相劝，一概无用；远近求医，几成生活常态，依旧无用。有一位族里的长者出招：再别折腾了，信马由缰，到处去玩，玩到啥时候就说啥时候的话。

“山重水复疑无路，柳暗花明又一村。”

她在四处游玩的过程中，最终将目光盯在花儿会上。于她而言，花儿会是一朵“恶之花”，让她栽了这么大一个跟头，她想弄明白花儿好在哪里。阴差阳错，一个夏天下来，她的心境竟由坏变好，她的癌变也得以抑制。更重要的是，她的声音条件和感悟力是一流的，她对花儿产生了前所未有的兴趣，摇身一变成为一个花儿把式，她开腔了，压抑在内心深处的伤心事随着她的歌声一点点抽丝剥茧，最终全然离开了她，阳光再次照亮了她的内心。

人生这么短暂，啥是你的我的？只有每一天、每一刻的快乐属于自己，何必耿耿于怀？她在花儿的怀抱里终于找回了自己，找到了自己的人生价值。在别人的鼓动下，她还出了几张碟。我在拍摄一个专题片时曾邀请她为我唱了几首花儿，我觉得她浑厚的声音里确实隐藏着对生命的深刻感悟。离别之际，结合自己的身世，她为我留了一首花儿，同在车上的花儿把式马得林即兴和了一首，男女酬唱问答的歌词被我及时记了下来：

西凉国招亲的薛平贵，
雁捎了信，
它捎到平贵的府里。
你身上阿哥把心牵碎，
我尕妹哈问：
碎心哈你拿啥着补哩？

西凉国招亲的薛平贵，
孽障的人，
王宝钏哭干了眼泪。
阿哥你心碎了别忧累，
碎掉的心，
尕妹的嫩肉俩补给。

花儿是青海人尚在襁褓里时便能感觉到的气息。走在河湟大地，我们常常可以看到一些奶声奶气的小孩扶着花儿的拐杖发声学话。我的一个族叔，一辈子严肃正经、不苟言笑，属于有点道学的老古板，谁承想，他老年离婚，儿子远走，每每于个人孤苦无依之时，便在远离了村庄的田野里高唱花儿，据听过的人们说，那简直是声声带血的哭泣。花儿一度成为他老年生活里的精神食粮。

音乐家王洛宾根据青海民歌《四季调》改编的《花儿与少年》，让花儿的旋律荡漾在一代青年学子的心中，补偿了他们不能在山野里尽情接触花儿的遗憾，也使他们借着这个旋律了解了广袤无际的青海大地以及任人怀想和驰骋的青海精神。离开青海迁徙台湾的人们难忘这一片苍茫大地，在香港、台湾听到“花儿皇后”苏平演唱的花儿时，声泪俱下，连连吟咏着歌词“阿哥们是出门去的人”，不能自已。

苏平是青海化隆籍的花儿歌手，与朱仲禄齐名，被称作花儿皇后。她删除了花儿里的一些表示转折的青海方言虚词，一下子减少了理解上的困难，让不在花儿语境里的人能更了解花儿，从而使花儿近距离约会外地人。然而，让青海人感到失望的是，她的花儿唱得那么甜、那么亮，却已经没有了花儿的冲劲和野味。在与苏平的闲聊中，为了证明是她把花儿带出了青藏高原，她给我出示了马继援和张贤亮写给她的关于花儿的信。

由田野到江湖，从民间到象牙塔，花儿无拘无束，一路高歌，早就进入文人的视野。自北京大学歌谣研究会 1925 年首次在《歌谣周刊》上登载袁复礼搜集的三十首花儿之后，花儿研究的涟漪就层层叠叠，不曾停止。1940 年，张亚雄从三千多首花儿里精选了六百多首辑成《花儿集》，在重庆正式出版。

新中国成立后，特别是改革开放以来，青海花儿研究全面铺开。青海花儿、甘肃花儿、宁夏花儿、新疆花儿，各展风姿。不只在国内，就连美、德、日等发达国家的学者也对花儿产生了浓厚的兴趣。美国印第安纳大学民俗学与民间音乐学系的 Mary Clare Tuohy（苏独玉）借着花儿研究获得了博士学位。

在青海，花儿更是催生了不少学者、专家，他们创作了不少相关专著。青海举办了无数场花儿擂台赛，还推出了很多选秀活动，孕育了不少应时的花儿歌剧，诞生了不少赚钱的花儿茶园……就我所知，我的朋友圈中，马得林出了《大传花儿集》《花儿千首漫青海》两本书；赵存禄出了花儿长篇叙事诗《东乡人之歌》《民和花儿选集》；井石策划了湟源花儿公园，还拉了几个同好编纂了《青海花儿词典》；赵宗福等主编了《青海花儿大典》。

我的书架上，摆着《河湟花儿大全》《中国花儿通论》《西北花儿精选》《西宁花儿》《爱情花儿》等书，还摆着关于花儿的小说、散文等文学作品。看着这些书，我常常感慨：这一生，专门读花儿、感悟花儿都嫌时间有限了。为此，我打定主意，挤出时间，就我自己的所知所想以及对花儿的理解，写一篇关于花儿的文字，于是有了这样一篇几乎难以收尾的文章。

在文章写作的日子里，听说有人将打造花儿品牌，准备将花儿产业化。

我笑答：“想以一篇文章写尽花儿，或者想给花儿划定疆界、戴上笼头，皆无异于想笼罩阳光、隔断空气。”

我认为：

花儿是一头雄性十足的野牦牛，你不可能将之悉数圈养在听人摆布的铁笼里。

花儿是青海各族人民心中最坚固的长城，资本和权力的牢笼可以剪断其翅膀，但收购不来它自由飞翔的灵魂。

花儿是青海联系中原文化以及各种文化传统的坚韧纽带，其源头直指《诗经》《楚辞》，甚至是神话传说，再大的野心也难划定它涟漪般不断扩大的疆界。

花儿是西北山川在人们的心目中的投影，一旦失去了山川大野的养育和滋润，在金碧辉煌的舞台上，鲜活在花儿里的各种意象便会瞬间灰飞烟灭。

若是那样，花儿中，雪白的鸽子再也发不出啪啦啦振翅的脆声；雄姿英发的走马再也走不出裹挟着烟尘的流线；梦中不败的水红花和白牡丹就会落下叶子，蔫了身子；藏在哥哥们心中的憨墩墩就会失去昔日的朴素可爱。

2016 年 8 月 2 日初稿

2016 年 8 月 5 日修改

路随君脚远

——河湟脚户文化管窥

春风不度玉门关。

青海长云暗雪山。

君不见，青海头，古来白骨无人收。

唐诗里一直在发酵和绵延着的意象，如此刻板且牢固，青海因此被打上了偏僻落后、荒寒偏远的烙印，留给人长久朦胧模糊的印象。

然而，奇怪的是，这一隅地理上的高原一直是中华多元文明的重要洼地，它像青海湖一样汇聚着文明的溪流，使青海攀上了多元文化的高峰。如今，昆仑神话与千古雪峰并存；至今红色文化印迹，远不止两弹研制基地、格尔木新城这样的一处两处；等等。

呵！原来，在那遥远的地方，不止一位好姑娘。

黄南的热贡艺术，塔尔寺的酥油花，还有，散落在河湟大地上的唐卡、雕塑等非物质文化遗产，它们绝对与众不同、遗世独立。就因为这，人们把这一片河谷地带称作大山深处的民间美院。

黄河沿岸乡间和祁连山深处，那里的人们会说的方言大都不止一门两门，有的还懂得说旧时乡间土匪的黑话。

锣鼓声里顺着海拔延续攀缘着的民和官厅土族的丰收节，让一方庄稼人年年岁岁都要因此狂欢上好几个月。

普通话推广水平很高的西宁，来自五湖四海的人们，开口闭口、自觉不自觉地流露出《红楼梦》中的南京方言。

此起彼伏的花儿会、赛马会、射箭活动等民间集会的丰富性，更是让外地人看得眼花缭乱。

影响深远的佛教古刹塔尔寺，与北京故宫布局相同的瞿昙寺，西宁东关清真大寺、洪水泉清真大寺等更是闻名遐迩，千人来游。

这些年来，当青海神秘的面纱被渐次揭开，许多朋友不止一次地问我："是什么成就了青海在封闭中的开放，在落后中的与时俱进?"

这时候，不假思索，不由自主，我会说："请先了解一下青海的脚户文化！这些都是挂在脚户文化枝头的丰硕果实，是历代脚户自觉不自觉地从四面八方引进到这里的。"

哦，脚户！

脚户，乃河湟方言，指专事运输、经商，常年穿行在崇山峻岭之中，搞活了一方经济和思想的一群人，或也可称为一种职业。按阶层分，他们是社会底层，依旧属于受苦人。因个人基础背景和经济状况的不同，他们亦分大脚和长脚，其内部也是有层级区分的。

大脚是站在村口或者街角，拿着绳子、铁锹等工具，随时随处给人背东西，干各种碎活、零活的劳动力，当大脚对于个人素质没有专业要求，其有点像长江沿岸的四川重庆等地的担担或棒棒。

而长脚则是给人赶牲口或者牵着自己的牲口给人驮东西，或者自己赶牲口经商的劳动力，一般叫作脚户哥，其主要任务是运输。那时，为了很好地履职担责，他们需要有观天、察地、懂牲口、会拳脚等多项“技能”，因而在称谓上多了一个“哥”字，这在河湟等地的语境里是带着点激赏和褒义色彩的。

长期以来，他们身陷荒野和艰苦的底层生活，没有被看重过，但客观上他们却“乐引春风度玉关”，在推动青海各地经济发展、文化交流、视野开拓等方面一直发挥着使者与桥梁的作用。虽然他们的身影已然淡出了当代生活，但在河湟的民间记忆中，关于他们的故事、话题和传奇，堪比祁连山，一直横亘在时光深处，巍巍耸立，熠熠闪光，不可撼动。

脚户在当时人们的心目中，是一本本流动着的百科全书，是身边的地理学家。和脚户打过交道的人都说：“一旦在这行里干久了，每个人对自己常年经过的道路以及人情世故，比熟悉自己的脉息更甚。”哪儿有一口井，哪儿的风是咋起咋落的，哪儿的山中有土匪出没，哪儿长什么庄稼，哪儿有车马店可供休息，他们如数家珍。辞典是固定的，而现实是变幻莫测的，那时，没有导航，没有天气预报，前路渺茫，出门就是深井，迷路、遭遇土匪更是“家常便饭”。这使他们一个个练就了比狼胆更大的胆子，比鹰目更锐利的双目，比水更灵活的适应性。

就是凭着这样一身本领，他们踏遍了河湟大地，用脚板编织出了一张独属于河湟脚户的交通网络图。他们赶着由骡马、牦牛、骆驼等牲口组成的驮队，支撑起了如今畅行天地间的三条交通要道的骨架，丰富了唐蕃古道、丝绸之路的一方地域文化的内涵。

一是从河湟谷地出发，往西北，径直向河西走廊、内蒙古沙漠、新疆之路。它们连接丝绸之路、拓展丝绸之路、汇聚丝绸之路，让丝绸之路的各个岔道像触须般在脚户们脚下延伸、远去，由此织就了一幅星罗棋布的河湟民间商业图。

是道，让河湟谷地从此见识到了新疆的葡萄、哈密瓜、杏干、无花果等特产，也使青海的大粒青盐、青稞、砂罐等日用品像长了翅膀一样飞到了河西走廊以及中亚各路段的偏远村庄和有人迹的地方。一物等着一物，一人等着一人，因缘巧合里，祁连山就像一座驼峰，承载起了脚户牵驼赶马、不舍昼夜的长久记忆。花儿有证：

连走了三年的西口外，
没走个循化的保安；
连背了三年的空皮袋，
没背上一撮可口的炒面。

二是从河湟谷地出发，沿着黄河、湟水的源头向西南进发，翻越巴颜喀拉山、昆仑山，前往玉树、甘南、西藏等地之路。这一路，去时他们驮着的是锅碗瓢盆、针头线脑、衣料鞋子、砖茶盐巴等生活用品，驮回的则是羊毛皮张、肉食山菌、麝香鹿茸等珍宝。茶马互市，鸡蛋换线，互惠共利，信比南山。久而久之，人们习惯把活跃在这条商道上的脚户称为“藏客”。藏客们嗅着牛粪烟淡淡的草香味道，唱着“九架山当成了塄坎”的山歌，赶着牛驮、马驮，翻高山，涉远水，让炊烟徐徐地绕着帐篷，常常是一去半年，宛如野人。其辛苦艰难自是可以想见。花儿有证：

紧赶嘛慢赶地错过了店，
看不见庄子打不上尖；
驮子哈卸在个大草原，
我们铺上了大地盖上了天。

三是从河湟谷地出发，顺着黄河向东，经兰州、往宁夏，走陕西、赶包头，深入内地。这一支脚户队伍，其中有奉公前往，履行交差任务的；更多的则是猎奇冒险、奔着重利出发的。他们带着的商品还是当地特产——西宁大白毛、手工藏毯、山羊绒、皮张、青海茶卡盐以及本地“土货”，包括乐都的墨玉、祁连的黄金以及牧区的麝香。而回来之时，他们驮回的东西则是糖果、布匹、镜子、绣线、钟表以及各种手工艺品，都是当时流行的。老顾客定做的、让人耳目一新的，他们不断刷新着客户们的期待与好奇，出其不意地打开一扇扇青海对外开放的大门。

走这一路的脚户，一般队伍庞大，实力雄厚，据说还擅长水运和综合运输。常见的情况是，他们从西宁的湟水河岸和循化的黄河码头放货撑筏，在波浪上驰骋飞翔。等到达目的地码头之后，再转用骡马、骆驼，将大宗商品分送到不同客户手里，他们的脚步最远可到天津码头。据说，民国年间，身在循化的外国传教士看好他们的魄力以及信用，与其合伙经商，从青海发出一批批羊毛等产品，经天津港，运到了美国。花儿有证：

九曲嘛黄河的十八弯，
筏子客起身了忘风险。
你浪尖上起舞闯边关，
我守家着哭上了三年。

三条主动脉，无数毛细血管。伴随着古老的丝绸之路，就是这些星罗棋布的大道小路，经天纬地般编织着河湟，照亮着河湟，滋养着河湟，在青海长云下培养出了成千上万的农民商人。他们，亦农亦商，走乡串户，各有半径，因此活跃了一方经济，找到了种地以外补贴家用的各种途径和赖以生存的各种生意。

就我所知，在我们那个封闭的山沟里，也曾涌现出几个从甘肃窑街赶着毛驴驮来砂罐的生意人，亦有不断地前往甘南拉卜楞寺贩卖小商品讨生活的脚户。在褡裢或背篓里背着点货物走向无路村庄的小本生意人则如沙粒、如草芥，难计其数。虽然，他们的足迹和路线难以汇入“有头有脸”的脚户们那些清晰深刻的大版图之中，但他们亦使一方民众看到了那些有形的无形的更远的属于他们的天际线。

在这支名不见经传的队伍里，我爸他们兄弟几人也曾鸡仔学叫，赶着自己的骡马夹杂其中，走过甘州、凉州，闯过甘南、果洛，用家养的牲口驮来过青盐、大米、小黄米、葡萄以及急需的应季口粮，当然也因此吃了不少干亏。

小时候，常听父亲说他走南闯北的故事——有一天晚上，他们就像其他脚户一样投宿车马店，喂马之后就住在那儿。谁料，伯父半夜小解时发现，自家的一匹马正在偷吃别人的半麻袋青稞。这可是闯下大祸了，咋办？兄弟三人一番耳语，三十六计走为上计，便连夜起身，趁着别人还没发现就星夜告辞。就这样一直走，走，走，到太阳洒遍了山川，估计离车马店很远之后，他们才卸驮打尖，喘了一口气。正准备烧水喝时，几匹马表现出想喝水的样子，他们就把马拉到河边去饮水。谁承想，喝了水不到半小时，他们正要吃饭时，吃了青稞的马就像气球一样，嘭的一声巨响，爆了！泡涨的青稞四溅上天，都撒到了他们烧水的锅里、端起的碗里。马应声倒在地上，再没有了站起来的力量。这可把兄弟三人吓坏了，都端着饭碗不知咋办，痴呆呆钉在草地上谁都说不出话来。

从此之后，他们打消了做职业脚户的念头。父亲说：“我们确实还没有做足准备，就急匆匆上路了。初生牛犊不怕虎，出道有点早了。还好，只是损失了一匹马，没有吃更大的亏，便早早洗手不干了。在这条路上，搭上胳膊腿子，甚至一条命的人有不少呢。”

就这样，我喜欢上了与父亲、我们村的几名还算成功的脚户聊天。他们说：“出门当日难，脚户最起码的素质，就是知所投靠。无论日出而作，日落而息，还是星夜赶路，绕过酷暑，一去几十天，甚至几个月。活着出去，就得活着回来，这是本钱。留得青山在，不怕没柴烧。”在这条路上，如想不亏本，脚户们就得计算好每天的路程。人能耐多久，牲口能走多远，都得心知肚明。旋缓旋走，力气旋有。急不得，慢不成。每名脚户都有自己盘算好的作息表。如是在这一点上考虑不足，牲口就会倒在路上，行李货物一时全成了累赘，在脚户们看来，这是半瓶子醋，会被别人笑话。

所以，有经验的脚户们都非常懂得自己脚乘的养护之道和驾驭之道。牛有牛路，马有马道，香麝之道不能走骆驼。无论赶着的是骡子、驴，还是骆驼、牦牛，都是脚户的脚，是延伸开来的意志图。要使这一切成为自己的脚，你就得有耐心和爱心了解和保养这些脚。

山梁风口上不能卸驮休息。早晨不能给骡马喂含霜的草料。阳光下卸驮，见到汤土，就一定要陪着骡马在那儿打一番滚，这时，再忙也不能忘用梳子一样的刷子刷一遍牲口全身。要想骡马走得稳，脚户还得随时观察其蹄子上的铁掌磨损得怎样了。人靠衣装，马靠鞍，脚乘的笼头以及鞍鞯的装饰里透着脚户的心性，为此，他们对自己脚乘的装饰与打扮从不马虎。他们总想办法不断为脚乘补充营养。有心的脚户哪怕自己饿着肚子，也常把褡裢里私藏的鸡蛋打碎之后搅拌在牲口的饲料里，不让同伴看到。正因如此，那些牲口走在人群里时，也比在荒野里更加精神。据说，大户人家的脚乘过处，都会成为一道风景。花儿有证：

头帮的骡子满头红，
走到的路儿上响铃。
二帮的骡子随后跟，
撇不哈店里的扯心。

骡子之外，常有马帮。
别说驴蹄小，还有单人帮。
雪域冬天，哪能少得了牦牛负重？
在瀚海戈壁滩上，骆驼更是一群跟着一群。

枪支弹药等武器是深入荒原不可缺少的装备。与其相比，脚户们哪有先进的武器随身防卫，哪有对付土匪强盗的辎重？最多只是背着一杆吓唬狼虫虎豹的火铳。

老人们说，没有金刚钻，不揽瓷器活。但凡职业脚户，哪能没有两下子就随便上路的？

那么，这是怎样的两下子呢？

他们给我举了邻村的老拳师为例子，他打石头一打一个准。这是在无数个夜晚，捡石头打一线香头的火星练成的功夫。他一拳下去，能够打断一头牛的脊梁。在路上，伙伴们给马钉铁掌时，他弯腰一握马腿，抬起蹄子，那些调皮的马，就像被焊住了一样一动不动了。据说，土匪挨到了他跟前，那肯定就像一堆湿牛粪一样粘到地上，好久都动不了身子。凡出道、出门，谁都得有两手。但仅有这两下子还不够，脚户还得有精准的判断力和十足的敏锐力。一旦发现有土匪偷袭，他们往往会把一把炕灰或沙子撒到攻击者眼里，然后再做行动。魔高一尺道高一丈，脚户手里还得随时拿一根白蜡木的棍子，怀里揣一条九节鞭。所以，脚户无一例外，几乎都是拳棍好手。如今用来锻炼身体的体育项目，在他们眼中是防护自身的铠甲。

如今，道路四通，工具进步。无论是古老的丝绸之路，还是唐蕃古道，都不再靠牲畜的力量了，代之以汽车、火车或飞机。但在河湟谷地里，人们依旧喜欢养马、养牛、养骆驼，延续着这绵延不绝的脚乘，寻找着时光里远去的意绪，驯育它们使其为旅游服务。

更有意思的是，虽然时移世易，但青海河湟谷地的尚武习俗依旧跟湟水一样汩汩流淌。就我所知，这里的每个乡村或多或少都有武术爱好者，城市的大小广场上更有不少武术练习者。在全国武术比赛中，从来不会缺少青海代表的身影。

这是什么原因？

盖因脚户文化长久的惯性。

脚户文化的印迹在这里真可谓根深蒂固。在人们的观念中，虽然现今的交通工具变了，但其提供服务的意识、方法一点儿也没有变。

青藏线上，从西宁到格尔木，从格尔木到西藏，尽管早通了铁路，但那些早年间赶骆驼翻过巴颜喀拉山、穿越可可西里的脚户的后代，接过先辈手里的缰绳，牵着骆驼修成了青藏公路。然后，将其与万般心事一起盘在心里，存放在格尔木的青藏公路纪念馆。从那时开始，他们喜欢上了机械。一俟经济条件好转，就纷纷购置大小货车，从事长途运输。如今，我们常见到好几百辆汽车，排成长龙，游走在青藏公路上。这不是昔日脚户的翻版吗？更为奇怪的是，他们不经意间还把运输费称为脚价。

丝绸之路南道上，从河湟谷地各村到河西走廊，在天梯一样不断攀升绵延着的高速公路上，货车、油罐车不绝如缕，四季如河一样地流淌。他们行走的半径是上一代脚户想都不敢想的。今儿是在东北，过几天是在霍尔果斯，更把那四川当成了自家的客厅，随便穿梭往来。“朝辞白帝彩云间，千里江陵一日还”，确实是神速，但对于他们，已不再是奇迹。让我感到奇怪的是，在这漫漫长路上，他们的车载音响里滚动播出的依旧是一代代脚户传唱的《下四川》：

一溜儿山，
两溜儿山，
三溜儿山，
车夫哥下了个四川；
一日儿牵，
两日儿牵，
天每日牵，
好人哈牵成了病汉。

唱词还是那些唱词，意境还是那些意境，唱腔还是那么苍凉悠远。只不过，走出的路比原先的更远，而带来的消息却没有原先的那么原汁原味。更让人遗憾的是，脚户在人们心目中渐行渐远，终至消失不见了。那么，他们的身影如今安在？

脚户在青海花儿之中是那么丰沛浓艳，都说花儿是青海人的心灵之歌、爱情之歌，它，高高地悬在河湟大地的高山之巅，宛若诗僧仓央嘉措心头那一轮月亮，承载着青海历史文化民俗的全部，是一部名副其实的百科全书，一首情感丰沛的抒情史诗。由此，我常想，如此集中的人物图谱，如此典型的地域符号，如此鲜活的人物形象，为什么不见于唐诗宋词之句，而独在花儿苑中一直这么繁盛烂漫？

石崖嘛头上的山丹花，
风吹着半空里吊下（哈）。
你人前头见我了别搭话，
尕嘴儿一抿了笑下（哈）。

好一朵花儿，好一个情人。她自妖艳在山野一角，但怕人说三道四，就是不敢开口搭话，而只在那里浅笑晏晏，风情万种，含蓄至今。这是不是脚户们心中期许着的花儿？

花艳枝头，自是常见的开法。

花开心头，更是一种含蓄的开法。

脚户们自踏上远行道路的那一天开始，就千辛万苦，千难万险，把自己全然交给了荒野，交给了未知。但他们却从来不愿夸大这些艰难困苦。相反，他们带回家的都是好消息、好东西。男不计苦，女不计生。生生世世，他们给自己留下的则是花儿。花儿是从万般心事中提炼出来的一缕心事，也是他们这一职业的民间诗集。在黄沙漫漫、汤土陷脚的山道上，花儿是他们须臾不可分离的伙伴，一度驱除了他们心中的孤独。在声嘶力竭、身心投入的一番尽情歌唱之后，他们感觉到的还是孤独和思念。那么，就默默地在牲口的蹄声里继续前行吧。长路漫漫，灵感如泉，喷涌心间，新的花儿便不由自主地活现在舌根嘴边。花儿本是心上的话，话中自有心中的疤。慢慢地咀嚼着、打磨着，就把件件心事消化整合成了朵朵鲜艳的花儿。花儿就这样滚雪球一样地吸收了西北的地理、历史以及民俗，然后一串串地留在脚户的身后：

一把儿麻籽撒上了天，
落下了千千万万。
从青海唱到了天地边，
唱不完那满腔的少年。

且歌且行，且行且歌。路随脚远，脚随歌远。就这样，脚户和花儿相互成就、相互成全，插翅般走出了青海长云，走到了天涯海角，并在河湟大地上留下了一串伴随着马铃声、驼铃声、脚步声、歌声的百年长影。

2023 年 11 月 27 日

海娜的光彩

一

那时，我不知道它叫凤仙花，也不知道它还生长在我们村庄之外的其他地方。但我确知，它是最让我们眼前一亮的植物。在我上学发蒙前的乡村生活经验中，苦菜虽有汁液，烙在衣服上，却是一道道黑色伤疤；牛蒡虽有汁液，却是色彩暗绿，只能刷墙裙；众多的植物虽然无一例外都有汁液，但都没有海娜这么耀眼诱人的光彩。一茬花尚未凋谢，捣碎了，变个身便在女人的指甲上鲜艳上十天半月。就凭这，再穷的人家房前屋后都种有几丛海娜；再丑的女人也都不忘染十指海娜，在人前晃动那生活的艰辛尚未完全俘获的双手，以展示女人的自信。

一双手，尤其是女人的一双手，仿佛女人的第二张面孔，甚至更为显要。为此，在艰辛的劳作中，无论谁，都很看重护养一双手。那时，一双机织的手套可以让人风光一时、优越半载，因为那简直是身份的象征，一般是工作人员或工人家属才配享有的，但大多数农民并没有因此放弃对手套的追求。平时，有几片碎布，他们就可以凑合缝制成一双布手套；有半截皮张，就可以裁剪出一双皮手套。人们在田间地头休息时从不忘捻线织手套。如果谁在走亲戚的路上有幸捡到一双手套，那一定是全村的大事，人们不说上个十天半月就绝没有停嘴的意思。在我的记忆里，我们村大大小小、形形色色、打了补丁和没打补丁的手套可以拼凑出那时的村庄史。

但就是这样，天天下苦的这些手还是经不住风霜雨雪、泥巴、庄稼茬的侵袭，一到冬天，几乎都要裂口。指头蛋、指关节等无一例外都要开裂；手腕、手背等免不了皴裂粗糙。在我的记忆里，那时农民的晚课无非是捉虱子、烫裂口、补衣裳。在油灯下，人们将羊油烤融，然后就用那尚未凝固的油脂灌补裂口，以此滋润那即将坏死的皮肤，使其恢复生机。临睡，还忘不了用稀释的蜂蜜或糖萝卜汁护手。对于农人来说，一双手就是一把战胜自然的最锋利的工具，焉能等闲视之？因此，在我很小的时候，常听母亲教育妹妹：时时护手，不要辜负了未来婆家的一片希望。那时农村很少谈恋爱的，夫妻之间更不可能牵着手入洞房。为了增强一双手的魅力，姑娘出嫁前总要休息一段时间，不干农活、不沾水、不晒阳光，这简直是规定动作。

可是，这一切哪能有一手海娜那么的魅力无限？如果一双普通的手能有海娜的映衬，那简直是画龙点睛，全身生辉。那时，河湟谷地里，农家的黄泥小屋过于通风，没有塑料温棚，所有植物在冬天几乎全军覆没。为此，人们包海娜的季节只在夏秋。每每在包海娜的晚上，女人们如逢节日般兴奋不已，早早吃了晚饭，就开始捣碎海娜，直至其与白矾混合而变成碎汁，她们这才从容不迫地拿出早已备好的菜叶、碎布，一点点将海娜碎汁放到指甲上，然后以菜叶、碎布缠裹。如此折腾两三个晚上之后，指甲就由粉变红，由浅红变深红，直至黑红。从此，不论洗衣做饭，还是从事农事，这红都不会轻易褪色变浅。一手红指甲让这一双手显得更加美丽自信，想不到，眼睛亦由此变亮，心情由此变好，身子骨由此变轻。原来，海娜是女人身上的一双翅膀，它会带着女人飞翔。

不是吗？一年四季几乎都要在田地和庄院里劳作的女人们虽然一个个手心结茧，但那一双手却向来年轻灵动，让农家生活的艰辛几乎都飞到了九霄云外。自己包，给还未长大的女儿包，也给老得没牙的老太太们包，有时，偶尔也给男人包上一个中指或无名指，海娜让我们家乡的女人们感受到了无穷的乐趣，也使她们一双下苦的手得到了季节的滋养和天意的呵护。

二

就这样，我开始喜欢海娜，并开始对它进行进一步的观察和思考，一晃就是几十年过去。让我始料未及的是，海娜还是一味中药。原来，长辈们歪打正着感觉到的让人顿感眼圈凉爽、眼力增强的奇效是有科学道理的。

海娜学名凤仙花，有较高的药用价值。其性温，味甘微苦，入肾经。据测定，其中含有萘醌类、黄酮类、香豆素类、豆甾醇等成分，还含有多种花青素，分别为矢车菊素、飞燕草素、蹄纹天竺素、锦葵花素等，以及山柰酚、指甲花醌等成分，具有活血、通经、祛风、止痛的功效，用于治疗风湿、腰胁疼痛、经闭腹痛、产后瘀血未尽、跌打损伤、痈疽、疔疮、鹅掌风、灰指甲等症。一言以蔽之，海娜的光彩至今依旧在照亮一些病痛的幽暗。

感奋于这样的发现，我曾经抄了几个关于海娜的单方，分别给了几位亲人，收到出其不意的药方后，她们立即试行，结果还真有效，远胜天花乱坠的广告药。

除此之外，海娜还是一道美食，其光彩一度照亮了古代的餐桌。明代高濂撰写的《遵生八笺》有凤仙花梗条：“采梗肥大者，去皮，削令干净，早入糟，午间食之。”清代《广群芳谱》说凤仙花梗采头芽汤焯，少加盐，晒干，可留年余，以芝麻拌供，新者可入茶，最宜炒面筋食，佳，燃豆腐素菜无一不可。清代《花镜》有：“庖人煮肉物，着二三粒即烂。”因为其有“软坚透骨”的作用，但在吃肉时，还需先把花籽拣出来，不能让它碰到牙齿上，原因是“缘其透骨，最能损齿”，唯恐损伤了牙齿。

正因如此，海娜成为中国文学长河中让人眼前一亮的意象。根据《采药录》《古今事物考》《陔余丛考》等文献记载，染甲习惯在中国流传久远，战国时即已出现，并在唐宋之际盛行一时。从《诗经》“手如柔荑”等句看，当时女性即有追求双手美态的习俗。南宋周密《癸辛杂识》更是对此有详细的记载。唐宋元明清等朝代写过海娜的诗人就有李贺、吴仁壁、张祜、晏殊、杨万里、瞿佑、徐阶、严易、刘灏、吕兆麟等几十位。“染指色愈艳，弹琴花自流”，一双染甲的女人手让无数文人墨客眼前豁然开朗，诗心无限。

到了曹雪芹的时代，整个大观园所有女儿家几乎都乐于染甲。我常想，她们的一双秀手如果没有海娜的浸染，会少去很多韵致。第三十五回：

> 大家说着，往前正走，忽见湘云、平儿、香菱等在山石边掐凤仙花呢，见了他们走来，都迎上来了。

第七十七回，宝玉探晴雯病，已是弥留之际的晴雯留了两根“葱管一般”的指甲给宝玉。可见，生活中不能缺少凤仙花，用凤仙花染甲已经成为大观园女儿们生活的常课。

海娜的光彩同样闪耀在花儿的海洋中，让西部苍凉的大地由此增添了几许妩媚。如：“棱坎上开的是马缨花，院子里开的是海娜。我拿上明白问你的话，你装下糊涂着拐答（搪塞）。”这首花儿以海娜生长的方位起兴，直刺对方的狡猾。又如“尕手儿尕来尕指甲，指甲上包给的海娜；你尕嘴儿尕来会说话，好声嗓赛过了唢呐。”花儿以尕为美，以海娜为喻，表明声嗓和会说之间的关系，正是恰到好处，妙境层出。

三

清辉今夜谁人共？翠墨纱窗咏晚风。
半阕凤凰歌未尽，纤纤玉指染秋虹。

因着海娜的神奇，民间也就多海娜的传说，最为经典的故事是《凤凰与凤仙花》。据《竹书纪年》载，周成王定都洛邑后，率文武群臣到卷阿宴歌游乐，见凤凰飞舞，即兴作歌曰："凤凰翔兮于紫庭，余何德兮以感灵。"在此诗中，他所谓的凤凰就是漫山遍野的凤仙花。就在这一天，周成王的叔父召康公也赋诗一首，此即《诗经》名篇《卷阿》。对此，我没有做过严谨的考证，但我确信，让周成王眼前一亮且心花怒放的植物一定是凤仙花。因为，在古代，人们多视凤仙花为凤凰的魂魄与化身。

在西方，凤仙花的美名也有经典传唱。《雅歌》是一部动植物百科全书，遍布着来自大自然的各种美妙隐喻。《雅歌》写道："我以我的良人为一棵凤仙花，在隐基底葡萄园中。"

在循化，一名热爱近代文化的达人逼仄的庭院里，看着一丛丛独自娇艳的海娜，他家的女眷毫不迟疑地说，本来这样的庭院是容不下任何一株植物的，可是，谁叫它是海娜呢？本来我想给她讲讲我对所到之处的观察以及关于海娜的真实情况，但面对她的诚恳，我并没有这样做，而是同样诚恳地甚至有点会心地点点头，表示认同。

真真假假，虚虚实实。一部海娜史，数曲爱美歌。我不忍以科学的考据打碎一方女人对于她们心爱的海娜的想象与追怀。这些年，在与朋友们言及这一切时，我乐于分享我在脚步所到之处个人对于海娜的观察与难以忘怀的印象：

在祖国南疆的广州岭南印象园，我不信在此找不到几株海娜，就像大海捞针般寻找半天，最终在一排大榕树下找到了正在招蜂引蝶的海娜，并写下了当日的观察日记。

在沙特阿拉伯的麦加、麦地那的地摊上以及商店里，几乎都有海娜的一席之地。散装的、精心包装的，来自非洲以及亚洲各地的，让人眼花缭乱。

在河湟谷地，海娜作为礼物，在平常的交往中，不寒碜、不铺张，也不失高雅地在妇女之间流转往来。

如今，让女士们喜不自禁的是，加工和包装技术，让海娜轻而易举地由植株变成了“面粉”，女士们从此不再为了一季过时的海娜而深留遗憾了。只要有兴趣，每一天都可以取出海娜粉从容涂抹。在各种各样的指甲油令人眼花缭乱之际，西北少数民族妇女依旧延续着以海娜染指甲、以海娜染头发的古老习俗，这使她们的生活始终贴近自然、贴近美，保有一种古典的雅致。

总结着，观察着，分享着，最让我会心一笑的是，在公交车站等公共场所，我从进入视野的指甲上能够判断出一方地域、一方民俗。

“此中有真意，欲辨已忘言。”或许这就是海娜在我心中的光彩。

2017 年 12 月 7 日

生态晴雨一张脸

那一年，出席中国金鹰电视艺术节，在长沙，那么多场合，无须急着递名片，许多人就冲我亮出他们亲切的笑脸，好奇地问候："青海来的？扎西德勒（吉祥如意）！"

是的！我一次又一次有点羞涩而被动地点头并递过名片。奇怪的是，他们看都不看我的身份来历，径自说起他们在青海的旅行经历。什么碧波万顷的青海湖，云缠雾绕的祁连山，瀚海万顷的格尔木，神秘莫测的昆仑山，千里油菜花海的门源等，就像看展览一样，一下子把青海风物悉数罗列在我们之间。甚至有人当场夸奖起来："天地有大美而不言，西宁被称为夏都是名副其实的。"如数家珍，如拨念珠，几句话如同漫画家拿手的几笔，绘就了一张大美青海的草图。这一切，在长沙的语境里，一时之间竟是那么新鲜如初，让我获得新鲜的视野。

就在那样的场合，我同时发现，言谈之中，他们的眼神如青海长云一样始终萦绕在我那打上了明显地域烙印的"高原风光"上，久久不肯挪移哪怕一瞬。我便不失时机地借此"冰山一角"推销起青海来：强烈的紫外线虽然晒红了人的脸蛋，但它是治疗人各种心理疾病和皮肤病的天然良药。多少青海人在外生病后，只要回到老家，许多病便不治而愈了。

那是！肯定会的。毕竟一方水土在养育一方人嘛。他们频频点头，表示认同。

话题既已展开，讨论见缝插针。由一张脸引发的文化、地理讨论就这样成为那一届电视节上我们聊天的重要花絮。

一名曾在新疆工作的电视人说，作家刘亮程发现，在新疆待久了，几十年之后，虽只一两代人，汉族人的眼窝也会不由自主地慢慢变深，至于鼻梁的隆起那还不是迟早的事。

更有人言之凿凿："虽然环境一直那么严酷，边疆少数民族老太太的脸无一例外都皱成了核桃皮，但一个个总是那么和蔼可亲，有一种说不出的和善与平静。尤其是那慈祥的目光，简直是一泓清澈的泉水。"

真是！那是浓缩了的一隅山川。

当时，就这样随口说出，没做深思。可是后来，我越来越觉得，那是山川地理的微缩，一张脸的风水里确实含着一方地理文化的全部精粹，生态晴雨全在一张脸上。

这一切，在沙特阿拉伯时得到了最好的验证。看着世界几大洲各色人种的来来去去，我自有一种在阅读着世界地理的感觉。我从那擦身而过的身影留下的细微表情里看到了一直未曾走近的大地山川。非洲的干旱，欧洲的寒冷，东南亚的热带雨林，阿拉伯的炎热沙漠，中亚的崇山峻岭，这些几乎全然沉淀在他们的体格和言谈举止之中，无一例外映射在他们的容颜上，就像打上了游牧烙印的藏族女性的走路姿态一样明显，不由自主地透露出他们生活的冰山一角。

有时，并肩巡游，偶尔触碰到黑人冰凉的赤脚时，我有一种在夜色里踏上了非洲土地的感觉。有时，站在小个儿的马来人身边，听他们说话，我有一种在南海岸边散步时听到了海水呢喃的感觉。

人即地理，地理即人。

就这么念叨着，我蓦然发现，当地理环境发生变化时，人的容颜的变化也是如影随形、不打折扣的。

还是回到青海。不知咋的，这些年来，青海的年轻一代脸蛋上的高原风光说消失就消失了。虽然我这样的人脸上被紫外线灼伤的痕迹依旧明显，但与原先比，还真是淡了不少。让我感到奇怪的是，我的两个女儿，一个比一个白，她们脸上已经找不出丝毫的高原红了。我的四个外孙，无论男女，偶或野游晒黑、晒红了，只在家休息一两天，睡一个好觉，便恢复如初了。为此，有人戏言，青海的红脸蛋正在如高原雪线一样慢慢地上升，说不定哪天说没了就没了。言及此，我常和朋友开玩笑："所以，自当把它当成非物质文化遗产保护起来，我是一马当先的传承人了。"

玩笑激起千层浪，正在聊天或坐着喝茶的朋友们一下子严肃起来："青海之变，这容颜事大，其中原因到底有哪些，还真该总结总结！"

于是，大伙儿七嘴八舌，再一次以带着热血的语言触碰这古老的高原大地。他们认为，主要原因还在于"春风飞度玉门关"，青海那么及时地赶上了西部大开发的时代列车，一下子缩短了与发达省区的观念距离。

最难忘，青海得到的中央支持、全国支援何止一股春风！上海、北京、天津、山东等多个发达地区多方位的对口帮扶，让青海长云下沉寂多年的一座座雪山应时醒了；六州牧区的医疗条件、教学设施赶上甚至超过了全国的平均水平；帮扶之地广大农牧民的居住条件与原来相比真是天壤之别。就说牧民吧，夏天住帐篷，冬天住暖气房，这样跟着季节的脚步调适生活的方式，其幸福指数无须言明。东部农业区城乡居住条件的普适性政策，让所有人家的居住环境提升了不止一两个台阶。特别是上下水改造工程，让他们不用再去遥远的河边挑水，亦不需要钻入冷风中如厕。只此一点，就把人从严酷的自然环境中彻底解放出来了。再加上暖气以及封闭式住房结构的变化，农村冬天室内温度至少比原先提高了十摄氏度。

青海民生保障真可谓走在全国前列，昆仑丰碑一座又一座，数不胜数。

当然，大环境的巨变是不能忽视的。西宁南北山由光秃秃的土丘变成了鲜嫩欲滴的绿色屏障。柴达木盆地的瀚海深处，一年又一年不断荡漾开来的绿洲，就像是那绿色的涟漪在不断拓展，还结出了成吨成吨的枸杞。青海东部农业区植树造林的面积有多大，谁都说不准，因为，几乎全覆盖了，这使多少干旱地区的雨水一下子丰沛了起来，夏秋季节的早晨不时出现的连绵雨雾让人不由自主地想起江南。这几年，祁连山国家公园的建设，三江源国家公园的建设，更是让有着“东方小瑞士”之称的祁连山周边地区越来越湿润了。青海湿地面积在不断增加，这在过去是可望而不可即的。

犹记得多少年前的青海，庄稼人在晚上睡觉之前的重要环节之一就是烫裂口。那时气候干燥，一到冬天，人不是被冻伤，就是一个个手指关节干燥得开了口子。这使那些手无完肤的庄稼人在睡觉前无一例外点着煤油灯，将羊油渐次融化，然后把滚烫的油汁浇到裂口上，以此润肤护肤，缓解指关节或脚后跟裂口的疼痛。谁要是忽视了这一环节，一双手第二天就干不成农活了。正因如此，庄稼人与城里人的最大区别，全在一双手。如今，青海人开玩笑时虽然依旧以指头的粗细区分城里人和乡里人，但一双松树皮般粗糙的手，一双指关节上开满了口子的手却是想看也看不到了的。至于在大众面前袖着一双手，躲着、藏着一双手不肯见人的尴尬者更是难觅踪影了。

自信亦在一双手。青海姑娘手腕上的黄金和昆仑玉镯让那一张肤色变白变亮的脸更加自信满满。万里江山一张脸，生态晴雨一张脸。就是这张脸掀起面纱把青海拉面馆开到了全国各地，也把青海的地毯、农副产品、光伏产业、盐化工业以及大美河山，一次又一次推到了世界舞台。

2022 年 7 月 15 日

烟瘴说

关于烟瘴，在青海，但凡上过山，有过登高经验的人，几乎都有切身、切肤、切心的体验。一个在平地上走路健步如飞、不觉其累之人，一旦到了海拔增高的山巅或台阶式的高地，其生命状态马上就会发生改变。常见的症状是呼吸短促、心跳加快、腿脚沉重、头昏头痛，甚而，嗅觉迟钝、动作迟缓、呵欠连连、精神不振。这时，年老之人，大都气喘如牛，频发年老之叹，就像被谁邀约了一样地一屁股坐在地上言不由衷地说："得缓一缓了，老了，不服不行。"

在青海的语境里，"缓"之学问呀可多了，虽没写在书上，可大多沉淀在民谚之中：

> 旋缓旋走，力气旋有。
> 一口气缓老，站起来乏倒。
> 山梁里别缓，小心瘫痪。

点睛点穴，虽只几句，可在出门淘金、海拔不断攀升的路上却是金子般珍贵的宝贝经验。

犹记得三十来岁那年的淘金路上，深入祁连山的那些经历。我乘公交车到达祁连县城的第二天，即搭朋友的车赶往托勒牧场。第三天，顺了乡亲们的手扶拖拉机抵达五岭沟的金场。当时都没有感觉到身体有何不适。第四天，换装准备下窝子干活之际，几名有经验的老把式异口同声地劝我："小伙子，缓一缓，得缓一缓；你身体的各个器官还跟不上。""如果这么急切地干活，就会招致看不见的烟瘴。这里，烟瘴大，它会把肺呛了。""如果是肺呛，你挣下的两大钱，还不够以后看病的药费。"

哦。哦？

看我一脸懵懂，不咋相信，他们开始现身说法："前几天，一个生犊小伙去追一只受了枪伤的狍鹿。结果鹿没追到，自己却着了烟瘴。临死之际，他的肺就像火皮袋一样鼓荡着用力呼吸，但还是上气不接下气，最终没有缓过气来，这就匆匆走了。我们看到他的尸体，青紫的嘴皮肿胀得几乎挡住了鼻子。"

哦，生犊。我听懂了。在青海庄稼人的语境里，生犊就是那些天生不怕虎的刚刚生下来的牛犊，只知勇，不知怕，更不知自己无知。火皮袋，则是他们做饭用来吹火的工具，吹火时一起一伏。一个人的胸脯如同火皮袋一样上下翕动，则说明其呼吸艰难已经到了极致。这种人死在绝境里的描述确实形象到极致。因为，人一旦在深山老林里被烟瘴俘获，这就如一团棉花塞进上呼吸道般难受，仿佛一层裹在身上的汗衣服，不是想甩就轻易甩得掉的。将无形的缺氧、稀薄的空气对人的征服以一个"着"字概括，这是独有的智慧和言语的修辞。当时，我为之一惊，学习鲜活语言的机会，这不是早早降临在我的身边了？

马到成功，水到渠成。在其后的日子里，我克服不请自来的头疼气喘等诸多困难，开始与金客们一点点说起烟瘴、体验烟瘴，听到了诸多幽默的故事。我知道，在青海人取笑他人的版本里，主人公往往是河州（含临夏回族自治州）人；河州人取笑青海人的版本里，主人公大多是西宁人。且不管它了，人性嘛，哪能把不好的被子盖在自己身上？

言归正传，他们说，旧社会时，一对河州父子将要出门挣钱，在村口就遇到了江湖油子。这做父亲的拉住油子胳膊就问："进山淘金，遇狼咋办，路上强盗有没有？"

油子说："狼不到万不得已，一般不会轻易吃人，尤其是它怕火，燃火驱之即可。至于强盗嘛，人家看上的大多是大帮，像你们这么单帮的，他还看不上眼呢。"

油子将走，做父亲的又问："听说，阿拉古山上的烟瘴大，这烟瘴是个什么东西？"

油子说："烟瘴么，我也说不上，你走着走着就会碰上，你自己慢慢地感受吧！不同的人会遇到不同的烟瘴。"

父子俩上路经过达坂山时，即感头晕眼黑，呼吸不畅，难以迈步，便放下肩扛的行李，坐在地上喘着粗气休息起来。其实，他们已经分明感受到了烟瘴，但他们还不知道这就是烟瘴。就在这时，儿子看到几只高山旱獭在那儿啊啊啊地喊叫，并竖起身子在观望他们。儿子站起来喘着气说："那不是烟瘴吗？喔，它们在骂我们呢。"父亲说："可、能是、呢，但，它们不大，还、没到拦、住我们、去路的程、度。"

哦，大概烟瘴就长这么个样子吧。

父子俩坐了很久，缓足了，就背着行李继续攀山赶路、艰难行进，大半天都没走多少路。天快黑了，就在一处石流扇上坐着继续喘气，行李的重量简直像一座山，压得他们寸步难行。他们有一句没一句地说起话来："人们都说淘金路上的烟瘴大，它哪有我们的行李大？这行李说来也只百十来斤，但怎么越背越重，宛如一座山？"

正说着，他们头顶嘎嘎嘎飞过一只雪鸡。儿子马上恍然大悟般说："那油子说得对，不同的地方有不同的烟瘴，哦，这烟瘴不是飞在我们的头顶吗？怪不得我们走不动了，可能是它施了什么法，要不，我们的行李咋这么重，脚咋一点都不听自己的话了。"

就这样，父子俩一路不断克服呼吸困难，经过十五六天的行走，终于赶到了八一冰川下面的野马滩金场。夏天淘金，别无故事。秋天，离开金场的时候，他们看着远处扬起尾巴奋蹄奔跑的野马，还在想：这是不是人们常说的烟瘴？它的体形这么大，要是过来踏我们，那后果一定是不堪设想的。

其实啊，这时，他们已经战胜了烟瘴，适应了各种海拔。烟瘴早就是他们脚下的黄沙了。这不，走路身轻如燕，干活不再频频喘气，头晕眼花的现象渐渐地消失了。

这是为什么？

我想到了已故的西部作家红柯。他有个习惯，一旦出差客居一座城市，哪怕只一天，第二天早上，必早起跑步几公里。他认为，这个一来是锻炼，二则是修炼。他曾在电话里跟我聊，只有双脚踏过的土地，才甘愿与你掏心掏肺、贯通血脉，否则，它永远不会为你把心打开。

金子般的话。

同样地，西部金客*也有类似的总结。他们只要是赶着马车、驴车，每日哪怕只走上三四十公里，量力而行，经过个把月的时间赶到金场，一时纵是深山老林，海拔很高，第二天也能正常干活，感觉不到海拔的烟瘴。不知咋回事，这时，烟瘴与呼吸的关系总那么和谐，人不再怕烟瘴塞满心胸，手脚血脉一时都是活的。

相反地，一旦乘坐汽车一下子赶到金场，再好的身体，就是钢铁锻造的，也都难以消化各种不适。人在高海拔地区，不休息几天，气都喘不过来，哪还能奢望干活呢？

一个缓字，就这样意味深长。金客选择一地休息时，从来警觉着这一地的烟瘴。烟岚雾霭，眼虽不见，却含毒。如果一意休息，难以消化，就会招致各种风寒。所以，他们始终在谨防“一地缓老，起来乏倒”的风险，总是引导后生们每到陌生地，不忘随时走动。原来，人与高海拔新环境的互动如此重要！

在金场，走有道，吃亦有道。随着海拔的提升，人的肺活量逐渐变大，呼吸很快会适应海拔，但人肌体的整体功能的调试却需更长的时间。这就要

---

* 西部淘金人的别称、惯称。

求一个人走路时，一开始必须慢，不能大步流星，更不能奔跑。身在高原，谨慎是本。一日三餐、四餐、五餐，甚至六餐，在劳动强度比较大的金场里是很正常的，但每一餐都不能吃得过饱，只五六分就差不多。我想，这可能也与人的肠胃一时的衰弱与不适应有关，也与无形的烟瘴有关。

烟瘴啊烟瘴，无处不在的烟瘴让我懂得了金场，也因此懂得了高原。我知道，在我们村，人们看一个人的健康状况，就看他能拿下多大的烟瘴，适应多高的海拔。我们的邻居，一个中年人，在家里时都好好的，种地放牧都是好手，看不出有什么病；可一旦到了祁连山里的门源大梁，就难敌烟瘴的侵扰，不是呼吸变得急促不堪，就是脸肿如球，总是处于极其难堪的状态。而有一个人，就是到了唐古拉山各拉丹冬雪山顶，青了嘴皮，红了眼睛，也还是一样地能吃能睡。这就不啻拥有一个铁打的身体，为此，领得外号“铁打”。苏东坡说，“高处不胜寒”，我常想，高处何止一个“寒”呢，还当补充一个字——喘。喘不过气来，那才是高处，高原上的高处。

西宁海拔约两千二百米。久居于此，我从来没有感觉到这里的烟瘴。但这几年的三亚避寒之行却让我像哥伦布发现新大陆一样地发现了曾被我忽略的西宁的烟瘴。在三亚经过一两个月的闲养，乘飞机回来，没有一周时间的调养和重新适应，我就缓不过来。刚回来那几天，烟瘴就会像轻纱或者雾团一样堵在胸口，我老觉不爽快，呵欠连连、久睡不醒。我猜，这可能与我有基础病有关吧。但那些没有病的人跟我一样难逃这种不适。为此，有经验的“候鸟们”，在海边度假结束之后，一般会先在西安或武都住上几天，然后再回西宁。这样，大致就没有烟瘴之虞了。

哦，哦。活到老，经不了！我与请我到三亚度假的朋友们再次说起烟瘴。

他们说：“烟瘴是什么？不就是高原反应吗？”

是的，是高原反应，但好像并不尽然。在我看来，高原反应有以偏概全之嫌，青海人一般不喜欢这么说。且听这一首家喻户晓的花儿：

阿拉古山上的烟瘴大，
大通河里的水大。
出门阿哥的孽障大，
家里的尕妹们苦大。

在青海，这烟瘴远不只是一架看不见的梯子，还是一座看不见的高山，需要用生命一点一点来体验。如果我们像教科书一样单纯以海拔论之，以氧气瓶克服，总觉得有点轻描淡写，有轻视这片圣洁土地的感觉。

深度认识青海，心贴青海，感受烟瘴。对我来说，这不只是永远的乡愁，也是生命延续的一门功课。

2023 年 6 月 20 日初稿
2023 年 12 月 5 日修改

水以纪年

说起来真有点不可思议，平常那么离不开水，要以水滋润精神的同胞们，在金场里，十天半月都不洗一次脸的时候却很多。这就像瘟疫扫过一番或者赶着一场荒郊里的时髦一样，我很快就见怪不怪了。只见他们一个个黑眉糊脸，眨巴着镶在“黑框”里的眼睛在沙堆间晃来晃去，环境和人的变化让我有一种身处沙漠的感觉。然而，这里却不是沙漠。理智马上告诉我：挖金子是苦活累活，金客几乎每天都是泡在汗水和沙子之中的，加上这荒僻之地的紫外线总是那么不近人情，不出三天，长得很白的人，全然变成了另外一个人，其脸颊、脖子一下子像阴影似的变黑了，看上去简直就是刚刚下班从矿井下蹿出地面的煤矿工人。

入乡不仅得随俗，还得随气色、肤色。不管你愿不愿意，只要来到了这里，在荒野的阳光下站一会儿，哪怕是戴着草帽、凉帽，紫外线仍会见缝插针、长驱直入，皮肤被灼伤、变黑、脱皮是自然而然的，是依次递进的，没有什么商量的余地。尤其是我这种久居办公室的人，就是在阴云密布的雨天，就是躲着太阳，依旧经不起紫外线穿云破雾的烤灼，不一会儿，皮肤马上就会变暗、变黑。就这样，过不了三天，整个头脸就成了一件古色古香的“青铜器”了。

一起干活的金客们可怜我这个“书生”，常开玩笑说，像你这样贪恋阳光的人，有两种办法护肤：一是坚持不刮脸，任胡子野蛮生长成荒草，或者森林，由此形成一层保护层，以抵御紫外线等的侵袭，等你回到低海拔的学校，开课前刮了胡子，再好好地睡上两三天，恢复脸色就指日可待；二是坚持不洗脸，让汗水和污垢堆积成第二层皮肤，把一张老脸全然交给自然，任它被烤晒得了，等回到家里，来一次“秋后算账”，就像举办一场告别仪式一样地用香皂洗几番，这脸部生态就会恢复原貌。

哈哈，抵御紫外线的大坝就这样在众人的七嘴八舌中形成了不止一座，并坚定地横在我的眼前。

他们说的都有几分道理，方法确实很好，但我很难适应这一切。因为，在祁连山腹地深处，一直不歇地干了两天活之后，我感到非常不适，有一种强烈的被笼在罩子里的沉闷和压抑。于是，有一天，趁着大伙儿吃中午饭歇工的间隙，我费尽周折找来一盆水放在帐篷前，靠中午的阳光晒热了，然后，我脱了上衣，就地大洗起来，并用备用的一壶清水，最后冲淋了一遍。这一下子就有一种麦苗破土而出的酣畅与舒适。但没过多久，我就感到恶心，伴以头晕眼黑，头重脚轻。尽管如此，我逞强坚持在沙窝里继续干活。可是，不一会儿，禁不住食物的反扑，我不得不离开沙窝。还来不及走到一边的草地，我便将中午吃进去的几大碗清水面片连同胃里的酸水一股脑儿全吐到了地上。我拼命站直了身子，却再没力气睁眼看人，更没力气干活了。这时，我身边的马掌柜摸摸我的脉说：“这是受阴了！傻孩子，出山水哪能当驯服过的水用呢？水是认人的，人与水都有个磨合的过程。你是知识分子，为什么忽视了这一常识？”说完，他拿来两瓶藿香正气水给我。

我说：“这药一次只能喝一瓶。”

他说：“不行！这里是金场，得喝两瓶。”

常识胜过使用说明，我听了他的话。尽管如此，一整个下午我仍旧睁不开眼睛，就像一团泥巴一样蜷缩在帐篷里，昏昏沉沉一直睡到次日，这才雨过天晴，并逐渐地缓过劲来。

又能上班后，几个老人有点事后诸葛亮般地说："金场里倒下的都是逞强的人，对海拔和气候等自然的力量不服不行，它们胜过高压线！尤其是水，你不得不谨慎使用。在我们的观念里，水是一件衣裳，你就得按规矩随季节变化穿它，顺从它才是。"哦？我听得云里雾里，但觉得新鲜难得，这些话就像带着点蒿草味的深山空气，直入肺腑。自此之后，我发现，金场里的几个老人，每天一有空就都拎着一个塑料壶围在锅口准备洗浴的热水。据他们说，冰冰凉凉的出山水还没被驯服，这都是带着野性的，稍有疏忽，就会把人击倒，好多病就是因为用水不当才落下的。而完整地按照规定的程序洗浴就是调理疾病的药物，它们能克服和制衡出山水中包含的眼睛看不到的不洁。至于程序复杂的洗浴的作用，则是人心的根须、出门的盾牌，没有它，人在这荒野里是一天都待不下去的，更何况金客一出门就是一年半载。

就这样，我们在金场里说着这严肃的话题，也没有停止干活。有一天，说着说着，我们竟说起冬泳。有人钦佩冬泳者的勇毅，就说："那真是厉害，那得需要多大的自制力和战胜自我的力量。"有人则坚决地表示怀疑，说："那是在内地，内地冷水再冷也不钻骨头，海拔放在那里。要是在青海托勒的五岭沟里，海拔四千米以上，你让他试试，非得当场冻死不可。"

在到五岭沟之前，我始终认为，家乡的热和冷与别处的没有什么本质上的不同，零度是热冷之间唯一的界限，这就像是横亘在青藏高原上的祁连山一样不可撼动。在我的海拔只有两千五百米的家乡，为了赢得打赌的胜利，有一年的十一月上旬，我曾在漂着浮冰的河水里挽起裤管来回走过一次，在冰水里少说浸泡了有几十分钟，这都还没有被冻僵。可是，在五岭沟一点儿也没有结冰迹象的水里，我每洗一次脸都得咬几次牙关，那种跨过皮肤直钻骨头的生冷比明晃晃的刀子还要尖锐。这是一条在石头尖上健步如飞的溪流，其轻盈、飘逸的身子让人不由想起鹰隼；其纯洁如缎、明亮如练的色泽总让人想起一把把淬过冷水的刀子。所以，金客们不到万不得已，是不敢轻易触碰这水的。为此，那些白天干活不戴手套的人，到了晚上清槽子、出盆子时，都会戴上长袖的塑料手套。即便这样，完成工作后，每一双手都被冻得红肿，宛如一截截紫红色的蜡烛，不经过半个小时左右的缓冲和适应，是回不到原有的温度的。马掌柜告诉我，在这里，手被冻疼、冻僵以后，千万不能马上近火或一下子焐热，否则会落下冻伤，疼得没有地方钻。

冷热之间有一条我们看不见的过渡带，它像河，需要慢慢渡过。身处金场，常识就这样与祁连山一起一点点冰冷地横在眼前。我暗自嘀咕：山水猛于虎也。怪不得这里好多人习惯于多日不洗脸。

难道金客们就这样谨防着水的危害而彻底远离了水吗？

不见得。

有一天，和我同一顶帐篷的同伴得知家里有亲人去世了，他急切地想找到一壶水，来表达自己的礼仪。但一时找不到热水，他便只身走向远离人群的一条小河。我对他说："我曾因用冰水洗脸险些重病一场，万不可拿自己的性命开玩笑。"而他却含泪说："今天哪怕天下刀子，河流生冰，这个水我也是不疏忽的。"说完，他转身就走，他说话的神情，有一种决绝和悲壮。

在与他们的长期交往中，我还发现，有些人一旦遇着心慌意乱、噩梦连连、老打不起精神的时刻，就会想办法找一壶热水，吊起水桶，用早已习惯的方式冲澡，排遣心头的郁闷。马掌柜看我一脸狐疑，就告诉我，水通天地，水洗百污，对于金客来说，一捧水，就是一番心境；一捧水，就是一段光阴。好些人在金场习惯了以水纪年记事，以水克服山中无甲子的困难，硬是把自己的一身水与一个寂寞的夏天交织在一起，借此回顾过去。

因此，在惜时如金的金场里，掌柜们虽然大都不允许金客蹲地久便，但都很宽容那些换水的金客。在我们那个沙窝，马掌柜专门买了一个蒙古包，用帆布将其隔成了六个小隔间作为金场的浴室，每个隔间都挂着吊桶，允许金客随时冲澡。金客们将此叫作换水。正因为有了这顶帐篷，整个夏天，虽然金场的生活十分单调，每天都是机械式地挖沙淘洗，但金客们却以此关照自己和别人，也常把它当成淘金生活中的一项福利和乐趣。

有一天我去其他沙窝串门时，看到那些经济条件不允许置办一顶帐篷作为浴室的沙窝，人们就在大山一角有遮挡的地方或者略显隐蔽的地窝子里围一条布单作为临时洗浴的地方。看我因为用冰水洗头而感冒，我们沙窝的马掌柜说：“你以后不要这么莽撞了，如想换水，就直接告诉我，我烧热水给你洗浴。这金场里，有了一身水，我们就什么也不用怕了。水是我们的胆气之源，活着一身水，我们哪管得了其他!”

正因如此，金客之间有时为了一壶热水会发生口角和争夺。好几次，我劝止了他们的争抢，但事后我心虚不已。因为，在金场里，生命的风险潜滋暗长，虽然金客一个个看上去身强体壮，但更多的时候却是气若游丝，不堪一击的。我亲眼看着我们旁边沙窝的一个中年人嘴皮一青，当场咽气。在金场的日子里，我不断听说有人因为多吃了一碗饭，第二天早上就起不来的消息。要是因为我的劝阻而耽误了谁的水，那可是比欠经济债更加难以偿还的情感债呀。

即将离开金场，我让金客们再说说关于水以及换水的故事，坐过牢的马五老汉给我说：“咱这个民族活的就是一壶水。在监狱里，同样是重刑犯，临死的时候，别人的要求不是见一回亲人，就是痛痛快快地吃一顿，而咱们走到尽头时，祈求的不过是一壶清水，一壶按顺序洗三遍的清水。人在绝境，有了这一壶水的慰藉，大都死而无憾了。”

金场的马凯曾说：“不同海拔的水有不同的个性，我每到一个地方不换这个地方的水，就总打不起精神，水就像救生衣一样，是救命的东西。”为了说明这个道理，他还告诉我，祁连山的羊到了东部农业区大多会死掉，这是因为水土不服。按理说，由高海拔地区到了低海拔地区，温度更适宜，氧气更充足，应该活得更健康才对，而羊偏偏就死掉了，这还是因为水土。要是羊也能够像人一样会换水，说不定就能活下来。水土，水土，人的适应性是否就与水有着千丝万缕的关系呢?

在金场，让我难忘的还有，金客们回家，一般是早晚结冰的秋季，离开前他们也不忘换一换离开金场的水，这是谁都不肯忽视的。因为，洗澡本身就是一种放松，对他们来说，更是一种告别仪式，还是一种防病的方式。他们举了个例子，说有一个金客忽视了这一告别仪式，到家后就犯病了，是怪病，人一旦抽起风来，就会胡言乱语，听着都让人不寒而栗。

但无论怎么说，这终归是个卫生习惯，更是已经固化在深层心理之中的习俗。在离开金场前，我本来决定在山下的亲戚家洗澡换水，再赴新疆参加一个文学笔会。在听了他们的故事之后，我将我的汗水和污垢一点不落地留在了日夜奋斗了一个多月的金场，并将这种习惯和在这里学到的关于换水的知识带到了新疆的笔会和今后所到之处。

带水远行，我的心里从此多了一方灿烂的明镜。尽管它远挂在早已消失了的金场，却一直映亮着我在黄泥小屋和城市套房里的每时每刻。

2016 年 12 月 17 日初稿

2020 年 9 月 3 日修改

风奈我何

山中无甲子，寒尽不知年。在信息近乎真空的大山里，西北山民们的感觉却都远超草枯之后高悬在晴空里的鹰眼，敏感得让人不得不为之一惊。

犹记得小时候，每每新年来临，风起田野巷陌之际，我们村那些一脸皱纹的老人看着墙头上瑟瑟摇曳着的野草，就会说起他们心中那些淡烟般飘忽着的“天道”。他们认为，这风儿里含着即将开卷的年景，这就像是石刻一样沉淀在他们记忆深处的河渠，不会轻易改道易辙的。哦，怪不得，看这风时，他们有一种站在河岸上看水一样的投入与专注，也有一种不满足于自己习惯站位的挑剔。于是，每每到了春节前后，他们就会走出大门，结伴走动在村巷、田野里久违的一隅，把村庄当成刚刚展开的书页，在熟悉的凉风中寻找岁月的新意和春天姗姗来迟的脚步。有时，蹲在地上就是一个上午，甚至一整天，宛如修行。

就是在这种不动声色的平静里，他们看似无意、实则悉心地体察着从太阳初升到中午这一段时间甚至是整天的天象，让自己的鼻息隐秘地接通长途跋涉了许久的村外的各种来风。在他们看来，这风无论大小强弱长短各异，都是春天的冰山一角，是连着桃红柳绿的层层涟漪、连着他们人在西北的万般心事的。

我知道，早在风起之前，他们的心头就有这样一道任谁都撼动不了的价值堤坝：一鸡二狗，三猪四羊，五马六牛，七人八谷，九果十财。也就是说，初一的风直关这一年鸡的命运，初二的风直关这一年狗的顺逆。以此类推，与他们利益攸关、朝夕相处的牛羊、庄稼等最切身、最要紧的民生物什一一都显现在说不清道不明的缕缕微风中了。风柔，命柔；风硬，命硬。风里蕴含着某种不可预知的事物的走向和他们的心境。人是风里的灯。越是敏感的人，越能在摇曳的风里感受到自己以及其他生命的脆弱。这早就是他们雷打不动的心境、心相的一部分了。

犹记得我们村老仲老汉面对其他人关于年景的各种各样带着私人观念的狭隘推测与判断时，总以一种更为宏大的自信扫除人们心中的阴影：凡事的好歹都在隐藏，要是我们不幸言中，那不是翻了天了？哈哈哈，哈哈哈。有时，土墙根里荡漾开来的串串笑声让高高低低站一溜享受阳光的老人都舒展了脸上的皱纹，他们宛如一排活着的兵马俑，在岁月的安逸中忘了一切。

就这样日复一日，直至掀天揭地的大黄风撞开了镶嵌在土墙上的大门，他们这才平静无波、轻描淡写地说，春天可能快来了。

可是，这季节的来势也太夸张了，其鲁莽是南方人难以想象的。

听，随着一阵猛虎下山般的啸叫，一股又一股沙尘暴就像天河决堤一样吞没了周边的城市、山村。这哪里是沙尘暴，这是一股流淌在山河大地之上失去了河床的黄河。它左突右冲、横冲直撞，不断翻卷着脚底下的沙尘、垃圾、羊粪蛋，仿佛能将一切连根拔起的尘埃在不断摇撼着树木，摇晃着院门，掀开了木窗，驱赶着灶烟，让整个天地一片混沌，失了棱角与边界，仿佛一团灰蒙蒙的土球。

最不堪，那夹杂着腐土味的尘埃远胜秋天里四处肆虐的蚊蝇，径直往一切有缝的空间里钻，直弄得人的嘴巴、鼻孔和衣袖里到处是浮土。这使许多人不得不闭门在家，躲雨、躲雪般躲这天昏地暗、天翻地覆的三五个扬尘天。

讨厌不讨厌？村民们连连摇头否认，说这是西北一年一度的春天序曲，要是没有这样一番摧枯拉朽、天翻地覆的“极端天气”，春天就会遥遥无期，不知何时动身了。

大西北真怪呀！风起云活，云活地暖，地暖雪消，雪消成溪，溪自淙淙，如同弹奏着一支古老的曲子。而婉约之前，必得黄钟大吕，河湟大地哪能没有这样一场或几场温床般孕育春天的狂风？也只有黄风阵阵后，苍茫大地上才会看得见耕牛，积雪斑驳的土地才会一点点旧貌换新颜，完成它们最终的脱胎换骨。

奇怪的是，这风一旦平息，在一两个月里，整个河湟就会平静如初，不再风骤雨狂，甚至，风雨远遁，有时盼都盼不来一缕含雨的微风云影。这时，村民们上完房泥后就会手搭凉棚，远望着山巅的云起云落，总希望有一阵微风把它们驱赶到村庄来变成一场雨。但这被指望着的风就像抽了筋一样还没走到村庄就全然地泄了气。

这段时间，风在哪里？

“春风不度玉门关”，村庄会不断飘来各种传言，它们代替了风在四处游走。有人说，人造成了大自然的干旱，庄稼只能深埋在土里泣血；也有人说，风随麻雀上了新疆，没了爱的村庄肯定会失去风的垂顾。唉，不说了吧！听风的买卖跑死马，风该来的时候自会来。

果然，和风细雨，惠风和畅，一场一场，悄然间绿了山野，绿了心头，日子像庄稼一样丰收了一茬又一茬。原来，风就在村庄的上空守望着我们，它是不会抛弃心怀希望的人们的。对此，村民们早就心知肚明，知足感恩，希望连连。

一俟秋天来临，青海东部农业区的每一个麦场上，一旦看到农人堆起那用古老的碌碡碾下的小麦，风儿们就像担货郎生意人一样悄悄来到村庄，就等在农人拿农具伸开胳膊的低空，配合干活是那么默契。当村人一叉叉把作物送上低空时，看不出行迹的风就会踊跃而麻利地帮着他们及时分开麦衣尘土和麦粒。真不知风有多少双巧手，还不等一叉含混不清的作物从空中落地，它总是让尘土、麦衣、麦粒各归各位，互不僭越。土随风去，衣自一边，金色的麦粒就会准确地落到村人的脚下。

在西北，村民们将这一道农活叫作扬场，这是高原农民秋收碾场环节中的关键一环。我曾将此称为“御风而行”，总觉得这是最能体现天人合一境界的一个理想的劳作画面。

难忘的是，在我的家乡，越是会扬场的人越懂得他们头顶的那场风。他们说，那些刁钻古怪的旋风只会拧成麻花，没有条理，它们不是分离麦衣的理想之风；而那些结伙打劫的乱风则宛如一个个凝结的疙瘩，像一个糊涂的不开窍的人，除了一次性卷走麦粒，再没有其他能耐。每每遇到这两样风，他们就会停下手中的叉子，叉腰站在麦堆旁静静等待，有时，站着站着失去了耐心，他们就会仰天呼哨，以为这是能够唤来清风、细碎之风的口哨。这时，不知是他们唤醒了风，还是风经过了麦场，他们顿感额头凉爽，耳际有风，这就马上疯了般弯腰、直腰，快速地一叉叉把含着希望的作物扬向头顶。而就在这样不断地扬撒中，一堆堆闪着金光的麦子、黑色的油菜籽、淡黄的大豆就从不同颜色的衣皮中脱壳而出了。

扬场是技术活，更是与风合作的一项农活。有时，天不配合，风不作美，人再怎么努力，再怎么着急，也无计可施，麦子等作物与生俱来的外壳就是不肯自然分离而去。而这时候，村民们就会指望夜风，并借着夜风之手，让作物走出外壳，走向谷仓。

风在不同的季节、不同的时辰会有不同的走向。就我所知，我们那个村庄，在秋天里，白天的风是从村口吹向西北山脚的，属于南北走向；一旦天黑了，太阳落山，方向陡转，风马上会从西北山脚吹向村口，变成了倒风。更为有意思的是，我们村前半夜的风就像喝茶喝多了后失眠的人一样，始终精神抖擞，刮个不停。直至下半夜，才一点点缓和起来。而到了黎明，它们就全然偃旗息鼓，瘫成了一团泥，再也吹不散一叉含着麦粒的草团了。

等秋收结束，田野被弃之如敝屣，牲口被野放在山间之际，青藏高原又会迎来一场气势不凡的大风。就是这场大风把寒冷和霜雪带回高原，吹落草木树叶，吹来满目苍凉。可是，村民们这时却对风没有任何谈说的兴趣了。因为，这个季节几乎时时都有风。任尔东南西北风，风变得像刀子一样锋利，他们都不那么在意了。惹不起，躲得起，无一例外，他们都躲到了自己精心营造的黄泥小屋，燃烧牛粪，烧热了屁股下面的土炕，还将生起一个可粪可煤、可柴可草的火盆或者火炉，安然过冬。

田野不长庄稼，农事不再紧迫，这时，他们听着窗外的风声，就开始过起风奈我何的闲适日子了！

2022 年 3 月 27 日

炕道

炕就是炕，为什么总要缀上个“道”呢？

面对家乡的这个习惯称谓，我无数次地问自己，总琢磨着这之中一定暗含着什么道理。

就这样琢磨了许久，直至走了一大圈南方，看多了江浙、湖广的或高档或普通的床榻之后，这一扇窗户才终于为我豁然打开。

一

还是再回到青海。在青海东部农业区，不论是农村还是小镇，在暖气还不普及和流行的岁月里，在家徒四壁，房子建设刚刚成型的第一时刻，人们计划和考虑的第一件大事就是盘炕。炕是一座屋子的瓤子，无炕不成家。有了它，屋子才算有了主心骨，才有了精气神。老人总得有老人的大炕，孩子总得有孩子的厢房炕，因着辈分，设定格局，然后再砌墙开门。在这个过程中，炕是第一参照，第一家具，第一基础，屋里的一切都是以炕为中心来设计的。

这几乎是惯例，延续了很久，无人突破。

在漫长的岁月中，无一例外，这里再穷的家庭，家里都会建有一个很能代表家庭体面和尊严的大炕。条件好的人家，往往倾其所有，还要在炕上铺绒毛毯，苫绣花炕单，摆放绸缎被褥，添加油漆炕桌，以此显示家庭的殷实，时时刻刻准备着迎来送往。

条件差一些的人家，也总是铺毡叠被，随时刷洗，每天侍弄这个炕，使其成为家庭的第二张脸面。除了待客和用以睡觉的大炕，他们也从不忽视家里其他炕上的卫生和铺盖。男孩有男孩的炕，女孩有女孩的炕，越是富庶的家庭，炕越多。

炕，让农民们延续着古老的作息规律而养成了自己独有的生命气息。

每天一大早，女人们就要叠被子、刷炕单，使炕单暴露在空气里以保持清洁。天黑前，她们总是如约般填炕、煨炕，她们服侍着火炕，忙上一番，将此作为必需环节，也作为晚辈对长辈的孝心体现，仪式感很强地日日实践着而从不厌烦。不定期地，主妇们还要专门刷洗炕单被套，以自己的勤奋维护着炕的体面。

细想一下，炕中还真是蕴含了诸多人类文明的大道。作为休息之所，它让人类告别了席地而睡的古老方式而一跃到了另一个高度，从此人们摆脱了风湿寒凉的干扰，古老的小农经济获得了比较健康的延续与传承。

就说炕的燃料吧，一般是庄稼的叶和根茎，它们身上永远流淌着太阳的气息和农人的汗水，这使农民在睡觉取暖时，有一种贴近自然的温馨。反过来，这些燃料带着农人的汗味和农家的味道轮回为灰土后，会再次回到田里，成为庄稼的气息。这是一股不见容于城市的气息，在乡村里似乎感觉不到它的存在，而一旦随着人的脚步来到城市，就觉得特别刺鼻与不和谐。为此，许多农人进城后，就纷纷背叛传统，将土炕改为床榻，第一时间告别了土炕，从此断了与庄稼和传统农业生活的纽带。

在传统农业社会，因为炕的存在，乡村还孕育和培养出了一代又一代毡匠、毯子匠、木匠等手艺人。每每到了农闲的季节，他们就会按照古老的行规和节奏走村串巷，设点摆摊，进入农家从事擀毡、织毯，做炕桌、书柜、被柜等工作。他们记在心里、念在嘴上的尺寸不是四六，就是三七，总是不离一个家庭土炕的大小。进入农家，按照主人的心愿，他们最基本、最基础的工作就是用尺子或者用手指丈量炕的大小，然后再看货下料，总想为主人家的大炕锦上添花，让其尽显风采。

二

在这冰山一角的背后，潜藏着乡村的另一份温情。

一般情况下，每一个家庭的大炕都是供老人或客人使用的，再贫寒的家庭也会多备着几套被褥，以便待客。每天一大早，不论有客无客，在这个炕沿下，都会有儿媳或其他晚辈生起炉火或者火盆，烧茶问暖，关心炕烫与否。就和有些地方见人问吃了没有一样，向老人嘘寒问暖几乎是惯例。在头一晚，晚辈或主人，为长辈或客人把炕烧热，并亲自铺好被褥，这是礼数，谁都不会忽视。一日的暖宁值千金。在北方的冬天（甚至温差较大的夏天），给人温暖，这是一种最基础的关怀。所以，一旦来客，每个家庭的核心取暖资源几乎都集中在大炕屋里。原先的火盆，今日的烤箱，几乎都在这个炕沿下冒烟，而使这一个大炕显得更加温馨。

就在这个炕上，家教甚严的家庭，老人和客人们平日里总是围着炕桌说话、喝茶，甚或发布家庭训示、履行婚丧嫁娶等重要大事上的礼节。作风民主的家庭，在没有外人的情况下，老人们会允许一家老小围着炕桌吃饭喝茶；而家风严格的传统家庭，在老人健在的时光里，晚辈们只能在炕沿下走动，提茶倒水，竭尽本分。

这是比较严肃的一幕。

通常情况下，每逢冬季、下雨等农闲的时刻，一角土炕常常是邻居间或一家人的休闲、聊天的场所。当邻居的几个男人凑在一起，选择一炕，苫着被子半倚着身子说笑、闲聊时，女人们则会凑在另一个炕上盖着被子交流针线活和家长里短。此时，季节和杂事被关在了屋外，鞋子和袜子被脱在炕下，腿脚和身子想怎么屈伸就怎么屈伸，懒懒的，就这样一坐半天、一天。如果这时同炕的长者或伙伴谁讲个故事，那小孩们就会抬起下巴连眼睛都不眨了。

有时，一个人都没有，在冬天的漫漫长夜里，身在土炕，任寒流在窗外肆虐，冷风在屋内鼠窜，热炕却在身下发热发烫，半睡半醒着的每一个农人仿佛都是自己的帝王。

不知是什么原因，虽然进城多年，至今每读一部大部头或做一番深思或精神放松时，我总喜欢回到老家躺在炕上。摆脱了鞋袜的束缚和外在环境的压抑，人一下子变得很放松。没有这炕，我这在城市里漂泊很久的心就始终静不下来。近年来，我越来越觉得，坐在高档沙发、睡在高级席梦思上的感觉还是没有在土炕上那么放松、瓷实、亲切。

炕在我的生命中打下的烙印太深了。我的先辈，一代代都是在炕上生、炕上长，在炕上结束生命的，一生三分之一以上的时光是与炕捆绑在一起的。我的三个孩子，也都是在炕上生长的。炕不仅是我们祖祖辈辈睡觉的地方，也几乎是一代代孩子大小便的地方。在没有尿不湿等育婴产品时，颗粒绵软的土疙瘩就是那个时代的尿不湿了，不断烘烤的热炕使我们自小就摆脱了风湿的侵扰。

在青海、甘肃的山区地带，炕同时是家庭生产中不可缺少的育雏和发酵食物的优良场所。村民们在酿制青稞酒、发面时，常常将酒曲和发面盆放在炕上，借其恰到好处的温度，做出具有浓郁地方气息的特色食物。每每到了春天，在春寒料峭之际，有些地方的村民将买来的小鸡装在纸盒子里摆在炕头一角，与自己同吃同住，借此提高成活率，也与小鸡建立了良好的互动关系。更有将小羊羔、小牛犊拴在炕下，让其茁壮成长一段时间之后再移往牲畜圈棚的人家。至于在炕桌下养一只小猫咪当宠物的人家则多得数都数不清，甚至早就是见惯不惊的农家一景了。

三

人在炕上，心里安宁。远离了土炕的日子里，我老觉得心里不踏实。这使我近年来开始关注各地的火炕及其现状。

同在青藏高原的青海东部农业区，每一个山坳里的土炕，其建材和填煨的方式等是不尽一致的，其中蕴含的信息也很有意思。

就建材言，在青海，出煤产煤的大通和无煤的州县就有着很大的不同。素有“煤都”之称的大通，在过去，大多数人家喜欢做板炕。板炕，就是由一片一片的木板拼接而成的；填炕的燃料一般是细煤；填炕的方式是揭开炕板，从开口处把煤填进去，在其四周裹上残灰，从煤堆顶头引燃，让煤一点点从上往下烧，直至灰层变厚，才轻轻拨去陈灰，露出火星。板炕就这样，一点点引燃，一点点发热，一般煨一次可以维持十天左右，不需天天侍弄。煤灰也是比较少的，整个冬天下来，只在积存较多时，集中清除一次即可，不需要隔三岔五地清除煤灰。板炕的好处是，炕洞里没有燃料发出的异味，炕里还可以随便炖茶、炖水、烧洋芋、焜馍馍。板炕保暖性强，维持周期长。而其短处是，用煤量大，有煤气中毒的风险，也有小孩不慎掉入的风险。为此，这些年，青海许多人家逐渐淘汰了板炕，换成了打泥炕。

打泥炕的流行地域似乎很广，从遥远的中亚到黑龙江，几乎这一整片地方都能看到它的踪影。打泥炕用石板或水泥打造一个平平的炕面，严丝合缝，不让哪怕一点点烟丝流窜到屋里，而把填炕洞和烟囱设在屋外。打泥炕的好处是，屋子与烟尘隔离，整个屋子的卫生维护比较省力、方便，而且，打泥炕在填充的燃料上没有讲究，从树叶、树枝到野草、畜粪等都可随地取材，比较经济。而其不足是，需要每天进行填充；烧起来的火，只能用于取暖，很少能兼用。更有甚者，如果不能很好地处理风向与烟尘的关系，再密封的打泥炕也难免散发死烟的味道，睡了打泥炕的人无论走到哪里，都带着一股浓浓的异味，久久不散。

别看这小小的打泥炕，其味道和细节里能透出非常鲜明的地理个性。在青藏高原的牧区腹地，打泥炕透出的常常是一股浓浓的粪烟味或野草的味道，打泥炕的炕洞同时是烧饭的灶门。而在青海祁连山腹地的门源和祁连等地，打泥炕则透着一股焦炭、畜粪和草木交杂的烟味，打泥炕的填炕洞大都设在屋檐下边的窗口靠近地面的地方，栖息在这片屋檐下的麻雀都是黑不溜秋的，被打上鲜明的地方个性。而青海靠近西宁的一些村庄，总喜欢把填炕洞隐在墙脚或者不显眼的地方，为了减少燃料燃烧产生的异味和怪味，人们平日里总喜欢把燃料晒得干干的透透的，为此许多人家的门前大都精心地晾晒着一坨坨燃料。一直到青藏高原和黄土高原的交接地带的甘肃大河家、青海民和官厅一带，每一个打泥炕透出的似乎都是淡淡的枯叶味，非常接近这里的风土。

由此，我常想，东北和华北的农村，其炕透出的是什么味道？蕴含着怎样的文化气息呢？

我没有细致地观察或者经历，但我常常猜想，它们一定也蕴含了非常丰富鲜明的地域和民族个性。就像炕是中国北方文化的一个标志一样，具体到某一地，这个地方的炕文化也肯定会有自己的气息和个性。

这是肯定的。

因为，在西宁，我已经看到，城市楼房里火炕的考究和其中蕴含的文化意味是别具一格、不同于以往的。

2012 年 2 月 14 日初稿于长沙
2014 年 6 月 19 日修改于西宁
发表于《青海日报》《民族晚报》

疾病杂感

一

人是一种非常精致的动物，上天最初给予人的一切都是最为精妙、最为均衡的，不多不少，刚刚好。可是，与此同时，亦让人性贪吝。由此，我们则无缘守得住这种大美、这个度。因此，疾病不招自来，致使我们不得不生活在病态之中。

来时一条命，去世一身病。当病积累到无可救药，无法调整变通了，我们知道，我们的路也已走到头了。

人生自古谁无病？病，简直就是人的常态。大多数时候，大多数病是不要命的。它们只是一个个生命的课堂，让我们懂得自己，懂得自然，懂得节制，还懂得许多许多，包括物质的、精神的，不同的层次会有不同的感悟。从这个角度说，病也是食物，也是阶梯，它会把我们引领到一个全新的境界。怪不得《文汇报》一篇题为《没病的人是无知的》短文引起那么多人的共鸣和转发。

我常常认为，人最健康的心理往往就在病中。以病为坐标，人才能最精准地反观自己，发现自己。林黛玉病恹恹一副仙骨，让我们看到了人的灵魂的冰清玉洁；轮椅上的史铁生，让我们体会到人的孤独和无助。

病是一面镜子，越擦拭，越无尘。病让许多伟大的灵魂从此屹立，不断拓展出人类认识水平崭新的地平线。

二

病不仅是人类共同的魔咒，也是不同地理方位的另一张面孔。中国南方蔓延的一些皮肤病、疟疾等疑难杂症未曾在北方常见。曾经流行在西部牧区的鼠疫以及包虫病等在东部少见。大多数的疾病依旧处于小国寡民状态、封建割据状态。我的家乡大通是有名的煤都。受此天赐宝物，大通的农家一直享受着煤炕和烤箱的养护，很少有腰腿有顽疾的患者。可是，因为人为的疏忽，大通较多少儿烧伤和煤烟中毒之患者，为此搭上性命者几乎年年都有。

如今，工业，特别是化学工业的无孔不入，全面打开了疾病的潘多拉魔盒。我所知道的是，诸多化工厂周围的农民多患癌症，水泥厂周边的村民总是呼吸不畅，井下的矿工较多患尘肺病。

数年前，让全国人民闻风丧胆的萨斯（SARS）病毒，与我们的胡吃海喝不无关系。还有，防不胜防的糖尿病、抑郁症以及其他形形色色的疑难杂症，哪一种不是人类作茧自缚、自作自受的苦果？

在省二医院看病时，我从疼痛科大夫那里了解到：青海农村的打泥炕因为燃料的潮湿以及制作材料的不科学，成为各类风湿的病原点之一；北方农村腌菜、泡菜的传统导致了相关癌症比例的持续上升；流行在各地自建房上的玻璃封窗虽然利于取暖，却直接阻隔了新鲜空气，让房屋都不能从容呼吸了，况人乎？

一方水土养育一方人，一方习俗还会致病一方人？可能医生最有发言权。

三

一千个读者有一千个哈姆莱特。人类有一千个自作聪明，就有一千种哭笑不得。病是我们自酿的一杯苦酒，对此，我们只能自作自受。何况，人体本身就是一个巨大的调节器，据说，百分之八十的病不用管它，它自然会好。

可是，生命不息，聪明不止。我们发明了那么多的治疗方法、治疗通道。中医、西医、回医、藏医。外科，内科，肿瘤科。医院，防疫站，卫生院。还有夹杂于大街小巷、城乡四处的大大小小的药店，江湖郎中。毫不夸张地说，我们已经筑起了一道预防和治疗疾病的钢铁长城。

更为奇怪的是，一旦真的得病住院，常感叹一床难求。别说是省级的著名医院，就是乡间的卫生室，患者都很难挂上有名气的医生的号。三天四天，甚至一周前的号都被预约。由此，医托满街飞，医疗成为一个不折不扣的产业链，这一旦进入，就是一条幽深的隧道，轻易走不到头。

住院早已成为有些人的常态生活，就像住宾馆一样的稀松平常。可是，世上的事，哪能逃脱得了辩证法？常言说，萝卜是菜，便宜是害。那些长期泡在医院里的人往往成为受害最严重的人。在现代高科技手段的左右开弓、齐头并进中，人自身的免疫力日益减弱，以致越住院越体弱了。

原来，医疗过度跟医疗不及时一样可怕呀！小病大治的背后有着许多不可告人的秘密。现在是该思考这些问题的时候了。

四

就是在这样的医疗环境面前，餐前血糖曾经上升到十八，我还陶醉于

“八就是发”，不敢轻言住院。老实说，我至今最害怕的便是住院。十多年前，看着钢铁一般的儿子无奈地躺在透析室里，我心如刀绞，不忍目睹。可是，关于生的一线希望，让我们一家不再心疼东挪西借的大把金钱和儿子遭受的一切痛苦，开始了透析。尽管如此，才只二十岁的他，经历了万般痛苦，搅碎了我们一家的心之后还是走了。那一年，我刚四十岁，遭受中年丧子之痛，随即提前留下遗嘱：“将来某日，一旦身患大病，绝不轻言住院。”我非常清楚地知道：在死亡面前，一切的人为努力都收效甚微；在要不了命的疾病面前，哪怕是一个最朴素的偏方，有时也能化腐朽为神奇。

犹记得小时候积食发烧，昏迷不醒，没钱去医院的父母轮流着在灯盏上焐热了手心之后用手心里存留的那一点温度敷我的肚脐眼，我终于在摇曳的灯光下睁开眼睛，要吃要喝，给贫困的他们带来的不只是惊喜。

凭着贫困岁月里农民们用荆芥、柴胡、草果、花椒等熬煮茯茶化痰醒胃的方法，我的一个做了大半辈子西医、现在已是专家的老同学，竟成功治愈了一名患者不思饮食的慢性病，这让他自己都感到惊奇。

大道至简！

在缺医少药的年代，民间流行着“缓病”的说法。他们认为，病是过快的生活节奏破坏了人原有的生物钟之后的一种机体反应，人只要停下奔波的脚步和放下悬在空中的心，身体便会回到原位。时间是最好的药物。时间是最神奇的医生。

中医倡导的一些观念至今已成为医疗界的共识。今日之病，多源自超负荷。超负荷工作，超负荷思考，甚至超负荷快乐和享受，让人的情绪和五官以及肢体不堪其累。为此，很多医生倡导减负。减肥者不吃晚饭，僧人倡导过午不食。各大宗教皆有斋戒功修。有哲言道：饥饿是药物之母。如今，不少没有宗教信仰的人也乐于斋戒。在一个物资充盈的时代，节制显示出了它的重要与迫切。或许，这就是我们常说的辩证法在医疗界的具体呈现。

就身体健康而言，饿其体肤也许是一种健康修炼。猎人最懂得“鹰饱不逮兔”的道理。品酒师为了保持感觉新鲜如初，一辈子不用化妆品，不进餐馆，不吸烟，不赴宴，时时处处谨防着浓味的侵袭，简直是苦行僧。可是，他们由此保住了自己舌尖上最健康的味觉。在读书思考中，我暗自琢磨着这一切，总觉得疾病远远不是它本身。

2017 年 4 月 17 日

发表于《老爷山》《平安》等

回望回医

一

一本书让我不得不回望一番回医。《实用中国回医药学》让我借此解开了横在心头的诸多迷团。

还是从头说起。

外孙左手无名指受伤，原本没多大事，却莫名肿了起来。于是，连夜赶赴儿童医院挂急诊。医生是一个态度和善的青年，他急匆匆看过，就若无其事地低头填写拍片缴费单。片子出来了，果真骨折。原想该采取措施了，而他却不。他把我晾在一边就开始打电话。电话通了，讲论一番，他让我到外科找某某医生。外科在另一栋楼上。某某端详片子半天，就让我抓紧孙子，开始了复位拿捏。在孩子的哭声中，弄半天，就让我回急诊打石膏。再次穿楼走巷，折腾一番。想来，到此为止，可以回家。我却又接到一张早已写好的拍片缴费通知单，说还得透石膏拍片。在楼道里，等了二十多分钟。片子出来了，我迫不及待地拿到急诊室。大夫看半天说，有点模糊，但比刚才好了一点，还是再拿到外科复位医生那儿去看看吧。我再一次折腾到外科。医生看半天，还是一句比刚才好多了。至此，我已经有点愤怒：怎么，商量好了一样地说起囫囵话来了？但我并没有发作。人在下坡，哪能动不动就发火？我劝着自己，再一次回到急诊室，问医生接下来怎么办。他说，可以回家，一周以后复查，如有问题还得手术。

手术？哪有那么严重？这是在吓唬谁！怀着一肚子无可奈何的愤怒回家。第二天，就与同事们说起我小时候在乡下的相似经历。

在七八岁的时候，我学会了骑驴，我们生产队的那十几匹驴没有我不敢骑的。每天从驴背上栽下十几次都属常事。可是，常在河边走哪有不湿鞋，有一次，我从驴背上摔下来之后，右胳膊不听使唤了。我一身尘土正在地上打着滚哭叫时，我们生产队的一个阿姨赶过来，扭住我的肩头，什么也不说，一把把我的胳膊掰扯过来。她说，是否复位，她没有把握。就把我领到我们村的一个老人那里。老人把我揽在怀里，双腿夹住我的身子，然后从肩头开始，一点点摸我胳膊，并使劲拿捏半天。那时，我疼得直叫，鼻涕都沾湿了他的衣袖，我的骂声他充耳不闻。等我的母亲得知消息来到他家接我时，他已经用一片旧布给我做了包扎，并把我受伤的胳膊用布条挂在我的肩头。

一句谢谢，就此完事。

如今想来，那一女一男两个村民在关键时刻救助没有丝毫关系的人而不求回报，那时，在村里，这样的事几乎天天发生着。人帮人一点小忙，哪能立刻求回报？尤其是在面对疾病和灾难的时刻，帮助他人，顺理成章。

我的同事说，此一时彼一时，如果在今天，这样的施治万一造成了病人的死亡，或者病程的耽延，家属非让那救治者赔偿个倾家荡产不可！在这样的大背景下，医生不得不小心谨慎，这就把看病放在程序以及资料完善的后边。

与此相比，我觉得我们村旧时的风气，特别是面对疾病的态度，远远超出今日。我又给同事们说起两件小事。

其一，村里一妇女难产，一帮邻居折腾了几天几夜，产妇最终还是死了。邻居们很伤心，纷纷表示出点钱补偿。谁想，这位妇女的家人站出来说，你们连昼赶夜地帮了这么大的忙，我哪能这么做？如果我拿了你们的钱，今后就会羞死。

其二，村里一个青年去邻居家帮忙建房时脊椎被打断，从此卧床不起，失去劳动能力。邻居提出要赔偿，而这个青年的七十多岁的奶奶断然拒绝，从此担负起伺候的重任，直至他三年后死亡。

为何如此？这是愚昧，还是无知？

虽然没有明确的结论，但我认为，这，就是回医，有至理在后。

在老一辈回族人的心目中，人的生命的长短以及遭受的病灾不是自己或者他人所能掌控的。人的每一缕呼吸都是有数的，不会增，也不会减。至于病症，那只是一种考验，也是一种调控。大限未到，凡病有药。任何救治，只是手段之一罢了。不能迷信救治者，也不能轻视必要的治疗。他们把必要的治疗叫作“行赛拜部”。正是有了这样的观念，行医者们不用如履薄冰。

二

说来，还真是不可同日而语。今日的医疗水平与那时农村的相比简直是天壤之别。但是，为什么一点小小的骨折就会让医生如此为难？我从医院外找到了答案。

给某县拍电视专题片，有一千字的稿件需要定稿，多人审看，都说还行，轮流审核时，七嘴八舌，最后干脆推倒重来，我不得不重新起稿。我们单位从小到大，按职级再过一遍。然后，再次按程序去审看一番。就这样，还是没人定稿。因时间紧迫，最后，不得不咬牙请县长签字，才算尘埃落定。我终于舒了一口气！

行政机构如此，医院概莫能外。

犹记得 2005 年春节期间，我的儿子来到他生命的最后几天，他的生命体征已经完全是救不回来的状况了，这是医生最最清楚的事实。而他们为什么却还那么热衷抢救？在生命垂危之际，还要让他浑身插满管子进行透析？

无言。

我还能拔着自己的头发离开地球？可是，在关键的时刻，我依旧没有忘记来自父母的回医理念。

我的外孙刚刚生下来时，哭声中还未睁开眼睛，就被通知从妇产科转往新生儿科住院。理由是孩子在不断发抖，在医生看来这是很严重的。但哪有一出生就住院的道理？当时，我断然拒绝！

果然，外孙并没有因此而染病，相反，还很健壮。我们拒绝了医生的事就这样在亲戚中流传，就像一波接一波的涟漪至今还在不断荡漾。

我说，这就是回医。我虽没有施治的技术，却掌握着它的理念。事情就是这么简单。在缺医少药的过去，先辈们就是靠着这样的信念勇敢地面对各种病痛的，他们并没有因此而被疾病征服。

可是，如今谁还会像我这样对待疾病？怕病、怕耽延的心理早已布下了一张张看不见的大网。

该好好总结医疗制度改革以及当今医学了！为此，政府在政策层面上进行医改；医院在机制层面上寻找活力；医生在专业层面上思考自救。

在这样的时刻，令人兴奋的是，我看到了老朋友张建青的《实用中国回医药学》。这是一本 60 多万字的巨著，其中梳理了回医的发展脉络。我对他结缘回医、回望回医的这一缕眼神非常钦佩。借着他专业的指点，我才发现：久违的回医不只是治病救人的科学通道之一，也是救治如今的医患关系的一缕阳光。阅读刚刚开始，思维就已穿云破雾，我获取了一种站在高山上望平川一样的辽阔感。

2018 年 5 月 7 日

草膘，还是育肥？

吃到肉上，还要挑剔？

这是我父母那一代人定有的心声。

那时，吃肉是一种奢侈，不到年头节下，大多数人家不知肉味。所以，当生产队在集体饲养院里宰牛宰羊拨斤掐两分配时，几百号人，无论大人小孩都兴奋异常，男女老少都会珍惜来之不易的每一两肉，哪里会挑三拣四、挑肥拣瘦？哪怕一指大小挂在肠肚的油脂我们都是不肯轻易丢弃的。

然而，时过境迁，短短三十多年，面对城市乡村、大街小巷一长溜的肉摊时，在青海，无论大人小孩，谁都一脸狐疑，不约而同，众口一词，惯于质疑：草膘，还是育肥？

挑剔自是情理之中的。

这是咋了？

如今，牛羊肉正在经受严峻的考验。春江水暖鸭先知。竞争激烈的青海牛羊肉市场已经进入了深水区。谁主沉浮？冰山一角直指农牧民生活常态以及伦理的深层变化。

就从畜养方式开始说吧。

过去，无论牧区，还是农业区，大都是放养牛羊。作为全国四大牧区之一的青海，其畜牧业采用的是自然生态模式。逐水草而居，一只牛羊没有三五年的自然生长周期断不能出栏。就是作为庭院经济的支柱被圈养在农家屋檐下的牛羊，也都是跟着季节的步伐慢慢成长的。牛羊吃的无非青草、黄草，很少加谷物饲料，绝对不用催肥的添加剂。正因为如此，那时的肉没有今天的这么丰富。

牧民看一个人是不是有本事，就看这个人能否持刀食尽牛羊脖子骨上的每一丝精肉。由此可见，无论农人还是牧民都很珍惜牛羊，将之视为衣食父母，始终怀着一份敬畏与疼爱，更是不敢随意折磨和亏待自己蓄养的牲畜。

而今天，无论牧区，还是农业区，圈养已是大势所趋。作为农牧区现代化标志之一的牲畜养殖大棚在青藏高原的角角落落里星罗棋布、亮光闪闪。牛羊头顶的天空不是玻璃，就是塑料。从此，牛羊的生活进入史无前例的安逸之中：不再经受凛冽的风霜雨雪，不再在高山峡谷东奔西颠，不再为吃饱肚子而四处寻觅。但是，它们却为此付出了很大的代价：跟谁交配，何时交配，不由它们，因为人工授精技术已经成熟到羔羊们都不知谁是自己的爸爸了。牧民们更是懒得做公牛公羊的阉割手术，只以橡皮筋从外边扎住两颗不由雄性自己做主的睾丸，限制了它们的生活。最为严重的是，它们的食物结构已被全然打破，原为主食的饲草如今越来越少，简直可以称为调料了，而其“主食”不是激素就是尿素，形形色色的催肥药已经代替了各种各样的谷类。一句话，它们的生长被严格控制在市场的精准计算之中。

正因为如此，如今的牛粪变味了，难做燃料。牛的“基因”发生了重大变异，它们再也不能拉犁耕作了。不知从何时起，原来作为食材的牛羊，肚子里有一股莫名其妙的化学味。最为明显的是，一些牛羊肉的味道越来越腥膻，甚至有一种令人呕吐的怪异味道。肉质简直如同橡皮，没有了原先的味道。

问题就这样一点点堆积在城乡大大小小的餐桌上。

大餐厅为了生意的兴旺，不惜以大把大把的味精和鸡精掩盖其中的变异和怪味，炒菜的调料也是“水涨船高”，越放越多，几乎晋升为主材。

农牧区养殖专业户更是学会了顺势而为：一方面悄悄圈养牛羊，规模越来越大；另一方面却与有草场的牧民联合，将育肥好的牛羊拉到草原上销售。

有一年秋天，路过祁连县，我一口气买了半只羊、十几斤牛肉。想来，这里是真正的“金牧场”，牛羊都是草膘的、自然的。可是，车行半道，在半路上吃饭时遇到了我们村搞牛羊育肥的几个熟人。他们告诉我，这是销肉的最佳时机，多少西宁人都赶往祁连买肉，为此，他们每天要运十几头牛到祁连屠宰。

听到这里，我勉强一笑，什么话都说不出来了。回家一吃，买来的肉依旧腥膻不堪，味同木渣。

唉！青海都吃不到地道的草膘肉了！

但这只是口腹之欲。

据医生说，现下催肥的牛羊肉对人体的伤害已经开始一点点凸显。现今我们患病的许多病因早已不像过去那么简单，很多疾病与人的饮食习惯有关。而这育肥牛羊的生意经中是否也潜藏着一种更大的灾难？

更为严重的是，走上育肥道路的畜牧业越陷越深，已经很难自拔了。明知山有虎，偏向虎山行。这正如谚语所说：“刀子再快都割不到刀把子。”

四顾茫然中，收到了兄长发给我的新年贺卡：心弃疾，或去病。

我觉得，他已经触摸到了一种天意，或者是时代浮华背后正在吞噬着我们生态伦理底线的一股潜流。

不止牛羊肉市场，人们的人工作业，肆意破坏各种生态的行为正在像癌细胞一样扩散，已经开始占据很多原本很干净、很健康的领域，有的甚至已经开始显示出了极其恶劣的后果。

以教育为例。中小学久违了“向四十五分钟要质量”这样一条朴素的原则，而适应了毫无节制的、简直狂轰滥炸般的一轮轮补课。补课，尽管屡补屡禁，但还是屡禁屡补。在这样一种人人心知肚明而又人人不加节制的潮流中，如今不补课，反而还不正常了。

作为曾经的中学校长、西宁市十佳园丁之一——我的观点是，教育就是一种解放与扶植。解放中引导，引导中解放，这是有非常严厉尺度的工作，不抓不行，过犹不及。如果过早地让孩子没有一点自由地生活，那对孩子简直是一种摧残。

因此，我对教师工作的各种夸赞中，最喜欢接受的一个词是“园丁”。园丁是最懂得花的，因而也是最知道自然之理和人为分寸的人。他知道什么时候除草、施肥和浇水，但拒绝拔苗助长，从不过度施肥和浇水。花与园丁有着一种默契。这一点有点像中医，治病主要靠的还是自身的免疫力。因为，过度医疗比医疗不及时还要可怕。我是个需要打胰岛素降糖的人，每每与医生讨论注射量时我总强调自身的胰岛功能，这使我在十几年的“老糖生涯”中始终保持着最好的状态，也因而没有过分人为地破坏自身的免疫力。

功能失调，哪能靠着药物恢复如前？对此，我始终保持着足够的清醒，谨防着彻底的“人工”！

可是，如今人工降雨，人工授精，人工高产，人工高分，几可乱人眼球。人工由自然界蔓延到社会层面，正在爆发出前所未有的强劲势头。看着人际交往中越来越多的信用赤字，语言表述中越演越烈的马屁套餐，我对眼前的各种人工作业产生了前所未有的怀疑。这，是否信用赤字的前兆？

2021 年 1 月 5 日

煤事并不如烟

一

该怎么样埋藏深刻于基因深处那些不堪的或者美好的煤矿记忆？

在生态文明潮流面前，各地千篇一律、无师自通地选择了种花种草、修渠引水、栽树立碑，建起不少生态公园。

犹记得山西那些曾经臭名昭著的煤矿，如今摇身一变几乎都成为生态修复的典范。那一年，随着全国网络媒体山西行的步伐，我曾走了不少这样的矿区。几年间，它们一个个华丽转身，花红柳绿，不得不让人赞叹一番。就这样，赶场一样，端着照相机在山西大地上跑了好多天。压在心头的那块黑疙瘩也因此而一点点变淡、变无了，眼前似乎一下子充满了希望和生机。

可是，煤矿事关一地民生，它们被关停，靠山吃山的最基层的矿工们该何去何从？

在回来的飞机上，我想到的是我的家乡大通煤矿的命运，因为，我们有那么多的亲戚在煤矿上吃饭。开矿的、挖煤的、驱车运煤的、当中介销煤的，甚至偷煤的；正式的，临时的，在私人矿井边上开饭馆谋生的；从大通、默勒到天峻，甚至远行到新疆的察布查尔、甘肃窑街的，不一而足。这早已不仅是民生，还是一种生活方式、心灵寄托、活着的根基和靠山。几百年朝夕相处、耳濡目染中，这里的人们就连思维都不由自主地与煤有点关系了。要是突然间没了煤矿，这何止是生存链的一时腰斩？

但是，资源有限，生态承受力有限。我很清楚的是，我们的新闻同行唐钰已在《青海日报》等媒体为身边的大煤洞村的生态灾难敲响了警钟。文章说，大煤洞村一户人家，天黑前好端端煨上的煤炕到了半夜却一片冰凉，主人被冻醒了。她起身揭开炕板查看时，差一点吓傻。原来知根知底的炕洞变成了一眼望不见底的黑洞，宛如井口。好在房未塌，人还在。可是，自此之后，这房子哪还能住人？

这种事不止发生在一家两家。昔日矿区的安逸就这样被画上了句号。靠山吃山的历史难道就这样说结束就结束了？其他尚没有暴露出问题的矿井则越掘越深了，罄尽有日，何时叫停？一记钟声就这样敲响在靠煤吃饭的大通工人和农民的耳边。

对此，我还没反应过来。才几年，大通煤矿说关停就关停了。这何止一声惊雷？年轻的矿工们从此背着行李远走西部荒漠里的新煤田所在地鱼卡，而老矿工们则拿着一月千余元的保障金回老家盘算着社保年龄。最难堪的是那些盘旋在矿井周围捡煤渣过活而无家可归的人。据说，他们无论是单身，还是已经建起了家庭的，总人数就有好几百号，眼看着矿区一天天冷落下来，他们悄悄转身，自谋出路。

一个时代，一帮从五湖四海不招自来围着煤窑吃饭的人，一种悄悄打上了地方文化烙印的营生就这样渐行渐远了。

二

时过境迁，几年后，我在某村看见了一个来自煤矿的飘零者。他形单影只，在看守村委办公楼。我问开多少工资。村委回答：这是早年被其母亲带到这个村的孤儿，长大后一直没有结婚就在煤矿周围混日子，靠捡点煤渣过日子。现在煤矿没了，他没地方去，就回了村庄。他在村里没有亲人可投。咋办？就这么安置了，让他一人守着村委办公室，享受低保，我们总不能让他饿死吧？

无独有偶，在西宁下南关街的人行道上的乞丐中，我发现有个患小儿麻痹症的中年女子那么眼熟，似曾相识，就多看了几眼。与我同行的老乡有点不耐烦地说：“看什么看，是当年的老相好黄莺落架了？这不是曾经在阊门滩斜坡扒过煤的人吗?”

哦！恍然大悟。20 世纪 80 年代，从阊门滩到煤矿那一段煤尘飞扬、颠簸不堪的弯路边不就生存着一大批这样的人吗？他们男男女女，老老少少，一身煤黑，蜷缩在路边，一旦有煤车经过，半大娃们就会迅速爬上货厢，用胳膊肘子扒拉煤块、煤渣或沫煤；一俟车辆消失，女人们就会拿着扫帚和簸箕从各自有主的路段上冒出来，刷扫沫煤，捡拾煤块。他们是生存在煤矿最底层的一群人。

他们不仅占领了阊门滩陡坡一处，在小煤洞、大煤洞等重要路段一样有他们的身影。

与他们相似，但比他们高级一点的捡煤娃则是那些围着矿井之外的青泥堆生活着的半大娃娃。他们没日没夜趴在青泥堆上，以此为家，警惕地看着一辆辆矿车从头顶滑过。一旦矿车到点倾倒垃圾，他们就会蜂拥而至，奋不顾身、眼尖手快地攥住那一块似曾相识的黑色块状物，并扔进自己的背篼。靠着天生的感觉，他们能很快判断出那是一块煤，还是一块石头。就这样，没多有少，怀着希望，坚韧磨炼，找到营生。纵然一时富裕不了，但也能吃饱肚子。所以，矿区附近总少不了这样的人。后来，有些失了劳力的老人，放了假的学生也参与其中，跟着他们，触运气，成为“阶段性”的捡煤娃。

捡煤娃中有不少聪明绝顶之人，他们在青泥堆上厮混久了，虽然并没有捡到多少煤，但早就看透了煤场里的规则。一开始，他们用小恩小惠巴结售煤员，渐渐地就开始做起中介来，为那些在煤场外排队排了几天却始终装不上煤的人服务。两全其美，自己也从不吃亏。水至清则无鱼，哪能一言揭穿？买煤娃自有这一行的智慧和行规。

就是这些人，后来一个个都成了职业卖煤娃。

卖煤娃有两种。一种是，囤煤卖煤，在远离了煤矿、煤场的地方自开煤场提供各种煤。另一种是，把煤直接拉到用户家门口。他们一开始是驾着马车或者驴车卖煤，后来则是开着手扶拖拉机、汽车直接把煤拉到县城之外的互助、平安、化隆、循化等地，上门服务，赚取运费。

只要有吃馍馍的，就有捡拾馍馍渣的。

矿区内外，人知本分。小本生意，源远流长。大通的卖煤娃无论多大年纪，就是甩不脱一个“娃”字。如今，电气普及，煤矿关停。有时，在西宁深巷里偶尔还能听到那悠长的叫卖声，循声望去，大声吆喝着的依旧是大通人。问是哪儿的煤，则含糊其词，嘴里拉着蛋蛋，噙着口水，汲着鼻涕，早没有了原先的底气。

三

据说，卖煤娃们也风光过一时。

虽然他们一身煤黑，走在街巷里显得特别另类，是属于自绝于众人审美视线的一类人，他们坐哪儿哪儿就一坨黑，除了牙齿，全身不见白。尤其是那夹满煤尘的指甲缝，就是洗一百遍也绝对洗不干净。但他们是那些远离煤矿的有钱人们一直离不开的人，也唯有他们，总惯于接受买家的种种摆布，在接钱之前就会把煤一背篼一背篼地背到买家指定的地方，还会认真负责地将煤苫起来，不使煤黑玷污买主家哪怕一点点地。有时，看买主家没有现成的地方，他们就会帮助买主腾地，从不怕出力气。他们总爱说一句话：力气不是拿戥子称的。

多么直爽！与此同时，他们在心里更清楚，煤可是拿秤称的，一斤一两都不能马虎。说是不马虎，但他们在算账时，总爱打马虎眼，不经意间，把生意悄悄做上了。据说，有些买主看他们一身黝黑的可怜身影，在算账时就把加减乘除的主动权让给了他们。这时，他们无一例外，从不客气，然后，就会讨好一样地变得更“傻”，低下腰身在一边嘀嘀咕咕。他们的乘法口诀是，五八四十八，三八二十八。正当买主用袖口掩嘴发笑看着他们时，他们则用黑手擦一把嘴角的唾沫，拿着买主给的现金，一溜烟赶着马车半跑着出了巷子。直到很远，才舒一口气，甩着响鞭，唱起花儿，或一头杵在车厢，用皮袄捂住头，在马蹄声中打起呼噜。

到了后子河，人就睡在车厢里，那些拉车的驴马会把他们拉到经常打尖的饭馆门口。这里是驿站，牲口总得歇腿吃料，人也该享受一碗面片，灌下几碗不要钱的面汤。吃饱喝足，松松裤带，喘一口粗气，找一块平地让牲口打个滚，然后继续上路，这就像季节一样天经地义、雷打不动。受了他们的影响，后来，学生娃们周末用自行车驮着麦麸皮贩卖给朝阳的养牛户之后，在回来的路上，也总选择在后子河吃面、休息。

老实说，今天后子河的饮食半边街就是卖煤娃们催生出来的。我们可以大胆推测：假如大通没有煤，没有卖煤娃这样一种职业，就肯定没有后子河饮食文化的今天。卖煤娃们虽然不是有钱人、体面人，却是手头相对活泛的人，属于跑着的“狗娃”，是捡得到属于自己的骨头的人，所以，他们是不在乎这一碗面钱的。就从那时开始，土地紧缺的后子河农民看出商机，立足家门，找到了自己的饭碗。贴近地面、紧跟时代、调适生意，从一碗面片到油花满面的肚丝汤，再到今天的浪山宰羊，吃柴烧鸡，他们一直在把脉过客，不离丝路。

因此，在大通讲课时，我一再强调，后子河地方经济与大通煤矿之间有着千丝万缕的关系。在这种关系中，我们不能忽视卖煤娃穿针引线活跃起来的这一点星星之火。

据说，那时候的卖煤娃同时是信息员，他们不止一次把乡下亲戚的话带到城里，也把城里亲人的问候带到乡下。尤其是那些在城里当兵的人，常常请假守在某巷口，从卖煤娃那儿打听家乡的消息，这是他们唯一认可的信息渠道。新中国成立前，散兵游勇闹土匪、吃大户的消息也是通过他们传到四乡八堡的。

当然，他们传递得更多的是些针头线脑之类的小事，比如，平安一带已经开犁种地了，长宁堡一带的大豆结荚了等。最让人们艳羡的是，当大通一带还是冰天雪地之时，他们在车厢一角的皮袄里不是卷了来自西宁的韭菜，就是水萝卜，这可是那个时代里拓展大多数人想象的关于季节的信息啊，谁拥有，谁就是“大王”。

既然是养人的职业，哪能没有内在的甘甜？怪不得，煤矿一个个关停之后，在西宁的一些偏僻角落和青海东部农业区的一些乡村里不时还能听到操大通口音的卖煤娃那悠长的吆喝声、叫卖声。

四

就这样，通过一代代卖煤娃的吆喝声、脚步声，在电尚未出现、通行的年代里，大通煤曾经温暖了一座城市、一方乡村。

那时，西宁家道殷实的人家，谁家炕头上没有一个代表着家庭体面的火盆？一年四季，火盆里不断地续得起大通煤的人家，不用问，一定是富人、大户人家。

火盆一般是镶嵌在一个正方形空心炕桌里的浅锅，大多是铁的，当然也有铜的，其材质不同，说明主人家的经济条件、阶层位置也就殊异。但这只是硬件水平，“软件”则是那在火盆里的燃料。没有燃料的火盆，就是一张嗷嗷待哺的口，吐出的是比屋外更加寒冷的湿气。所以，为了家庭的温馨，大多数人家平时过日子都在积蓄着那续命般的燃料。哪怕半截木棍，一把引火的残草，一堆晒干的马粪，一坨掺杂了沫煤的粪块，一丁点把儿煤，几丝煤渣等，这些燃料直接决定着一个家庭的幸福指数和尊严。

那时，走到一户人家里，嗅嗅他们家从火盆和土炕里不经意间冒出的烟味，人们就可以判断出其贫富。只有那些达官贵人、财富旺势到一定程度的人家，其室内才时时飘着淡淡的煤烟，就连整个空气里都是香喷喷的煤烟味，让人感觉特别温馨。是的，这是一种只有在大通人和常烧大通煤的大户人家里才能闻到的味道。在今天看来，这还是一种延续了三四百年的河湟味道。靠着这种含烟的煤焜馍、烤洋芋的时候，周围好几条街巷也都是淡淡的香味。

这是何其温馨的生活味！

写到这里，细心的读者就要问了：这些烟火气里不是包含着一氧化碳？它是有毒的。是的，一氧化碳，肯定有毒。但大通人家和西宁的街巷人家一直觉得这是一种彼此难分的味道，是体味一样的早已适应了河湟大地而不觉得其怪的鼻息。适应了这种味道，再嗅祁连山里的窑街煤、海北煤，鼻子反而会排异一样地拒斥着不肯接受那些煤烟味。

前几年，在陈元魁的长篇小说《麒麟河》的研讨会上，有评论者认为，小说缺乏一丝大通把儿煤引燃起来的烟火气。如果，旧时代的西宁没有火盆和由其点燃的大通煤的烟熏味道，则其生活就该大打折扣了。信然！

因为，那时的火盆不单单是一个取暖的生活用具，还是当地民俗的一个重要窗口。围绕着火盆里那有限的鼻息一样的煤火，怎么样把一群大大小小的陶瓷罐放在周围加热，还不让水沸腾出罐子激起煤灰，是妇女的功课之一。

我的妈妈曾经告诉我，只有那些修炼到家的女人，才懂得这火盆内外的常识。会过日子的人，不浪费哪怕枣核大的一粒把儿煤，尤其是，不能在续煤时掀起煤灰；也不能忘了火盆断了火苗。为此，到了晚上，细心周到的主妇会小心翼翼地用煤灰埋了火种，直至第二天黎明，轻轻抖去煤灰，唤醒火苗。不仅要善于及时烧开每一个砂罐里的水，还要使站在地上不敢上炕的后生们有火烤，这哪是粗拉拉的女人们能懂得、习得的本领和常识？

就是靠着这大通把儿煤的烟火味，西宁烤肉的味道里总多着它特有的焦嫩；西宁人熬出的奶茶总是那么让人怀恋；西宁街上的大通煤火烤馍馍的香味早就溢出了高原；大通煤火里炒出的豌豆粉条菜更是香飘百年，余味犹存。

乡愁万般，如今，谁忘得了来自北川和北川大地心腹里的这一缕淡淡的烟味？

说着，涎水流成了另一条北川河。这不是夸张。

五

我这么随性无心地写着，就好像大通的煤没有造福和滋润大通人一样地有点绕远。其实，大通煤自从几百年前被牧羊人发现的那一天起，就一直是大通各民族饭碗底下最牢靠的米粒，谁都尝到过它的甘甜，区别只在大小多少。

我不厌其烦地说过，在生产队时期，矿区附近的孩子曾经围着矿井边撒下的福利，比我们乡村的孩子多穿了几双球鞋，也很有把握地早早便凑齐了一个学期里五六元的书本费。

我们村离矿井较远，少说也有二十公里，但那时我们村却有老老少少二十多个煤矿工人。他们白班夜班，骑着带了摩擦灯的自行车，每天出没于村道矿井，不知在自行车后座上捎来了多少煤，从他们家中冒出的那些烟味一度香了半个村子。因为他们的存在，我们村光景好一点的人家几乎都找到了拉煤的渠道，哪怕一架子车，只五六百公斤，都是那个时代里农民们的最高理想。

顺应这种理想，我们各个生产队每年冬天都要派出十几辆马车拉煤搞社员福利，这使每户人家的墙角几乎都存放着几百斤沫煤、大煤。在晒干的牛粪里加几锨沫煤煨炕取暖，便是一道抵御严寒的坚强堤坝，我们那时的冬天因此多了些其他地方的人们少有的温暖与温馨。

除此之外，但凡有红白事，那时人们再穷，也总要卖几百斤块煤应急，这早就是民风一缕，根深蒂固了。

那时，我们家因我舅舅是公社干事，有用汽车拉煤的便利，曾卖去几百斤小麦，托舅舅先后拉来了好几车混煤。如今，难忘的是，那时我们在院子里支一张筛床，从混煤中筛出沫煤、选出煤渣的劳动过程。当时，我们还专门腾出一间小屋子放煤，在那个时代，这简直称得上奢侈。就是靠着这一屋子沫煤，我们在春天打煤砖，抟煤球，杵蜂窝煤，把碎牛粪和白土都变成了燃料。到冬天，更是用其与晒成了碎末的牲畜粪混合煨炕，不仅取了暖，还用以炖茶，这使我每个冬日都能享受喝早茶、晚茶的待遇，与大多数同学相比，就多了一份贫寒童年里的幸福滋味。

那时，在村里，还有一种热闹，至今尤其难忘。如果村里谁家来了煤车，卸煤空了车厢，我们总免不了要一个一个从车厢后边爬上去，在车厢里很享受地东摸摸西看看一番，这使很多孩子不一会儿就一脸煤痕，好像山羊。大一点的小孩专爱恶作剧，故意把煤灰抹在小孩子脸上。这使没有见过京剧脸谱的孩子们一个个变成了戏剧角色，老师们也觉得很有意思，往往要笑着看上半天。

那时，煤矿工人们的家属大都还住在农村，参加生产队的劳动，身份上依旧是农民，但一起劳动时，她们就比一般社员有优越感。一方面，她们穿的总是新的，很少有补丁；另一方面，她们的雨伞、草帽、劳动工具等看上去也是那么高档次。再加上，她们有意无意炫耀一番头一天晚上吃过的韭菜饺子等好菜，这使她们很少受欺负，社员们总是捧着、护着、恭维着她们。谁让她们是煤矿工人的家属呢？

煤矿工人，钱儿墩墩。

那时，谁家姑娘有幸嫁到了矿区，那是活活地进了天堂。不仅吃得好、穿得好，烧煤比我们烧草更方便，还有闲钱花，那不是活活地进到福窝儿里去了？

有一年，我和父亲结伴出村，驮着洋芋去矿区换了一点大煤回来。直至很久之后，他还常说，那些家属捡煤就像我们进山捡柴火，只要手勤快些，一点零花钱和换几袋子洋芋的煤是手到擒来，不费多少气力的。语气里总带着羡慕。

大通煤矿不知从何时起，就成了周围穷人们的乌托邦。那时，有力气的青年人，只要下得了井，不怕吃苦，就能很容易在这里挣到大钱。真金白银，就在眼前；养家糊口，不在话下。为此，不只大通一地，青海东部农业区其他各县受尽贫寒的山里人，一旦来到大通煤矿，不到几年，就会悄悄地在矿山周围空地上搭建土屋，然后把一家人都带到矿区。

最为有意思的是，老人和残疾人们，在大通煤矿周围旋着旋着，最终也一样落下脚来。也不知咋回事，总有一小块立足之地在等着他们。最让我感到奇怪的是，一个以乞讨为生的六十多岁老人，十年间，不仅在这里结识了很多人，还存下十万元钱。当他听说一个老工人去世后其老伴一人过活，手头一时拮据的消息之后，曾托一个熟人做媒，想入赘到这个老太太家，以肩负起这一家养家糊口的责任。我听着，都有点想笑。但这样的事，在矿区里早就见怪不怪了。同是煤矿人，谁都不笑谁可怜。

大通煤矿真是这样一角包容的大地，穷人立得住脚的乐园。

六

仅就这些来看，大通煤矿的历史也只是走投无路者立下脚跟、获得生存的一个生存现场而已。但我认为，更为重要的是，大通煤矿曾如一双看不见的翅膀，带起了近代大通的低空飞翔，它一度助推当地工业文明，激活了大通人在北川河畔创业办厂的诸多灵感。

真不知这一页历史从何时写起。

我们只依传说：

有一天，位于大通煤矿西侧的桥尔沟村，一个有心人在嚼着从煤层里淘汰出来的青泥并以此洗牙时发现，这东西有着非同一般的黏性和韧劲，其质地是当地的泥巴无法相比的。这就开始琢磨起其用途来。他就像今天的孩子们玩橡皮泥，我们那一代人小时候玩尿泥一样地用青泥随性做起简单的玩具。他玩性十足，就这样做着做着，对之产生了兴趣。也不知是谁忽然点醒了他，说远在山西的煤窑附近，当地人以青泥烧窑，做出了各种各样的坛坛罐罐，这可是一种前景看好的营生。这事当真？于是，他怀着好奇，远投山西拜师学艺，决心很大。但那时候有一技之长的师傅们都很保守，半藏半掩着不肯随意收徒授艺，这就逼得他上房揭瓦、挖洞偷看，就这样见识到了抟泥、做坯、装窑、烧窑等一整套流程。然后他就以打短工的名义，在山西的窑行里厮混了一年半载。再然后，打道回府，回到家乡创业，向村里很多人传授了技艺。

这个人是谁，姓甚名谁？

四十年前，还没有非物质文化遗产一说，我跟桥尔沟村的很多老人落实传说时，老人们都摇头，说肯定有这么回事，一代代都这么说，但难以确指是谁。如今，村里多的是这种匠人，手艺娴熟，产品过剩，因现代工业发达，砂罐被淘汰了，后生们谁还做这劳什子？

其实啊，危机早已层层显露出来了。当时，看着小煤洞的陶瓷生意好过砂罐的，桥尔沟有些砂罐匠人就毫不惋惜地丢了手艺，让孩子们另谋新路。

那时，作为青海八大工厂之一的陶瓷厂，也是奔着大通煤资源而建立在如今的小煤洞的。曾经，其产品冠盖天下，覆盖西北市场，千家万户也顺应时代，喜新厌旧，不看好砂罐的使用价值了。陶瓷产品确实让人们眼前一亮。因为在那时，一旦到了初冬，谁家不腌制几大缸酸菜、存放清油，谁家的木柜上不想摆一个釉彩鲜亮的瓷缸？

再后来，亦是“无可奈何花落去”，陶瓷被更先进的家当替代。陶瓷厂便转身电力市场，烧制了一大批质量上乘的绝缘器材，从电杆瓷瓶到各式闸刀，以此苦撑，延续企业的生命，就这样折腾了很久。我很多朋友就是在那儿上班挣钱、安身立命的，一时之间生活还算体面。

如今，大通砂罐铸造术作为非物质文化遗产得到了保护。一家小院，一间作坊，一个土窑，不时地，为了表演和拍摄，还烧制、推出过一些深深地镌刻着时代记忆和气息的产品。从穆斯林的日常用品汤瓶到各种各样的砂罐，以及模仿着现代陶艺制作出来的花瓶，我们总算还有个看头、想头。

而大通陶瓷厂，从八大工厂之一到国营企业，爬坡过坎，一番折腾之后，早于大通煤矿渐行渐远、销声匿迹。不过，其影子犹在，走在宁张公路边，在大通小煤洞的原陶瓷厂附近沿街的铺面上，我们依旧能够看到一些大小菜缸和药罐之类的老旧产品。门面低矮的商铺里，依稀看得到陶瓷厂昔日的影子。

看着这些产品，我想到了曾经延伸到它们身边的那些铁轨。它们同样是奔着大通煤资源而铺设到这一带的铁路专线，也是现代交通文明最早伸向大通的一条工业化胳膊。如今，随着高铁线路的北移，这些铁路专线已成“僵尸”，不知何往，一任铁锈覆盖，隐身尘埃荒草，再也无人问津了。

奔着煤矿之光建起来的发电厂更是喜新厌旧，早把目光投向了大通煤矿之外的能源。还有那些靠着电厂隐身大通县城周边的重型机床厂和那些以“七”打头的三个数字为名称的化工厂随着海晏的221厂的使命结束，也寂然无声，唯剩残垣断壁。但在“两弹一星”事业的基座下和不为人知的历史背后，我们哪能忘了大通煤不声不响输出的能量？

大通一段段随风飘逝的流金岁月就这样如梦一样地告别了我们。往事并不如烟！烟云在记忆深处，至今依然无法全然抹灭。

七

犹记得20世纪80年代初刚刚参加工作时的新鲜感，其中之一，就是开学之初的安全教育。

那时，大通所有单位无一例外都是烧煤做饭、取暖的。遍布城乡的中小学校更是不能一日无煤。在学校里，无论教室一角，还是教师宿舍里，都摞着几百块机制或手工的煤砖。校园里更是常年堆着用来烧饭、煨炕的沫煤。这使我们早上穿去的白衬衣的袖口和领子到了下午就染了一圈污痕。生炉子或者煨火仓的学生到了下午一个个就像大熊猫，眼圈周围都是一圈煤痕。秋季开学，趁着天晴无雨，老师带领学生勤工俭学打煤砖，在那些的日子里，全校师生更是一个个沦为煤工，满身煤污，满脸煤痕，一双黑爪，书都不敢摸。

但对于这一切，我们早就适应，从做学生到当老师，十几年过去，寒来暑往，就像适应了季节转换一样适应了这个环境，我们早就不怕煤带来的黑污了。

在一人一间房的教师宿舍里，我们更是常把煤砖摞在一角，用旧报纸一盖，就万事大吉，心里安然，不以为脏。在教室里，那些煤砖是连盖都不盖的。其实，不是不想盖，而是盖不住。那么多孩子，哪里容得了轻轻的几张报纸？这使我们的教科书纵然没有直接接触煤尘，但只使用了几天，便很快就黑乎乎的，变了样子。学生们卷了边角的课本更不用说，一个学期下来，就是一册深刻着岁月痕迹和一地气味的“古董”了。

俱往矣。这些都不是问题，问题在于因煤引起的安全事故。小则那些买不起火炉子的学校里时不时出现孩子陷进火仓而烧了腿脚的意外，大则每年都会出现因煤气中毒而一命呜呼的案例。至于因煤火管理不慎引发的局部火灾，火炉子加封不严造成的煤烟中毒住几天医院的事故，则越是在冬天发生的频率越高。夏天也偶尔有之，不时听闻。为此，在大通当地位居领导级别的人，无论在什么性质的单位里上班，总是把安全教育挂在嘴上，一日不停。作为教师，每年开学，主题班会时，哪能不一再强调用煤安全？这一切，还得记录在案，以防万一。

1983 年秋天，参加工作报到当日，时任校长并没有对我的教学提出什么具体要求，而是亲自把我领进属于我的宿舍，手把手教我生炉子的程序以及晚上封火的要领。在离开宿舍之际，他特意指着门头的活动风窗说："天再冷，也得留一条缝，明白吗？人命关天，千万不能把风窗关太严！"

"明白！"就在应答他的那一刻我蓦然警醒，原来房子上留风窗是独属于大通的智慧，这是不同于烟囱的另一个空气通道。大道至简，多少人因为不懂使用风窗，而殒身煤烟。呜呼哀哉！

因此，我在做班主任的那些岁月里，最为担忧的还是那些火仓和火炉。

火仓是用土块围起来的最简陋的取暖区域，说穿了是一个露天的火堆，孩子们围着取暖时，每每有陷进去的危险。火炉子则相对安全一些，但每天一大早，要是没有按时启封，续煤块引燃，延续火种，整个教室的冰冷会让早到的学生手足无措，哪能安心读书写字？到了晚上放学之后，还要担心值日生会不会封炉子、留火种。

水火无情，一氧化碳放倒过那么多人，对于班主任来说，牵肠挂肚的工作任务之一始终围绕着火仓、火炉。

我想，这是其他地区的人和如今的班主任们体会不到的一份艰辛。

八

原以为只有学校教师和国家干部才懂预防煤气中毒，将其作为工作惯例。其实啊，放眼看去，整个大通的农民更是早就知道与煤打交道的常识和适应之道。

如今想来，那时的大通城乡没有封闭式的预制板房，房子上更没有玻璃幕墙，黄泥小屋也好，砖木结构的瓦房也罢，都是挂着椽子的屋子，屋梁上的那些椽子与椽子之间是留着空隙的。谁都不会堵死这些空隙，总给一氧化碳留足了"逃路"。

他们御煤的智慧，还体现在炕道上。不知从何时起，大通人习惯了板炕。板炕不同于从下面填充燃料的打泥炕、石炕。它是把煤和燃料直接从上面放进炕洞点燃，然后再盖上寸厚的木板，木板上面再铺毛毡毯子的炕。其优点是，随时可揭板见火，以灰的厚薄调适火劲、炕温。欲烫薄灰，欲温厚灰，各适其性。除此之外，在生不起火炉的年代里，人们还靠这炕火焜馍、烧洋芋、熬茶、打点心，还不断地拓展其用途，让生活始终充满了温馨。

当然，上山追兔、踏雪归来、双脚泥湿、腿部不适之际，人们会不由自主地卷了毡毯，揭了炕板将身子置于煤火之上。因此，在金场里，同样是居住在祁连山腹地里的门源人就会以“烤干腿”取笑大通人。对此，大通人百口莫辩。是的，这是大通人的休闲方式之一，也只有大通人才能“烤干腿”。

在青海，除了大通煤，其他地方的煤个性都很烈，尤其是沫煤，没有耐性，经不起捂，更不适应被毡毯层层捂住的半真空状态。与大通煤相比，只一山之隔的瓜拉煤、默勒煤、铁迈煤等，都是易燃如柴的块煤，烧起来火焰如吼，但它们却不经捂，一旦封火，马上熄灭。而与之相比，大通煤哪怕只有核桃大的一块火种，或者一把沫煤，就是盖了几寸，甚至一尺的煤灰，它自会默然生存很久，直至全然变为灰。一句话，它经久耐用，属于煤中质地最柔韧、煤灰最少的一种。这性格简直有点像大通人。

不是吗？其气味也是从不呛鼻、从不浓烈的，只淡淡的、悠悠的，始终裹着一缕暖暖的馨香。其烟色也是浅浅的、清清的，总显得很平淡。所以，大通屋梁上安家的麻雀从来是不变色的，不像门源农家屋梁上的麻雀，黑乎乎的一身煤尘。

可是，这样的柔韧中始终潜藏着防不胜防的毒性。这是谁都没有办法的。为此，老人们晚上睡觉前，除了留着门缝、窗缝透气，还总喜欢在屋子里放一盆清水。这使那些蹿出炕洞，悠悠在屋里走串的二氧化碳便一脚跌进清水，失了锐气，不再那么闷人。人与煤，就这样相互适应，和平共处，已不止几百年了。

但也有例外。如果家里来了客人，这烟味就爱欺负生人，常常弄得好端端睡下的人，次日凌晨就变成一个一病不起的人。常见的症状是头昏身重，四肢酸痛，恶心欲吐，见风尤甚。不用说，一氧化碳中毒了。

这可不是上医院治得了的病。主妇们一看就明白一切。还不等客人反应过来，噗噜噜一阵水响，水汽蒸腾，茶香四散，这时，她们已站在炕头双手递过来一碗颜色深红的糖茶，让客人趁热喝了。这不只是茶，还是药。喝了只过去一会儿，所有难受的症状就会渐渐消失。

大通人将此茶叫作沸茶。沸茶的药理是以毒攻毒。其做法是先在铁勺里焙干茶叶、蜜蜂窝、麦粒、黑风籽、蕲艾、红糖或蜂蜜等物，然后加水慢煮几分钟，看药性出来，就适时地夹一块红枣大的已经燃透的煤火放进茶汤。水火猛交，沸腾加剧，茶香满屋，药到病除。这早就是大通人居家过日子的常识了。想不到，它还如此灵验哪！此乃民间偏方？谁也想不到的是，它居然还是非常重要的非物质文化遗产。

往大了说，这事关健康，事关体质。多少年过来，大通人的抗体就是不同于周围其他人的。还不得不说的是，因了煤的熏蒸，过去的大通人很少有湿气过重、腰酸腿疼的人。我一个从医多年的朋友说，青藏高原上，尤其是牧区和不常烧炕的地区，因湿气过重，老年人里腿疼的人，比例一直很高。而与之相比，大通明显是个例外。这不能不说是托了煤矿的福。

九

凡事都藏着辩证法，有好就有坏。大通煤矿也曾给大通留下诸多伤痛。

还是从健康说起。过去，大通人中煤炕烧了腿脚的儿童和老人的比例也是明显地高于其他地区的。常在河边走，哪能不湿鞋？在炕里炖茶、焜馍，无疑是把火坑置于身边，稍有不慎，就会受伤。因炕板朽坏塌陷、小孩调皮等造成的烧伤更是层出不穷，村村都有，年年不断。最令人难过的是，大通几乎每年都有因煤气中毒而身亡的人。

“人打死的拳棍手，水淌走的水手。”因采煤技术娴熟、井下工作经验丰富，很多人疏忽了必要的安全防范措施，这使很多在煤矿、煤窑上练就好身手的农民倒在了矿井下。且不说大通煤矿，大通人走出大通，走南闯北，在新疆、甘肃、山西等煤矿贡献经验、换取体面生存的过程中，也曾付出很大的代价。就我所知，几乎村村都有不幸的人。

不只煤矿，金矿下也曾倒下不少大通人。犹记得20世纪的八九十年代，青海各地金场开放后，大通人靠着井下工作经验，在祁连山的寺沟、天桥沟、肃南等地一马当先，建井淘沙，引领风气，一时挖了不少黄金。但与此同时，也付出了惨重的代价，牺牲了很多人，这是得不偿失的。人为财死鸟为食亡，对此，虽没有谁进行过细致的统计和总结，但至今想起来依旧令人不寒而栗、伤心不已。

除了他们，如今活着的许多矿工因为多年的井下工作，到了老年，也是活得不顺畅的。如影随形的尘肺病让老人们蜷缩在炕角里喘息，每一口呼吸都好像是在挣扎和拔河，让人看着难受。但这是职业病，矿工们谁能幸免？正因如此，如今好多煤矿只招临时工，不养长期工。

说着这一切，我的村子里在旧社会当过煤兵的一个老人曾告诉我，煤矿用人，早该这样。挖矿，这哪是长期干的工作？当然，更不是父死子继、祖祖辈辈接着干的职业。“在旧社会，干煤矿的都是迫不得已的人。不是债台高筑、走投无路的，就是犯法抵罪的。像我，那是当了逃兵，回家之后，被抓去当煤兵的，这是一种惩罚。所以，我们那时把干煤矿的人叫作埋了没死的人，把当兵的叫作死了没埋的人。在旧社会，煤坑里填了多少四顾不见亲人的尸骨啊！”

十

可是，在我的记忆里，煤矿却是一个香饽饽。

那时，大通医疗条件最好的医院是煤矿医院，大通福利最好的学校是煤矿中学，大通人气最旺的电影院是煤矿电影院。大通煤矿篮球队更是生龙活虎、战无不胜、所向披靡。谁都不敢否认，放下粗茶碗，端起三炮台，引进陕西青茶、普洱、信阳毛尖等茶的，依旧是煤矿退休工人。而在此之前，大通各民族无一例外，都适应了喝老熬茶，或是以药代茶，熬一点柴胡、麦粒当茶喝，还真喝不惯各路细茶，视其刮碗子为戏儿，内心总有点抵触。

那时，人们上饭馆，除了吃一碗面片，多调点含在饭价里的辣子，还真不知道坐着喝茶聊天，点菜品茶。老实说，也没有那个余裕。可是，煤矿退休工人来自五湖四海，改革开放，水暖先知，他们在带来无数内地消息的同时，也把一些令人羡慕的生活方式带到了大通，引发了大通的潮流。

我还记得的是，20世纪80年代前后的黄军帽、喇叭裤等时髦也是从煤矿上流行开来的。《少林寺》《霍元甲》刚刚演罢，歌声先自煤矿电影院飘起。一时之间，煤矿上雨后春笋般冒出不少功夫了得的拳棍手。原先隐姓埋名着的大师们一个个宽衣大裤闪亮登场，闻名乡野。我沾点边的一个亲戚不知从何时起拳脚了得，一夜闻名，跟我们都不怎么说多话、闲话了。见面就撂一句："可曾有人欺负你，有的话，说一声。"于是，那个时期，一代青年趋附煤矿，投师学艺，蔚然成风。

我从大通师范学校的窗口里看着煤矿，有一种莫名的兴奋和向往。为此，业余时间我也曾顺应潮流，跟人练武，但因天性迟钝，投入有限，不曾上路，属于白蹲马步，从不见功之流。与我相比，我们村那几个矿二代却是学啥像啥。他们平时腰里缠着一条一头焊接了钢珠的钢丝，关键时刻是穿着宽袍大袖的专业服装出场的，说话都是咬着嘴唇，好像与谁有着不共戴天的深仇大恨，那么接近电影，简直是青春的投影。

后来，参加工作，我先后托人搞到几吨煤票，有沫煤、块煤。攥着票据我有一种前所未有的优越感、成就感。于是，我就像父辈们一样赶着马车前后三次星夜出发，排队拉煤，好好见识了一番。

在煤场，沿着售煤员攥在手里的皮鞭的指向，我不止一次地老实尽义务，把青泥和石块拉到井面上指定的地方。也曾因马车转身摩擦到别人的车厢而遭人一番先人老子的臭骂。第一次，身在煤场，我就像霜打的茄子一样蔫了下去，一时感觉很没有面子。看我挫败不堪的神情，与我结伴同去拉煤的马戈笑着说："在大通煤矿，挨不得骂，经不起别人的打，那就说明你还没长大。这名售煤员你知道他外号叫什么吗？叫尕县长，尕县长一天到晚都是先人老子地骂人，他不打你还是你运气好。不听话的，他想打就打了。”

哦！原来如此。再后来去煤矿时，我就默默习惯了这一切。我后来了解到，我们当地人这样早出晚归地拉煤简直是一种享受，与那些排了三天队都靠不近矿井的外地汽车司机相比，大通煤矿是从来不卡本县马车、驴车的，这可是他们的宽宏大量，于我们来说是多大的面子和福利啊！我身在福中还觉委屈，这大概属于有眼不见老爷山之流。于是，我曾狠狠地检讨自己，并从此珍惜每一块煤，不肯浪费哪怕是含着青泥的、被工人们称作加钢的准煤。

然而，任谁都想不到的是，这样的辉煌不曾延续多久。二十多年前，煤矿一时面临亏损，企改警钟提前敲响。几次裁员，让人们赞叹了将近半个世纪的旺势就像雪山一样开始消融。八仙过海，各显神通，那时，有点手艺和商业天分的人看准市场，身在煤矿、心在别处，悄悄开始了转身；那些在矿山里摸爬滚打，积累了资本的人，最先纷纷移师默勒、天峻等地，摇身一变，成了矿长。一时之间，马矿、王矿、刘矿、杨矿、冶矿们，驰骋祁连山内外，把那些井下大拿纷纷挖到了自己的胳膊底下。

三十六计，走为上计。尚在农村老家留着根据地的工人们舔舔嘴唇，悄悄撤了，从此不再朝后看。煤矿领导更是壮士断腕，金蝉脱壳，一心向西，紧盯鱼卡，将老兵们一个个托到社保之后，带着精兵强将前往戈壁煤矿。

而最难的是，那些人脉有限、再待无望、回家无门的后生。他们四顾茫然，开始堕落，一心逃离，不务正业。多少人，就这样把自身投向比煤层更深更黑的深渊。掐指算来，他们大多数属于矿三代、矿四代。可惜的是，他们就这样不明不白地为在煤矿上的生活彻底画上了句号。

十一

宛如一场梦。

矿一代，做过煤兵的韩家老汉长叹一口气，抹着泪水笑着说：“刚开始，人民政府接管煤矿，很多人从煤矿上跑了，纷纷选择回家种地，一时有一种很享受的、得了解放、见了天日的感觉。那时，唱着《解放区的天》，我本来也是要跑回来的。可是，一个陕西籍的工作人员苦口婆心地劝住了我。他说，终于迎来了解放，以后的时代里，照灯不用油，打场不用牛，煤矿工人会很吃香的，你哪能放了一食，寻二食？我那时不大相信他，心里还在偷偷笑，照灯不用油，打场不用牛，那不就是更苦的日子？但他把自己的外套脱下来送给我，还给我十几元钱，让我帮着他管几天井面。这面子咋说都是下不来的，这就勉强留下来了。谁能想到，从第二年开始，在大通，煤矿工人不是谁想当就当得上的，那是有指标的。所以，我这辈子是赶上了大运，稳拿一辈子工资，真不知有多好。最难忘的是，曾因评上了劳模，去内地疗养院疗养了三个多月。这不是梦吗？”

退休回村，这又是几十年。每天没事干，他便看着远方的矿山发呆。去年，他的儿子开车拉着他在原先的矿区里转了一圈。他说：“这哪里还是小煤洞、大煤洞呀，那些我闭着眼睛都能找到地方的小巷、工棚一个都看不到了。踏着新近架起的木头台阶，看着一丛丛被规划着种上的花卉，我觉得这是一场梦。不过，也好，让矿区变花海，这句号画得好，画得圆。”

我说：“您觉得还缺点什么吗？”

他摇摇头。

我说：“要是在花海中再建一个大通煤业博物馆，把这将近四百年的光阴里大通的风云变幻一一记录下来，如何？”

“那是，那再好不过了。”

“好的。我把你此时的心境写进我的文章。我愿你心中的这个博物馆就像那曾经拉煤的辘轳一样叽叽咕咕打捞出大通乃至河湟几代人的煤矿记忆。”

2022 年 5 月 14 日

端详不够自留地

自农村实行包干到户至今的四十多年里，“自留地”这个词早就没有人关心了，或许就这样淡淡地退出了历史的记忆。

如今，集中连片，进入流转，推土机、挖掘机过处，谁还计较链轨或胶轮汹涌着远去的黑土是自留地还是承包地？反正，是土地，都归集体。农民呢，都懒得问土地收益了。他们变得更实惠：与打工的收入相比，这简直是杯水车薪，说来也无非几袋面钱，谁还会上心关注，眷恋不已？

或许，不只是自留地的，关于土地的全部历史就这样掀开了新的一页。

作为在农村还留着根却已经在城市里生活了几十年的人，我对此也早就不怎么在意留心了。可是，近日扑入视野的一篇书序却让我生出无端的亲切，总觉得自留地是一枚埋在历史文化基因深处的硕大种子，现在到了该细细端详的时刻。

《为内心纯净的自留地而吟唱》，这是贺绍俊为杨方的小说集《澳大利亚舅舅》写的书序。序文对于杨方内心深处的新疆记忆颇为欣赏，觉得这是内心纯净的人在珍藏赏玩着的文字美学的一端，颇具自留地的质地。

哦，自留地！读着，我莫名兴奋起来。思维马上连通了我家先后拥有过的那几块自留地，犹闻泥土香，犹见亲人面，心头小溪潺潺，吟咏不断。

第一块，就挂在我家正对面的东山坡的半山腰，我们习惯上称之为前阴坡那儿的一角。朝夕端详，如同镜子，我时时联想起我在这里深植下去的童年、童心。就因为这巴掌大的一片坡地，我对这里挂在山坡上大概千亩上下的土地都怀着一视同仁的好感。如今，散步攀山每每走到这里，我还常觉得是在走向父母尚在的那些岁月深处。

在我的记忆里，他们只要从生产队没日没夜的劳动中脱身出来，哪怕片刻，就常常不由自主把自己那点可怜的业余时间全交付这几分贫瘠的坡地。循着季节的脚步，干这干那，忙个不停，脸上哪时都充满了希望的喜色。

如果种上的是小麦，只要风调雨顺，三百多斤金粒般的麦子就一定会有。那是不看谁的脸色而可以大大方方倒进自家泥土仓库里的丰收，心底能不因此而踏实丰盈？如果种下去的是洋芋，挖个千儿八百斤，一背篼一背篼地背回家里，吃它个一年半载也是一点不成问题的。还不只这，麦草或者洋芋秆向来是很好的燃料，居家过日子哪能缺少它们。

牦牛的骨头煮牦牛的肉，一切都是土地的赠与，人有一种落到了大地怀抱里的踏实感。为此，一年四季，父母亲恨不得在地边盖了房子长久住下来。怕土坷垃压住麦苗，就得一榔头一榔头地将之敲碎。怕黑燕麦影响了庄稼长势，就得与其他杂草一样，拔了头遍拔二遍，直到秋天结穗，还像看着熟睡的孩子一样看一眼长势才放得下心。庄稼就是孩子，他们就像拉扯孩子一样地服侍着一茬又一茬庄稼，从未厌烦过。

据说，1962 年，落实政策刚刚分得这几分地的时候，我父亲因与时任生产队队长吵架而要不上驮粪的驴，他便趁着月光，花十多个晚上硬是一背篼一背篼地把几立方米农家肥蚂蚁搬山一样地背到了地里。这可是一段坡度不下于四十五度的山路啊，一个单趟至少有一公里，他靠着双肩把几立方米农家肥硬是送到地里，这得需要多大的心劲？

亦不只有我父母舍得在自留地里豁出老命，那时我们村很多人也都是在连夜侍弄着自留地的。有时，邻居们还没有发现他们的动静，他们就已经将自留地的麦子割了。尤其是口粮紧张的那些人家，在青黄不接之际，来不及等生产队把麦场碾压瓷实，他们就三三两两把麦捆背到家里，在石头上摔穗头，一簸箕一簸箕把麦粒脱出来晒干，先悄悄解决了自己的温饱。

温饱是人的尊严的基座。有了温饱，人就有了自信。那时，邻村一个中年人平时吃头大，家里口粮老处于青黄不接的状态。在这种情况下，要是贫下中农，就能够借到生产队的储备粮，而他不行。在田间地头的游戏中，他几乎从来处于被动：摔跤摔不过贫下中农，蹬棍蹬不过贫下中农，举重举不过贫下中农。偏偏他性格倔强，从不认输，就在田间地头夸下一时的海口："等着，自留地里的麦子下来，我吃上了再试试看。"结果是，他连着吃了十多天自留地里的麦子，饱肚子之后，力气一下子倍增。他把唾沫往手心里一吐，这就站在地头上，雄赳赳气昂昂，主动与人摔跤、蹬棍、举重。

如今，自留地之说早就模糊了，而他的一句话却成为一地历史的一页在人们口头上流传和活跃着："嗨！等着，自留地里的麦子下来，我吃饱了再试试看。"不过，意思却发生了变化——不到时机，不论英雄，不显本事。但自留地照亮的那一角精神底色依旧在湟水岸边的那个小村庄里闪闪发光，如一颗星。

就是这一缕光，让农民保住了尊严、保住了希望。想到这里，我就想到了我们家第二次从生产队分到的那一块自留地。

第一块自留地因紧挨第二生产队的地界被归入第二生产队之后，我家就调整得到我们自己队自己地界的一块地。面积也不大，却有一溜长满了冰草的塄坎，很有拓展扩大的潜力。这事让父亲一度眯着眼睛感叹自己的运气好："满打满算，二分地上下的生荒算是白白捡到手的金子。这里，麦捆嘛，估计多割二十多个不成问题，一捆按五斤算，百十来斤粮食这不就从天而降；至于洋芋嘛，能收两三麻袋，四百多斤就是'娃娃掉进了井里——没处去'。呵！这次冷手抓了个热馒头，发财都由不得自己。"

就这样兴奋着过了一段时间。有一个阴天，生产队里没事干，我和父亲就兴冲冲拿了板镢和十字镐去这里挖冰草开荒。我们俩正干得起劲，有一个拉着鼻涕的小孩来到地头，喘着气说："大伯，我、爸说你、不要、挖了，万一公社、的人上来、就不、好、说了。"

啊？我父亲摸着头上的汗水直喘气，说不出一句应对的话。我也停止了劳动，站在那里发窘。直到那小孩转身走了许久，父亲像刚反应过来似的说："走吧！回家。"

就是在那个晚上，我们俩趁着刚刚放出的一地月光，花大半夜时间把那一点荒地全部开了出来，并把冰草绑成捆扔得远远的，不留给人嫉妒的蛛丝马迹。我们想，大队书记就是火眼金睛也不会发现我们的黑夜行动了。谁承想，那一年洋芋丰收，我们把三百斤洋芋以每斤六分钱的价格卖给一个上门求购的外村人后，书记一脸黑风走到我们家门口的平台上，直骂父亲："像话吗？你还得寸进尺哩！这收入全部没收、归公，谁让你身上长出这么一大截资本主义的尾巴？"

这下，父亲急了，就说："今天，你敢动我一个洋芋，我就告你那一大堆见不得人的事情哩，我们谁也别好过，就来个鱼死网破。"

就这样对峙上了。吵架吵了大半夜。结果我家十八块钱的收入保全了。怕我父亲真要胡说告状，书记最终放了我们一马，并通过其他人转告父亲：不要再胡说了。

事态就这样平息了。

等我考上中等师范，要去村里盖章时，这一次书记死死咬住不放："你们家还缺个劳力户，不能因此转城镇户口。人，哪能说走就走，这村里还有没有规矩？"

又是一番求爷爷告奶奶地找人、下软。几经折腾，最终放行。

为此，我离开的前一天晚上，父亲好不兴奋，他含泪告诉我："这下好了，又长了一双翅膀！"

我不懂，就问他："什么翅膀不翅膀的？"

他端起一碗牛血一样浓酽的老熬茶，猛喝一口，停半天，就说："这是又一块自留地呢，哪能不算翅膀？"

"自留地？翅膀？这哪是哪呀？"

"你还怀疑不成啊？你不记得我俩在自留地里开荒那一天的尴尬了？一个穿开裆裤、拉着鼻涕的娃娃说停我们俩就不得不停呀。他们这些人，口口声声说是割资本主义尾巴，其实啊，就是在割一个人自由的翅膀，你明白吗？"

"哦，原来如此！"

自留地啊自留地，就这么揣摩着其深刻的内涵，我读完师范读大专，读完大专续本科。前前后后将近四十年，我先后从事教育、媒体两个行当，在做好本职工作的同时，一直保留着对文学的一丝痴情，并花心血写下不少自留地一样的文字。看着它们时，我也像父母看着自留地里的收成一样，总感到踏实放心。照这么说，文学、文字就是我今天思想的自留地了！

自留地，生生世世的自留地。你与中国文化深处陶渊明留恋着的十亩方宅和菊花是否属于一脉？

端详不够自留地。

2022 年 10 月 21 日

人生五笔

——点横竖撇捺

点

一个超大型会议室马上就要打地坪了。这么大的面积，工匠将怎样保证地面的完整性和整体水平呢?

怀着好奇，我站在门口观察。只见领班不慌不忙，首先用对角线确定好了屋子的中心点，然后用事先准备好的水泥在这里打下一个桩，然后，以此为中心坐标点，四五个匠人分别蹲在两根对角线旁边，开始向外围打下一个个桩。

就这样，一个又一个如碗口大的水泥桩不断地在他们的脚下延伸、扩散、荡漾开来，前后左右，其间距大概两米。围绕他们打桩的小工们一边一锨锨勤快地递着水泥，一边拿着一截透明的塑料管穿梭在这些点桩之间，一边看着这些桩子中上上下下漂浮不定的水泡，根据水泡来判断和加减水泥的量，完成垫高抹低的取平工作。

我觉得很新奇，就靠近领班，问:“这样测出的水平比卷尺量出的更准吗?”

“那是肯定的！水平，水平，世界上还有比水平面更高更公正的法则?”他回答的语气不容置疑。

就这样，我看着他们打完对角线上的点桩，然后又一行行分别从门口、中间和里边不断地扩大着这点桩的地盘。不一会儿，整个地面星罗棋布，点桩纵横，如一张网。

就这样，他们一边打桩，一边测量，靠着最古老的方法让满天星斗般的点桩平面保持相同的高度，并逐渐涟漪般一点点扩散开来，最后渐次成为一个平面。

领班告诉我：这桩与桩之间的距离由匠人的水平决定，一般新手打点桩的桩距最好只有一两米，是以两脚为中心而后胳膊伸开摸得到边缘的距离为半径的；而那些老手的作业区的桩距则可以适当扩大一些。

哦，科学与经验如此息息相关，点与面的辩证法如此生动有趣。

由此，我想：摊放在我们眼前的一份有分量的文字材料，一篇篇能够打动人心的文章，不也是一个个生动的点有机连接而成的整体吗？事关散点透视的构思，哪能离开这一个个关键的点？推而广之，这世上所有的事情，无非也只那么几个关键点。就连科学家撬动地球的想象都不能没有一个巧妙的支点啊。

在社会层面上，越是顾全大局的人，越清楚“局”由“点”撑的道理。这个世上的事情，如果没有这一个个骨架般支撑和牵引着线的众点，任何面无非一团混沌不清的乌云，肯定是些没有灵魂、没有逻辑的散沙。怪不得那些懂得讲话艺术的人大多喜欢把一个宏观的事情巧妙地分解成几个点，由点带面，由此把一件事情讲得风生水起，有板有眼，气韵贯通。

作为纪录片的编导，我更是深知点的重要性：一部优秀的纪录片就是那些在时光长河中能够找到自身立足点的作品。

一部纪录片可以有好几个点，只要说透了自己想说的事情或人物故事的那几个点，一定是一部好的纪录片；如果说这说那，叙事的胃口开得很大，到头来，什么都说不清楚，哪还敢受人恭维？为此，好的编导是最懂得关于点的艺术的。什么兴趣点、动情点、着力点、切入点、落点……一系列点，抑扬顿挫，要言不烦，如同溪流，一气贯通，其中并没有什么特别高深的理论可言。

怪不得，人们常把好的策划和主意叫作点子，雨后春笋般活跃在我们身边的点子公司就是冲着时代的鼓点，在捕捉他们看准的那些点、出售他们看好的那些点。点中乾坤，不知有多大。

可是，我们却常常忽视了事物灵魂般的这一个个点。由此，那些原本很有意思的点，常常被那些无穷无尽的“线”和“面”遮蔽和吞噬了。

就时间而言，看似铁板一块，但也有重要“节点”。一年四季，二十四节气。春节、清明、端午、夏至、中秋……冬至，时间的点，暗暗契合人的心理节奏，人才活得有张有弛，忙而不乱。就一天而言，餐点、睡点、工作点，就像脚步，也是井然有序、相互照应的，宛如有根，与人一体，舒服安然。

而如今，我们忘了四季，不分昼夜，一年一疙瘩，一天一团麻。无论农村，还是城市，谁还会守着一张农历和它衍生下来的作息时间表去生活？那些四季分明、动静有时的生活“点”早不知跑哪儿去了，人有一种跌进了井里的感觉，睡一天都补不回头天晚上“黄金档”只推迟了两小时的瞌睡，更哪堪精神的游离与失落？

我们忽视了应有的“点”，也慢慢感受到了铁板一块、没有张弛、“眉毛胡子一把抓”的生活方式的报应。

在言及这一切时，我的一个朋友说，道理可以这么讲，但是，严酷的现实面前，我们哪还有时间“拔着自己的头发离开地球”而从容守得住那么多所谓的点？于是，就说起他的孩子。多少年来，几乎就没有跟家人吃过一顿完整的饭了——早饭是一边走路一边吃，中午饭是在校门外饭馆里凑合着吃，晚饭是在补课老师家门口站着吃。一对一补课让孩子连上厕所都是卡着时间点的，点点相连，没有缝隙，这就活在一根绷得很紧的弦上，无点可言。尽管这样，孩子高考模拟也才四百多分，这哪还敢闲处一时半会儿？

我说，这是孩子被大人意志彻底裹挟和吞噬的结果。一旦进入了这隧道一样十几年没有时间节点的生活，人哪堪其累？生命之道，一呼一吸；文武之道，一张一弛。没点的生活折腾得孩子都不能从容喘气了，哪还敢指望他不断积蓄生命的鲜活力和对未来的冲劲？

于是，我们就说起如今的教育。我认为其最大的失误在于对于人的成长道路上那些关键点的忽视。就一个人的成长而言，快乐童年、好奇少年、自强青年等都是断不能缺少的大关键点。

围绕着这些个目标，人才有道德、健康、求知等其他小点的设计和衔接。就一堂课而言，从来也是应该先考虑教学重点、知识点、练习点的，教育哪能像现代化工业流水线一样把学生的精力都绑架和消耗到题海里？

触类旁通，举一反三，这是一切教学的出发点。我认为，在教育教学中，只要让学生牢固守住几个影响其成长和求知的关键点，那就没必要让他们成天沉浸在没完没了的题海中而忘了自身。因为，这些点一个个都是“定时炸弹”，在将来的某一天会顺其自然地定点爆发。那时，点自连线，线自成面，面自结块，知识体系就会自然而然地形成。

这是关于教育我常说的一个点。

而我的更根本的意思是，不只教育，如果我们所有的人今天想活得更加简单轻松，也不妨只守住几个关键的点，而断然舍弃生活中那些压得我们喘不过气来的各种各样的关系。

这些关系，不是线，就是面，复杂得一言难尽。可是，世上的事永远做不完，身边的书永远读不尽，周边的朋友永远交不够，而我们所需的实在不必那么多。最终框定我们人生、让我们出彩的无非只有几个关键点。

时空皆有点，踩点前行！不只舞者，中医也在寻找和验证靠着医生直觉判断出的那一个点来开方施治。如果点找得准，这世上的一切事就会事半功倍呀！为此，看着汉字中的点，我总喜欢这样自励和励人。

横

横是所有事物的基础。

所有汉字，无横不稳。所以，在过去，童子发蒙，得先让其写横笔。不写上一月两月，先生就不开新课。

横笔有样，端正可求。这是汉字的重要骨架之一，也是基础。

可是，一横有样，哪能想咋就咋？专家说，一笔之起，全在点功。这落墨走笔的姿势里含着中国人凡事都须回头一看的习惯，所以，起笔的瞬间，在前行的路上，总少不了那回头一望，这是非常重要的一点、一顿，是一种从空中落脚的潇洒一瞬。然后，再借着这一瞬的站定，笔行右方，从容有度，直至快停止时方才渐次用力，表现出宛如句号的那坚定一落。这一落，我觉得有点像表演武术的人最后在舞台中央收了所有动作之后的抱拳谢场，自有一种优雅和无声告别的美好感觉在笔墨里。

笔墨含情，笔墨见性。大概指的就是这样的一种无言的功夫吧。

所以，练字不费横笔功。由此，我常想，横不但是一个笔画，更重要的是它含着对人的深刻启示：最简单的一笔往往是最见功夫的一笔，凡事如果有一个见出火候的功夫和基础，则离成功也就不再遥远了。

我们老家有一个远近闻名的拳师，有一天，他看着一个轻狂的后生在一边显露花拳绣腿，他技痒难耐，就地一蹲，一个旋转着的扫脚，碗口那么粗的一棵树便应声断成了两截。对此，有人点评：功夫，冰冻三尺非一日之寒，是基础在显效。

凡事靠基础是做事的人骨子里应有的常识和定力。万丈高楼平地起，最为关键的是基础。基础的冰山一角就是地面上的这最后一横，而其根本则全在地下。所谓“台上一分钟，台下十年功”，我们看到的只是舞台上的短暂时光和演员表演的一瞬。这，何尝不是那关键的一横？

由此，前几年我在给基层的通讯员们讲课时始终强调：一个记者的基本功很简单——就像汉字的一横——你必须做大量的案头准备。而这案头功夫就如种地，要开犁、下种，一般虽只几天，但为了这几天，农人得无怨无悔地情愿于一年的庄稼两年的苦，而一直默默地在积肥、整地、喂牲口、选种，活儿一茬接着一茬，但从不因此敷衍塞责，荒芜了工夫。这些都是深埋地下的基础啊，或者是躺在地上与地面平行的那关键一横。

养兵千日，用兵一时。

对于一个作家来说，平时积累的生活素材，读书蓄积的力量，排除各种干扰以平静心情的基础功课，难道不也是“功夫在诗外”中那如铁轨一样不断延伸着的关键一横？

横笔好写，横字难精，横中求道，横无际涯。

难忘淘金路上那些不断横在眼前作为标志的横杆，这是一边以石头压着一边以绳子拴着的一个个木头栏杆，一般都是设在县界、省界以收取采金费的人为障碍。这障碍旁的帐篷和木屋无一例外都叫作金管站。一杆在前，留下买路钱，不言自明，几千年的绿林文化在这里残存的影子竟然也是这么一横。

细想想，从深山走向都市，如今，哪个小区的门口没有类似的一个横杆？难道没有横杆的地方，就一定是没有任何障碍的坦途？

一个人，最早感觉到的横在眼前的是年龄。五岁上学，学校不收。紧接着是数也数不清的、形形色色的横字。考试成绩六十分以下，不及格。小学未曾毕业，就没有资格考初中。初中高中，大专本科，学士硕士，一路跨栏。等最后走上了社会，恋爱结婚，晋级升职，股、科、处、厅，初、中、高级，横无际涯，简直就需要成为一个跨栏运动员。

我们有多少个欲望，就会有多少个栏杆和台阶自然而然地横在我们面前。至于中间栽了跟头的那些人，就是那些跨栏失重的人，要么德不配位，要么本利失算，烂了根。

栏杆台阶，层层叠叠。社会要是没有了这一个个关键的门槛和管理的枢纽，就会乱套。理解万象，学问不需高深，只要读得懂一个横字，就几乎懂了这个社会的一大半。所以，端详横字，别有意趣，格物致知，此其一也。

一以贯之，横摄一切。能够将一切相关的、不相关的事务，统摄在一个逻辑层面，整合在一个找得到最大公约数的价值框架里，这可不是一般的“横功”。

这种功夫，体现在文章之中，就是那种能够串珠的神性线索或者压倒一切的主流情绪。表现在自然面前，就是那种能够穿越千山万壑，从而从容走向大海的江河。

横流滚滚。只要用心，我们总能找到各种横在心头的东西。无论是压倒骆驼的那一根草芥，还是“登泰山而小天下”的野心，一旦横亘，都不轻松。所以，佛家懂得放下，道家倡导无为，不为这横在眼前和心头的种种而劳心费神。

尽管如此，我们生活中依旧有太多耍横的人。面对他们，我们只能以横治横，“我自横刀向天笑，去留肝胆两昆仑”，再不济，亦当“横眉冷对千夫指”，畅游于古诗在横字上出彩的句子中，找到一种栖心的境界，那是再好不过的了。

石横闻水远，林缺见山多。

桥迥凉风压，沟横夕照和。

由来重义人，感激事纵横。

原来，汉字中，这轻轻一笔横就像海面一样一望无际、波澜迭起，也像大地一样坦荡厚重、深藏无比，这，值得我们不断揣摩和时时端详。

竖

汉字，无横不平，无竖不立。

竖，就像一件编织物里的经线，串起和连接了众横和其他笔画。汉字能够方方正正站立于纸面，我们不能无视像筋骨一样支撑起其屋宇骨架的这一竖。

竖，不仅是一个单一的笔画，还是其他笔画的帮手，呼应着其他笔画，如竖弯钩等，断不能没有竖笔的引领。这正如荒野里那些初次盖房的先民，不仅是设计师，还是工程师；不仅是技工，还是小工。为了一个共同的目标，不在乎身姿与角色，只为了撑起汉字书写的无限宇宙。

所以，每每看着这一竖，我不由想起在各行各业各领域脊梁般撑起一方乾坤、能够独当一面的那些人。他们就像这汉字的竖笔，有的虽隐没于各种现实角落，但他们的筋骨风范却使任何意境都无法离开他们从容穿梭、立己立人的哲人风采。

为此，我很喜欢看书法家写竖笔。在我看来，这“看”本身就是一种感悟和成长。借由这样一点外行的观瞻，我曾不由自主地打开了诸多联想的窗口，架起了进入中国文化深处的一座座隐秘桥梁。

无论何时，看着书法家们写就的竖笔，都能让我马上联想起人类从爬行到站立的那关键一刻，那不也是一笔伟大的竖笔吗?

竖，那头顶苍天、一脚踩地的姿态，也让我常常想起一个人从趴着到站立的那一瞬。“三才者，天地人”，假如没有人站立、竖起的那一刻，则整个宇宙的历史不知将怎么写起。恩格斯认为，正是人的站立解放了人的双手，改变了人的视野，从而改变了人的劳动方式和创造方式。

所以，在我看来，这站立的竖中含着人的全部秘密。

在中国文化的语境中，竖即立，立即竖。如果一切的奋斗和成长没有以代表着成功的“立”字做标志，则人便是躺在地上的，尽管是站着走路，依然不叫立。一部《论语》，更是将“立”字作为一个重要的人生坐标，置放在人的背后，成为检验人的价值的重要参照物。这，几乎是妇孺皆知的。“三十而立，四十而不惑，五十而知天命，六十而耳顺，七十而从心所欲不逾矩”的准则更是把立作为人生的重要阶段，做了特别的强调。因此，几千年以来，人们把立作为人生头等大事，为此费心劳神，一生征战，甚至不惜付出一切代价。

一部中国史，哪能没三立？立德、立功、立言的思想就像血液一样流淌在文化血脉深处以及一日三餐、江湖田野的各个层面。我们生活中的那些李立三、马三立更是代代不穷，子子孙孙。

进入中国诗歌史，我们还会发现：无论三曹，还是唐宋那么多走马灯一样在诗坛上洒下光芒的诗人，几乎都是捧着一颗头来，驰骋各种各样的战场的战士，在他们诗句中的一腔豪气的背后，我们都能看到血光中晶莹剔透的那一颗功名之心。“君不见走马川行雪海边，平沙莽莽黄入天。”“君不见，青海头，古来白骨无人收。”地理与豪气，相映相衬；功名与人格，相激相赏。这是中国文学的一抹重要底色，也是中国文化的重要个性。

与此同时，我们历来注重“为天地立心，为生民立命，为往圣继绝学，为万世开太平”，一直把“立言”“立心”作为人生的终极价值。这使整个中华文明自《诗经》《楚辞》至延续开来的《史记》《资治通鉴》等就像长江、黄河、澜沧江一样流淌在经史子集的河渠，保持了它应有的鲜活。无论我们把它称为“道”，还是将它称为别的什么，都不离一个“文”字，中国文章始终走不出“立言”的“窠臼”。《老子》五千言背后有道，半部《论语》可治天下，《史记》每一行都连着中华文明的锥心之痛，陶渊明的诗文更是把我们从庙堂引向了田园……

言之凿凿，立之如林。儒林片片，连成历史。在一号文件能够焕发出九百六十万平方公里大地的勃勃生机的中国，我们焉能不重立言？

言为心声。一言既出，驷马难追。言必信，行必果。言之高标和硕果就是品德。所以，立德在中国士大夫阶层和一般民众心里是一个人精神性的高标。如果一个人，没有起码的德行操守，其他人就不会跟他打交道。勤俭持家、尊老爱幼，百姓有百姓的德。诚实守信、童叟无欺，商人有商人的德。君君臣臣，爱民如子，官员有官员的德。之于士大夫阶层，更是各有高标，不一而足。诸如“先天下之忧而忧，后天下之乐而乐”“我以我血荐轩辕”就是“德”范，更能映照出一个时代的姿影。即使在形势非常逼仄的时代，依然有人在坚持“假话从不说，真话不全说”的道德底线。

德之不立，法何以堪？“德不配位，必有灾殃。”没有德做基础，法将是空中楼阁，立不起来。所以，依法治国，先立德。法德相适，才能“法”力无边。

在三立的基础之上，我们还可以看出更多的立。大者，有“立国”“立法”“立志”之说。凡此种种，都是靠着深厚的基础建立自己的位置，竖起不同于他者的坐标。小者，有“立门”“立房”“立匾”“立身”诸论。凡此种种，也是对自身生存境遇的寻找与确立，自有一番心思的在场和精神的不倒。一个农民，一辈子哪能不立几间大房以光宗耀祖、荫庇后人？就是俗到两家种地的事情上，哪能不在共同的边界上立一个号头？

立，是人对生命不能久存的反叛。

立，是对于一个共同价值的坚强确立。

立，是对己对人的一种严正告诫。

人立天地间，谁都想不平凡。

但是，你立我立大家立，难免气象森然，互抢风头，互争阳光，这就难免触发丛林法则。孔子早就预见了这种情况，并发出郑重告诫：“不知礼，无以立也”“夫仁者，己欲立而立人，己欲达而达人”。说是这么说，在现实层面谁能达到这种境界？读着“既生瑜，何生亮”这样的古典小说中官大一品的人对于他者的挤兑和排斥，我常常想，这是一种怎样的“立”啊！

竖，何其简单！

立，何其艰难！

以竖代立，是不是一种举重若轻的智慧？

越简单，越复杂，望着这墨写的笔画，我似乎又陷入了一重修行的道场。

撇

在学会汉字笔画“撇”之前，我对“撇”的生活画面便一点儿也不陌生。四五岁的时候，我对“撇”字已经有着非常直观的认识。因为，我的父亲是生产队的专职犁地人，在他不多的几样与他须臾不可分离的农具中，有一截五六米长的毛绳，他称之为“撇绳”。就从这时开始，无师自通，我就知道：这是一分为二，中端挂在犁铧把上，两头分别拴在牛鼻子的左右外端，指挥其荷犁前行的一个八字形绳索。就是靠着它的存在，犁地人如鱼得水地指挥着耕牛在田野里上上下下、回头转脑，沿着犁沟像读书一样一页页地把一大片土地翻了一遍。试想，没有了这撇绳的引领和点拨，这古老的劳作将如一个散架了的机器，别说是干活，就是摆一个动作，也不一定能和谐长久。

在我童年的视野里，这是常见的农耕画面。看图说话，听话看图，在田野里，我不期然地看懂了很多道理，其中之一，就是关于撇绳的。我常想，如是没有了撇绳，遇着曲里拐弯的地形，父亲哪能“秀才犁地，端来直去”？显然，道理不只在犁地这种农活上，还在处事之上。大人们的意思是，凡事都有各种各样的变化，人就应该懂得随机应变，该撇就撇，石头大了绕着走，不能一味地愣头愣脑、横冲直撞。

哦，原来如此。山里的犁地人，等翻过了一大片坡地，撒上种子，犹不忘在光溜溜的地面上“扯”出一条斜斜的水沟。这水沟，看似随意，其实是大有说头的一笔“凹撇”。撇向哪里，坡度如何，这是跟天地的对话，也是与心灵的对话。春天一犁撇，夏秋数沟水。黑土地上这纵横交错的撇字里含着农人与天地的絮语，自有大道存焉。

除此之外，我们那儿农人的嘴上也是挂着不少撇字的。“撇不了家，养不了家”“撇家撂口，男人风采”，这就使许多人在农闲季节惯于出门，乐于出门，习惯了一段时间的远别，即“撇”。正是这观念，让他们懂得放弃，懂得舍得，懂得割断，不期然地获得一种“距离即美”的视野，也悟出了不少生命的大境界。

就说一个人去世了吧，农人们更喜欢说：“他撇下我们走了”，或者“撇了生活”。在这样的语境中，我们分明感觉到一种民间的优雅：撇字一头是在场者的恋恋不舍，而另一头则是走了的人永不回头的决绝。更有人把年景富裕之时的去世称为“撇油花”，一撇之中，死犹活也，且状态悠然，如拿着一个闪光的勺子在打捞生活。

当然，语境变了，撇字包含的意思也会随之发生变化。让我印象深刻的是，夫妻反目、朋友分道扬镳之时，一旦第三者向当事人问起他们之间现在的关系，当事人常说的一句话就是：“早已撇清。”就宛如在倒一盆脏水。一个撇字，泾渭分明，八面不挨，这是人际关系中最能体现“水大浅过”的分寸的智慧。其中，透着人性的悲凉。

当然，一个撇字也可表达悲壮的情景。前些年，我采访一名三十多岁的女性品酒师时，她的一个撇字让我心惊，并从骨子里认识了一种特殊而残酷的职业。她说：“从事我这行，就得撇很多东西，美味、化妆、聚会等，凡有味的环境就得彻底撇清。”这不就是一个彻底的苦行僧？为什么要如此？

原来品酒师是要充分保持味觉、嗅觉灵敏的人，平时保持味觉、嗅觉灵敏的最好方法就是远厨房、远人群、远化妆品。这使她平时几乎不与人聚餐、喝茶，迫不得已在单位开会时，也尽量坐在门口，始终谨防烟味和香水味等味道猝不及防的侵袭。

“如此说来，你很能喝，是吧？”

“恰恰相反，淹过舌面的酒里就含有冲淡味觉的风险。为了保持自己感觉的锐度，在品酒前的一周，我常常恨不能把自己锁进一个与世隔绝的保险箱里。”

为了一个品牌的纯正，一名品酒师得撇掉多少人生乐趣？

原来，这样的撇是为了腾空、为了灵敏，此真乃人生的大智，万事万物的辩证法。推而广之，电脑不灵时，我们就得卸载无关紧要的软件；诸事缠身、身不由己之际，我们就得按照轻重缓急放弃去做一些事情；要想麦苗壮，我们就得铲除周围的杂草。这难道不是撇字的延伸和启示？

鱼和熊掌不可兼得。为此，成一事，就得撇多事。人生苦短，什么时候撇什么事，是人生的大智慧。

就这样，嘀咕着，我拿出毛笔和砚台一笔一画练习起汉字基本笔画中的撇。长撇、短撇，写了一张又一张，但失了具体的汉字，我始终找不到应有的感觉。莫非写撇也要撇去影响写字的一些杂念？

忽觉眼前一亮：“我”字失了一撇，就是“找”字，我得找回自己。

天生不是书法道上的人，若不撇开终为苦。这就把目光转向古人的嵌进了撇字的诗句。呵，还真不少，远不止百首，尤其是在唐宋的诗词中，一个撇字，简直是热词。诸如撇烈、撇捩、撇然、撇漩，数不胜数。经了诸多诗人词人的活用，撇字一下子活了，宛如海底大世界那些活蹦乱跳的鱼：

> 身上幸无疼痛处，瓮头正是撇尝时。
>
> 愿君光明如太阳，放妾骑鱼撇波去。
>
> 撇波啸长风，鏖暑陷其阵。
>
> 风不定、川云如撇。

燕忙将水撇，鱼乐欲空跳。

富贵撇眼电，荣华过耳飙。

五更惊觉家山梦，撇棹归来月底眠。

更为有意思的是，不知是受了古诗词的影响，还是习惯使然，这个字如今还活在许多清真寺的经堂语中。比如，常见的撇，或者撇却，专指人们对于一项生命义务的荒芜和远离；撇拜，是指一种游走在信仰边缘的不良行为。不一一列举，但在好多学者的口中，它是一个连着人的行为乃至世界一隅的一个活字。

哦，我们常说的八字一撇，原来是一个很大的世界，或者，至少是世界的一半、一隅呀。

捺

捺，汉字五笔之一，同样是一笔。但这一笔，与其他四笔相比，却另有境界，或者说，更为老到凌厉，让人不敢小看。这是因为它是收笔，是汉字方正之美中最富有哲学意味和东方意蕴的一笔。

有诗为证。

宋代诗人韩琦在三首诗里都写到的“捺卷”，这就很有意思了。这是关于禾穗丰硕的一景，指禾穗向下弯曲如弓弩。其实啊，这何止是弓弩，简直就是一个个另类的捺笔。

尝酒管弦先社集，捺卷禾黍极云齐。

便晴谁恐禾生耳，将熟偏宜谷捺拳。

捺拳禾重笼新雨，舐犊牛闲罢力耕。

读着这样的诗句，我忽然想，这不都是关于秋天、关于田野的一种更加贴切而生动的意象？

除此之外，我还想到了一把把属于秋天的镰刀，哪一把不像书法中那些贴地而行的捺笔？各种各样的挂满硕果的枝头，哪一枝不是时光写就的捺笔？

推而广之，捺笔是一切时光里的下午，所有抛物线落地轨迹的再现，一段旋律靠近休止符前的低回，一幅电视画面隐黑之前在光影里的悄然回落……事关落幕和收场，走出具体汉字之后最为潇洒的一道霞光。

人之为人，一撇一捺，最后的精彩，全在收笔。此之谓看谁笑到最后，焉敢有丝毫马虎？

为此，青海人喝酒猜拳时挂在嘴上的顺口溜是“好拳不赢一二三”。西班牙的哲学家葛拉西安更是将“唯求善终”作为一种智慧的极致来对待：时运之宫，由喜门而入者常会经苦门走出，而从苦门进入者反倒可能会经喜门步出，所以，到了最后的时候，更应关注的是出得完满而不是入得风光。

其实，重出和重落是人类一切文明不可或缺的重要组成部分，甚至可以说是人生金币的另一种一体两面。就说世界几大宗教吧，佛教的出世、出家哲学，就是人生一捺，从来寻找的是去路、出路；犹太教、基督教、伊斯兰教的今世和后世之说，更是把人生怎么入场、怎么退场作为生命的终极命题，从不忽视自己的精神归宿。

在我的印象中，一旦到了年迈之境，意识尚在清醒之际，许多老人忙于偿还各种各样的债务，总想要把自己的精神引入一个平静的港湾。这港湾不也是生命落幕之前的关键一捺吗？如果说儒家是人之一撇，则道家绝对是那人之一捺了。撇捺之中写人生，陶渊明、苏东坡们就是在出出进进中懂得放下，懂得适时收场之高人。而那些不知收场、不懂功成名就后身退之道理的人，一定就是在写字做人的过程中没有悟通那一捺收笔智慧的人。

前几年，与一个来自拉面之乡化隆的老人说起饭馆经营之道，说到了狼狈回家、衣锦还乡的种种以及夹杂其中的人生之险恶。让他感慨万分的是，谁都不敢轻易说赢输，真正的赢体现在两次回家前的所有上。第一次回家是指饭馆关门大吉，回到故乡尚有余钱的那一次；第二次回家是指结清了一生各种债务停止呼吸之前依然保持着一份人生的坦然的那一次。人这一捺何其难写！在老人的心目中，经营如同放风筝，必须懂得收放之道，否则，就会眼睁睁地把自己放飞，人字最缺的还是那关键的一捺。

捺字的辩证法还表现在一地的民俗中。曾经跟一名作家谈论平衡，他说："在传统宗法思想较浓的一些农村，大家族的晚辈们在平时的交往和生活中免不了结下不快，但他们总隐忍不言。而一旦到了婚丧嫁娶的现场或清明上坟之际，喝了酒，打开了心结，人无论老少，骂人就会肆无忌惮，甚至动起手脚，这就找到了一个出口，情绪自会一泻而出，然后，算是了结，从此不再计较。"哦，原来酒场有时是一条泄洪渠，这渠不也是汉字笔画在人情世故中逸出的关键一捺吗？

捺，是一种出口，一条通向终极的出路。

捺，是一种境界，一声召唤。

能捺住即成名。我们为什么要"捺住"？这是因为凡事有度，凡事有落，大地上的一切事物都有气数将尽的一刻。所以，我们当懂捺、知捺，在不可知的强力撞得我们晕头转向之前，便学会水往低处流，寻找自己的归路。这是一种生命的自觉，也是一种活着的智慧。

我认识的一名村干部，从年轻时开始，一直在自己的村庄里任职，直到六十岁卸任，一直有很好的口碑与人脉。如今，赋闲在家，时不时还要被所在乡村的干部请去问道把脉。据说，在他们那儿没有他啃不动的骨头。我很好奇，有一次，看他在巷外土墙下悠闲晒太阳，我就走过去跟他说话。正如众人所说，他确实没有念过书，不懂什么理论，直白来说，就是没有文化。但我分明感到他对人间常理的领悟很深刻。让我印象深刻的是，他说："凡事都有出口，在刀刃一样的光阴里，我所做的只不过是尽量地让每一个人脚下的路宽一点，哪怕是一时犯了错误的人，我们也不应该把他脚下的路全然堵死。"

我让他举个例子。他说，他们村办学校之初，最大的问题是请不到老师。他费了九牛二虎之力从汉族村里请来一名年轻老师。这名老师非常尽责，哪个孩子完不成作业就不让他回家吃饭，甚至会用戒尺吓唬学生。有一次，不慎把村里刺儿头的孩子的手背打青了。刺儿头不分青红皂白跑到学校对着老师就是一顿拳脚。不用说，老师就要辞职走人，状已告到了乡政府。这可咋办？他马上召集群众大会，把刺儿头批评了一番，罚款了几百元，并要他当场赔礼道歉。这让老师有了台阶，首先就把老师稳住了。可是，却把刺儿头逼到了一个死角，这让他很难受。当天晚上，他就去刺儿头家里，了解了他的困难，知道刺儿头的庄廓院太小、太偏，放不下他新买的拖拉机。过了几天，他就想办法解决了刺儿头的困难，给他批了一个新庄廓院，变相补偿了对他的罚款，更重要的是，让刺儿头的思想压力由此得到了释放。

文武之道，一张一弛；管理之道，一撇一捺。拿得起的，就该放得下。

一时有一时的撇捺，一地有一地的撇捺，一人有一人的撇捺。大道至简，捺中乾坤，原来如此近人。

我因此蓦然醒悟：年近花甲，见好就收，全身而退，适时转身。这，不仅是对曾经青春岁月的适切照应，更是对生命最为精彩的一笔领会。

仿古七章

传销与猎狐

传销者始皆不言传销，因人皆知传销为坑，言之则有自取其辱、自露其拙之嫌，乃绕道而言，或顾左右而言他，永不愿稍触及。然久处心头，如云盘踞，终成心病、肿块，乃令人老大不快。即出门问医，医曰：“此乃心结，无药可施，宜一吐为快也夫。况钱乃身外之物，生不带来，死难带去，权当阵风刮去，且以健康为本。”

噫，愈不欲张扬却尽人皆知。一束电光，举村暴露，原不止一家锅黑，各村暗入此道者，十之有二，或三。凡三十年挣得之辛苦费几尽汇聚于此。三升之皮袋原三升，千钧之担因此渐轻，心头阳光复灿烂于面容。

留得青山，复谋柴草。一日，众聚墙根，说笑往昔，乃始端详传销。言之既久，慨然而叹曰：“此乃新生，防不胜防，自缚手脚，老汉打牙，史无前例也。”

吾闻之，乃笑。而众皆愤然而追吾：“汝好人笑病，面讥众等，实属无礼也夫！该捶之。”

吾乃敛笑请罪曰："众兄莫怪！大伙伤财，吾亦痛心。钱乃心血、光阴，谁犹不惜？吾之一笑，乃因诸位见识脱轨，远正路，恐汝更上大当。"

众请言之。

曰："古今钓鱼，时虽异，而方法、道脉一也。吾等先辈早察之，且屡用不爽。君不见前辈几代猎狐之术？见狐在山，不即设套。欲擒故纵，任其自投罗网。夫先数次以肉饲之，令其屡尝天降甜头，乃至忘乎所以。如此者三四日，于其防不胜防之际，方置器于旧路，瓮中捉鳖。凡猎事，诱饵虽异，术千古不变也。更相仿者，猎狐者重其皮，护其毛，欲借此换得高价。而传销高手尽人储蓄，犹人不能言之，此乃圈套，其与猎狐之术无异也。人骗其财且不怒，人说实话却众捶，此岂人间大道乎？"

"否，否！吾等受教矣。"

撵单羊

少时得闲，每随牧人入山，尽得自然之趣，屡受益。搬石垒灶，捡柴生火，和面揪片，筑坝游泳，解衣捕虱，撩草摘莓，捉蛇饲蚁，摆石子玩和尚棋，其乐真乃无穷无尽也。

然乐极迎悲，吾亦多睹心惊肉跳、不堪注视与回顾之戏。其名曰撵单羊者。

终生难忘，今不妨一言。

羊乃天生合群之畜，大凡随头羊及牧人之意爬坡跌谷，不落己群。然，羊之群大如森林之广，每每亦涌一二调皮捣蛋者，或离群玩耍，或单个饮水，或窃食庄稼，好高骛远，自立门户。牧人见之，不悦，即驱犬追逐之，不已不罢，致瘫倒一隅，令其从此汲取教训。或合围一处，捉其离群，复持细绳紧缚后腿，阻其血脉，致其寸步难行，瞩望羊群，与死无异，目如枯溪，天黑始解之。更甚者，牧人夹粪火于其尾，复以细绳系之，令其皮焦肉烂，终生难愈。一言以蔽之，制羊之法无非逐之，饥之，外之，烧之，苦之，致其回心转意，不复离群乃止。如此者久矣，羊自驯服，不复捣蛋，牧人自适，予县官皆不取也。

吾怪之，即问其由来。则曰："牧者独享天下之自由，无人管辖，此其一；尤可随意惩戒反羊，满足权欲，独立于羊群之外，观其驯顺，此人欲之大者，君等不解也欤。"

懵之既久，早忘此页。后吾回村，见牧人任村官，村民无不服帖者。问人，则曰："其深知撵单羊之术者，治村如治羊，小菜一碟。"

品酒师或可育之？

吾尝以为，品酒师者，乃豪气冲天千杯不醉之君，其器量必常人难及。然近之，方知其为人中精锐，少之又少，千万之中难挑其一。

呜？怪哉！

"此乃何人？"

曰："一言以蔽之，嗅觉超常之者！"

"何以见之？"

曰："此乃近酒坊三里之外能嗅其芬芳浓淡者，众酒在前，指蘸少许，即知其味阶合众口与否者，嗅觉灵敏之极。"

时曰："入芝兰之室，久而不闻其香；入鲍鱼之肆，久而不闻其臭。品酒师身处大千，焉能不受身边人世之浸染？"

乃曰："甚妙！问至穴位矣。品酒师若乃女性，则终生不涂脂膏，亦不近庖厨，食必淡，饮须水，生境似真空，从不趋人众处，每逢开会，定坐门口，且严拒烟民扰之。男益严，几近受刑，故多不从此业也。"

“吾愿闻其品酒之状。”

“咦，近乎典礼。端坐静室，持勺蘸少许，量不满舌面，乃专意品咂一番。后以清水洗漱口舌数次，复品咂。如是者三，始下定语。言其配料及发酵时间，似亲见，众工皆俯首认同。”

“此冰冻三尺之功，几时练就?”

“此乃天生，后只蓄养，保其鲜，延其时，难以操练也。”

“其类于明贤李贽所言之童心乎?”

“然，亦非童心之全。其感觉之妙如麦芒，似初雪，尤重一尘不染，后天不侵。”

“喏，既如此，对其教之育之岂非多余乎?”

“多余!”

“何以言之?”

“教育乃天性之发见，引流之干渠，如不当，则坏其本性于无知，犹不如不教不育，保其天性者也。天性者天之馈赠，应世之本能，如日中天，如河在渠，自然为美！延之不当，必毁人不觉，当慎之!”

此乃管中窥豹之言，只见其读书致愚之辈，而忽其借翼腾飞之鹏。吾时曰:“救救孩子之说不当，或管一时；而救救教育之责则尤为迫切，事关长久，故吾辈当时时回首检点是也。”

“与君一言，胜读十年。深谢，甚谢！吾始识教育庐山真面目矣。”

请女厢

厢，《史记索隐》曰：“正寝之东西室，皆号曰箱（厢），言似箱箧之形。”然河湟一隅，乃专指一家之待嫁女、已嫁女。即已七老八十，乡音早衰，对外亦以女厢称之。貌似尊重，实则每含忽略不计之意。

平日，言女流，则概省厢字，男尊女卑之思，俯拾皆是。诸如谚语“嫁出之女抛出之水也”“杰女出远乡”“明人不滞虎前女后”等等。不屑如流，难以计数。此俗之成已不知几数百载矣。

己丑年秋，逢新制，女翻身，半天之论，人尽知之。然，一时难觅把手，忽忽焉三十又数年，女子现状犹存改进之处。

忽一日，某村掀捐资助学之潮，觅大款，发请柬，翻几代皇历，搜尽历代出村谋生之有头脸之辈，搭台为其请茶洗尘，以尽其衣锦还乡之愿。

游子在外，无人问津、冷眼冰遇者，何计其数？忽逢乡请，情不自禁，涕泪涟涟，不惜包干，遽献数万。

天降财源，事者喜之，皆曰：“天上掉下油骨头矣，信然！”

自此，开源节流，势头汹汹。每谋新项，复辟新路，年年有之。村中桥断，安能弃之不顾？然开销口大，孰将挺身？天翻地覆，女厢难逃！解放四五十载，相夫教子，洗锅摸灶，上山下地，暗淡避世，几欲埋没，岂不使其光鲜亮丽潇洒走一回？

大笔一挥，请柬三千。谁家女厢，谁来认领。拿其拳头，满吾眼窝。汝争予抢，情满村庄。钱归桥项，客由主待。红纸满墙，喜气洋洋。

莫呼上当，孰不爱故乡？娘家年年走，唯此最风光。三千大洋，焉能私藏存银行，鬼知道？

请女厢，渐成习。校刚修，桥初成。明季枯井待重汲，孰管吃，项目何立？自有高人思，且将闲钱积。

叫媳妇

叫媳妇乃河湟古礼。夫妻吵架，妻觉委屈，盖直奔娘家，一去不回。亦无论有理与否，错之于谁，夫方必先下软且携礼物去岳家叫其归，此之谓叫媳妇。虽名之叫，实则予人台阶，回旋厚道，人皆适之，人老几辈，不以为怪哉。

然某妻一回半年，携其三岁女去而从不言归。夫每携重礼探望欲迎，欲其早归，然岳丈却一任怒发冲冠，不逊半步：“夫妻吵架，原本区区，吾非小人，不甚计较也；然汝父进出东关大寺，坏吾名，孤吾家，致吾有口难言，处水火久矣。今，马未动而鞍却跳，瞌睡遇枕，天下好事，吾乃择水大浅过之路矣。”

几次三番，言不见松。婚将不婚，危在旦夕。某父焦之不安，即见予，问其出路。予坦然告之曰：“凡锁只认一钥匙，凡病常等一药物，吾告汝秘方，请如此这般，勿误，速去！”

是日，儿驱车前行，父亦驾车后随。至岳家门口，车泊村巷，两人入戏。儿呼救命，直奔岳家。父抱碎石土块，如逢强敌，且扔且骂，石块偶砸岳家铁门：“汝等叫花子，娶妻忘娘，自今而始，吾不认汝矣，父子两断，汝且听之任之，复勿入吾门半步。”适儿首血，岳母见之，即觅创可贴，心先软。岳父见状，怒稍息，问之为何。父即怒气冲冲，不应一言，脸色铁青，转身驱车，一走了之。

吔！残局至此，戏乃成。当晚，媳妇即归矣，一家三口复其乐融融，无隙如故。方之要术，其岳父颔首，且再嘱：“汝当从此与父断交，如此者，吾始可昂首众亲及诸邻之中矣。”

越几日，其父复见吾，直竖拇指悄然曰：“汝不愧编导，救吾一家，功莫大焉！”

哈哈！

捉鬼记趣

吾少时，见一怪妇。平日，言动迟缓，谦然温柔，无异他者。然疾发顷刻，遽上房揭瓦，砸锅摔碗，口吐狂言，家无宁处，邻亦牵连。然一旦病去，乃就地匍匐，宛然僵尸，气如游丝，脸色蜡黄，几无力站起，多日憔悴。周而复始，如是者久，其夫愁煞，乃四处求医，不惜举债连连，皆无济于事。

人建言之：“邻村有盲翁，眼见幽玄，可否一试？”

其夫喜之，奉金于翁，问之奈何。

盲翁曰：“定有鬼，余捉之！”

“何时来？”

“病如水火，刻不容缓，当晚即来。”

“何不与吾同行？”

“否！余将携镇尼同行，恐汝不适，天昏即来府上。”

自昏至夜，翁在炕中念诵，不知其辞。夜半，翁使主人一家出屋，曰：“镇尼到，将捉鬼，恐伤无辜者。”

夫出屋，站窗口视之。翁脸色森然，口气严厉，大呼小叫，宛然指挥千军万马，犹手舞足蹈，临阵冒汗。

约一刻，翁始动炕桌茶碗，色稍平，不再一语。又一刻，曰：“家人可安然进门矣。”又对夫曰：“此鬼难缠，好不对付。然余延镇尼亦非嫩茬，铁叉巧逢冻萝卜，现风平浪静，汝等可稍息。”

夫问：“此鬼乃谁，何故害吾，今将安去？”

答曰：“此鬼乃一早死兵卒，寻女至此，巧逢汝妇收其女并恶待之，乃愤然肆虐，致汝妻力虚不敌，故病之。现，镇尼将其押往卡夫山，从此将难归矣。”

“善哉！善哉！既如此，镇尼何归？”

其曰：“不当问，不必问。此乃玄学，知而不言，汝且不知为知也夫！”

“然！”

吾及长，欲问其详，几求长者。长者笑曰：“镇尼问病，定大愈；然患者从此或将活不旺矣，因镇尼力巨且莽，挑刺带肉，伤及元气，恐得不偿失也夫！更为人所不知者，镇尼好迎难送，若其盘踞不去，实雪上加霜，灾殃连连，难以计数矣。此乃学问之大者，少人言及。”

“喏！愿闻其详。”

乃曰：“此乃用其所长避其所短是也。镇尼之长，其力巨；其短，智不过人。人使其力，罢，即将竹筛递其手要其赴河边舀水。镇尼屡舀不成，乃自遣之，从此再不扰人，如此而已。”

吾晓之，即再问：“此乃金掌柜要赖不付工钱之招，亦在妙界、鬼界通行？”

长者不悦，且厌吾：“汝等憨娃，人近半百尚不解知而不言之理？朽木不可雕也！”

“喏，喏！”

雪日记

雪日，向午冷甚，乃早浴赴寺，欲占大殿一席以避寒。及至，撩门帘视之，乃见人头攒动，如入蜂窝，针插无缝。跨门逡巡，推肩越班，几经寻隙，未果，乃谦笑回身，直奔南二楼。

孰料，此处拥挤不逊大殿，亦一席难求。站楼道端详许久，看前班一绺有空，喜之，即脱鞋趋之。将跪，旁翁曰：君不见毯上有毯乎？人已占之。一时尴尬，进退两难之际，前班马兄伸出援手，一句问候。草草回应，正要回首，后班马兄亦拽衣服示之。吾会意，即就地弯膝，思及如驱之，再计退场下院。翁见我死皮赖脸之相，悄然耳语：寺乃公处，占之有耻。未及应答，毯主二人到。见人侵入，未发一言，倒怨迟到之后生。吾心跳顿快，预知不祥。然其人未贼眼一恨，亦未肘吾。

风险雪消，吉庆满室，功课完善，如跪针毡之时将毕矣。吾举手祈祷之前，毯主早去，不带己物，如同公产。泪花中，吾为其宽宏感动不已，然亦鱼刺鲠喉：此毯将放至何处而不碍他人乎？

辑二

说青海

浪山

——青海之旅真面目

一、 种地与季节同频

辛丑新年（2021 年），老老少少，一家八口，在除夕的鞭炮声中踏进西宁的门槛。说是踏进，其实是自天而降，从海口飞抵西宁。今年是我们第三次做候鸟，再一次告别大海，降落高原。

除夕回家，别有况味。租一辆新疆人经营的商务车，在黎明的曙光里，一家人告别三亚回新村，穿洞般急匆匆走过一路星光椰影，早上十点，顺利抵达海口机场。

这一次三亚之行的感受与前两次的大为不同：这是特别寒冷的一个冬天，连三亚人都叫寒连天，说最冷的几天一个个都经受了不同程度的冻伤。因此，我们带着的简单行李以及房东提供的常规被单无以御寒，这使我们不得已另买了三床棉被，这才觉长夜安然。尽管如此，我们的旅行还是因为疫情的影响而没有前两次那么随心如意。

但既已出门，回头尴尬，不得已，我们总得撑着，这就度过了一个多月的旅居生活。与我聊天的商务车司机是嗅着海南岛的商机最先从新疆来到海南淘金的，他见证了三亚这些年日新月异的变化。他理智地认为：这个世界总有充满弯道和坡坡坎坎的时候，哪能一马平川？旅行遇到困难是正常的。

他是重庆的汉族人，在新疆当兵复员后就在新疆安家了，娶了一个回族姑娘为妻。在重庆、新疆、海南三地的地理和人文环境比较中，他的视野一下子开阔了许多，凡事有一种比较达观的态度。他认为，只要双脚还在大地上，就得听从大地的规律。这使他即使面临生意不景气的现状，也并不怨天尤人，而是惨淡经营，等待着雨过天晴的日子。

花无百日红，人无千日好。就这么说着三亚由盛转衰的一些行业，一些事，一些人，忽然间，像被锥子戳醒了一般，我想起了蜷缩在祁连山雪地里的那几亩贫瘠的山地。

石高千丈，总得落地。我是吃着那几亩薄地出产的粗粮长大的。如今，走遍山南海北，吃尽鱿鱼海参，但味蕾之根依旧深扎在那里。可是，多少年以来，我渐行渐远，早就不觉其重要了，甚至忘了它的存在。主要原因是，土地上那点可怜的产出与全部的投入相比，真是越来越尴尬，甚至是汗颜、寒心。别说是我，农民们都一个个转身，不种地了，土地遭到了前所未有的冷落，撂荒现象早就见怪不怪了。但我想，一旦到了山穷水尽处，经济全球化在哪一根关键链条上被卡住了，或者遭逢意外时，无论谁，在都市的处境中肯定是不舒适的，被动、尴尬、不堪一击都在预料之中。想想，当如厕、喝水都不便之际，人还哪堪三餐保障、四处漫游？这时，唯一靠得住的或许还是土地啊，其产出再不济，亦可维生活命，还能消化大小二便。这，宛如母亲的怀抱，是这个世界上最深的根基。农村的优势一下子就凸显出来了。

然而，如今的农村，哪里还能找到一片蓦然回首却在灯火阑珊处等着你来耕种的土地呢？

“开荒南野际”“方宅十余亩”，现在是绝对不可能了，历史早就翻过这一页。

最不堪的是，城市近郊的村庄，土地大多被圈占，不是楼市，就是开发区。土地补偿费，让村人们一时沉浸在“今日有酒今日醉，哪管明日喝凉水”的短暂欢乐中，忘了去路。更何况，他们时下的日子过得是顺风顺水，超过以往。他们中有眼光的人，还出租多余的房屋，坐收租金，早就过上了吃喝无忧的小康生活了。

还有些村庄，坐落在道路两边，交通方便之处的川地，有很多被集约化，化零为整，名为项目，其实早就被打造成资本链条上的一环，村人们不仅被松了手脚，海阔天空，四处打工，还可以旱涝保收，领取补偿。近年来，虽然有些项目烂尾、落空，跑了业主，一时无人经营，土地再次荒芜，不过，这并没有影响一地一村的生存，离开土地挣了钱的村人们早就不再计较这一切了，就连依靠土地的生活方式也渐行渐远。要不是被逼到山穷水尽，谁还会想看土地一眼？

在我的故乡，还有一种地，远离村庄，亩产极低，不是在山头，就是在山梁，接近草山，这就搭上退耕还林政策的便车，从此退出耕种，不再产粮了。

与以上的这几种情况相比，我那几亩山地则八面不挨，未被征用，侥幸保全，转包他人多年。我只要想耕种，随时可收回。正值心绪茫然，口粮警钟尚未敲响之时，这不正好派上不用之用，堪为全家救命稻草？

我的心情有些迫切。一时之间，忽然明白：原来，土地对于人的养育不只是物质性的，还是精神性的。尤其是在人心境灰暗之时，种地简直是一种疗愈，也是一种修行，我何乐而不为？

好了，决心就这样在飞机上下定了。可是，在山里种一茬庄稼，哪能想种就种，不顾节令？这就逼得我北归以来，不断出没在地头，在土路上，留下一串串不同色彩、不同心境的脚印。

第一次是看完附近黄河边的桃红柳绿之后，心想着该播种了而迫不及待地赶到田野。谁承想，整个家乡依旧一片冰天雪地，湿乎乎的春云底下冬眠着的所有土地都是白茫茫一片。我站在田埂上拍几张雪景，与黄河岸的化隆杏花比较着一并发到微信群。题曰：同在青海，这是多么严重的两极分化！

第二次，买了农药、化肥、种子之后，踩着硬邦邦的冰冻路面急匆匆赶到田野。这一次遇上的却是一团一团的泥巴。尤其是塄坎下的阴凉处，简直是沼泽，人无法靠近。我还没能走进地中间，两脚便裹满了泥巴，每一步都很难挪动。我知道这是冻皮。有冻皮存在，说明地层里还有很厚的冻土层，土地还没有完全从冬眠中醒来。

就这样三番五次，不由自主。直至清明前后，终于下了种子，一颗悬了很久的心才安定下来。

拖拉机突突突冒着淡烟远去，把渐行渐远的回声一点点隐在地下的深谷。这时，我一屁股坐在田埂上，看着飘浮在湿土上的那缕缕地气，听着在此觅食追逐的鸦发出此起彼伏的叫声，人有一种与大地一体接通的感觉，也有一种从长长的冬眠中刚刚睡醒过来的舒畅。

不，还不止于此。我觉得还有一种与种子和季节一起出发了的感觉。这之后，紧接着是锄草、灭鼠等一应田间管理工作。到了秋天，还得适时收割、打碾。就是庄稼没事的时候，人也总得带着孙子们不时地看看这田野，亲近这绿色。为此，这一年里，大多数时间，我虽然依旧住在西宁，但心却埋在了故乡。这一年，我将与季节同频！我将与庄稼互相思念！这样美妙的时间点，这样不经意地走近与携手，让我一想到就有一种莫名的感动与心跳。

回来，出发。

西宁，大通。

2021 年的浪山模式就这样在田埂上打开了首页，我急匆匆游走在城市和农村，开始适应新的生活节奏。

一缕天光，就这样透出青海长云。

二、　就这样打开度假模式

五一长假刚过，春意正浓，便迎来了开斋节。小区路边的蒲公英黄灿灿地艳了不止一茬，看着它们金黄色的身姿，我们就像听到了田野的召唤一样，一家老少雀跃着向往郊外那些似曾相识的山林。

斋戒了一个月的亲戚们纷纷电话相约，开始了这一年的浪山。

浪山其实就是踏青、野游的意思。但在青海的语境里，这是含着一地文化的乡游，是青海之旅的常态。人们从不说野游、踏青这样的词。约定俗成，青海人看重这样的民俗。人是自然之子，山那么接近人心，谁拒绝过它的诱惑呢？尤其是这些年，浪山简直成了整个河湟的一种潮流，已经成为青海人际交往中人人拍手叫好的最大公约数，早就是最契合青海人心境的一种假日休闲模式了。更何况，节日当前，一箭双雕，休闲聚会两不误，自然人文相交融。喝茶叙旧，接通自然，美到不知哪里去了！

要是在过去，开斋节不过上个十天半月，就没有收尾的迹象。一家一家地走动来往，哪敢想象如今这样众亲朋坐在一起集体放松？

那时，为了这几天，从斋月的后十天开始，就忙坏了各家的主妇。焜、蒸、煮、炸，光面食就得储存很多，家里的坛坛罐罐里满是食物。油锅一开，香飘四邻。馓子、麻花、花花、点心等都是左邻右舍合作烹制的，有时还得兴师动众，动员很多人参与其中。一句话，节日预热时间有点超常，贫寒逼得人为寻找体面而精疲力竭。

与之相对应的是，一家一家走亲戚，没完没了。先是长辈至亲，再是姑表堂外，涟漪层层，人情不只一张纸，还有一包茯茶、一角饼干。湖南、四川的茶叶，冰糖桂圆，红枣花生，家长们在油灯下攥着一张张红纸绿纸，包着、裁着，掂量着、揣摩着，把被贫困腐蚀出窟窿的感情糊了又糊，包了又包，修复、接续着断了、淡了的人情，就像在冬天里修补黄泥小屋上出现的裂缝一样细心周到。最难忘，哪怕是一把茶叶的纸包，都讲究鲜红亮丽，尽管里面撑着一层报纸，外边再包了一层红纸，还总不忘附加一片书签似的绿纸，他们将此叫作帖页。

就这样，一旦走动开始，各村各家的亲戚就络绎不绝了。不能放包走人，还得吃吃喝喝，说说笑笑，推来让去。年年岁岁，不厌其烦。这一来二去，不知多少年，礼仪如太行王屋二山，横在生活面前，谁都难以掀其一角。

凡事都有其尽日。想不到，改革开放三十年，这一古老的礼仪说推翻就推翻了，人们纷纷下炕出门选择了浪山，在山里聚会，不再纠缠于谁大谁小谁先谁后了，一个电话大家便集聚起来，一声问候喜迎笑脸，关键在于要去的是哪个圈。什么姐妹群、姑舅群、同学群、左邻右舍群，交际范围就像层层荡开的涟漪，在不断扩大，早不局限于千年不变的固定亲情了。如此方式，大家一坐，就是说说笑笑，早就不在乎吃吃喝喝了，贵在参与嘛。青山相伴，山泉蜿蜒，一碗面，大团圆。只要天气尚好，还得进山消食，赏花看云。在大自然的怀抱里，精神放松，万事淡然，直至太阳下山，才想起应该回家。

今年，我们姐妹群是在姐姐家选定的山林里相聚。兄弟姐妹，儿子女婿，外甥外孙，老幼几代，按照去年的约定，让大姐做东，我们为客，轻松与自在不言自明。明年，则是轮到我来做东，其他人为客了。这就像主办奥运会一样，我们早就与国际接轨，适应了这样一种民主意味浓厚的走动与联络方式。不，我们将此活动叫作“接续”。我们就像修复和维护着一条让生命长青的水渠一样，把这个规矩立在心里，作为我们亲情的河水、河道，我们不想使其在时代的大潮中干涸下去。

这不，我们兄弟姐妹们的浪山还没结束，妻子的兄弟姐妹们浪山的日期又逼近了。

由近到远，其后的姑舅群、堂兄群、文友群，是一拨接一拨。这开斋的喜庆，没有个十天半月，就没有结束的迹象。

这也怪青海的夏天太短暂了。节还没过完，又是生孩子摆满月酒之喜，买汽车盖房子之请，高考上线之谢师宴，还有各种各样想不到的宴请。一整个夏天，周六周日我们几乎都把自己放逐在山林间。

就是在没有预约的日子里，周末我们也早就习惯了在乡下的家里种菜赏花，在自家的农田里锄草施肥。看庄稼拔节，嗅山间山花的香气。我们一家很少在城里的家里读书和做家务了。

这可乐坏了我的几个外孙。一到夏天，他们把自己完全交给了大自然，不仅乐于从小溪里捉小鱼和蝌蚪，还喜欢从农田里摘豆子和香菜，由此无师自通地认识了不少昆虫和农作物。一身泥土，一脸绯红，犹不忘捉蝴蝶做标本，捉蚂蚁饲蜘蛛，有时竟然忘了老师布置下来的周末作业。

每每看着他们越来越野的身影，想着自己那无人管束的童年，我犹同情起周末还被圈在家里补课的那些孩子，在大人的操纵下，他们分秒必争获得的知识到底是西瓜，还是芝麻？

不敢高声语，恐惊小心人。

反正，不可能留下什么物质财富的我，就完整地把每一个周末还给了自己和正在长大的孙子们。

三、　夜宿大梁偶怀古

时序之变，令人心惊。生活之轨，早已换道。

二十多年前，无论是城市还是农村，大致都还按照春夏秋冬一茬庄稼的周期安排和规划作息、工作的周期。买卖人都看农家的脸，是农村和农民引领着岁月前行的。在这样的时序周期中，腊月则是岁月枝头上鲜嫩欲滴的鲜果，灯塔般泾渭分明地规约、指挥和统一着人民的心理节奏。

而如今，虽然地球还是一如既往地绕着太阳转，一年二十四节气没变，但人的心理节奏却悄悄地变了。细心数数，无论是农村还是城市，都不约而同地跟着学校的脚步和心跳而安排和规划着整个社会生活的脉动。高考三日，全社会更是屏声静气，学校周围的建筑工地无一例外都是歇工放假的。

就这样，不经意间，我们把中国农业的曾经之重转移到了初升的太阳般的教育事业或产业上了。从“以粮为纲”到“以学为天”，价值指挥棒渐次变了：为了让孩子不输在起跑线上，谁都不假思索地跟着潮流转，自觉不自觉地加入揠苗助长的大军中。更为奇怪的是，作为正儿八经的“施虐狂”，家长自己从中并没有获取过哪怕丝毫的轻松，反而，就像进入了一个不见天日的隧道一样地陪着孩子受压抑，虽一去几十年，早都无怨无悔了。该骂谁呢？鲁迅一句不可能拔着自己的头发离开地球的警句，早就让我们豁然冰释。

既然悟透，就得行动。所以，一俟孙子们放假，我常常有一种开车出了隧道般的轻松与敞亮，也早做好了浪山的准备。这不，才七月十日，我们与几家亲戚就相约着从西宁出发，带着孙子们向祁连山深处出发。

去哪儿呢？

与相约的亲戚们在高速路入口碰头商量一番，就随心地决定：这一次，翻越达坂山，挺进祁连山。具体地点就看这一行我们与哪一段山川更有缘了。

于是，从西宁出发，沿着宁张公路向西北行走，随着海拔攀升。先是大通宝库的黑泉水库，再是达坂山口。一路上，走走停停，停停走走，没有找到心仪的驻足地。走到门源马场附近时，孩子们就开始闹着要吃东西喝水了。我们不好在大路边上停车，就一直贼溜溜地瞅着岔道，看哪一方远离道路的草地更适合停车，这就不经意间来到了著名的西北古金场——大梁。

好，就是大梁了！

在原大梁桥右侧，一条坑坑洼洼、弯弯绕绕的砂石路把我们引向高出路面的草地一隅。草地被一条由东向西的湍急河流从中间切开，切出了一条弯弯曲曲的河谷地带。我们就选择在小河南岸未被铁丝网圈住的一隅落脚，此时，太阳偏西，天朗气清，山风习习，蜜蜂嚷嚷，空山静寂。

不到半小时，我们就把自己顺利安顿好了。三座帐篷，三辆汽车，一缕炊烟，十来个叽叽喳喳的孩子，空山一时迎来了难得的人气和饭香。在我们下榻的草地的周围，一边是一条弯弯绕绕通向河边的羊肠小道，一边是无限延展着直通公路边的、刚刚栽上松苗的石子滩，有橡皮管弯弯绕绕跟着树苗向远方延伸。

我们烧了一锅被青海人称为当地咖啡的茯茶，把各自带着的布单和毯子拼凑着铺在一起，就摆上牛肉、馍饼，席地围了一圈，各端茶碗，打起尖来。也怪，为什么把路头上的这种吃饭叫作打尖呢？我们一边嚼着已经进嘴的饭食，来不及咽下去，就开始了讨论。我说，这不仅是青海人的说法，京津一带以及古代文学作品中都把路途中的吃便饭叫作“打尖”。

这不可能吧？有人反对，有人拿起手机准备上网查一查。但这里没有信号，电话都打不出去，与外界的联络就此中断了，一切都得靠自己的判断。这才叫有意思，这才是对自身的一次轻松打开，人有一种回归了常识、远离了万般遮蔽的赤裸裸的感觉。

就这样，打尖之后，我们起身四散开来，端详着周围的山形，心思沉淀在古金场曾经的辉煌，就一边散步，一边说起自己曾经在这里的细碎记忆。而孩子们则已经彻底玩疯，不是追着蝴蝶跑，就是箭一般涌向了涛声张扬的河边。他们这一疯，原本半躺着伸开腿在草地上全然放松身心晒着太阳的女人们一个个就不安分了。一时之间，她们起身追逐，喊着骂着，宛如回到了自家的村巷。而这时，我们几个男人缓缓走向半山腰，在视野逐渐开阔起来的一片平台上，在一丛接一丛的金露梅之间，我们依旧说不罢大梁和金场。

曾几何时，这是青海东部农业区最为牢靠的钱袋子和靠山，堪比古代学子一朝中举。就像古时培养书生指望中举一样，在过去，青海农人希望的天空中，大梁确曾是最亮的一颗星。除了种地，多少人家的一时、一年或一世辉煌几乎都来自大梁。不知是从何时起，农民们种下庄稼，到了闲月，哪怕是寒冬腊月，仍一心向往大梁。还有，那些债台高筑、四下无门之人，最后投靠的，也无非大梁。所以，一年四季，大梁就像热闹的街市，来来往往的都是熙熙攘攘的金客。

犹记得，改革开放之初，青海东部农业区放开了手脚的人们一夜间都像长了翅膀一样地飞到了大梁。帐篷扎满河岸、半山坡，淘金的筛床支满了河谷地带，金窝子则像马蹄窝一样散落在宁张公路两边的草地上，让没有见过这阵势的汽车司机和旅客们停车观看，在这里逗留良久。直至 1998 年夏天，我这一介书生也在大梁卧牛河一带招兵买马，设下窝子，揭开草皮，开始淘金。这时，大梁吸引着的人群不只农人，在机关单位找不到体面生存时，我亦一度把发财的希望寄予了大梁。

大梁为什么有这么大的吸引力？

我想，这一方面是因其地处交通沿线，距离东部农业区的乡村最近；另一方面则是大梁金场的个性使然。大梁金场块金很少，矿脉四散，金沙覆盖面很大，无论是在河谷地带，还是在河岸沿线的草皮上，随便从哪儿挖下去，也无论是在地面的哪一层，都会有麸皮般的金粒。这使那些有本钱的金客不看好大梁的前景，而把大梁留给了千千万万的穷人。所以，有人把大梁叫作穷人的金场。穷人们只要舍得投入时间，没多有少，在这里总有所获。尤为奇怪的是，大梁河谷地带早就是翻了多少遍的砂层，用金客的话说这里是不知多少代人的熟窝了。但翻来翻去，谁都发不了大财，但谁也都不会空着手回家。直至 20 世纪 80 年代，在河谷地带不怀多大希望的金客们每天都还能获得个分照人儿的收入。这是金客的行话，意思就是，每人每天都能得到一分重的金子。这是多大的收入呢？我请教过几名老人，他们掐指计算，说：十分一钱，十钱一两，一两四十克（显然不是今天的算法），一克能卖一百元人民币，那在当时是远远超过一个普通干部的月工资收入水平的。

哦！

当然也有例外。在大梁的狮子口一带，如果从河岸的石缝打洞进入草皮底下的地层，撵上或者碰到一点点生茬，冻沙里偶尔就会出现小麦、豌豆那么大的金粒，那收入就更可观了。这样的机会和概率都很小很小，但这就像传说中的那个刚到金场蹲地上方便，眼前一黄，捡起来就是一块黄金的故事一样一直在传，却从不知故事主人公姓甚名谁。

但我知道的是，我的好多初中同学都曾在这里卧冬穿洞，多少年，试探和触碰过这样的运气，但他们谁都不曾一夜暴富，进入神话。相反，做冬工，那是比夏天淘金更加艰辛和危险的尝试。他们之中，两人曾因遭遇山洞塌陷而身死大梁，一人曾因搬运洞里搭架的木头而滑倒在冰面上，被木头砸中太阳穴，并由此殒命。说来，都是心酸啊。

就从这一点看，大梁何尝不是青海东部农业区各族农人的一部伤心史呢？我不止一次向老人们请教过他们在旧社会的大梁的经历和记忆。他们说，那时，日月寒难，生活困顿。走来走去，谁都一腔子眼泪。他们是一步一步背着盘缠远投大梁的。在大通农民的记忆里，从家到达坂山下是一站，翻越达坂山走到青石嘴是一站，从青石嘴到盘坡是一站，从盘坡到大梁又是一站。这一路，不仅得背着行李和锅碗瓢盆等一应日常用具，还要背着熟食和面粉，简直是背着一座山，这门不是随便出得起的。而最最伤心难言的是，这一路上还潜藏着不少土匪，他们一声吼，蹿出占着、守着的空山险地，让帮口小、人数少的金客连身上一件御寒的衣服都保不住。为此，农民们不得不结伙出门，豁出老命。

改革开放之后，这样的事情当然很少发生，甚至完全绝迹了。交通之便，让人们坐车一觉就能睡到大梁，淘金工具和生活资源也不再像过去那么金贵奇缺了。可此时大梁遭遇的问题却是狼多肉少，纠纷频发。这，就招来了金管站。金管站工作人员都是带枪穿警服的，哪能只维持公平而忘了自己发财？这就发生了很多公私兼顾的山中故事，腐败早就是公开的秘密了。好在 2000 年之后，青海果断踩下那一脚刹车，叫停各地金场，这就救下了不少人。

我们就这样你一言我一语说着大梁，忘了时间。看山影重重，时间不早了，我们便急急赶回帐篷跟前，开始忙着和面洗菜，捡柴点火，把一缕炊烟就像风筝一样放到了湛蓝的晴空。孩子们没有见过这样的场面，就围在三块石头支起来的铁锅周围，嗅着柴火的烟味，一个个瞪大了眼睛。这不是很好的视野拓展和别样的体验吗？

无言之教就这样持续了将近一个小时。吃了晚饭，在河边按部就班刷洗完锅碗瓢盆，我们各自为政，不约而同，纷纷从车里取下被褥铺在各自的帐篷里，准备夜宿。这时，山风袭来，浑身冰凉，温度一下子降了下来，谁都不由自主地吸着冷气。青海温差之大，在这山里非常明显。

早该钻进被窝了，但睡意不知跑哪去了，我们都不想睡，孩子们则还在兴奋地跑来跑去。于是，给他们加了棉衣，我们带着他们在星光下的草地上随意散步。一开始，他们都还自由散漫，追追打打，不觉恐惧。可一道鞭子般甩下来的闪电让他们一时慌了手脚，纷纷跑回来把手伸向自己的爷爷奶奶。雨点渐次渗漏，等我们转身往帐篷里去时，不知是在哪儿安身的猫头鹰就重一声、轻一声地在耳畔吼叫开来，让这浓云下的深山夜空显得更加冰凉如水。如一把无形的杵子，每一声都好像直接杵在帐篷顶头的雨点，在孩子们的记忆里就像省略号一样一直延伸到了他们这一天的梦境之中。

晚上，睡在帐篷里，听着噼噼啪啪的雨点时紧时松的敲打，忍受着一阵又一阵狂风对帐篷的不时撕扯，我一时失眠了。我想，我们这不就把自己投入了一个万劫不复的深渊？自从金场关闭，已经有二十多年了，这里早就是野兽的领地，也是山风和阵雨不时光顾之地，我们却如此贸然地踏脚侵入，这会不会冒犯诸多野兽和幽魂？我说幽魂，是因为这里不仅是古金场，还是丝路大动脉，古今中外，多少人曾经从这里经过，在这里留下了他们络绎不绝的脚步，也有人曾在鬼哭狼嚎中意外殒命于此，留下过一缕幽魂。金客就更不用说了，生生世世，人为财死，鸟为食亡，不足为怪。

想到这里，我倒吸了一口冷气，紧一紧被子，在两个外孙的鼻息中又一次陷入自己知道的发生在大梁的几次历史事件之中。思维走马灯一样地穿梭其中，这一晃又耽误了大半个夜晚。这些事，我知道其梗概，但从来没有这么清晰地在头脑中盘算过。今晚，要是随身带着电脑或纸笔，一定是最好的写作时机了。河水哗哗，涛声依旧……

夜幕沉沉，山风时起。

大概早过了午夜，一阵阵山雨长了腿一样地在草地上下过去后，紧随其后的星光洒落到了帐篷的天窗上。在这没有睡意的夜晚，不知咋回事，还总有那么多飞机飞过大梁，其回声就像四散开来的涟漪，一次次穿心而过，又一次次渐渐远逝。

就在这翻来覆去中，借着手机电筒之光，我记下了当时的感受：

天黑星诡风近帐，耳边犹闻夜鹰唱。
裹被欲远山溪凉，机声隆隆却断肠。
自知身处古大梁，莫非今日是战场？
听涛想家思无量，劝君慢说英雄腔。

这一天是 2021 年 7 月 10 日。在我记下这样的文字时，三顶帐篷里熟睡着的把自己全然交给了大梁的孩子们将来会写下怎样的感受呢？

我可以断定，那肯定也是最贴近自己感受的一页。

四、 驻山不只听溪

旅行就是对生活断面的不断切开，总得找到点新鲜和刺激才是。但这一次，心心念念，找到的却是故乡。故乡是自己的血脉和味蕾深深扎根的地方，“只缘身在此山中”，按照常理，早就不会新鲜如初了。但我离开经年，远观近照，才蓦然发现：原来，最美的生活滋味依旧在故乡，先人们的生活一页，许多是我不曾深刻体验过的。这，就逮着机会，带着“补课”的心理我急匆匆进入故乡的深山，并独自一人住了下来。

这一天，已经是下午六点钟了，山影早已东移到半山腰，天黑在即。堂弟开着他的时风四轮车，拉着我事先准备好的锅碗瓢盆和次日待客的食物突突突颠簸着到了离村庄有五公里的山坳一角。在乱石丛中，选一块扎帐篷的平地，我们就开始卸车下货。不一会儿，靠着他多年的野外生存经验，稳妥地扎了帐篷，并支起撑锅的石头开始点火，把人气瞬间带到了山里。

他说："看电视上的《动物世界》你就知道，野兽都是在自己的领地上撒了尿做过记号的，我们这一点火冒烟，嗅到柴火的味道，它们就会躲得远远的，不再敢与人抢地盘了。这是每到荒野之后人们烧火冒烟的第一层意义。第二，空山静寂，幽灵出没，鬼影难防，这一点火，一切带着阴气的看得见和看不见的东西就会逃之夭夭，不敢近前了。所以，出门在外，千万不要轻视这一把火。火在，人在野外的胆气就在。"说着，他把我带着的渣煤放在噼噼啪啪熊熊燃烧的木柴上面，然后，又在渣煤上面加了一些半干的牛粪，又说："牛粪还能治病呢，主要治迎风流泪、视物昏花等眼疾，所以，山里人的眼睛没有不好的。"……我山中生活的一页就这样在他的辅导下徐徐展开。

还不等我们把这个话题说完，一时之间，我的便意很浓，于是，就飞快转身，找不远的隐蔽处蹲了下来。之后，在小溪里洗了手，再回到帐篷时，他把我的单人床都支好了，并把砍柴的斧子放在床头，说："应该不会有问题，但万一狼来了，或者有个意外，斧头是必需的。"我点头答应着他，问："好几天都有点便秘，一进山，肚子就不由自主地开了，这是啥原因啊？"他笑着说："山里空气好呗！这空气是含着草药和露水的，都很湿润。别说是你，我们在村里和山里的感受也是从来不一样的。"

哦，原来如此。怪不得，人说，在山里放三年羊，人给县长都不去当呢。这并不是空穴来风，或者是刻意夸张。因为，人之所需，无非阳光、空气、水，这山里放羊的牧人所拥有的自然资源哪是县长堪比的？

堂弟开着他的时风四轮车突突突走了。

最后一缕阳光从我的视野里消失。夜色渐浓，空山静寂。整个山谷里都是小溪流淌的声音，淙淙铮铮，咕咕咚咚，蜿蜒曲折，随山就势，我犹看到了它们在草丛中觅路前行的身影。但此时眼前却是一团模糊，山影重重，早已看不见地上的一切了。我这就抬头看天，打开所有的感觉器官捕捉着周边的动静。但此时除了溪流声，这山都没有丝毫的声息了。让我感到奇怪的是，看久了，天空却像白天，一点点、一坨坨在眼前渐次豁亮起来，山色却越来越黑，越来越凝重了，与我的帐篷融为一体、化作一团了。

我不由唏嘘感叹：今夜，我独自一人将在故乡的深山里，体验远离村庄和亲人的孤独。这是对自己的封闭，还是另一种打开？但我认为，这至少是一次特殊的旅行和挑战。于是，我借着还在燃烧的牛粪火从石缝里漏出的火光进了帐篷，想打开手机，写几句感受，但手机早就无电，自动关机了。或许，这是另一种成全，让我由此获得了一次与以往生活的彻底斩断。

在此之前，有那么多老乡惯于驻牧于此，独守深山，一片孤寂。这曾是他们的生计。但此一时，彼一时。如今，他们不再驻牧，等天黑了，就急急赶着牛羊回了家。这使山更深，水更响，就连那稀稀拉拉的夜鸟叫声，也是有一下没一下地犹如躲进云层的星星，不再那么显眼、张扬了。

一切回到了创世之初的幽静与混沌。但正是在这种幽静里，据说，野兽再次出没于村庄，麋鹿尤显踪影，生态环境真的变好了。今晚，我会不会凑巧遭逢它们而掀起一场前所未有的搏斗？摸着枕头下边的斧头，我蒙蒙眬眬地睡着了。等我被冻醒之时，黎明的天光宛如一把弯弓挂在帐篷门口，晨曦里的鸟鸣声此起彼伏，仿佛一颗颗挂在草尖上的露珠，新鲜如初，它们，欢欣鼓舞着为我打开新的一日，确实给人以耳目一新之感。

就在这空气湿润、山草馨香的早晨，我捅开牛粪火种，扒了上下的残灰，添加柴火，放飞这山谷里第一缕蓝烟。随后，我踏着露珠，选择平地，清除石头，把一个个炕桌摆在帐篷门前的小溪两岸。

接着，迎着朝阳，人们三三两两来到这里。一整天，五六十人，席地而坐，炒菜吃饭，熙熙攘攘，我尽着东道主的责任，忙得不亦乐乎！

结束了这一天的待客之乐，总觉得，这么闹哄哄的，还是没有完全享受到大自然的微妙和幽趣。于是，第二天一早，我拿着一个水壶，背着个包，吆喝着老少，一家人再次投靠这一角山溪。因为，我很小的时候，就知道这半山腰里还藏着一眼泉，其水清冽透明，带着甘甜，是原先的驮柴人（樵夫）路上和心中的圣水。据说，他们中多少人老了，腿脚不便都进不了山了，每每怀念这一眼泉水，常打发后生取水回去润肠。但他们始终觉得，提回去的水，无论咋喝，就是喝不出当年的味道。这是什么原因？

我在泉眼旁找到几块大石头，支起了壶，然后用壶盖去泉眼里舀水，一点点把壶满上。然后燃火放飞柴烟，把一顶遮阳的破草帽捏扁，一时当成了呼风的扇子，趴在地上不断添柴扇火。火借风势，左右摇摆；烟随草帽，不时扑鼻。我再次感觉到了一种山里才有的香气。这是柴火不由自主冒出来的香气，暖暖的，淡淡的，与山中的花香交融裹挟在一起，就好像是大自然的体味，将我们一家人都包裹其中了。

茶壶一点点发出响声，支支吾吾的，随后这声音越来越大。我这才揭开壶盖，下了一把平日里常喝的老茯茶和一勺青盐。这时，那些柴火的火星就如飞蛾扑火，一并扑向了茶水，落到了壶里。也怪，还不等水开，茶香先扑鼻而来，与花香一起唤醒了我们的食欲。

老伴拎着茶壶，刚刚给小淘气们一人一碗倒上茶水，他们就疯了般攥着馍馍，站着、跪着，瞬间把一堆馍全部解决了，简直如猛虎下山。这在家里，从来是想都不敢想的。

就这样，我连烧了两壶茶水，并找了一块石板烤香从家里带来的羊肉，摆在地上，让大伙儿吃。就这样，一家人吃吃喝喝很久，不曾住嘴，但都没有丝毫吃撑的感觉，相反，越吃越有胃口。

大人小孩，都没有叫停或擦手的意思，这正应了乡亲们的“一百人吃一百羊”之说。这，是因为原始的漫长烹调过程吊足了人的胃口，还是因为新鲜空气一下子打开了人的感觉器官？

不知道，亦没有指望能找到标准答案。我想，要是有现成的答案，我们还会一身烟熏、不远百里地走出惯常来投靠那心仪的大山一角吗？

一家人，一个茶壶，一天烟熏火燎的日子。

回来的路上，我笑着问自己：青海人真是怪，放着城里人不当，却一个个喜欢浪山，宁愿把自己晒成火棍，也不愿待在屋子里享清福，这到底是图个啥呢？

五、 浪不烦的循化

每年夏天的浪山，浪着浪着，我们总绕不开循化这一站。循化早已成为我心中不可或缺的风景了。套用青海花儿的一句歌词：不浪，由不得个家（自己）。这使我们一家人一而再、再而三地不断翻越横空万里的青沙山，穿云破雾，就像一朵雨中浪花般总不忘汇入循化，驱车腾挪跌宕于前往循化的山路之上，看一眼那儿的黄河。

奇怪的是，在循化，那么桀骜不驯、生龙活虎的黄河就像一个贤淑雅致、隐身村巷的撒拉族艳姑，一下子变得无声无息、温柔娴静了。每每站在河岸上，看着不声不响的河面，我就想起八十多岁的撒拉族藏客韩哈乃斐的一番解读：“这黄河就像一匹烈马，你压得住它，它就是你屁股底下的一阵风，任你使唤，柔若柳枝；如果你压不住它，它就是翻江倒海的火山熔岩，瞬间会把你烧成一堆灰。”

哦，对于一条河，还有这样精彩的比喻?！我心中一惊。

在接下来的交往中，我才明白：原来，韩哈乃斐老人自小生活在循化，他对藏族民俗和语言的精通到了藏族同胞都“阿啦啦”赞叹不止的程度。再加上撒拉话、汉话这两种语言的参照，他的语出惊人早就闻名于当地。为此，我暗暗庆幸，得到了难得的请教机会。这就接着问：“那么，是谁压服了这一段黄河?”

他说：“还不是这火焰般隆起在两岸的陡峭的大山吗？无论是出了公伯峡之后那团团红色的火焰，还是出了清水湾，然后一直延伸到孟达峡（积石峡）的那银灰色的火焰，它们均是大自然点燃起来之后一时凝固了的火把，曾经照亮当年尕勒莽、阿合莽两名撒拉族前辈寻找骆驼的黑夜，也曾照亮黄河的容颜。所以，到了这里，黄河就不由自主地低下了它桀骜不驯的头，并让撒拉族成为黄河浪尖上身轻如燕的筏子客。”

我知道，筏子客是一种水上职业。在没有桥的时代，筏子客把充了气的山羊皮绑扎在一起，以此渡人、运货，方便了藏客、麦客、金客们的出行。靠着在黄河浪尖上练就的硬本领，后来，筏子客通过黄河，把青海的羊毛等产品运往内蒙古、天津一带。如今，交通发达，架桥技术超群，时代自然而然地淘汰了筏子客。但每年夏天，作为非物质文化遗产项目，筏子客们依旧要在黄河里展示一番他们的身手，这是难得一见的循化风物。

就这样，多少次，相会、相约街子，坐在绿荫下的茶园，我与韩哈乃斐老人谈天说地，成为朋友。我因此了解到他是藏客，是往来于藏族聚居区的撒拉族文明使者。他把农业区的特产带到牧区，然后把藏族的特产带到循化。来来去去，不仅搞活了经济，还促进了藏族和撒拉族之间的相互了解。他在藏话、撒拉话、汉话等语言的波峰浪谷间自由飞翔、随意转换，其流畅就像是瓦罐里倒核桃，一点、一丝都不打任何折扣。曾经，我问他上学的情况，他摇着头说：“一天学都没有上过，但现在也能看汉语的报纸了。”在他丰富的地方和民族知识面前，我仿若一个小学生。所以，看着他，我否定了自己久蹲书斋的生活，且不止一次地说服自己走向了大山，走向了像他这样的大山般的民间高人。

最难忘，他跟我开玩笑时说的一句话：“撒拉走天下，全靠胆子大。”所以，来到循化，每每告别了韩哈乃斐，我犹徘徊于街子村巷，想起撒拉族的历史一页，有一种穿行在时光隧道中的感觉。

那是八百多年前的事了。一头白骆驼，几十个大胡子、深眼窝、棱鼻子的男人，从中亚撒马尔罕出发，穿山越岭，不知何止，经过长途跋涉来到中国。忽然，有一天，在循化的黄河岸边，这头白骆驼便一卧不起了。怎么办？他们中的首领说，天意在此，何不止步？就从那时开始，撒拉族在循化落脚生根，成为青海省独有的少数民族之一。从此之后，他们以街子为中心，四散开来，并结亲藏族、开垦土地、安家落户、繁衍生息，到了今天。

如今，洋洋十万多人，一个民族。在西部，一个人身边难道还有比这更生动的传奇？

在街子，尕勒莽、阿合莽两名撒拉族首领的墓地犹在。他们从中亚驮来的经书犹在。而驮经的骆驼早就玉化成石，映在泉水之中，续上了传说。大气的木头大房，门前屋后的魅力花园，还那么明显地延续着先辈的记忆，在整个东部农业区简直有点另类。

景点含着人文。

远方就在身边！

就这么吟咏着，走遍循化，我不止一次地坐在黄河岸边的茶园里享受着一种淡淡的中亚民风和河湟民风交织在一起的循化风味，无一例外地买了核桃、辣椒、花椒等循化特产带回西宁。一年四季，靠着这些特产和旅行中的点滴记忆，我们与循化始终藕断丝连。

有意思吧！

在西宁，我还没有说完这一切，几个小外孙就嚷嚷着还要去循化。他们说，不骑骡子不算到了循化。这是因为，多少次去循化，在黄河岸的波光潋滟中从容刮着三炮台盖碗喝茶休闲还不尽兴时，我们总驱车经过孟达峡，弯弯绕绕，要游一番孟达天池。都说孟达天池是青海的西双版纳，西部的动植物宝库，其生态种类之全，在全国都是名列前茅的。但我那几个淘气小外孙，哪里听得进这些话？他们一心向往着骑骡子，每次去孟达天池，还不等我停车稳妥，孙子们已独自跑到山脚下，一个个骑到骡背上了。到达天池，还不等我休息拍照，从容绕一圈天池，喘几口粗气，他们便飞一样跑出木头栈道，又一个个被扶上了下山的骡背。这使我老伴总是提心吊胆，嘱托连连，有时，甚至被吓得蒙上了眼睛。但他们依旧不管不顾，故作潇洒，还在骡背上唱将起来。

就这样，孟达天池，骡子，踏沙坡，古老的清真寺，犹自循化历史一端，常常把我们带出惯常，带出城市，带到书本之外，不断拓展着我们一家大人和小孩的视野，弥补着我们在知识储备上的各种先天不足。

六、 送不走的浪山路

旅行就是突破。

旅行就是打开。

旅行就是各种碎片经验的拼接。

就这么随心地嘀咕着，盘算着，诠释着“浪”的内涵，出不了西宁的日子，每过一段时间，我就会盘桓在西宁街头寻味，不由自主地驻足那些气味熟悉的店铺，把这样的行走也往往叫成了浪山。

树林巷口的胡家包子，东关泉儿头的杂碎，白玉巷的益鑫手抓，莫家街的马忠酿皮，五一路的马家抓面，花园南街的海如面片，兴海路的拜家酿皮，纸坊街的马尔沙牛杂，中下南关的美食一条街，水井巷周边林林总总的地方小吃摊等，这，不都是一座座小吃的山头？

细细盘算，小吃之外，西宁的茶艺和家宴一样是星罗棋布，高中低档，东西南北中，各具特色，不胜枚举，山影重重，自成江湖，没有个三年五年的深入沉浸，是轻易浪它不完的。

在西宁，那些上档次的大餐馆，更是这个行当里的泰山、华山、恒山，没有一定的经济实力和个人品位，更是想浪都浪不上的。山头林立，山势陡峭，江湖之深，一言难尽。就我所知，光是清真餐厅，在西宁闻名遐迩的就不下四五十家了。看着其接待能力之强，纸醉金迷之盛，有人因此很有意思地将其划分为三个世界：第一世界，伊尔顿，伊兰世家，西湖银峰，其环境一流，服务上乘，引领潮流，一餐万元，早已不足为怪；第二世界，名为大中小，是指西宁有名的大西门、中发源、小圆门，它们实属清真名店，根基深，菜品繁多，客满为患，紧追潮流，大有一种舍我其谁的自信；第三世界，则是后起之秀了，它们一字排开在东关大街原大众电影院周围的几条街上，自觉不自觉营造出一条条地域风味很浓的美食街。从东乡万华到穆斯林大饭店，从伊尔发尼到不断变换着新鲜名字的各路餐馆，都是价格稳当，这就把附近城乡的婚宴、斋宴等大型活动几乎包圆。一年四季，朝夕往来，山珍海味，品茗尝鲜，这不是攀山越岭，还在浪山吗？

但说归说，人却依旧在城里，这毕竟只是一种感觉。所以，一旦到了合适的时间，我照样会驱车远行，如约追逐一幅更大的、口腹悄悄绘制出的无形版图而走向心头的美食。这早就是一种清晰标注着心理节奏的内心版图了，哪能蒙尘不顾？

端午前后，粽香扑鼻。山才见绿，花犹初绽。这时，有经验的吃货们就开始嚷嚷着打拼伙，该吃草膘羊了。羊盼清明马盼夏。自清明到端午，说来也近两个月了。羊有足够的时间吃出一身薄膘。这膘，不是蒜皮色的嫩膘，就是刀背厚的鲜膘，都属于最好吃的一级羊肉。要是迟了，膘情变厚，甚至发展到秋膘，那就显得太油腻了，香则香矣，但其肉质与之相比可就大打折扣了。所以，在合适的时机，跑到心仪的山里，诸如，青海的茶卡，宁夏的靖远，甘肃的东乡。遇到草膘羊，那简直是一年里最好的福运。所以，喜欢浪山的人们常常不怕路远和麻烦，直接把车开到遥远的牧场。

对此，我虽不曾这么痴情，但吃腻了激素尿素当饲料喂养的牛羊之后，每年经过祁连等牧区之时，也总是贼溜溜盯着四散在草原上的草膘羊，不肯放过身边的口福，将此作为浪山的重要目标之一，还由此锁定了默勒、恰卜恰两家熟悉的牧户。平时，看望、联络他们，已经成为这几年举家浪山的一部分了。

不知从何时起，人们都说平安驿的柴火鸡很好吃，是不折不扣的乡村土鸡。是吗？说着，打听着，我常一脚油门就走出西宁，穿越小峡，不费功夫便来到曹家堡飞机场附近，平安县城周围，平安的几条山沟的马路边。无师自通，闻香停车，很快找到了吃柴火鸡的小店。点单，嗅着柴火的烟味，喝着熬煮的茶水，坐等肉熟，宛如熟客。如此者三五次，这才忽然反应过来：这哪里还是土鸡，哪有那么多土鸡？原来，食材都来自西宁。但我们却并不怎么计较，早就好上了这一口。谁叫交通这么方便，谁叫平安还是一片乡土？

醉翁之意不在酒，浪山之人不嫌远。

要不，秋初，在西宁街头摆满了麦索儿、大豆角等河湟当地土特产的时候，很多人为什么还那么热衷花钱赶赴山里的茶园，在田间一角席地而坐尝鲜，而不肯早早回家？更有那大冬天在田野里垒砌土灶，打土烧窑，硬是把洋芋烤成黄灿灿一盘连土带皮贪吃的人们，他们要的就是这种感觉。

栽什么树，引什么老鸦。别说是喜欢自然的青海人了，就是来自北京的作家张承志，虽跑遍了大半个地球，但每次翻越青沙山时，犹喜欢下高速公路而在石壁吃一碗面片。面还是那个面，做法还是那个做法，但在大山深处的石壁吃起来，却是风味独具、别有人文的。莫非海拔和地理都是吃的一部分？

对此，没有细究过。但每每放了暑假，我那些淘气的小外孙吆喝着杏子，让我们一家暑期度假的第一站从来都是化隆县的群科镇。群科镇在黄河北岸，是杵在化隆大山深处一隅的世外杏园。这里海拔低，阳光充足，空气新鲜，无工业污染。这里的杏子肉厚汁美，馨香外溢，是青海独一无二的特产。这不，刚出了高速口，还不等停下车子，那淡淡的杏香就直扑车窗，先"味"夺人，让孩子们一个个直流口水，食欲大增。急匆匆下车，靠近杏摊，不问价钱，我们先自眼疾手快挑一个颜色最俊的囫囵吞下，杏核都差点吐不及了。

摊主笑问："香不？"

我满嘴杏肉，哪能回答？这就呀呀嗯嗯好像不会说话一样地点头敷衍一番，然后，再拿一个，才一轻捏，汁水就洒到了衣服上。等我象征性地谈了价钱，将各样不等的杏子装满塑料袋时，感觉周边的空气里都是杏子的香味了。而我的小外孙们则更像到了自家果园一样地挑三拣四，毫不客气，不一会儿，都站着把各路品种尝遍，还不舍得丢弃杏核，攥在手里，说要把种子带到老家栽种。

就这样，我们告别了群科，了却了这一桩年年岁岁不曾荒芜的心愿，抹着嘴说，这是一次送路之旅。

其实啊，一年四季，我们何曾把那一段路真送走过?

山浪咏而归

一

青海人的浪山，不是装的。一旦到了夏天，有钱没钱，城市乡村，汉藏回土蒙古撒拉，无论什么民族，也不管从事什么职业，只要偷得半日闲，就会约人去浪山。浪山就是流淌在青海人血液中的一条大河，任你抽刀断水却越断越急，难以叫停，从不止息。

我的一个内地朋友为此曾感慨："怪哉，怪哉，处在江源，到处是山，西宁本身就在山之中，还浪什么浪?!"

我则笑答："知浪之滋味者，青海人也。浪是青海文化中的最大公约数，也是青海人心中难以抹去的乡愁，更是青海与大自然的一场不爽之约。人不浪，不青海。"青海山川之胜不是走马观花的人领略得到的，青海山川之味不是荟萃在美食一条街里的化学调料可以堆出来的，青海的山川之趣就是浪了一辈子山的青海人也难以言尽。

不说了，且发车。

尚在腊月寒天，我的一个等不及夏天归来的亲戚，诡秘一笑，就把我带到了寒风瑟瑟的一隅荒原。选一个避风的黄土崖坎，他打开后备厢取出工具，就吸着鼻涕在平地上挖土，开始垒灶。

错！我写错了。他把这一程序叫作“盘地锅”。说是锅，其实哪是锅！只是一个金字塔样的用拳头大的干土块垒砌而成的圆锥形“窑洞”。塔顶留一孔，底座有灶门。一切为了好吃。为此，好多人把这样的打牙祭的行为叫作烧窑。

且慢，还没到打牙祭的时候。这哪能像进了餐馆包厢叫一声服务员那么简单。我们首先要弯腰从地上捡柴火、搜集用以引燃的一把把干草。等一大堆柴火堆积在旁，他才跪在地上点火，并一根根添柴烧锅。我则拿了短把铁锨开始攒土。一缕缕随风打转的炊烟调皮地钻进了我的眼睛，我不由自主地停在那里揉了半天。等再次睁眼看时，他的眼窝上也是土痕一圈。我们相视一笑，没有多言。

小时候，每每到了寒假，我们不是跟着生产队里的牧人放羊，就是在奉命拾粪的路上，早已习惯了这一切，这还有什么可说的？可是，进城多年，人过半百之后，忽然有此一日，顿觉乐趣无限，人一下子有了一种回到了童年的感觉。烟扬火燎好半天，每一个土块都变成了如炭般的红色，我们就把十几个没洗的洋芋从地锅塔顶留下的小孔里小心翼翼地扔进去。然后，从容堵住塔底的灶门，再按部就班地苫了一层被子般的细土，最后才直了腰习惯性地拍打身上的尘土。其实，这尘土是拍打不掉的，人土合一，我们早成了土人，身上已经有一股浓浓的烟尘味了。

要等洋芋熟，还得半小时。我们便漫不经心地走到一边去，说着各自小时候的事。我们能够说起的、印象深刻的记忆无非是个吃。但是说着说着，我们就像再次找到了原先的味蕾，再尝了一次童年的佳肴，口水不由得满嘴打转。很少有这样的体验了。我闭嘴不言、咽下口水之际，同时感到肚子真有点饿了。

曾经，我们饱尝饿感，总摆脱不了饥饿的阴影。而如今，身居省城，吃穿无虞，我们反觉一饿难求，饿成为一种千金难买的稀缺资源了，这是时代之幸。我只知道那时烧野灰，熬到中午的父亲蹲在冒烟的灰堆前吹着土尘吃烧洋芋的场景，简直就是一幅难得的油画。

我们就这样随性说着，再次回到地锅旁。此时，一股浓浓的焦巴洋芋的味道直钻鼻孔。靠着感觉，我们迅速扒开地锅，把洋芋一个个晾在寒风里。我们谦让着蹲在一边随意擦擦洋芋，接着连皮带土地吃起来。这看起来有点饥不择食，但对我们来说，则是刻意为之。

他说："要是洗了洋芋，这皮子的焦黄就会大打折扣，味道肯定会有所减损。"烧地锅，烧的就是这土的味道，吃的就是这渗进了烟火的粗粝与自然。人就这么奇怪，越是食不厌精、脍不厌细，就越是一身毛病；越是在高档的餐厅里出没，就越没有兽性的食欲。

那时，这话要是从我嘴里说出来，就有点"为赋新词强说愁"的嫌疑，因为我只是一个工薪族，没有余裕天天泡在高档餐厅。而我的这个亲戚则是身拥近亿资产的大老板，他这半辈子没少品尝南北大餐，我们蹲在地上吃洋芋时停在一边的是他的一部价值超百万的豪车。

我笑答："此话有理！要是李渔在世，他《闲情偶寄》的笔墨里必得补此一笔。"

"管他呢！回家。"站起身，又是一番象征性地拍土，然后我们各自钻进车厢，相约天好的时候，再去哪儿烧一次鸡。他说："锡纸包鸡，别有滋味；如果是土鸡，那更是金不换了。"

二

先说了一番游击式的带着一己体验的冬天浪山。这对很多青海人来说，总还是有点为时过早。真正的、大面积的浪山还得等到五一过后。

那时，郁金香刚刚开完，身边的田野从东向西渐次变绿，民间的花儿会还没开场，鸟儿们已在树丛里练嗓。不等年轻人行动，老人们就先手搭凉棚看天气了，念叨着多好的天气。言外之意，光阴一去不复返，人该走出家门了。好山好水好天气，哪能辜负好时光？

在青海的语境里，孝敬老人不是表演，浪山的确是最好的满足其心愿的方式。浪山之前，老人们会压着指头一一说出他们的心意。这些都是在他们心头上悬挂了许久的人，一个不落都得邀请。

浪山不像在饭馆里吃饭，加桌加凳总有个度。山里没有贵宾间，没有包厢，三人一圈，五人一堆，人可多可少，没有什么尴尬的。就是一个人蹲在大树下，也是个招待，哪能请谁不请谁？人多人少大不了是加一双筷子的事，更何况，山里随地取材的筷子需要多少就有多少，大山总是那么慷慨。于是，浪山的人，无论请还是被请，彼此都没有丝毫负担和顾虑，这使人的心境一下子开阔起来。原来，还没进山，人先放松。浪山不就是个浪心情，谁还计较吃了什么，坐谁身边？鼠大牛二，早已忘却，图的就是个随性、闲适和自由。

回顾一下浪山的情景，这真有点像江源的海子，多得数也数不清。除了家庭、家族、单位等不同的圈层，三五好友，每逢周末，一个电话，各自出发，也能很快攒他几人。随便坐在树林里或者草地上，就是不宰牛宰羊，从家中带几样可口食物，凑一起说笑一番，也总算是个浪呀。

浪山吃一次饭，没有在家里或进餐馆那么方便，甚至有时烦琐得简直是对自己的折腾，但青海人依旧乐此不疲，不计其苦。这大概就是明一法师所谓的“安住在折腾中”，或者一如青海人自己所言“鸡放在存粮食的淖里，还是不吃着刨里”。天性使然，地域使然。

青海人好的就是这一口。羊盼清明马盼夏，大多数人浪山的时候，正是草膘羊长成的时候，这是青海的山珍，哪能误了时节？于是，浪山的人们最喜欢就地宰羊，现场尝鲜。据说，草膘肉中的蒜皮膘是一流的精品，刀背膘、秋膘次之；未经折腾，就地屠宰的羊的肉则是最鲜的，绝对是肉中精品。一个在牧区的朋友告诉我，一番折腾、受惊发抖的羊，惊恐早已窜到血肉里，严格意义上说已经有“毒”了。所以，有些人宰羊前总是将刀子磨了又磨，不让羊受到丝毫的惊吓，这不只是一种对于动物的疼慈，也是为了肉味的纯正。对此，美食家李渔知否？

在李渔的理念里，在美食方面，越是接近自然一级，就越高级。由此看来，青海人是最懂美食的，不仅身居高原，还吃在高级。看看宰羊现场：喜吃血肠的人，就接了冒气的鲜血在其冷却前灌肠，不惜烦琐；不吃血肠的人，则在羊肠还带着活着时的温度时就灌成面肠、肉肠。而更多的人，则喜欢吃开锅肉。开锅肉有时还带着血水，很不绵软，但味道就是纯正，就是香。人是自然之子，身在自然，感觉细胞都活跃起来，吃啥啥香。这是为什么？我和多个朋友讨论过，比较一致的看法是，野餐的食物中早已融入了最鲜的空气和最自然的水，这是食材的重要一级，比我们看得到的食材还要影响我们的味蕾。哦！可能真的如此。

我在乡下种地时，干活干到中午，喝父亲在地头烧开的茶水和以暖瓶带到地边的茶水，其味道和感觉简直是天壤之别。同样的泉水，同样的茶叶，同一个人来烧煮，环境不同，滋味迥然。

去年夏天开车路过大通，见路旁两老人出大门十米，硬是在自家门口的树林里以三块石头支起一口锅在烧饭，这不是自己折腾自己？不！他们这饭里已经有了一番山野之趣，无论是心理上，还是实际效果上，这滋味的悠长远不是三言两语说得清的。

三

浪山就这样在青海代代相传，文明的厚度就在这种漫不经心的琐碎中一日日积累。

浪山让我感慨尤深的是，每一次浪山归来，人都会有一次轻松和超越。人在江湖，无论这江湖大小，一旦陷进去就是围城，尤其是在生活节奏越来越快的今天，财越发越贪，事越做越多的时候，人几乎都是在超负荷工作，活着的乐趣一下子便大打折扣了。这时候，如果放下工作，放下惯性的疲劳，放下雷打不动的节奏，走进山林 ，无论吃喝，人都会有一种解放了的轻松。坐看云起，啸叫山林，人的感受力和心力一下子有一种被唤醒了的冲劲，人就会像卸载了诸多无用软件的电脑一样，反应力和灵敏度一下子就提升了。由此说来，浪山简直是疗愈，对一切现代病的疗愈。

我把这一切，说给来自北京的一位兄长。他笑对："还不止这一切。青海人的浪山就像内地文化发达地区的读书一样，已经有一种久久为功的渗透力，就是在这种渗透中，青海人自觉不自觉地行走了万里路，补上了没读万卷书的短板。"

就这样，我们说起青海。青海的确是一片包容的大地，青海尽管饱尝"春风不度玉门关"的百年孤独，但青海人一旦遇到各种时代的召唤，还是能够一样不落地走在人类文明的前沿。这一切可能源自青海这一片神奇的山川。

人在青海，时刻处于高天厚土，人由此不狭隘、不自私，稍稍思考就能达致哲学高度，渊源或许就在这浪山旷野中的"补课"以及人在荒野里获取的灵感。

哦！原来不同的海拔有不同的风景，这样浅层的认识也可上升到哲学的高度。对于失去了从容和悠闲的现代人来说，能够抽身浪山，这是多大的幸运？山里学问处处是。一山风景，四时不同；一地植物，各有乾坤。身处大山，自成赤子。如此美差，谁不艳羡？

浪山最美在晚归。这时候，我们收获到的不仅是山林之乐，更多的则是身心之浪。浪，是野浪；浪，是放浪；浪，是浪花。

人与自然，没有距离。

吃一天，唱一天，直至回家还唱不罢《尕老汉》，对于这样的场景，孔子在与众弟子畅聊时何尝没有向往：

莫春者，春服既成，冠者五六人，童子六七人，浴乎沂，风乎舞雩，咏而归。

忘不了与之对应的情景交融的一首花儿：

日头跌了羊赶了，
羊吃了路边的草了。
我看着个尕妹妹走远了，
破皮鞋脱掉着撵了。

这个意境在我眼里比老夫子与弟子携手而归、相互追逐的意境还要憨态十足、人性十足。山浪到这等境地，谁还会花时间去读《瓦尔登湖》?

走到自然里去吧，青海全民皆梭罗，自然情怀无人能比。

人老东关

一、 东关时间

不止我一个人，很多人都曾对东关时间不置可否，满脸鄙夷。一经出口，大都带着几分不屑、不满——又是东关时间，多误事啊！

这不是危言耸听。有事实为证：

有一天，我接到朋友电话："儿子婚礼待客时间订到了今天主麻散的时候，我在某某餐馆恭候。"

"哦，明白。"怕迟到，我这就紧追慢赶，在东关主麻仪式结束后气喘吁吁地赶到餐馆。

但这里，却不见主人的影子。我就过去问吧台某某宴席餐是否在此。

"对对对，就在这儿没错，你稍等一会儿，服务员正在收拾包间。"

我就老老实实走出大厅，在门口等了十多分钟，但依旧不见朋友的踪影，便打电话过去问他是不是推迟时间了。

他说："啊？不好意思，我马上就到。"

"好吧！"我在餐厅门口一等又是十几分钟。时间已经到了两点半，我还没有吃中午饭呢，本想在大厅里先吃碗面防止低血糖，但碍于朋友面子，还是打消了这个念头。

两点四十分。朋友依旧没有出现。我再打电话：“要不，我先回去，下午单位有个会。”

“咦！那怎么行？你如果这样走，我就把礼金退给你。”朋友这样“要挟”我。

那就再等等吧，进了油菜地，哪怕染黄的？我按捺不住将要离开时，朋友终于出现了：“唉，一点尕事情，把人粘住了，你看看，这人来得都差不多了吧？”说着，热情地拉着我的手轻松愉快地上了二楼包间。这期间，他可能没有发现我脸上已经表现出来的那一丝愠怒。

就这样，坐在餐桌旁，接了服务员递过来的春尖茶，与几个不认识的客人，有一句没一句地拉起家常。看看表，已过了三点，比约定时间迟了整整一个小时。想，既来之，则安之，要完完整整地吃完饭，席散之后再走人吧。可是，又这样磨叽了大概半个小时，依旧没有开席的迹象。我便借着单位有急事的幌子急急下楼，打车回去。路上，给朋友打了个电话，表示了一番身不由己的歉意。

此后，在另一个场合，我把自己的这番遭遇说给身在高校的朋友听。他们则笑着逗我：“你也太没有耐心了吧？这就是典型的东关时间，你得磨磨叽叽地把这整个下午豁出去才行哪，时间哪能像你们电视台的播出时段，哪怕差几秒也属事故？”

“那你们高校就没有时间观念了？”

“有是有，没有你们那么严谨，还是相对地有些弹性的。所以，我们活得没有你们累。”

哦，时间观念！累！我猛一惊：原来，时间观念是人的观念的重要组成部分，我是不是无意间撼动了别人的观念基座？实在有点狭隘。

我想到了乡下的时间观念，那是典型的日出而作，日落而息，晴耕雨读，跟随季节，顺其自然，哪里是我们节目播出表精准切割出的时间豆腐块？本来，时间是一大片一大片的，以年为单位的，人是活在象征性的季节象限里的，根本不知紧迫为何事。

与此相比，我们电视台的时间横平竖直，化整为零，分秒不错，把人逼得一个个都变成了偌大播出机器的零部件，在时间上哪里寻找得到一点空隙。几点起床，几点上班，几点下班，几点干什么，纯属身不由己。这是不是有点异化？

与此相比，东关时间则是另一种散漫中有秩序的形态。一方面，它依循古老的农业时间，按照季节轮替生活。在交通不发达的那些年以及现在，商人们总在第一时间把蔬菜、瓜果摆上街头。什么时间卖什么，心理节奏从来没有乱过哪怕一天。另一方面，欣然接受现代工业的时间观念，及时跟紧时代步伐，与世界保持同频。这主要表现在：这里的人们，家里再穷，也喜欢买座钟和款式新颖的钟摆放在家里显眼的地方，以此显示自己的守时与进步。汉族人怕谐音，一般不以钟表做礼物，但东关人到了外地，一旦看中，就会下定决心赠送钟表，这习俗沿袭已久。20 世纪 80 年代，香港电子表大流行，东关表商的脚步踏遍青藏高原所有的角落，他们对于钟表有着特殊的嗜好。

更有意思的是，东关人一方面故意慢半拍，拖着时间的后腿，保持慢生活，未把整块时间彻底打碎，尽量使时间保持其完整性，始终乐于守着东关时间过日子。这使自己多了些从容，叼来了现代节奏夹缝中残留的那一丝余裕，以此维护自己人之为人的些许尊严，形成了与现代文明之间的对峙和生活的另一种样貌，由此也招来我那样带着点挑剔的非议与排斥。但另一方面，东关时间始终带有浓浓的宗教修行的印迹，其遵守之严是其他人不可想象的。斋月跟着新月判断，每日五时的礼拜跟着当日太阳起落确定；几点起床、几点休息都是按照严格的时间走，未曾疏忽；与人约定时间，总以波斯语称呼礼拜时间，这是其雷打不动的严谨之处。

一句话，在东关时间里生活着的东关人最清楚什么事可以急，什么事可以不急。这就使他们的东关生活有一种贴近地面的踏实感，以及一丝与别处不一样的新鲜感。

其实啊，东关时间就是一种生活态度。其可爱之处在于把人从连番的忙碌中暂时解救了。他们觉得，人哪能像钟表一样一丝不苟地活着而不觉其累?

有所忙，有所不忙。东关时间，意味深长。

如今，我不再苛责。

二、 玩家福地

在东关，我总忘不了东关大街上坐成一溜倒卖钟表的那些老人。他们无一例外手里攥着几块老旧的手表，身边放着几辆半新不旧的自行车，仿佛报纸上曾经出现过的漫画——典型的投机倒把。当然现在没这一说了，他们集聚着扎堆聊天并不妨碍谁走路，也就没有谁曾干涉或驱逐他们。也好，这是东关一景。如是哪一天，东关大街上真没有了他们的身影，则花钱找都找不到这么无事从容休闲街头的老人了。

看着他们，我曾问人："这么点不经心的生意，咋养家糊口?"

回答说："这哪里是生意呀，这是在玩!"

"玩，哪还如此投入，一坐就是一天半晌?"

"玩家就是玩家，把一世光阴三下五除二玩完的人有很多，一点时间算得了什么?"

"哦，还这么痴心啊!"

就从这时开始，我留意起东关的玩家。不看不知道，一看吓一跳，东关老人里还有很多不同爱好的玩家!

还是一样一样地说。

光是玩花草盆景的就不下几十家，甚至几百家。他们把自己的时间几乎全部花在玩花草上，修枝剪叶，培育新苗，造型置景，窗台上、客厅里，全是所爱。更有甚者，当一室一院满足不了他们不断新买的盆景时，就在郊区租更大的院子，不惜一切代价地在那里营建花园。当花园建成之后，他们便时不时在这里请客会友，与人共赏，常常把囿于楼房的亲朋的视线引到郊区的大自然里。

我压指头盘点，从关里走出城外，已成规模的花园在西区有彭家寨的金品苑。其占地百亩不止，盆景千盆不止，花草树木不限盆景一处，把盆景园扩展成了公园。花香伴着饭香，这里已是各族朋友喝茶休闲的乐园。在东区，由东郊公园扩展而成的金熙丰盆景园，由盆景而园林，由山水而书画，成为西宁独一无二的休闲去处，堪比北京由《红楼梦》演绎出来的大观园。

地闲长草，人闲找乐。关里还有一种玩家，纯大爷风范。举凡名人字画，彩陶青铜，丝绸地毯，古今钱币，奇石工艺，他们皆具火眼金睛，借此与中国文化和中华大地建立起一种亲密无间的关系，一直靠此拓展着自己的视野。玩物而不丧志，在不只是奇石古玩城的多个地方，他们以文会友，设点探讨，把西宁的文化边界像层层涟漪一样地一点点推到昆仑之外。谁承想，已故老先生马欣怡收藏的一幅文徵明小楷让央视《鉴宝》栏目都为之一惊。春风咋度玉门关？好东西难道长翅飞到了西宁？如今，声名鹊起的海迪耶精品古玩城、青海新丝路丝绸文化博物馆更是玩家荟萃之地，吸引了不少各民族行家。玩着做生意，生意玩着做，大有一种“谈笑间，樯橹灰飞烟灭”的潇洒和豪气。每每走在这里，我就想，人活着，三餐无忧后，不就剩下个玩吗？这“玩”还真有意思。

玩山水，玩鹰，玩鸽子，玩武术，玩石头，玩书画。凡所能玩，没有不玩。涟漪层层，玩心不老。玩着玩着，他们总说：“玩亦有度！”在不动声色之中时时警醒自己有所玩，有所不玩。

玩的，大多数我们都曾一一见过。那么，不玩者何物？

他们说：“不玩教门，那是需要时时敬畏着的信仰。不玩政治，那是不能触碰的线。”

哦，原来，玩家也是有边线的，这正如玩篮球的人都懂得边线一样，玩家从不忘玩的各路规矩。

三、 吃在东关

久在西宁，不曾感知。但如果出门在外，最想的还是西宁的吃。说到吃，最好的去处，当然是在东关。住在西区，玩在中区，吃在东区。这在西宁几乎就是城市分工，心灵版图，想都不用想的。生意生处做，吃饭熟处去。到哪儿去吃饭，西宁人心里都揣着一本账。

一个小店，一溜板凳，一张桌子。一盆食材，几碟调料。虽在陋巷，竟有顾客。还不只那些馋猫子女孩，有时，胡子拉碴的爷们也都挤在那里弯腰擦汗，拌嘴品香。难道西宁的酿皮、粉皮、炒凉粉、奶皮等小吃如此有魅力？老范说，河州的亲戚们就好这一口，他每次回家，都得真空打包带着西宁的小吃到临夏。而西宁的朋友们却总想吃河州的浆水面，他便从河州大老远打包带来交流——这些年自己简直就是小吃使者。好在他自己也好吃，常年在西宁的小街巷踩点浏览，一旦发现有小吃，就先尝鲜一番。西宁真是西北小吃的荟萃之地，尤其是在东关，每一条街巷里都透着浓浓的小吃馨香。

为什么？

原因还是在食材！

茶卡的盐、循化的花椒、乐都的辣子、互助的洋芋、贵德的面、门源的清油、大通的葱花、江源的水、高原的肉……都是同类中的翘楚，同质中的珍珠，独占鳌头，独一无二。有这样一句广告词，是说青海的牛羊的：吃的是虫草，喝的是矿泉水，拉的是六味地黄丸，尿的是太太口服液。话虽夸大，但有几分道理。

巧妇难为无米之炊。有米之炊，让东关在饮食行当玩得风生水起，没怎么用心，就雨后春笋般创出不少品牌。什么泉儿头杂碎、晓泉包子、伊隆手工面片、震亚牛肉面、益鑫手抓等等，数不胜数，都是专业品牌，店内何时都是人满为患。真应了“酒香不怕巷子深”的俗语。

且慢，这还只是些小玩意。东关最让人感到不可思议的是，那么多的中间是摆满了桌子的大堂、四周是包间包围的大餐厅，动辄迎客百十来桌。一旦到了斋月或者冬季，各大餐厅整天客流如涌，一桌难求。贺新房、摆满月、婚丧嫁娶，人间热闹，几乎都在这里相逢、相聚。

有事聚餐，无事找事，活动总是那么频繁，这使有人把东关大餐馆划分为三个世界——第一世界，伊尔顿、伊兰世家、西湖银峰：曾经一桌难求，一餐近万，如今，随波逐流，台阶有降。但食客非富即贵，非举大事者一般不跨其门槛而入。第二世界——大中小，即大西门、中发源、小圆门，新老品牌，清真老八盘花样百变，适应新时代，主动向一流，也是非常不错的大餐去处。第三世界——穆斯林餐厅、穆斯林大饭店、东乡手抓等不下百家，它们虽属后起之秀，但其竞争力常使那些老店家频发后生可畏之叹。

当然，在饮食江湖上，关里更有不少绕道而行之辈。海鲜、自助、火锅、茶艺，乃至肯德基、佰客基、德克士，也是“登堂入室”，风生水起，接轨世界，自成风味，开发了不少新客源。

而那些以拉面为主，远征全国，把触角伸向各地的拉面人更是青海东关饮食业背后的祁连山，其雄壮之势，每每伴着冲破了玉门关的春风，不断闪现在央视等媒体上。据不完全统计，目前，青海在全国有 2 万多家拉面馆，从业人员达 30 多万人，由点到面，其足迹遍及全国每一个角落，甚至已经走出了国门。

这些年，走遍全国、吃遍全国之后，人们忽然发现，伴着我们乡愁的手擀面和家常菜最容易唤醒人的味觉记忆和乡思。于是，在大街小巷，寻常巷陌里忽然冒出了那么多的家宴馆。一角镶炕，三五好友，一碟葵花子，一盏盖碗，一沓橄榄油油饼，一个下午，人虽回不到从前，却能借此暄他个天荒地老。青海本来就从来不引领风气，沉淀下来的从容在这里似乎找到了应有的感觉。

如果这一切吃喝还不过瘾，那么，再剩下的，就是走出街巷这一招。这就是青海人所说的浪山、浪河滩！可以走出熟悉的环境，在似曾相识的山野一角贴近自然，挖地烧锅，回味东关，回味日常。但话说回来，这何曾不是长期在东关饮食习俗中延伸出来的一种活着和吃着的山野感觉？

四、 中下南关

下南关是西宁最具烟火气的街巷，曾经进入央视的视野。这使它远近闻名，魅力四射，哪时都有人气。

在西宁，感觉到压抑苦闷之时，我一般不会选择上山或走出城市，而总喜欢坐着2路公交车在东稍门站下车后去中下南关随便走走。

只要来到这里，在鼎沸的人声和一派杂乱的叫卖声中，我常有一种进入了森林里的感觉。高低错落的人声，擦肩而过的滚滚人流，蓬蓬勃勃的人气，让人真有一种在森林里从容穿行的平静感。物极必反，燥中有静。人间一派忙乱，我自从容穿行，无关天塌地陷。这感觉很好。不仅自己，有时，我还常常推荐一些来自内地的朋友到这里走走。无一例外，他们走走看看，从东走到西，评论几乎千篇一律：真乃当代《清明上河图》，西宁凡间烟火几乎全都汇聚在这里。

可是，他们不知道的是，当地城管每每头疼于这里的脏乱差，几乎时时在诅咒这一片人流滚滚的创城“后腿”。于是，在管理上，他们不断地收收放放，巧设机关，这多少年了，都不怎么见出成效、上得台阶。关键是，这里流动着的商人和顾客中有一大批不是“正规军”，而是“游击队”。有时，上街的商人忽然变成了下街的顾客，店铺的主人瞬间变成了摆摊的小贩。人各有需，民以食为天。在这里，天就是地，地就是天。天地大道原来是为了活着。活着的基础无非是个吃吃喝喝、叽叽喳喳。为此，再复杂的事情，到了这里就是一番半开玩笑的讨价还价。

活在东关，人哪能不去下南关？很多进城的老乡告别土地之后，最初就是在这里立足，学会了经商的本领。一盒刮脸的刀片，一撮煮茶伴茶的柴胡，一副石头眼镜，一两解渴的春尖茶，一包杀虫的农药，一沓用于施舍的钱币，等等。生活有多鸡零狗碎，这里的生意就有多鸡零狗碎。至于日常三餐，大凡牛羊鸡鱼，零零整整，大腿杂碎，草膘散养，青海独有。一切简直可以精细到非常专业的水平。同样的一斤羊肉，有些二十多块钱一斤，有些四十多块还买不到。一样的面草，十样的造作。哪怕一把新鲜的韭菜，也会面临不同的境遇。买卖千层皮，谁有行家眼？俗世烟尘，自藏大道。所谓“世事练达皆学问”，在这里可以得到最为精准的诠释。走在这里，谁都不敢说，自己读懂了下南关。

我是农民之子，一直喜欢原生态食品，在老家农村买不到的食物，常在这里不期而遇。糌粑、酥油、奶皮、清油、麦索儿……小石磨在转动，榨油机在轰响，新疆馕饼刚刚出锅，云南茶叶昨天到货。各种时鲜，全在身边。这里只差有一片田野可供在眼前观看了。

说是农贸市场，却在都市深处；说是各地品牌，周围一片散乱。别说是商品，就是那些沿街的店铺大都破烂不堪，难以入流，与现代化都市水准还真差着一大截。环境改造是迟早的事。可是，一旦没了这贴近地面的生活、热热闹闹的场景，人在这里还会找到曾经活着的真实感觉吗？

文人闲心，现且放下；趁此烟火，再走几番。下南关，在完全没有改造前真当多看几眼。

五、 丝路碎石

商业是人类文明的镜子，商铺更是一地人心的窗口。细心的读者早就发现，东关很少品牌服装店，却有那么多的地毯、茶叶店。为此，有人问：“这只是个经济现象吗？”我首先摇头否定，因为，东关之东，还有那么多品牌汽车销售店。东关好车随处可见，流行于东关的奢侈品更是一点不输城里头（指中区和西区）。我想，这与文化传统多多少少有点关系。

举一个例子——青海藏毯国际展览会。这是青海省政府主导、主推的一项大型商务活动，主打藏毯品牌。在展期之内仔细瞧瞧，无论哪一届，到此参展的商家和客户中一直有那么多穆斯林的身影，包括伊朗、沙特阿拉伯、叙利亚等地的客商。国内的就更不用说，来自甘肃、宁夏、新疆等地的活跃人士在展览会的业余时间里总是那么喜欢出入东关，在此住店、进出清真寺、吃饭会客，好像很适应这里的环境。所以，有朋友开玩笑说，藏毯展览会是藏族搭台，回族唱戏。虽不尽然，但亦可以说是言之有理啊。因为，在藏毯展览会上，一些平时在义乌做外贸的回族人也是络绎不绝的，他们还带过来不少外商。在打通丝绸之路新“赛道”的种种作为中，他们一直都在配合主办方，竭心尽力、铺路搭桥、乐做碎石、蹲身递肩，常常不折不扣地充当着文明使者的角色。

我知道的是，改革开放之后一直在做丝绸生意的马总、安总，他们虽不做地毯生意，却一直关心着西宁藏毯的当下走势和未来发展，常常采购地毯，或送人，或个人收藏，已然成为不折不扣的地毯行家。

我还知道的是，循化籍商人中的两个韩总，在东关清真大寺周围开店经商，主打商品当然紧盯波斯地毯、阿拉伯香料、伊朗红花、法国香水、民族服饰，始终在打一张求同存异的文化牌，为丝绸之路青海道续上了他们的现代脚步和今日用心。

有时，游走东关，我总免不了在这些店铺里走走看看，寻找着丝绸之路的今日坐标。琳琅满目、新颖别致的商品常常让我忘了时空，倍觉新鲜。正是因为有了这样一点在人心深处闪光的路标，许多非穆斯林客商，也瞅准东关，总想把地毯和民族服饰呈现在东关街区。据不完全统计，东关现有大大小小二十多家地毯商，他们看准的就是东关尚存的那一缕丝路遗绪。

同样，循着相反的方向，土耳其食品店、马来西亚民族用品店等在东关大寺周围“考察”很久之后，前几年，终于开门营业，很快寻找到了自己的青海知音。这才几年，据说，已顾客盈门、无缝接轨、成功在望。

沟通中外，引渡春风。据说民族企业青海伊佳民族服饰有限责任公司的民族服饰在国外已成品牌，早已博得了更为广大的消费者的信赖。

走在东关，看着、想着这一切，有时，我有一种在文明河道里低头拾宝的感觉。碎石片片，的确不胜枚举。人心相通，文明无界。我常想，在越来越宽的未来丝绸之路上，西宁东关这一段一定会是最有潜力、最具人气的。

六、　古寺老脸

无论从哪个角度说，在东关说事，谁都绕不开这里的东关清真大寺。不管涉及的是地理历史，还是旅游人文，东关清真大寺绝对是撼动不了的中心坐标。为此，天南地北的旅客们，总不忘在这里拍照，展示一番宣礼塔、大殿以及可容纳几百人同时洗浴的澡堂，丰富着人们对于这一座清真寺的想象，总以为这就是东关里最具本质性的东西了。

可是，每每看着大量似曾相识的建筑图片和两节期间上万人头攒动的庆典场面时，我总会陷入“前不见古人，后不见来者”的孤独无助之中，兴奋不起来。因为，这里的所有建筑，无论宏观布局，还是砖雕花草的细节，都只是民国以来的风物，以其图片证明其古老是没有说服力的。至于参加庆典的人数全国第一，这也只是一地表面风气，因一些原因说停就得停，也不是什么雷打不动的风气。这两项，都没有那些被称为镇寺之宝的文物那么厉害。而这样的文物，在这里绝对找不出一件。

如此虚无的心绪啊！难道因此就可以抹掉自宋代以来就在这里酝酿集聚着的精神气象？

不，不，不。这只是形态的不一样罢了！

多年的寻问中我蓦然发现：最是建筑不牢靠——无论是高档松木，还是钢筋混凝土，再坚固的建筑材料都是“蛛网”，一切都有可能毁灭。唯有人心深处的信仰，川流不息，代代相传，借着时光的磨炼和水的滋润，如今依旧沉淀在寺内外老人们的神情中，在阳光下映衬着这轻如树叶的建筑物。这是最不该忽视的寺院遗产和精神魂魄。

诸君细看，在这里，那些沐浴在阳光下的老人，大多慈眉善目，一脸平和，就连说话的声音都少了些急迫和拐弯，宛如一缕和煦的春风。再加上朴素的长袍，圈住脸的相框般的胡须，整个人看上去都有点仙风道骨。

冰冻三尺，非一日之寒。这种泛着光彩的神情是需要几十年长期修炼出来的。就我所知，一个真正的修心者，从成年之后，其生活节奏和作息时间从来都是严格地遵循经典而形成了规律的。而这个规律非常契合中医的养生之道。可与中医养生之道不同的是，一日五时，一周一次，他们与水始终保持着最亲密的距离。凡事注重沐浴，沐浴促使血液流动。

而这还只是表面的修行。人的一生，最为重要的修行是修心。心有信仰，不胡作为、乱作为。吃饭、花钱都是有度、有节、有界的。懂得人的边界、心的边界，守着边界做事，人就不张狂。因此，忙而不累，闲而不滞，内心很少有淤积物。久而久之，相由心生，表情平和，呼吸顺畅，一个期许着的速来提就自然而然地形成了。

在他们的信仰中，微笑亦是施舍，哪能轻言放弃？如是谁把临终一张脸笑给了这个世界，或者最后至少是把一张平和的脸留给了亲人，活着的人们就会说上许久，都认为这是人生最好的归相。

由活着的容颜到最后的归相，这一张脸才是我们信仰的露珠。能够读懂它、读熟它，我认为我们这才读懂了一座古寺，了解了环寺而居的人们心中真正的信仰。所以，我建议来东关清真大寺的人，再不要问这里有多少镇寺之宝了，也不要迷恋于这里的古老建筑，只需要看看寺内外那些容光焕发的老人的容颜就足以读懂这里的一切。

或许，这才是这座古老寺院真正的财产。

七、 唯我故乡

东关是青海穆斯林的故乡，但绝对不是那种衣锦还乡、给人鸡血、让人热血沸腾不已的故乡。因为，这里从来没有煊赫的舞台，这里的人比较鄙视那些表演的天才。

东关最是一隅安顿生命最后的时光的港湾，这里最适合穆斯林回归本色、疗伤养老。它的个性使我常常想起那些归入大海的河口，霞光里的天色，飞机着陆时的那一段滑翔。所以，越是到了老年，穆斯林就越向往着东关，愿在东关养老、终老，很想在这里顺其自然地把自己送上心仪的轨道。

这是因为，东关有古老的清真寺。环寺而居，听着悠扬的叫唤声进进出出，人自会找到自己内心的节奏和旋律。在这里，人既不会焦虑浮躁，也不会懒散怠慢。生活的节奏说不上快，也说不上慢。从心所欲，与时俱进；不阻不滞，不慌不忙。到了这里，人与世界、时间彻底和解了。功课之余，与人说个话，扯个杂，全凭兴趣，不涉及利益。夕阳黄昏，柔光无限。对老年人来说，还有比这更好的老年之家？

最为要紧的是，说了半辈子的放下，总是放不下。而人一旦到了东关，几乎每天都要参加别人的葬礼。不放下也得放下。认识的，不认识的，似曾相识的。高音喇叭一番连珠炮似的讣告，也是带着泥土质地的千篇一律：原住哪儿，现住哪儿；谁谁的哥哥，谁谁的父亲或母亲，多少岁；居无定所，身无常固，人无老少。到这儿，再随便一句：我们来自泥土，终将回归泥土。就算是全部的应答。有命而来，应召而归。谁都在一条流水线上，这道理淡然且朴素。这不是温水煮青蛙，而是麦子自然黄。

人在东关，久而久之，顺其自然地懂得生死礼仪。在送走无数自己认识不认识的过客之后，有一天，就等着忽然之间的身份互换，坦然地说：明日躺着的说不定就是自己了。预备回家，早点回家，东关就是穆斯林的家。

正因为这样一种无言的氛围和磁场一直在层层叠加，人人修炼得几乎很快到了家。你看那斋月，东关商家白天不见有一会儿冷场，夜晚更是处处熙攘。所有的热闹就像是河里的浪花，在各个寺门口争相汹涌。那些活跃在大人小孩手中盛满了水煮红枣的盘盆，就像一面面升起的月亮和星斗，直把一隅街道照亮，让路人、旅客在这里充分感受东关夜晚的恢宏大气。

走遍天下，贴心东关。无论何时，亦无论何寺，一壶净水，不问你我，热在那里。大净小净，随性随身。民工老板，待遇一样。

我父亲生前有一次曾困居街头，无钱住宿之时，遇两户东关人家争相邀约宴请、你拉我拽，他为这事感动一生，赞不绝口。入人家门，不遭白眼，倒碗清茶，自是千古礼节，谁都不曾疏忽。有人曾这样夸赞：唯东关守大道，不计为路人免费提供三餐。他们将陌生人视为上天之客，这不是在延续着古老的习俗？

唉！人近泥土，超凡脱俗。众虽无文，实怀虔心。赏此乐土，谁不追随？我长叹自己人近六十，尚在遥望东关而不能购房在此安家。为此，有朋友售房请我撰写广告文案时我信笔写下了这样的句子：

> 免奔远山，何处安家？英雄归马，我替你拉。人老东关，要啥有啥！

坛城里的艺心

天地有大美而不言。

坛城因艺心而无价。

行走高原，梳理青海文脉多年，我忽然发现，当很多艺术与金钱眉来眼去、勾肩搭背、打得一派火热之际，坛城艺术独守尊严、不冷不热，深藏藏传佛教寺院深处，远离了金钱的浸染与资本的收编，在自己应有的艺术轨道上，保持着赤子般的纯净。

我想，这是由坛城艺术的个性所决定的。坛城亦名曼陀罗，有法坛和道场之意。坛城艺术是佛教寺院里特有的艺术表现形式。艺人们以沙石为原料，堆沙叠彩，模拟宫殿，用以对应大宇宙和小宇宙，表达他们独有的世界观。建起来，耗时费力，不辞艰辛。看上去，布局严谨，逻辑严密，色彩斑斓，美轮美奂，十分养眼。然而，艺人们完成不久，来不及喘息，马上要亲手毁灭，不使其留迹于人间。寺院里常借此修行，诠释世界，映照自我，多少年来，这成为他们的传统。

想到这，我忽然陷入一时的矛盾和两难之中。车行千里，求人无数，好不容易联系到一两家寺院，等到了他们的法事活动，坛城准备和制作开工在即，自当指挥摄像师赶赴现场开机拍摄。但我蓦然警醒：我这专题片是需要经费投入和支持的，包括摄制组的吃喝拉撒都得花钱，没有钱，我是寸步难行的。而一旦有了金钱的参与，我这行为是否会亵渎坛城的圣洁，或者无意间干扰了艺人们那全神贯注、一尘不染的艺心？

于是，退而求其次，我花钱买了许多现成的视频素材。这是因为，当地寺院的坛城艺术已作为非物质文化遗产项目上报。报项目就得有完整的视频资料，他们早拍好了素材。这于我来说是瞌睡遇枕头的大好事，不仅省钱省力，还省却不少麻烦，为此，心安理得，且暗自得意许久。

可是，在编辑机房里坐下来，一次又一次看着视频编片时，悔恨却像田野里的风不时来袭——我竟错过了这千载难逢观看一种伟大的古老行为艺术的重要机会，这可是读书读多少年都不曾遇到的伟大悲剧的诞生过程啊！

在我看来，坛城艺术是一门不言的艺术，它生来就不是准备表演给谁看的，也不是留给哪个艺术馆用以收藏的，当然，更不是挂在哪个寺院里供众人长久瞻仰以博得更多关注和景仰的艺术。它，早就拒绝了一切艺术存在的常态，它遵循的是完成、完美即结束的艺术真理。这昙花一现、撞痛人心的力度是一点儿也不亚于一些伟大艺术的。看着它的诞生和消失的全部过程，我真有一种将阅读着的伟大悲剧合上了最后一页一样的沉重感。

这么说好像有点言过其实，但我总认为依然说得有点言不及义。不过，没关系，坛城就是艺人心中的坦诚，坛城是不需要点评的艺术，其境界高低自在艺人心中，任何出口评说的文字在出口之际便已经远离了其艺术的本质，言语和任何溢出言语的眼神，无论褒贬都不会撼动艺人此时此刻的本心和坛城本身。

一句话，它是不屑于任何总结和夸赞的，我之轻飘飘的臧否与之本身的成功与否毫无关系。

就我所知，坛城的发心有时是一位高僧大德偶然的一缕眼神，有时则是眼神捕捉不到的某种物质的启迪，更或许是藏传佛教认识世界的一根重要触角。而促使其发心起苗出土行动的机缘则一定是一个具有启迪人生意义的重大法事活动。

为了这个活动，艺人们走向不同的山野，采撷五颜六色的花朵，以此制作尚连着山川清气的各种颜料。

制作坛城颜料与制作唐卡颜料在程序上是一样的：把单色的花朵煮水，使其颜色告别花瓣，而溶入水中；然后用细纱网滤去渣子，把花瓣水倒进提前准备好的用以吸收颜色的各种矿物质中，不断搅拌使其充分相融，然后才成为颜料。不过，与一般的唐卡颜料不同的是，坛城的颜料是干的，唐卡的颜料是糊状的，形态与现代化学颜料基本相同，这主要是由其画布的质地、性质决定的。而坛城是堆积在大地上的立体艺术，故而其颜料必须晒干，且大都呈细沙状态，这也与其用量较大有关。

坛城的颜料与发心不能分开，心即颜料，颜料即心，它们与山川大地是一体的，是不分家的。也难怪，艺人们在采花、磨石、煮花、搅拌等过程中的眼神和表情都是那么投入，看不出有一丝的敷衍或为了尽快完成任务的急功近利。在这样一种与众不同的价值坐标面前，我原先担心的那些干扰或者剽窃就有点小家子气了，真是不值一提。

坛城可大可小，主要看其呈现的地面空间有多大。一俟空间确定，主持坛城制作的艺人就会先在地面上画出坛城的轮廓，然后，再一点一点让其他艺人扩展填充里面的内容。当然，这中间也是有严格的规矩的。一般是先确定中央位置，然后，由内到外，按照大千世界、万物众生的存在层次和价值大小一点一点向外拓展，这有点像水中涟漪逐层荡漾开来的样子。再小的坛城也是整个世界的浓缩，其中都包含了藏传佛教对于这个世界的理解与其艺术阐释的生动性。

世界是多元的，生活是丰富多彩的，但再复杂的世界、再斑斓的生活也无法逃离其深刻的本质。这是一切艺术的出发点，也是归结点。因而，人生在世，无须匆忙，无须占有，放下和看开才是解放自己的钥匙，投入和专注才是活好每一刻的关键。坛城无言，僧人无言，但他们在制作的每一刻都在接近和揣摩最深刻的关于世界和人性的本质。

正因如此，坛城制作过程中，根据分定的任务，艺人们俯下身子、趴在地上一口气一口气地靠着本然的呼吸把彩色的细沙吹送到它们要去的位置时，从来是不急不躁的，也没有丝毫的赶工心理。这是因为他们远离了一切评价体系，只遵循内心深处与血脉共存的那横贯宇宙和万世的原则。

这，得需要多大的定力？

看着他们的专注，我联想到了同样是画家的凡·高。据说，凡·高生前只卖出过一幅画，而他那些价值连城的画作是他死后画界对他的巨大奖赏。其实，这样的奖赏虽然有金钱尺度，但其背后却潜藏着一个伟大的真理，而那些奔着金钱而来的画反而是背离了艺术本质的画作，说穿了就是一种商品。如果艺术一味往这个方向努力，其价值就大打折扣了。因此，精美绝伦的坛城艺术在其完美收官之日就是它的消失之时。

越是精美绝世，越该昙花一现。法会一旦结束，坛城便一角不留，万般景仰亦瞬间消失。众人几天，几十天，甚至上百天的劳作此时就该画上句号。毅然决然，毫不惋惜，艺人们把彩色的沙粒抛撒到小溪和原野，这就像放生，从此再也不管不顾了。

尘归尘，沙归沙，坛城就这样毁于瞬间。此时，寺院无声，艺人遁去，沙归小溪和旷野来风。一切结束得太突然，一切就这样重新开始，投入新的生命形式。艺术的涟漪就这样不断在人们的心目中远去、扩散。扩散，扩散，扩散。最终与一切伟大的哲理相接，大地上的一切都将消失。空寂的寺院和青藏高原上，目不识丁的民众就这样借着坛城的启示获得了关于生命、关于宇宙和世界的朴素认识。

绝地天通。

难道天意就在这一座座坛城里萦绕？

哲学家伊本·赫勒敦说出了坛城想告诉我们的一切：意志没有一定的终

结，如果意志得以实现，就会带来满足感。尽管死亡最终会到来，但我们还是会去追求我们无用的目的，这就像是我们吹起一个尽可能大的肥皂泡，尽管它如此完美，但我们知道它终究会破。

一遍又一遍，看着留在屏幕上的一座又一座彩色坛城，我常问自己：在我们价值坐标的高空里，难道哲学、宗教和艺术就因此而失去了边界，就像那高原上随风而逝、随水远去的堆叠坛城的彩色的沙粒？

虎台随处可开卷

三十多年前，西宁城西郊区，农舍田地间，有土丘拔地而起，迎风送雨，虎视万民，致市郊一隅虎虎有生机。我在青海师范大学教育学院读书时，每每信步校外，散步田野，不知不觉间就常常来到这里散心。驻足其间，问山丘下侍弄蔬菜庄稼的村民关于这样一段突兀而起的山丘的历史，他们大都不甚了解。更有推车持担取土其中而默不作声者，很少有人说得个水落石出。

且不管它，我们常三步并作两步，凭着年轻气盛，一口气登临其顶，俯视下边。一时之间，清风徐来，脚踏西郊，每每有一种“欲辨已忘言”的洒脱超然。最难忘，脚下树木葱茏、炊烟袅袅的情景。闹市里竟藏了这么一处难得的田园风光，这是不可多得的一隅净土。

这多少年过去，恍然间，春风飞度玉门关，西宁换了人间，虎台一隅成为公交 2 路车的终点站，昔日农田变公园，我也成为这里接送学生的老头队伍中的一员。因为虎台小学一、二年级的学生都从这里放学，孩子们叽叽喳喳的笑闹宛如昔日的鸟叫，顿使千年土丘迎新声，我有一种在田野里靠近了土地一样的踏实感。

少年不知愁滋味。离开土地之后，我才觉悟——原来土地的养人不只它的出产和作物，土地本身就是很好的养心丸。近土心安，在精神层面，人不能没有土地的陪伴。正是有了这样一点小小的觉悟，每天，我总是早早来到虎台公园，靠近虎台，默默地注视它一会儿，且做深层阅读。在高楼大厦间，能够看到这么一个大土丘，并围绕着它看鸟雀们叽叽喳喳地盘旋，这于我来说简直是一种奢侈。想想我们今日的阅读，不是电脑，就是手机，发光的屏幕让我们的视力一天不如一天。就是纸质阅读，也很费眼睛，致使许多中年人老眼昏花。在这样的趋势下，身旁有一角自然可读，那可不是一般的福气，手中正在翻阅的，也就不是一本一般的书了。更何况，小朋友们活蹦乱跳的身影每每让我想起随着犁铧的行进而流淌在农夫脚下的黑土，一切都充满了自然的新鲜与朝气。

在虎台的“书页”里，我读到更多的当然是一种非常浓郁的历史沧桑感。就是这么一座默不作声的土丘连着古城西宁一千多年的历史岁月。据历史记载，虎台是南凉王朝第三代君王傉檀于公元 402 年，用他的太子“虎台”的名字命名修建的阅兵台，“虎台”之名即由此而来。如今，人们还传说南凉王曾在台下阵兵十万，借以炫耀武力，其辉煌非同一般。清代诗人李焕章《虎台怀古》一诗对此曾做了大胆追述：

西平郡西矗层台，台势嵯峨出尘埃。
筑台伟人今何在，只今只有台崔嵬。
忆者南凉图霸时，仗钺登台曾誓师。
飞扬大纛接云汉，龟鼓声中画角吹。
鲜卑畏威来献马，青海部落拜台下。
兵卫森列顾盼雄，观者如山语呕哑。
英雄事业石火电光，阿房铜崔同慨荒凉。
走马西来访遗迹，感时抚事增惋惜。

君不见虎台突兀风雨中，满目萧条蓬蒿碧。

金戈铁马，不可一世，龙盘虎踞，顾盼自雄。然而，如此王朝却仅存了十八年就灭亡了。诗人基生兰因此感慨万千：

在昔南凉王，穷兵复黩武。
纵横河湟间，动辄提桴鼓。
好战国必亡，卒为西秦虏。
世隔几沧桑，久已骨朽腐。
独此一荒台，岿然历千古。

我亦曾翻阅到历史这一页，总以为这是言之凿凿、不可动摇的昨日现实。然而，十年前跟随央视《走遍中国》栏目进行调研时，却意外获知，虎台也可能是古代西部的一个祭祀台，这高高隆起的土丘就是直达上天的天坛。据《西宁府新志》记载，原先虎台的东面有四个高七丈多的土墩，墩与墩之间相距二百一十丈，台西面还有相连的六个小墩。根据这种布局，它完全有可能是一个宗教遗址。

谁说得清呢？公园的设计者，为了照顾多方观点，在建园时，既在这里设计了南凉将军的雕塑以及复原了一点那时相传的历史情境，亦在虎台四角垒高台擎起了四个巨型的香炉。

但我对这一切均没有兴趣。我最感兴趣的竟是阅读身在虎台的“我们”。每到放学时刻，五六百人呼啦啦涌进公园，三人一群，五人一堆，各自聊天，家长里短。曾几何时，他们一个个都是叱咤风云，重权在握，踌躇满志，指点江山，不屑于把自己放逐到这种“半晒太阳半弄孙”境地之人，如今却一个个两鬓染霜，弯腰弓背，庸俗琐碎，泯然众人矣！面对他们，我常常不由想起陈寅恪的两句诗来：“千秋读史心难问，一局收枰胜属谁？”老年人尚且如此，年轻人也难逃此“困”，那名曾风头十足、坚挺非凡的一年级老师，经过一学期的磨炼，等放寒假时都有点霜草般蔫下去了的感觉，在时间的长河里，哪有一直不落的太阳？

虎台怀古，最容易陷进去、出不来。但在虎台周围如果不怀古，那简直有点浪费了此情此景。总不忍离开虎台，于是，我信步走进了最能体现虎台精气神的五峰书院。五峰书院要说也有很久远的历史了，但不知其曾隐身何处，要不是西区政府的一番为民情怀，我们早就不见其踪影了。幸运的是，它已经来到了我们身边，就落脚在虎台公园东面一角的树丛中。于是，每每有了闲暇，或者接孩子的时间尚早时，我就像有人召唤般走进去翻翻书。原以为里边的书大众庸俗，无非消磨时光之流，谁承想，里边的书一册册高档大气，再加上环境优雅娴静，轻音乐时时在耳边缭绕，环境也很让人放松，营造出了很好的读书气氛。为此，我在约会般定时开卷休闲的同时，不止一次把外孙女带进去，让她从这里出发，在成为虎娃的道路上先去呼吸呼吸这里别致的空气。

虎台开卷，对于下一代来说，是一个很有意味的起点！为了鼓励更多的孩子在虎台读书，我请书法家写下了这样的两行字：

莫负韶华去读书，虎台随处可开卷。

2020 年 1 月 16 日

生生世世老爷山

一

老爷山是祁连山脉向东延伸到大通的山体一截，因其突兀险峻，直立高矗于大通县城而被人们赏识、开发、命名，并且被挂上了“北武当”等带着鲜明旅游意图的名称，写就了许多“横看成岭侧成峰”的夸赞诗篇和精美文章，是如今青海当仁不让的一片旅游胜地和多韵诗卷。

屈指算来，我在老爷山下生活了不止十年：大通师范求学三年，租房为孩子们读书先后历时七年，如今孩子们大学毕业再次定居大通，回到老爷山下。其间，虽曾无数次踏上原先的羊肠小道，后来的水泥台阶，以及后山的车行沙路攀山而去，已经记不清是多少次“会当凌绝顶”了，但依然没有读懂老爷山，只觉得这是一座横亘在县城的大山，如同牛心山之于祁连县城，不仅是大通县城的一道天然屏障，也是县城的地标，但并没有那么神奇。

不过，说归说，一种文人的惯性，使我读着百年千人的诗篇时，一直没有忘记寻找和思考老爷山更加恰当的文化坐标。

就是这么一点念想，让我在登上其他名山，踏遍身边大川时始终不忘比较。

想不到，踏破铁鞋无觅处，得来全不费工夫。在西宁街头，我的带着儿话音的大通方言引起一个素不相识的老人的关注。在我们不多的言谈中，他就像一语听出我是大通人一样一语直击要害，给了我一把解读老爷山的万能钥匙。

他在 20 世纪的 70 年代下放大通，在一个动不动就下雨的脑山，看着云遮雾罩的老爷山，想过不少心事，琢磨过一些世事沧桑。他给我说："那是一座地理的山，是里北川、外北川如天堑一样截然分明的界标!"

不是吗？由于老爷山的呵护，山西面诸乡雨水丰沛，树多林广，田亩葱茏，成为西宁市的水源地，一百多万人口城市的坚挺母乳。地由此肥沃，人由此富足，造就出的是小富即安的传统农家，其生活节奏缓慢，人比较厚道。而山南面靠近西宁一侧，是青海工业最先看中的风水宝地，这儿雨水就没有这么丰沛，气流也没有这么舒缓，因而庄稼早熟，生活节奏快，人就比较干练、精明。

这样的不同也表现在老爷山本身：西坡，哪怕是峭壁间，也长满了松树、桦树、柳树、黄刺玫、草莓、蒲公英、地衣等几十种植物，真可谓树木葱茏，鸟语花香，一派森林景象，称之为大通生态植物园也一点儿不过分；而一刀劈下的南面以及顺势延伸的东南面，山体不是青石，就是黄土，青石黄土间的草苗构成的是典型的黄土高原风貌，与它延伸到东峡的西坡相比宛如两地。

就这么怪！一山两面，一山两景，竟凝聚了大通的个性，由此把大通分为里北川和外北川。

二

与央视《走遍中国》栏目组同行策划西宁专题片的时候，我们亦曾不约而同地将目光投向老爷山。

大通是世界花儿艺术之乡，花儿是滋养这一片土地的最为肥沃的民间文化之一，它让这里的各族人民即使在没有条件和余裕上学深造的岁月里，依旧依此获取着非常丰富的精神养料和一种诗意地把握爱情的思维方式，这使他们人在深山，心却在四处飞翔，有着不同于别处人的生机与活力。不论是在哪，也不论老少，他们唱或不唱，都会在心里装着无数首花儿。可是我们不禁要问：这么广阔的土地上，为什么老爷山花儿会能进入国家级非物质文化遗产的名列？

这当然并不是县城的原因。

我们看看老爷山上下的建筑布局，会发现一个非常有意思的现象：山脚下是市声喧嚣中每日都有人穿梭往来、脚步不绝的清真寺；顺着水泥台阶攀升到半道峭壁的山崖间是一座能谛听风声和鸟鸣的道观，一直有穿一袭蓝袍的道人在蓝天白云间，像鸟儿一样地闪进闪出；绕过道观，一直攀缘，不过三五十米，原烽火台上修建的大雄宝殿里则高塑着释迦牟尼的铜像，这无疑是佛教建筑。再加上，后来在山脚下塑造的关公巨像和在山巅安置的电视转播塔，一山之中，竟同时包容了传统文化、现代科技等多种文明样态。大通风度于此尽现，物质的大通暗合了精神的大通，这简直就是青海多民族文化的一个缩影。其实啊，在人类文明的高处，各种文化和精神从来就是“大通”的，或许，这就是大通之为大通的应有之意。

老爷山上的文化现象为我这大胆的判断给予了强有力的印证，不是吗？每年农历六月六前后，大通里外川多个汉族村庄里的人们都要来此朝山。届时，鼓乐齐鸣，山炮阵阵，伞盖如云，仪仗队伍蜿蜒如蛇，其衣服、刺绣以及整个队伍的装束，还有夹杂其中的民乐旋律等，使人禁不住每每发问：今夕何夕？据说，这是曾有的皇家威仪，是朝廷赐予热衷于此修行的永乐太子的銮驾，至于当地百姓认同、延续这个仪式，则是因为这里是后人们进行远恶向善教育的重要载体，其源头直指朝廷，让在土地上繁衍生息的他们借此获得精神超越的一条通途，他们借此消除了官民的边界。

有人说，这是一个民族紧握在手中的原始教化，其源远流长犹如北川大河，一直就这样在此地流传了好几百年。可是，细细考察，我们就会发现，在其程式里，不仅包含了拜佛、念佛号等汉传佛教仪轨，还包含着唱道号，请道士为亡者写祭文、烧纸致祭等一系列道教传统。有点杂糅，却一直一丝不苟。可见，在多民族文化环境之中，人们早已打通了彼此之间的阻隔，就像这里的宝库河、黑林河和东峡河在山脚下汇合一样，这里的宗教之间融通的时间已久。

但这还不是其全部。看看，当朝山队伍经过街头时，不懂、不解甚至抵触着这些仪式的回族以及其他民族的年轻人们就会一路跟踪、一路观察，恋恋不舍，仿佛助阵，直等朝山人员完成全部仪式。

等朝山会全部结束了，朝山队列里的各路角色脱下作为道具的服装，走进茂盛的森林时，各民族之间的文化隔离墙便瞬间垮塌了。选一片干净的草地，在欢声笑语中，他们说笑着坐在了一块。此时，花儿是他们的共同信仰，是流通在他们心灵之间的精神货币。人在花儿面前没有界限。

三

花儿声就随风而起。

老爷山上的刺梅花，
扎是扎来嘛摘两把；
只要你尕阿哥给句话，
死里嘛活里的我不怕。

老爷山上的老爷庙，
再甭修，
越修得越玄妙了；
披着衣服了送哥哥，

再甭送，
越送得越难过了。

此时，老爷山不仅是他们抒情的舞台，也是他们歌词起兴的跳板与意象。花儿讲起兴，起兴是油灯的捻子、针线的认头、渡河的小舟，也是感情的中介，讲究的是共识。大家既在老爷山上，就以老爷山起兴，这是最近的感情通道，也最容易引发共鸣。于是，他们情感的闸门很快被打开，歌声的温度一下子就升起来了，整个老爷山好像山洪暴发，很快变成了歌声的海洋，让平时沉寂着的森林瞬间发出灵动的回声。

大通三川就这样通过歌声徐徐流淌，这是大通民众生活的一幅幅画卷。

以各种农事起兴的花儿，那些早已成历史的诸如“脚户”“红灰”“担水”等依旧清晰地保留在他们心中的词，会马上勾起这一片土地上农耕文明的集体记忆。

以各种各样的历史或神话传说起兴的花儿，他们称之为大传花儿，这是中原文化在这片土地上的深刻印迹，曾陪伴着他们经历了漫长的生活岁月，成为他们心中永远闪亮的青灯，在岁月的长河中一直发出乡愁的幽光。

以他们的亲身经历起兴的花儿，一如他们早已沉淀在口中的老熬茶的味觉，则带着他们藕断丝连的血脉温度和鲜明的时代烙印。

花儿不仅是他们表达爱情和思念的歌声，也是他们安放灵魂和追求幸福的世外桃源、学术园囿。在这个世界里，他们可以大胆追求爱情，也可以进行各种各样的思想探索：

青铜和黄铜是一样的铜，
只不过颜色不同。
各民族人民都是一样的人，
只不过习俗不同。

还有比这样的认识更深刻、更朴素的民族观吗？身处这样的环境，听着这样的花儿，我始终认为，自己来到了诗歌的江源。如果说《诗经》和《楚辞》是中国诗歌的两大源头，离我们很远，那么，我可以自信地说，花儿则是离我们最近的诗歌源头，其表达生活与爱情的主题和方式更加广泛宽阔；其追求真理和精神自由的勇气更加健康、自然；其表达离别和思念的程度更加贴身挨肉；其面对自然和西部的态度、视野更加沉雄辽远。

“上去个高山望平川”，花儿始终给予我们的是一个不只类似老爷山这样的海拔和视角，其总结生活的方式常常几句就超然脱俗。为此，大通以老爷山为中心、为磁场，早就形成了一种浓郁的花儿文化氛围，为西北花儿艺术贡献出了东峡令等几种具有地方特色的花儿唱腔，搜集、整理并创作出了一批打上了鲜明的地域烙印的花儿，成为世界花儿传承的重镇，赢得了“世界花儿艺术之乡”的美称。

四

老爷山上云起来，
閶门滩下起个雨来；
尕妹妹就像个嫩白菜，
一指头弹出个水来。

花儿是大通农民的修辞，也是他们表达生活的口语，张口就来，无须思索。而花儿之中的老爷山则早与这里的空气、四季和物候紧紧相连，成为他们天人合一哲学理念的重要载体和不可或缺的词。

让本地人一点儿不觉奇怪的一个自然现象是，大多数时候，六月六花儿会结束之际，老爷山头顶的一团白云就会很快幻化成劈天盖地的一大张乌云，进而会下一场匆忙得跨不过门槛的暴雨。届时，风劲树狂，雨点如斗，雨帘密布，老爷山被裹进黑云里一点儿也看不见其姿影，此时此刻街上行人不得不躲进附近的店铺。人们习惯性地把这一场雨叫作洗山雨。说人们在老爷山上谈情说爱，失了分寸，近乎迷狂，这一场雨不仅是要洗去大山里的浊气，也是警示人们要悬崖勒马，走出迷狂，再次回归正常生活。雨后，无一例外，总有一道彩虹高挂在老爷山两端，如一条彩带，让人们带着回味告别一年的狂欢，再次走进日常。这是带着一点生活启示意味的彩虹。

庄稼人是循着季节的节奏打发日月、安排生活的，在此过程中，他们无一例外总是观察着老爷山以及头顶的天象而做出各种决定的。

老爷山上的雪融了，草青了，树绿了，头顶的天空明净了，这是春天来临的迹象，该种地了。时值清明，人心清明。一应农活当次第展开。

老爷山的头顶被云雾罩了，不是将要下雪就是下雨。这时，庄稼人自会嘀咕着“老爷山戴帽，庄稼人睡觉”，就再也不安排农活与出门了。此时，整个村庄陷入雨中，成为青海长云的一部分，与老爷山连为一体，整个大通县城在雨中失去了轮廓。

老爷山上的各种叶子次第黄了，山林上边总有鹰在盘旋，这就一定会有几个晴好的日子。这时，天高气爽，阳光宜人，河水潋滟，最是秋收时刻。

老爷山在大通人的心目中不仅是一座写满了天象和季节肤色的天文台，也是一本印着农事和心事的书卷，更是一个倾听着这一片山川大地世事沧桑的长者。

为此，每当农事告一段落，这里的农人们就会像走亲访友一样来到老爷山走走。农历六月六正是春耕结束，头草、二草刚刚拔净的时候，离分大草等农事还有一段时间，最是人闲的季节，人们谁不想离开土地几天，在此享受一番难得的天人合一的时光呢？

2016 年 3 月 14 日

听水湾听水

老景渐至，心境始淡。

对于发生在都市里的各种热闹以及各个圈子里的饭局和话题一日日失去了兴致。对于逐渐走向衰落与凋敝的所谓乡村文明精华的农家乐、牧家乐等被浅薄的旅游文化绑架了的烟火味道越来越失望。就像前二三十年暗自庆幸着一天一茬或几茬饭局一样，今天我却暗自庆幸着学会了拒绝。拒绝热闹，拒绝主席台，拒绝被镁光灯点亮的舞台，拒绝在推杯换盏的盛情假戏里强作欢颜的表演。这就把身子和心收回了家里。可是，老在家里宅着、窝着，人会失去敏锐、失去活力。怎么办？就在这何枝可依的彷徨中，听说老朋友王凯在自己的家乡——化隆县群科镇西郊的黄河北岸的柳荫中辟出了一片安度时光的绝佳妙地，名“听水湾”。

这里没有络绎不绝的观光客，没有推杯换盏的盛世欢乐，也没有“万里长城永不倒”的赌局演绎，更没有娇嗲嗲的美女站在一旁服务的尴尬。让一个人独处，或一家人静养，一壶清水，一锅焪洋芋，然后在黄河的波光潋滟中听水，静极、美极。王凯如此描述。我心里说，这也好，让耳朵好好享受享受，早该让耳朵从世俗的烦扰中得到静养。于是，我带着一家人在清冷的秋日赶到了听水湾。

王凯在等我们。

这里确实没有太多的人。一边，几个藏族人在用芦苇盖了顶的亭子外边席地而坐，慢悠悠享受从家里带来的食物。说话平淡，举止平淡，细看，那表情也是极其平和的，一如身边被水库大坝截住了的这一段黄河表面。另一边，几个戴着无檐白帽的回族人在烧烤，一缕淡烟如他们平和的动作，在黄河边逐渐淡远开来。王凯说，这还没有正式开业，来人只是我们的乡亲，都认识。

这是一种怎样的乡亲？跟随王凯漫步黄河边，听王凯与他们打招呼，说的都是藏语。一口一个“德茂”（好着吧）、“卦正切”（谢谢）。这让我很感兴趣，就问王凯怎么回事。

他说，这里是汉藏文化的交界处，是伊斯兰文明和藏传佛教文明的相会之地。这里的回族平时说的就是藏语，这样的人在全中国有三万之众。同样，这里的藏族和回族都会说汉语，就像这里的各族人民每天都漂移在农耕文明和游牧文明之间一样，语言转换是很正常的。

那这里的学校，就得开两种语言的课程？

嗯哼！王凯摇着头，以藏族人表示否定的肢体语言打断了我的疑问，并进一步解释：还不止这两种语言。渡过黄河，对面那个村庄是尖扎县的康杨镇，那儿两个村庄的人还说着中期蒙古语呢。难道他们也得有蒙古语学校不成？我们这里就是大字不识一个的人，说起话来，说几种语言都没有障碍和问题。

正这么走着说着，经过藏族人坐着的一隅，几个人都很有礼节地站起来，与王凯说着藏话。其中，王凯叫着“阿克曼巴”的一个僧人被介绍说是藏医，据说对中医也很在行。从他清澈见底的眸子里我看出了黄河未被污染的纯净。我想，在他这样的眼神里，一个人的疾病是显而易见的，是藏不住的。为此，我要了他的电话，约定在适当的时间里找他看病。他“呀”“呀”地应承着，已然让我产生了几分信任。今天的好多病，都是由身体和心理的失调引起的。如果我们不能抽身于逼我们就范的那些环境，药物怎么能切入血脉？一时之间，我仿佛也变成了一个医生，感觉到了自然对于疗愈的神奇作用。

看着黄河，看着掠过河面的几只野鸭，我断定这河里一定有鱼。暗喜！就问王凯："有没有鱼？"

"有！今天就给你清炖一锅。"

以鱼为话题，我们谈到了黄河上游。我们所在的黄河上游几乎都是牧区。在青海牧区，主体民族是藏族。藏族是不吃鱼的。相反，他们见到鱼会放生。正是这样的一种自律行为，才让下游的我们吃得到大鱼。黄河鱼的存在让那么多的水鸟眷恋黄河，飞来飞去成为江源一景。

说到江源的与众不同之处，最生动的还是水。

游牧民族是逐水草而居的民族。只要有了水，我们就可以看到八角形的黑牛毛帐篷。只要有了黑牛毛帐篷，就有晨曦里背水的女人和飘拂在江源的炊烟。这种炊烟升空的情状与黄河在草地上流浪形成的河渠是一致的，都带着江源大地的几分灵气。走在江源大地上，最让我感受深刻的是，天空与大地如此接近，雪山和大海并不遥远。在没有江源体验之前，我对于唐诗的理解是完全不同的。"黄河之水天上来""黄河远上白云间"，水与天，哪是哪？我对这些表达一直有点隔膜。

犹记得新世纪开局的那一年，我在青海果洛州黄河北岸采访一位德高望重的活佛时的情景。当我们谈到各民族的信仰差异时，他随手拿起身边一块比拳头大的石头，给我讲起世界文明的殊途同归：

我们权且把这一块石头当成珠穆朗玛峰，这里是世界最高峰，也是全世界的各种气息相聚相逢之地。但不论这气息里含着的是大海的鼻息还是一株草木的气息，最终无一例外都将以雪的姿态在这里俯身生存下来。雪是气息的精魂，肯定你中有我，我中有你，大家在这里早就不分彼此了。但事情还远不能这样简单地结束。我想说的是，这里的雪，一旦遇到了阳光，无一例外都将化水。这些水遇到南坡向南，遇到北坡向北，就这样被分流到不只东南西北的各个小山谷，形成小溪流。这些小溪流的宿命就是各奔东西，汇成江河，最终归入大海。大海的海水，时时刻刻在蒸腾，变成了气体。水蒸气四流，不就又回到了珠穆朗玛峰？这世界就是如此循环不息的，谁还是谁呀？

哦，真是高见！正是在这样的自然观念下，青海区域内的黄河上游佛教寺院遍布，佛教信众百万。黄河水一直洋洋洒洒、无拘无束、冰清玉洁，来到化隆这一段时依旧没有任何大的污染，水质还是那么清澈透亮。

但是在黄河下游行走，所到之处，最让人失望的是每一根自来水管里流出的水都有一股强烈的消毒液味道。无奈，宾馆每天配送罐装水，以招待客人。记忆尤深的是，但凡资产很多的老板才一罐一罐地使用纯净水。与此相比，青海哪儿找不到一泓汩汩流淌的清溪，哪一个河沟里没有一股直接舀来即可饮用的清流？那一次黄河下游之行，我进家第一句感言就是：我现在是大老板了，资产很足了。妻子开玩笑：你得了大病啊，要不去医院看看？我讲了原委：我们守着的绿水青山真是无价之宝，光饮用水一项，就堪比内地那些大老板。这不是夸张，也不是煽情。

说到这，王凯指着茶园绿荫处的一眼泉水说："我们喝的就是这个泉眼里的水。"这是来自哪儿的水？我们一分析，还是黄河水。这一段黄河是没有加大坝的，水脚四处漫游，自觉不自觉地就渗进了周边的沙土。通过沙土间细密的通道，它们完成了一次神圣的自我过滤，然后再经石缝汩汩流出，这简直是甘霖。

与已经被污染的那些河段相比，这里的黄河水依旧保持着江源当初的鲜活，完全可以直接饮用。不是吗？在当地的民众眼中，只要是一条流动着的河水，它在自然的河道里流了一百米，其杂质与有害物就被河床完全洗干净了，可以直接用来洗浴和饮用。

在这里，黄河沿岸的回族和撒拉族对于水的敬重简直到了苛刻的程度。他们从来都视水为母亲的乳房，坚决反对在水里排便。就连舀水的动作也是被严格规定了的。凡倒舀的水、倒添的茶，便是对水的亵渎、对人的不敬，他们一般不接受，也不做洗浴之用。他们洗浴之水都是活水。他们喜欢把水灌进专门的壶里，一点一点浇着使用，而不习惯于在脸盆或器具里洗手、洗脸。正因为有了这样的自觉和习俗，王凯在闲暇之时，常常用铁漏打捞河岸浅水处的沉积物。他说，他没有能力保护整条黄河，但他绝不能污染自己所在的这一段黄河。这是独属于他的一段波光潋滟的河水，在全部黄河河道上确属沧海一粟。但仅此宝镜般镶嵌在他视野里的这一隅平静的港湾也是连接中华大地、连接藏回两个民族、连通藏传佛教和伊斯兰教汇聚多种语言的绿色通道。

总结着这一切，我的眼睛一时有点湿润，产生了一种在闹市里从来没有感觉过的灵感，随即准备开卷写作。正在这时，黄河对岸尖扎清真寺的宣礼声随风飘来。我静静地站在黄河北岸，如听天籁一样地感受到了这个声音在镜面般安详的水边、在我心里掀起的涟漪。

刚刚听完，还没有转身，黄河北岸几个清真寺的宣礼声再一次此起彼伏地带着这一片大地的沧桑在向我召唤。在这些黄河碧浪般一拨接一拨的宣礼声背后是沉默无语的卡力岗大山以及我们看不到源头的青海藏区。

在青海，哪儿还能找得到意象如此丰满的地方？

王凯说：“听水湾！”

是的，听水湾！耳朵就这样引领着我多次来到这里。在随后的日子里，我把许多向往江源生活的朋友带到了这里。

2018 年 9 月 29 日

阴田看寺记

已不知多少次来过门源，但从来没有去过上阴田清真寺。主要原因是，一旦来到门源，往往随大流流连在百里花海和祁连绝地岗什卡雪峰之间，在与天地对话之余，只对这里好吃的奶皮和激人想象的骑走马古风产生兴趣，而从没有深深地细究或洞察过门源人文，哪怕一丝。

总认为，门源多过客，这里不会有太多的沉淀与文化积累。这一次，要不是因为一个朋友的项目，我压根儿就没有想过会在上阴田清真寺里度过这么难忘的一天。谁承想，青海回族历史文化早已漫漶的诸多遗迹却在大山深处的这里保存着那么鲜活的冰山一角呢？

路上，同行的门源籍青年学者张旻告诉我，阴田得名于其方位和历史，核心在“田”。门源盆地，川平地广，在历史上一度是官家看好的农耕厚土。为此，清初在此建置大通卫、设立红山堡不久，就开始移民屯垦，以其为中心，四向辐射，开出不少冒油的黑土地。至今这里叫“黄田”的村庄原乃“皇田”之意。这种叫法的变化大概有淡化历史之想。不过，门源的屯垦史一直延续到了新中国成立之后。如今的浩门农场，就是最后的集体农场。一马平川，动辄百顷。若没有集体和国家的力量，任谁都只能望田兴叹，没有能力开垦出这么大的一眼望不到边的大地。而今已然成为全国乃至全世界的旅游金色名片的油菜花节，千里油菜花海，就是建立在这个基础上的。田是门源的根基，也是其灵魂，更是祁连山腹地里让人向往、令人垂涎的一隅桃花源。

不知从何时起，祁连山北麓的河西走廊发生干旱或其他灾难之后，无路可走的人，难忘祁连山，循着日落的轨迹，常会选择门源作为疗伤之地，东山再起之乡。

相传，清顺治六年，即公元 1649 年，驻防河西走廊的回族将领米喇印、丁国栋反清起义失败之后，一时有许多人选择在门源避乱与消隐。当时，就有四百多名士兵被蒙古族首领麦力干收留，并安置在旱台、克图、仙米一带游牧，如今被称为托茂人，其总数超两千人。

其后，不断有离乱中从河西走廊翻山投靠门源的各路人。据现居门源县城的谢家回忆，他们家族从西域东行，在天祝和永登之间的壕沟大概住了两代人之后，为了活命，兄弟四人各奔东西之际，最小的儿子，也就是他们这一支人，翻山越岭，经过天堂寺，最终来到门源，在这繁衍生息，已经有好几代人了。如今比较起来，在民和、大通和门源等地的亲戚之中，还是他们过得最殷实。有据可查的历史资料还有这样重要一笔：清乾隆年间，一代名臣杨应琚调任西宁道时，曾在门源旱台一带设置回屯，从大通等地迁来大批回族到这里开荒种地，给他们提供耕牛、农具、种子，使他们顺利地在这里扎下根来，过上了比原先更为安宁、富足的日子。

再其后，清同治年间大批无家可归的人亦选择在门源避难。一时，西宁、临夏、宁夏的那些无家可归的人不约而同地翻山越岭来到了门源。

门源的确是一方包容的大地。

又其后，各地逃避兵役、苛捐杂税以及各种天灾和人祸的人们也零零星星地向门源进发，这就像裹雪球一样地把门源裹成了一个以回族人为主、各民族人民杂居的地域，奠定了门源成立回族自治县的基础。而我知道的是，我们村的几户人家，包括我的三叔等，都是在新中国成立后因工作和生活原因投靠门源，并安居门源的。

门源是祁连山腹地里最为养人的一个金色谷地。北靠冷龙岭，南面达坂山，大通河贯穿其间，人一旦落籍于此，就会安心，总觉得门源是一方能够让人产生地域自豪感的地方。跟门源人打交道久了，我们就会发现，他们以山北人、山南人来区分外来人。这口气含着的不是鄙夷，而是常有的那份同情和关怀。

其实，历史的蛛丝马迹还不只此。细细揣摩，我们还会发现，在他们对本地阴山和阳山的地理概念之分中潜藏着对于历史一页的念念不忘。对此，老一辈人更是心知肚明，只感到无奈。

不知从何时起，门源回族大都居住在大通河北岸的阳坡，这在湿气较重的山涧来说，是一个明显的地理优势。这有俗言为证——旱死九州，门源丰收。就门源而言，在这里，阳山的庄稼就是比阴山的先熟。阳山的草山里覆雪的时间是明显短于阴山的，阳山的霜冻时间也总略后于阴山。从这一切可以看出，阳山的优势大于阴山。为此，光绪二十二年，即公元 1896 年，甘肃提督董福祥派张长龙、马安良等讨伐反清起义兵，随后安置回族遗民时，把阴阳山彻底做了个对换。

如今，门源社会和谐，民族团结，人们生活安逸。有意思的是，每逢节庆需要上坟时，回族都要跨河去北；汉族都要过河向南，祭奠先人。厚道的是，汉民村庄依旧保护着回族的坟园，回民村庄也是原样地保护着汉族的坟园。在停车喘息的瞬间，张旻指着大庄村东西南北的好几个方向说：“那都是回族的坟园。村西这一块，坟园摞着坟园。可见回族在此居住的历史之久远。”

我问：“如今的大庄村可还有回族居住？”

他说：“新中国成立前一户也没有。现有的这几十户是我堂爷爷当生产队队长时，从阴山要过来的。那时，他们不是地主，就是富农，在自己的村庄抬不起头。而我们大庄村缺少劳力。两全其美，这使他们回到大庄，让大庄再续回族血脉。从此，这几处墓地也有了自己的族人前来看管。”

这么多像楔子一样挤在他人村庄的他族墓地为什么会一任其旧，始终未遭破坏呢？我在心里问自己，怕伤害自尊，未敢问小张，但我在嘴皮底下却回答了自己——宽广。土地的宽广，人心的宽广，两者之间的相互影响与成全。正这么想着，张旻说：“河湟事变结束后，受命迁徙到旱台的汉族人看着空落落的清真寺无人问津，就悄悄传话给当地回族，看他们有无兴趣和能力做整体搬迁。瞌睡遇到了枕头，在那时，这是天上掉下的油骨头。回族人怀着感恩之心把这座古老的清真寺拆建到了自己的村庄。”当时有多少感人的细节，此一时彼一时，今天已没有人可说了。但就是这么个梗概，也是张旻无数次田野调查，从老人们口中零零碎碎了解到的。

听着张旻的讲述，我泪眼模糊，有点沉重，渐渐无言，就连感谢的话都没及时地说上一句。正这么说着，张旻让司机拐弯，说：“上阴田清真寺到了。”

低矮的宣礼塔，双脊顶样式的大殿，与民房没有多大区别的南北学房。看起来，有点古典，但被铝合金封闭后破坏了古味。现状与县上想打造成文旅景点的期许相比，还真有不小的距离。第一印象就这样占据了我的心头。

我习惯性地拿出手机，先照了个大景。然后，就跟着张旻和朋友公司的项目经理从宣礼塔外边的两块砖雕看起，一点一点寻找那些早就连接不到一起的文化符号。不看不知道，一看还真吓一跳，原来，中华文化讲究的那些传统砖雕和木雕的符号，在这里得到了或多或少的保存。遗憾的是，它们早就分崩离析，不成体系，各自为政，断了那个时代的气韵和工匠的祝福语。但庆幸的是，靠着脚步和张旻的解说，我们还可在心中复原出大概完整的图景。

可能当地人都未曾发现，这些砖雕中较多的是“暗八仙”和“梅兰竹菊”。这是中国西北保存着的传统文化之双翼。暗八仙承载的是道教八仙的思想，这些符号能够跨界般在清真寺里延续，最主要的原因是它们删除了人物肖像，暗合了穆斯林默祝平安，为他人祈福的思想。其中，葫芦、团扇、渔鼓、宝剑、荷花、花篮、横笛、阴阳板，都能照顾、兼容伊斯兰教的思想，工匠们找到的是两种信仰的最大公约数。至于“梅兰竹菊”，是儒家的君子符号，哪一样与伊斯兰教的思想有相悖之处？

砖雕和木雕的内容更是延伸到河湟民间思想的深处。福寿三多，吉庆有余，寿居耄耋，富贵长寿，龙凤呈祥，等等。河湟汉族民间思想仿佛深山溪流，不经意地穿过我们所到之处，自然也流淌在回族村庄，让他们觉得这也是他们文化的一部分。最为明显的是，从清代开始，在针线刺绣方面，回族妇女早就自觉不自觉地把蕴含福禄寿等寓意的祝福符号“移植”到了鞋垫、袜跟、腰带、荷包等装饰物中。

正是在这样的文化背景下，身居西北的汉族工匠们才大胆创意，不断跨界，以文化使者的自觉在清真寺建设中，不断引入其他民族的文化符号，寻找中国传统文化与伊斯兰文化的互通共融之处，在吸收、改造中突围、重构，形成了自己的一套砖木雕符号系统。正是靠着这些符号，他们走南闯北，承建了那么多如涟漪般逐渐荡漾开来的河湟传统清真寺。

从河州出发，北向黄河和大通河两岸，凡回族居处，建砖窑，做模型，叮叮当当，留下足迹一串，建起古寺无数。如今，打上河州汉族工匠烙印的清真寺，就我所知，黄河南岸的有循化科哇、孟达、清水河东、张尕等地的古寺。跨过黄河，在化隆阿河滩、平安洪水泉、大通等地，所到之处，古寺林立，艺脉绵延不断。这足迹一直延伸到门源，在藏传佛教腹地，借着修清真寺的机会，悄无声息地把他们的祝愿传达到了这千古荒原。

人在西北，哪能不懂多元？

身居中华，更当跨界知人。

在西北汉族工匠们寻求交流、沟通，在砖雕木雕中架起一座文明桥梁之际，内地的回族知识分子——一代大儒刘智、王岱舆等也忙着穿梭在儒释道文明深处，寻求伊斯兰教的中国化道路，写出了如同祁连山一样高耸入云的皇皇巨著，为我们留下了珍贵的精神遗产。

是江河，终归大海。

是文明，终将携手。

在上阴田清真寺的砖雕中，有这样两幅图给我留下了深刻的印象。一东一西，飞在云岭上的两匹马，马背上分别是两条鱼构成的太极图。“伏羲氏王天下，龙马出河”，这不仅是中华文化的古老传说和根基之一，也是对门源现代生活图景的生动照应。不是吗？门源是浩门马的故乡。马踏飞燕的那匹马就是门源马，它有着踏云翱翔的风姿。要使它背负双鱼，实现年年有鱼（余）的生活理想，这不只是一个时代的太极！

寓意颇深，耐得起揣摩。我想，如将此图略做扩充，不正好是门源在打造中华民族共同体意识展馆时的生动徽标？

环寺一圈，我们不仅看到了上阴田信众在大殿扩容过程中新续的两组以梅兰竹菊为内容的砖雕，也看到了从老寺上拆下来的那么多空心花砖。这可是难得的财富呀。

时至中午，就地吃饭。暂时离开这一系列符号世界，管委会主任和在任阿訇引我们上了南学房二楼。呵！那么多荣誉证书，不仅挂在办公室的一面墙上，还挂满了楼道。结合墙上的文字和照片，我们方才知道，这是一个团结开寺的典范。

咋团结的？

管委会主任不无骄傲地介绍说，这是一个新教占总人口百分之七十的村庄，我们吸取历史教训，制定出了“新教阿訇老教请，老教阿訇新教请”的阿訇聘任办法。新教阿訇开四年半，老教阿訇开三年。时间到了，自觉调换。

在离开上阴田清真寺的路上，纠结于地名出处，我请教张旻：“阴田，是什么意思？是否有一份命名者的诅咒含在其中？”张旻摇头说：“门源人还不会那么坏。”

信然！

于是，我得以再次回味当天看过的一些图案。

让我印象深刻的是，那些木雕里的牡丹和石榴，它们为什么那么多？

张旻说："花开富贵，牡丹艳，在中华文化传统中，牡丹是人人喜欢的花卉，穆斯林自然也不例外。"

我说："可能还不只此，因为，牡丹在穆斯林的语境里，还含着一份对香气的尊重意味。焚香念经，动香追远，这个传统在教门文化一边。在世俗文化一边，牡丹是花儿的载体，不仅有情人之喻，也有抒情色彩很浓的辞令之名。'白牡丹令'更是家喻户晓，唱遍河湟。"

哦，原来，在缺乏文字记载的深山里，还潜藏着这么丰富的文化资源！高人在民间，财宝在深山，真是言之有理啊。一天还没看够，还得找时间再来走走这座寺，接续山河大地以及潜藏其中的秘密。

2023 年 5 月 25 日

瓜拉峡和冶家庄

一

路过瓜拉峡，犹闻锤声叮当。因为，瓜拉的意思就是铁匠。铁匠们走过的地方，穿过的峡谷，哪能没有锤声相伴，火星四溅？所以，每每走在瓜拉峡周边的村庄和草地时，我总不忘寻寻觅觅，用耳朵谛听这远逝的声音，用眼睛捕捉着命名者曾经的踪迹。这几乎已经成为一种习惯。

正因为有了这样一种心理准备，十多年前，我在离此地不远处的衙门庄听到一串叮叮当当的锤声之后，一番莫名惊喜，这就停车路边，寻声走进一个村巷。呵！是一家家庭作坊，原来遇到的不是铁匠，而是铜匠。主人公姓刘，说是非物质文化遗产传承人。他说是铜匠，其实，其作坊对于银铁等金属的产品亦不排斥，其操作手法、加工手段与传统铁匠的没有太大的不同，只不过其手艺更加细腻精致罢了。

手工业，从铁到铜，由铜到银，再到黄金，节节攀升，渐入佳境，势之必然，并不奇怪。但我感兴趣的是，这锤声的根基。于是，就与大通的几位学者聊起渊源。他们言之凿凿：此铜匠的第一代传人乃甘肃武威人，是经本地频往河西走廊经商的商人引荐到此的；是佛教古刹广惠寺以及往来于丝绸之路的马帮脚户让这种古老的手艺找到了服务对象，并从此扎根于此，惠及民生，铜勺、铜火锅、铜壶、铜扣、各类铜饰等，就这样与大通结缘，并逐渐扩大使用范围，并成为大通文化的一脉。

哦，由此我明白了，衙门庄之所以为祁连山腹地的“衙门”，乃因其为寺院、丝绸之路上的一个逗点，周边村庄由此辐射开来，其核心依然是丝绸之路。怪不得如今大通等地直达门源、河西走廊的穿山高速公路都绕不开衙门庄。

与衙门庄相比，其邻居瓜拉峡显然冷清许多，尤其是在峡口被封，不让旅游、放牧的今天，简直有点世外桃源感。可是，这一切却没法抹去瓜拉峡曾经的红火与繁盛。因为，东峡沟里，前往河西走廊的路岔为两条之后，唯瓜拉峡最接近门源县城，且峡谷平坦，峰顶易越，曾是翻越祁连山的一段绝佳的捷径。不知从何时起，这里就有大批驼队和商旅往来。看着络绎不绝的人流，最先占据这一段草山的藏族发现，商旅之中，竟然有那么多铁匠穿梭往来，这就把十几公里长的整个山谷叫作瓜拉峡。

从瓜拉峡翻过达坂山，倾斜延长到北麓的门源的有煤的一隅山涧叫瓜拉煤矿。山南山北皆称“瓜拉”，可见，这是一条非同一般的大道。虽然，后来的商旅以及路人不再是铁匠了，甚至没有了铁匠的身影，但这个名字却像楔子一样打在了祁连山，渗进了路过丝绸之路岔道的几代人的记忆中。

就我所知，20 世纪的 70 年代，我爷爷去世时，我的几个在瓜拉煤矿上班和搞副业的叔叔星夜赶度瓜拉峡，硬是在天亮前赶到了家里。

二

瓜拉峡，瓜拉峡。揣摩玩味几十年，如今，每每这样叫着，我犹听到了大山深处奔腾不息的马蹄声。

曾几何时，祁连山北麓的门源以及更北麓靠近丝绸之路大道的山丹是西北大地上最为肥沃的养马场。马群过处，山风呼啸，大地震荡。这是祁连山里最为壮观的风景，是充满了潜力和活力的军需补给之地，也是古老丝绸之路上的文明洼地。无论商旅，还是军队，每每路过这里，更换脚乘时，自然放不过身边的门源马。门源马，又叫浩门马，亦即甘肃出土文物马踏飞燕中那几欲凌空飞奔之马。在过去，马不仅是生产力、战斗力，也是非常重要的战略资源和外交礼品。那时，无论是家庭还是集体，或者是军队，皆唯马为上。这样一股时尚和风气如浩门河一般一直流淌在人们的观念中，延续了很多个世纪。那时，名马风头可以盖过今天的名车，自在情理之中。正因这样，内地的铁匠们闻声而动，带着手艺，远投祁连，成为这一段山谷里最为亮丽的一道风景。

真不知这一道彩虹一样挂在山里的风景何时黯然失色了，但其名字犹存，引我不由自主地打开了地方史料。《大通回族土族自治县地名志》还是透出了蛛丝马迹，原来这里的很多村庄都是长了脚一样地来到瓜拉的。铁家庄跟衙门庄一样，都是奔着寺院经济而在这里落脚的。俄博沟、拉浪台、塔哇等是嫁接在寺院枝头的村庄。刚察庄更是呼应着如今的刚察县，而移花接木，不忘根本。至于月茂庄、阿家沟、冶家庄、蒋家庄、苏家湾等，更是以姓命名，让一个个村庄仿佛还带着当初的胎衣。桦林乡的其他村庄，虽然没有如此明显的时代和家族印迹，但从现用名揣摩发现，它们都很随便、临时，随手拈来，看不出很深的文化底蕴。什么东西南北中，什么桦林石板七棵树等，一个个都很朴实形象，颇接地气。

三

有记载称，冶家庄诞生于 1736 年。冶家来自民和米拉沟，实乃大名鼎鼎的冶土司之后。但他们是因为什么原因来到这里的，至今，谁都不知。

据我猜想，他们之中一定有人是因为熟知瓜拉峡这一条山路而来到了这里。既然是以姓命名的村庄，按理说，此姓氏所占人口比例一定很大。但我如今得到的回答却是：冶家庄冶姓人家尚不足此地总人口的五分之一。全村一百三十余户，六百多人之中，冶姓人口只有一百五十人左右。

这是为什么？

没有做认真的社会调查的余裕。我在姐夫的两个弟弟家吃饭喝茶之余，带着职业性的好奇，开始了走马观花式的观察和采访。

忘了说，我姐夫也姓冶。四十多年前，他因家贫而入赘到塔尔，而他的两个弟弟至今依旧在冶家庄种地养羊，守护村庄。我们是因为他弟弟家有草膘羊而驱车来到冶家庄的。

我们正在喝茶，忽走进一位与我年纪相仿的高个子男人。请坐，说话，方始得知：其乃本村一号，姓马。我很想跟他聊个比较正经的话题，但因人家公务在身，没敢轻易打扰。等他走了，我们也走出大门，在村巷里走路时，我姐夫随口说："三十年河东，三十年河西。这娃娃当年被他母亲从外村带到我们村之后，随其后父姓梁；如今当了书记，却被人叫作马书记。"

我们正这么说着，他弟弟跟一个路过村巷的小个儿妇女搭话。说的原来是一口纯正的民和话。

我说："这是咋回事？"

他答："村里的媳妇，来自民和，这多少年了，娃娃们都不小了，但乡音还是未改。"

我问："这是不是跟你们是民和冶家，冶土司之后，有点关系？"

"一点关系都没有，她嫁的人家不姓冶呀。"

"那冶家庄如今还有哪些姓呢？"

"多了去了，马姓最多。"

四

"冶家庄早就只是一个符号了，你知道这里曾发生过什么大事？"

"尕庄庄，没大事。我们只听说闹土匪，弄得西宁一个连长带着金银在冶家庄避难。我们的邻村泉沟的土匪知情后，准备在一个风高月黑之夜下手，这就打着灯笼赶到了冶家庄。可是，等他们赶到连长落脚的人家之时，却连个人影都看不见。于是，他们一番忙乱，从草房里搜出了连长夫人。夫人这就哆哆嗦嗦地说：‘男人被人绑架走了，不过，金子还在门口土坎下，我带你们去挖好了。’这就把他们带到了门外，谁承想，这是连长得知风声后，早做了准备设下的陷阱，一串枪声当即撂倒土匪几人，一人受伤正欲攀崖逃跑，连长夫人却一刀戳准其要害，其立时毙命。”

“作为一个村庄，它有什么个性？”

“虽种庄稼，却不忘尚武。我们以自己的父亲做个例子：青海抗日，大通团练自当向前，我们的父亲冶占荣，一马当先，吃粮中原，回来的时候，口音都发生了变化。抗美援朝，保家卫国，大通去了二十多人，三年之后，只剩下我父亲和邻村一个战友活着回来。战争结束后，他俩结伴从兰州一步一步走着回到了桦林。玉树剿匪，政府动员我父亲再次出征，这又当了一回‘粮子’。后来大儿子又成了军人。”

“哦，真精彩！这些都有文字记录吗？”

“唉，说来都是眼泪。父亲在时，吃不饱肚子，他在那些棉花纸上写下的过往以及一些本本，我们看都不看一眼。等他 1965 年前后去世时，我们都不知那些本本到了哪儿呢。如果说，这些有什么用处的话，我们只知道在土改时，因父亲身份特殊而分得一些好处，那栋楼上的砖雕如今不是还镶嵌在我们最小弟弟家的围墙上吗？”

“俱往矣，如今，冶家庄人都干些什么工作？”

“跟所有村庄的人相同。大伙儿挖金子时都在挖金子，这些年，大伙儿跑车开拉面馆，冶家庄人也随了潮流，从不敢落后。该种庄稼就种庄稼，该养殖牛羊就从事养殖，还有考大学之后在外工作的。”

我们还说了其他的一些话题。说到未来，七十多岁的姐夫只一味摇头。他说：“打墙的板，上下翻。无论是瓜拉峡、是一个村庄，还是一个家族，包括一个人，我们哪能知道明天？”

我们在车子的后备厢里装了羊肉，然后就离开了他的故乡。在车上，他意犹未尽地说，他通过入赘扎根塔尔之前，塔尔已经有不少冶家人。他们是不是一家，是否同样来自民和米拉沟，不得而知。但冶家庄在新旧两个社会延聘阿訇时，都从不排斥民和阿訇。毕竟，民和是冶家之根。不过，在他的心目中，瓜拉峡才是冶家庄最深的根基。因为那里不仅是水源，还是曾经的烧柴源、希望之源、生态之源，这两头都连着更大的世界。

2023 年 11 月 10 日

可可西里有多遥远

可可西里有多遥远?

也许真不遥远，这就像香巴拉（香格里拉）并不遥远一样，它，永远挂在无数人，特别是年轻人的口头上，就像他们心中冉冉升起的太阳，每天都是那么鲜活。

君不见在世界各地各级媒体拥挤的缝隙里它洒下的五光十色的光斑?

不！可可西里是人类思想暗夜里出现的另一团灯火，是当今思想界的蛾子们不远万里追逐的一束时代火苗！

不知从何时起，当这个世界被人们丰盈的视线占据，思想的一个个火把不再吸引灼热的眼球时，人们，特别是青年人纷纷把目光投向了天边的可可西里。

这里是离天最近的地方。四千米以上，腾跃起伏的海拔就像这里频频出现的闪电，从来都是直抵天宇、直连星辰的。

这里从来都是天空的一角。要不，在暗夜里为什么还有那么多野性的眼睛在此起彼伏的惊异中频频闪烁?

这里是东方神话的原乡。横空出世的西王母纵横几千年，傲视昆仑，遥望中华。

这里曾经是中国文化的源头。要不，在《山海经》《离骚》

和唐诗宋词的韵脚里为什么都写不尽这神秘的西部沧桑？

从游牧到农耕，从工业到信息，在经历了各种文明形态之后，可可西里让我们懂得了人类为什么还得不断出发。

从山顶洞到瓦尔登湖，在尝试了各种生活方式之后，才发现原来可可西里就是我们新的精神原乡，它永远挂在藏羚羊飞驰的尖角，呼应着奥林匹克运动会千年的喧嚣。

可可西里是我们不断认清自身的最近的一面镜子。

可可西里是我们试着寻回自己的最后的一个坐标。

在走近可可西里的路上，几千年，我们才迈出了关键的两步：一步是青藏公路，一步是青藏铁路。它们就像天幕上的风筝飘带，在人类历史的长河中，为世人托举起了神圣的高原一角。与此相比，在太阳湖和藏羚羊清澈的眼神中，无论是倒在盗猎分子枪口下的索南达杰，还是一个个出其不意随地倒下的背包客和远上昆仑的环保志愿者，他们无非追逐光明的蛾子，在世界奥林匹克火炬不断延伸的道路上成为一颗又一颗流星，形成另一重天幕。

读着这璀璨的天幕，我总向往着自己成为他们中的一员，在追求人的活法的各种可能的哲学和生态道路上，迈出自己勇敢的哪怕是半步，把遥远的可可西里召唤到自己的身边。

2020 年 8 月 29 日

果洛纪行

一、 藏式小碉楼

车子沿玛柯河东行，一路松山，两岸河柳，风景秀美得令人目不暇接。身处这样的地方，真不敢想象这里还是海拔三千五百多米的雪域高原。我惊叹地欣赏和解读着从车窗外飞逝而过的一路风景，感觉到自己是在充分地享受着时光，享受着大自然无比丰厚的赐予。然而，这一次班玛之行真正让我回味不已的还是那伫立河边或隐身山坡松林里的一座座藏式小碉楼。

据了解，路边的这些小碉楼建起的时间并不长。在这里的牧民们看来，靠近公路沿线居住，在曾经漫长的历史岁月中，并没什么优越性，不是遭到兵匪袭击，就是遭到其他部落的袭击。因而，先辈们大多选择在山顶高处、险处建房，这样可以避免许多人为的灾难。居住在山上，再在小小村落边上修一座烽火台，这安全系数就一下子大多了。生存之道时时刻刻将人带入两难尴尬的窘迫之中，这座座或废弃，或仍在使用着的山顶石屋在默默地对我们诉说着这里的一切。

别小看这座座小屋，当历史选择了它的位置时，它，便具备了自身独有的存在价值。它的优势是：第一，从早上第一缕阳光破窗而入，到黄昏时最后一抹阳光别它而去，它一直处在阳光中。白天蓄足了热量，直至晚上，犹有余温。第二，风雨的侵蚀轻易改变不了它的结构和样式。只要地基牢固，这石木结构的房子，就扛得住风雨。就因为这，县乡领导跑贷款，牵线要钱，动员人们搬到交通方便的地方时，老人们都舍不得从此处搬入山谷。

人居山谷平地，那对于人的视野、人的传统习惯是一次彻底的改变，这在他们的观念中是不可想象的。

然而，就像历史曾经选择了他们的过去一样，时代的发展使他们一家家在恋恋不舍中搬到了山谷。

从此，再也不用弯着腰蹒跚着在山路上背水了。他们可以享受到汽车、摩托车、电话、电灯等一切现代文明成果，也可以学习到更多的现代科技文化知识，可以摆脱传统的束缚和长久的封闭。观念的变化为他们的发展、生活打开了一扇扇时代的窗口。

藏式小碉楼一般是石木结构的二层楼，墙体全用石块砌成。从工艺上看，匠人们驾驭石块的能力很高超，四四方方的主体上，每一个立面都很平整。因为没有在外层涂抹过泥巴，这使它远看上去简直就是一个个石头城堡。走近看，石块与石块的拼接都很紧密。在一个经济相对落后、信息闭塞的山里，能够就地取材而创造出这样的建筑，真令人叫绝。

藏式小碉楼的第一层屋顶，也就是第二层的地面，用的全是厚重的木板，经济价值很高。第二层屋顶与一般木屋的屋顶相同：有梁、有梯、有柱子支撑，最顶层才是土和泥巴。略为不同的是，这里的屋顶几乎全是平的，不像东部农业区的房顶那样设有坡度。

藏式小碉楼的一般布局是一楼全是库房，或者堆放柴火、牛粪、鞍具等日常用品，或者圈养一些瘦弱的、不能上山吃草的牛羊。二楼是人住的地方，没有太严谨或一致的格局，因家庭条件的不同，各家的内部陈设、家具等差距比较大。穷一些的人家，常常就是几件简单的生活用具。富裕的人家，内部的装饰很豪华，有点过去的公馆的味道——仿古床铺、组合家具的木质都比较坚硬厚实，其工艺、雕刻具有非常浓郁的民族气息。除了生活房间之外，更为富裕的人家大多还设有经堂，供着佛爷，点着酥油灯，延续着他们祖先的信仰。

藏式小碉楼除了石木结构的，也有其他结构的。有的还吸收了汉式建筑和其他民族建筑的长处。就说以大木头撑起框架，然后填以木板或栅栏做墙壁的，有点像撒拉族的篱笆楼，考虑了通风问题，因而被人称作会呼吸的房屋。

比较遗憾的是，我没有在此住上一夜，更多地欣赏这些化石般珍贵的碉楼，体验一番与自然和历史那么贴近的生活。

二、 帐篷一夜

我和果洛藏族自治州扶贫开发局的梅局长本来是要住在巴比家的。可巴比家的帐篷并不宽敞。他们家已经住了两个人，再没有多余的被褥了，我俩被巴比家前来帮忙的小伙子摸黑送到陈德家去住。半路上，几只藏獒箭一样射来，吠叫声挡住了我们的去路。那小伙子弯腰捡起石头，连骂带打地驱走了这几条有备而来的藏獒。快走到帐篷门前时，陈德慢悠悠地迎了出来。

一盏煤油灯点亮了漆黑的帐篷。我发现，陈德的妻子已经蜷躺在铁炉左边的草地上，即将入睡。右边门口的木床上睡着的互助老乡（白天我们已经认识），也睡眼惺忪地看着我们。陈德的妻子一声不吭，一动不动。陈德则站在火炉边问："喝不喝茶？"我们说不喝了吧。他不客套，便忙着给我们准备铺盖。

这铺盖实在简单极了：他从妻子身下抽出一张羊皮，与已有的一张并在一起，就算是褥子了。因为被子太破旧，他就另给了一床毛毯。我俩把毛毯垫在下面，被子盖在上面。刚睡下，帐篷外边就开始下雨。雨点打在天窗的塑料布上，这噼噼啪啪的声音响得很夸张，不时有雨点从帐篷的缝隙里钻进来落在脸上。

我说："有雨点落下来了，咋办?"陈德说："别怕，我这帐篷不漏雨。"说话时还带有几分自信与自豪。梅局长则说："牛毛帐篷刚下雨时漏进几丝雨星不要紧，雨越下，毛线就越紧，这帐篷就变得越密实。天越晴，这帐篷的缝儿越大，透进来的风越多。帐篷的好就好在这里——它是随气候而变化的住所，这是任何房屋都比不上的天然优势。在夏天，住惯了帐篷的人还真不愿意住房子。密不透风是房子的长处，但是，再好的房子也没有在帐篷里的惬意。在达日县城周围的那一顶顶星罗棋布的帐篷形成的街市，简直就是达日草原的一景。知道的人明白，那些都是夏天的别墅。住在帐篷里，身心自由、精神舒畅、天人合一，其舒适是外人难以感知的。"

听着梅局长平静的讲述，我回忆起自己淘金时住帐篷的那一段岁月。当时，由于过度劳累，我头挨枕头便睡个半死，等到第二天早上起床时仍哈欠不断，头重脚轻，从没体验过帐篷对于生命、对于精神的别样的调节。

现在想来，要不是帐篷，要不是这种生活方式，一帮挥汗如雨、久不洗澡的小伙子挤住在一起，那气味是不可想象的。淘金人一个个穿着雨靴，那长期捂着的脚一只只腥酸腐臭、气味难忍，再加上不同汗液蒸发出来的体味，混合在屋子里，那恶臭是任谁也无法想象的。但那是一个特殊的环境，因为有了帐篷的透风透气的特点，我们与自然很快融为一体，这不仅宽容了自己，也宽容了别人，让我对腋臭也表现出了极大的宽容与谅解。

且不管这些，虽然同是帐篷，但今晚住的帐篷却与那时的不大一样，里边的格局和整体风格也迥然不同。淘金人的帐篷里是"一马平川"，摆一溜儿铺盖，各睡各的被子，里面没什么讲究。而牧民的帐篷里一个火炉（原来是土泥的，现在大多是铁制的）则分出两个世界，一边是主人的住处，另一边是客人的住处，主人和客人各有各的礼节，被不言而喻地严格遵守着。据说，客人和主人在这里绝对不能放屁。假如有客人不知道规矩而放了屁，牧民们什么都不说，第二天就要挪帐篷。因而，我们此时住在帐篷里的心境是截然不同的。

刚躺下来，正要睡觉时，梅局长告诉我，藏族人睡觉时缩脚蜷手，喜欢缩成一团。我想，这是居住环境使然。

想着这些，想着草原天宽地阔的苍茫，我觉得整个大地一时都变成了我的床榻，此刻，我贴近大地的脚可以任意向四极延伸，我靠近草地的头也可以任意向四极延伸，手和胳膊想怎么伸就怎么伸，就连呼吸也是无比的舒畅，有一种与草原溪流连通在一起的感觉。此时，要是不下雨，撩开天窗，看着繁星，听着狗叫声和溪流声入睡，那将有一番怎样的情趣?

带着无比美好的心情，我小心翼翼地裹着被子睡着了。但睡到半夜，我被冻醒了。尽管裹紧了被子，却再也睡不着，不由自主地靠近梅局长，想从他的身上借一丝温暖。我上身略感温暖，但贴着冰冷草地的一双脚此时早已变成了一团冰块。我就索性缩成一团，像个皮球，但还是睡不着。偏偏尿意来袭，难以自禁，我吸着冷气，走出帐篷。这时，几辆汽车开足大灯从不远处的公路上流星般驰过，几只狗吠叫着追了过去，吓得我出了一身冷汗。顾不得拉紧裤子，我就跌跌撞撞钻进帐篷，再次适应那冰凉草地上那一床与梅局长共享的简陋被窝。

凌晨五点钟，梅局长可能也被冻醒了，我就压低声音同他说话。我说："我对你关于睡姿的说法全理解了。这不同的睡姿不是来自血性，而是生活环境和地域一日日熏染出的。今晚，我就蜷缩着身子睡了大半夜。"他笑而不答。

六点钟，陈德的妻子就起床挤奶去了。我也钻出被窝，吸一口冷气，浑身颤抖着，走出帐篷。草原上看不到一家炊烟、一盏灯火，但每一家门口的牛群中都有蹲着挤奶的女人，在挤奶声沙沙沙此起彼伏的呼应里，草原云雀的叫声渐次多了起来，慢慢冲淡了草原的千古寂静。

等我再次回到帐篷时，陈德把炉火捅开了，炉子里，牛粪燃得很旺，牛粪烟四处缭绕，一派温馨安宁。牧民一天的生活就这样开始了，我在牧民家体验的夜晚也就这样结束了。

三、 赛来塘印象

赛来塘镇坐落在大山深处的玛柯河西岸，是班玛县的中心，班玛县政府的所在地。由于几千年河水的冲刷、开凿，这里的山谷低了再低，逐渐拉大了与山顶的距离，形成了一域相对湿润的小气候。这里，山青水绿，松柳成林，鸟鸣街市，一派安逸，整个城镇就像是一朵开放在大山深处的莲花。怪不得这里最好的宾馆叫作莲花宾馆。

赛来塘的街心有一座非常结实的佛塔，名四莲花塔，在藏族人的心里是很神圣的。班玛是藏族“三果洛”的发祥地，是佛教在东移过程中留下了很深印迹的一个地方。全县十个乡，有二十三座藏传佛教寺院。寺院教育在漫长而悠久的历史过程中不仅在这里传播了佛教文明，还铸造出了藏族人的世界观和灵魂。具有藏文化象征意义的莲花塔雕塑是这个县城最为鲜明的标志之一。以花为塔，以塔为花，花塔交融，这不仅凝聚了班玛几千年悠久的历史文明，也表明了班玛是这一隅草原在向现代文明迈进中的一座里程碑。

莲花塔周围是一个个铺面，可见，现代商业文明早就无孔不入地渗透到了这里的每一个角落。尤其是塔北的莲花市场，它几乎汇聚了班玛商业的方方面面。除了各种日用品，这里交易得更多的是畜产品和当地特产：牛毛、牛绒、羊毛、羊绒以及各种中药材。这儿一摊，那儿一堆，令人目不暇接。最使我不能忘怀的是，这里四季都能买到鲜肉、鲜菜。我知道在悠久漫长的历史长河中，藏族人是不愿意将自养的牛羊卖给商贩的，他们不忍心别人将自己养育了多年的牛羊变成商品。所以，在过去，满地是牛羊的草原上牛羊肉却一直比城市里的更为昂贵。

加上班玛过去是四川、甘肃、青海的交界地带，处于长久封闭的状态，与外界处于“老死不相往来”的态势，别说是四季有鲜菜，就是在夏天吃蔬菜的人也并不很多。然而，在今天，却大不一样了，大城市里有的蔬菜，这里基本上都有，班玛还辟出了近万亩土地建大棚，培植出了大片蔬菜，这一下子改变了牧民的饮食习惯。

沿莲花市场走过去，是玛柯河，河岸公路边的树上拴着一匹匹马，一头头牛。牛马背上的鞍具都没有被解下。马背上是牧民，牛背上是日用的东西。他们骑马赶着驮牛来到县城，又骑马赶着满载物品的牛回家。看样子，他们一个个都是匆匆经过班玛的散客。

在这里，还有一种进城的客人，就不像他们那么匆忙。他们进城就好像是旅行、迁徙一样，备足了简单的行李和驮行的牛马，扎下帐篷要在县城郊外的柳林里住上一天两天，或者更长的时间。他们进城没有住宾馆的习惯，总把一顶顶白帐篷扎在柳林里，还要放飞炊烟，就像在自己的牧地一样。帐篷外是他们的驮牛和马匹，在这里扎营休息一两天。他们呢，放心地进县城逛街，精挑细选着自己需要的东西，何曾有过过客急匆匆般的脚步？大多数时候，他们就用石头和草皮支起带来的铜锅烧茶做饭，用山羊皮做成的火筒悠闲地、一下一下地鼓风吹火。到了晚上，他们每每呼朋唤友，喝酒唱歌，忘了时间。其悠闲之态，如同修行。经了解，他们之中有的是家远的牧民，来县上买东西，不住一两宿就回不了家；有的是逐水草搬迁路过县城的牧民，舍不得急匆匆离开县城，这就索性卸驮住上几天，算是休整；还有的是怀着纯粹的旅游目的就这样来到县城郊外放浪自己的。牧民嘛，他们的生活节奏没有我们的那么紧。

四、　狮龙宫殿纪行

有一天西行，我发现，在达日县城西十五六公里处，人影密集，帐篷密布，车涌马驰，一派热闹景象，这便停车流连。

据说，这里是狮龙宫殿所在地。狮龙宫殿里边珍藏着藏族英雄格萨尔王征战的一应武器，今天当地著名的丹贝尼玛活佛将在这里主持召开一个法会，以纪念格萨尔王光荣的历史。于是四方僧众和八方信仰者不辞遥远，马蹄声阵阵，纷纷赶到了这里。

我们的车子也加入车流人群中，左拐右弯，跨过一条小溪，上了一个缓坡。据说，这是格萨尔王曾经点将的平台，我们在这里将要看到的不仅仅是狮龙宫殿，还有另一位活佛更桑坚赞捐赠两百万元修建的一所小学。

格萨尔王是藏族传唱了千年的英雄，他的悍勇，他的雄奇，他的辉煌如日月一样久远地影响和塑造着一代代藏族儿女。在这里，只要与格萨尔王沾边，每一片草原都是吉祥而圣洁的，都会唤起藏族人无尽的英雄崇拜情结。作为格萨尔王足迹所到之处，我们今天来到的草原一角，每每让更桑坚赞活佛热血沸腾，不胜向往。在寺院生活的日日夜夜里，他多少次听到了格萨尔王威震四海的呼唤，多少次感受到了英雄的子民们在岁月长河中的落寞与马蹄阵阵。于是，他以一腔热血读历史、读英雄、读时代，这中间几多兴奋、几多痛苦。由此，他许下一个坚强的心愿：要花自己平生的积累，修建一所小学，专招贫困儿童，还给他们一片蓝天，帮助他们飞翔。

在偌大的草原上选校址时，他就选定在狮龙宫殿的旁边。历史和今天，交相辉映，征战声和读书声，声声入耳。31 岁的活佛更桑坚赞就这样连通了历史和今天，为我们在果洛草原上营造出了一隅诗歌的境界，奉献出了一个诗歌的意象。

走进校园，三十多个小孩夹道欢迎我们，齐声祝愿“扎西德勒”。活佛和校长还为我们献上了金色的哈达。在一间不大的会议室里，活佛和校长分别接受了我们的采访。让我难忘的是，活佛为人低调，没有竭尽渲染之功。或许，他的修炼已达到了顺其自然、不为外物所扰的境界。媒体、采访，对他来说早就可有可无。他之所以热情接待我们，原因全在于我们是客人，我们远道而来。

我们在校园里拍摄学生们的活动时，我发现活佛坐在草地上，坐在孩子们中间，他们相处得那么融洽，暖意融融，看不出有丝毫的隔膜。据说，活佛每年要花十八万元管孩子们的生活，但他不言半分。接受和施与，这只是一种形式，财尽其用才是最关键的，因而，商业社会里我们惯见的那些交易以及交易中形成的那些形形色色的关系在这里是一点儿也看不到的。置身在这样的环境里，我的内心也是一派宁静。

走出校门，狮龙宫殿门口的古装藏戏演得正酣。被帐篷和人群围得严严实实的草地上，三十多名阿卡（僧人）扮成古代英雄，踏着鼓点，在悠扬而抒情的古典旋律中，击节而舞。每一步雄阔的舞姿，加上佩满全身的古代武器，我们仿佛看到了格萨尔王昔日驰骋沙场的雄姿。

据说，丹贝尼玛活佛曾有一个强烈的心愿：要在格萨尔王歇脚点将的平台上修一座狮龙宫殿，重现英雄昨日的风采，以此凝聚人心。这心愿至今终于了却了。文物图书室、讲经室早已竣工，前两天，上海的弟子们运来了八十位大将的铜像，召开了法会。法会的内容很多，煨桑、讲经、演藏戏、赛马等，我们不能一一亲历，这多多少少是我们此行的遗憾。

我在人群中发现了几个没有被高原紫外线灼黑晒红的观众，就走过去聊了起来。由于没有语言障碍，我们聊得很投机。她们说，她们来自全国各地，有上海的，有天津的，有北京的，有深圳的。出于对英雄格萨尔王的崇拜和对佛教的虔心，她们不远万里，来此团聚，一切都是缘分。在来自深圳的王女士的介绍下，我们得以与丹贝尼玛活佛相见、握手、合影，同时，参观了文物图书室讲经室八十大将塑像。王女士是在深圳开公司的，她说：“《格萨尔王传》是与《荷马史诗》齐名的文学经典，而我们的宣传、我们的弘扬却落后了。作为一个中国人，我们有义不容辞的责任，宣传中华民族的优秀文化。宣传在这里不仅限于媒体，明后天的赛马会将再现昔日的武士风采，只可惜知道的人还是太有限了。”

走出狮龙宫殿大门，人群在草原上四处熙熙攘攘，几百顶帐篷门口早就炊烟四起，歌声阵阵。在马蹄嗒嗒、汽笛声声中我们原路返回。

想来，我们无缘见识的赛马会一定非常精彩。

五、　吉迈扶贫联社

看到吉迈的扶贫联社，我就想到居住在每一座寺院周围的那些穷人。这些人在藏话里叫作“塔瓦”，意即居住在边缘的人。他们投靠寺院的唯一好处，就是能够得到寺内外的施舍，从而能够渡过生活的难关。据说，这个传统已经很久远了，几乎与宗教同源同流同在。因此，我就想：吉迈成立扶贫联社的灵感是否与此有关？

——不得而知。但我认为这确实是一个很好的创意。据达日县扶贫办的同志介绍，成立扶贫联社，将全乡最贫困的人组织在一起，帮助他们摆脱贫困，以小集体的形式共同劳动，按劳分配，相互帮助，这在全青海省是独一无二的一种帮扶形式。那么，这种形式是怎么运作的呢？我们的采访车就这样带着问题来到了这个联社。

我发现，在离县城一公里的吉迈河畔的缓坡草地上，星罗棋布地扎着十八顶大小不一的帐篷。据说这里住着十九户人家，其中，刚迪和另外一家共住一顶帐篷，他们是贫困户中的贫困户，那烂边的牛毛帐篷在岁月风霜的啃噬下几乎要坍塌了。一家的主人三进医院，是活是死还难预料，八方债务拖得家人早就喘不过气来了；另一家则是个妇女户，老的老，小的小，就是给她四双手都没有能力改变自己的命运，那就只好捡些牛粪换几个钱在此买粮度日。听着这个难以避风遮雨的帐篷里的两家人的命运，看着那顶在岁月侵蚀中即将退役的黑色牛毛帐篷，我似乎是在看一只垂死挣扎的蜘蛛。

面对这样的赤贫，这样的弱不禁风，那些来自方方面面的救助就显得有点杯水车薪了。好在现在他们离县城很近，总有人不时看见他们，他们也还能活下来。假使依旧身处深山老林，那他们面临的凄惨境遇就不堪设想了。

除了这两家，其余的十七户人家还多少有点物质基础，有些人家还有缝纫机、带拖斗的三轮摩托车等家什。缝纫机除了自家缝补衣服，还多多少少可以挣点钱。带拖斗的三轮摩托车大都在县城出租，挣钱的机会相对更多。牧民们试着改变固有的生存方式，这路还真是开了一点缝隙，透出了些许光亮。一线希望就这样带出一片天空，在这些人的带动下，其他牧民也纷纷走进县城，开始当小工、打临工，尝试着改变生存模式。想不到，眼界由此得以拓展。这使他们惊喜地发现，除了草山和牲畜，人还可以靠其他能力和途径坦然地活着。

我们了解到，联社并没有更多地给他们提供具体的生活物资，而是让他们先看看别样的生活方式，让观念有个转变。想不到的是，观念竟在这里悄悄地发生了就连他们自己都感到吃惊的变化。人，只要善用大脑和双手，就可以改变自己的生活。联社就是让人知道，人是有潜能的。联社的最终目的就是让这些穷人的翅膀一天天变硬，最终让他们再次飞向草原。

我们离开联社时，天快黑了，一个老太太正在和小孩子们收拾帐篷前晒干的牛粪。拴在绳子上的几头小牛犊一直在抬头仰望山坡，大概它们的母亲们也快回来了。这草原牧归的生活还真透出了几分温馨与古朴。

在回来的路上，我想，有了这样的一番生活感受和集体成长，回到原先的家乡后，他们还会习惯吗？这样的场景，在学者们的理想版图中曾经被描摹过吗？离开了吉迈，我仍每每想着这里的生活，以及这些人。

六、 吉迈印象

黄河从县城流过，涛声依旧。紫外线强烈的夏日阳光下，吉迈大街一片杂乱：主街上统一规划的二层小楼将在十月完工，目前正是施工季，钢筋和混凝土等建材堆得到处都是。据说，达日县要将这个总共只有七八千人口的小镇创建成一个全县最具活力的商业码头，他们这是已经迈出了探寻别样出路的第一步。

曾经，吉迈在果洛州是数一数二的繁荣乡镇。达日县八十万头（只）牲畜的存栏数一度在全省都很有名。可是，这儿的草场却承载不了这么多牲畜，在向“百万头（只）奋斗”的过程中，草场一度受到了大自然最无情的报复：全县黑土滩面积不断扩张、连片，鼠害严重。加上风沙、雪灾的不时袭击，全县经济空前凋敝，大自然为他们敲响了警钟。直到今天，虽然黑土滩恢复植被的速度就像云影移动一样快，但其发展牧业的空间依旧没有得到有效的拓展。于是，他们想借着商业的翅膀寻求腾飞，因此引来了全国的客商以及这从未有过的开发潮。

在采访中，我们了解到，吉迈的客商队伍很杂，来自全国各地。其中，甘肃和四川的客商最多。四川人大都集中在黄河西路，凭着同是藏族的优势，他们的日用百货和茯茶、烟、酒的生意一直做得很火。因此，当地人将黄河西路叫作阿坝一条街。在甘肃和本地人中，回族人的比例很大。他们或开饭馆或摆摊卖小吃，将自己另类的茶饭手艺带到了这吃惯了青稞糌粑的牧区。与此同时，回族人还做皮毛等畜产品生意，一直是茶马古道这一段路上的一支劲旅。

吉迈镇上虽然处处有汽车，也有不少用于出租的三轮摩托车，但他们并不能给人们留下深刻的印象。倒是拴在街心电线杆上，备了鞍具的那一匹匹走马成为这里独有的风景，令人难忘。

每天一大早，太阳刚刚出山，我们就可以看见牧民们身着藏服牵着马在大街上徜徉的情景。直至黄昏，依旧有牧人牵马徐行，成为大街一景。这些马大多是经过牧民们严格挑选的，其体形、毛色、膘情都是可圈可点的。大多数时候，他们都是各骑各的马，不说一言，像大山一样沉默。但在他们心目中，这好马都是有标准的：从外形上说，鼻孔大、前胸开阔、蹄形端正等特点是不可缺少的；从走势上说，疾步如飞、身轻如燕、背平如水是基本素质；从毛色上看，黑如漆、白如云、红似火的马最受欢迎。走马是牧民们的第二张脸面，更是草原男子汉的装饰与风度，他们爱马胜过爱自己的生命。因而，不论是牵着在街头漫步的马，还是拴在街心电线杆上的马，每一匹都打扮得很考究，也很有个性。皮鞍，三蓝色褥垫等几乎是相同的，而马鬃、马尾的装饰则各展风姿、不一而足。

我还发现，吉迈大街上的太阳很毒，紫外线强烈得让人们不得不戴遮阳帽防晒，因此，人人都是戴着各种各样的帽子上街的，这也是吉迈一景，令人难忘。

七、 雪域别墅

我在这里所说的雪域别墅就是指建设乡干部们的帐篷群。它们扎在当地神山达尔曼刚山脚下。草地上，帐篷顶顶，宛如蘑菇，黑白夹杂，炊烟缭绕，一时把草山装点得别具神韵。

停车进帐，方知建设乡干部们不约而同，年年如此，夏季的几个月里，他们纷纷走出自己的房子，除了上班，就是在帐篷里休息吃饭、享受生活。大家群聚于此，又各自在自己的帐篷里休憩。寂寞了，他们呼朋引伴，走出帐篷，平坐于草地上，闲吹神聊，把酒临风，自由放浪。

这里还没电，由此没有现代音响和其他电器的喧嚷，这才使一隅草原保住了它天生的一份宁静。百灵在这里鸣啭，小溪在这里歌唱，牛羊在啃草。偶尔几声狗吠，打破了宁静。当主人探听到有陌生的脚步踏上这片草地时，他马上就会急匆匆走出帐篷，挡狗迎客。“德茂”不离口，“扎西德勒”少不了。话不需多，几句就让人感到了温暖。帐篷家从不拒绝来客，一碗奶茶，一杯酒，哪怕自己不喝，也乐于端给客人。

我们此行，最难忘的是汽车司机利群的一个朋友，她是乡政府干部中的一员，她在自己的帐篷里张罗着为我们一行十人做炒面、酸奶。晚上又亲自做饭给我们吃。一套帐篷家的得体礼仪，让我们全然放下了在城里做客的谨慎和提防。她所表现出来的坦诚和热情是久违了的，因而我们倍感温暖。最使我难忘的是她有一副好嗓子，唱了好几首藏族歌曲为我们助兴。其中的一曲透出了淡淡的哀伤，加上皎洁的月光，歌声为我们营造出一个诗意盎然的夜晚：

“在美丽的湖边，有一群雏鸭跟着自己的母亲，在尽情畅游。小鸭啊，我请求您别亲热自己的母亲，那样我会伤心落泪，因为，我也会想念我的母亲。”

听完歌曲，离开这里时，明月高悬中天，草原一派静寂，旷野里到处氤氤着神秘气息，溪水的涛声如同草原熟睡的鼻息，令人一下子感觉到了城里少有的平静。我说，有了这样的生活，人的幸福指数一下子就提高了。司机利群说："只要适应，每一种生活自有其无穷无尽的魅力，我们所看到的，只是这里生活的一星半点啊!"大山深处更多的人，在远离现代文明的生活中，同样过着充满了城市人永远无法想象的另一种幸福的生活。幸福的生活也不一定就是相同的。

回味着这一切，在回来的路上，我一直在思考：世界上有多少人能身处别墅而不为别墅所囚呢？雪域帐篷城的存在让我对别墅的概念多了几分思考。

儿歌里的青海

一、 河湟山魂图

鸦儿鸦儿一溜儿，
阳坡根里炒豆儿。
你一碗，
我一碗，
胀烂肚儿我不管。

这是流传在河湟乡村的一首朴素儿歌，歌声伴随着小孩们拉手而行、蹦蹦跳跳的简单舞姿。所以，每每听到这样的儿歌，我的头脑里就会浮现出青海孙家寨彩陶盆上那一组惊艳世人的舞蹈。踏歌而舞，念念有词，我不知道这是古老的宗教习俗，还是传统的日常生活，反正我们小时候总是不约而同拉起手唱着这一首儿歌度过难忘的闲暇时光。

我因此常说，童年就因为这一首儿歌的滋润而充满了无穷的诗意，也使我们这些没有丝毫读书传统的山里孩子在不知不觉中获得了一种诗歌的启蒙！

那是 20 世纪 70 年代初，我们那儿的乡村生活简化成了吃饭睡觉、干活休息。家家户户获取外部消息的唯一渠道，就是屋檐下那个有点张扬的有线广播。只要连接着地面的地线保持潮湿，它就会定时发声，播放一些隔着我们生活很远的消息。

但问题是，我们小孩子一句也听不懂它在说什么。这害得我们不像大人那么了解外面的世界。不过，我们却并没有因此感到丝毫的孤独。相反，在单一、封闭、贫穷的环境里，我们表现出了十足的活力。与我们那时候相比，如今的孩子们的活力则减了不止一半。那时，每天天不亮，陪大人吃完早饭，还不等他们出工，孩子们便先出门，在村巷里呼朋引伴，开始了自娱自乐。直至晚上太阳落山，大人们收工回家，燃起炊烟，我们尽管一身尘土，腹中空空，却还在村巷里叽叽喳喳个不停。这时，我们多像在山坡上聒噪不已的鸦群啊。

其实，这时山坡上的鸦已经入窝休息，村庄的热闹就靠着我们这一帮身着烂衣、饿着肚子的孩子了。但奇怪的是，我们越是吵嚷，村庄就越显寂静、孤独。这是为什么？至今想来，没了山坡上鸦群的鼓噪、翻飞，山里孩子们的欢声笑语就少了许多味道，这就像一首天籁少了几个重要的声部，整体上显得那么的不和谐。

那时，鸦群简直是我们村庄的灵魂。因为，一年四季，它们都生活在村庄外的田野里、山坡上，就像我们村庄的地平线，我们村庄的影子，我们眼中的风景，我们耳中的天籁。我们很少见它们三三两两觅食的身影，总见它们结群在山坡或山坳里上下翻飞吵吵嚷嚷的情景。这跟小孩子总是结伙在一起吵吵嚷嚷的情景有点相似。不过，它们所拥有的阵势和统一性是我们永远难以望其项背的。不，还不止此。儿歌一下子点醒了我们的感觉，触动了我们的生活，让我们在荒野里获得了难得的诗意。

因为我们看到的鸦群就像万能的万花筒，不断地在荒野里变换队形，呈现出了无穷的比笔墨还要丰富的线条。这些线条无论点横竖撇捺，还是圆弧抛物线，一直在流淌，看上去就像是在看一绺绺随风飘动的布条，或一个个衔接起来的舞动的胳膊。对于这么丰富的意象，只通过对主体“鸦儿”的重复和以民间口语“一溜儿”概括之，没有大手笔绝对做不到，没有对于这种情景的体验就无法感觉得到。

所以，当年，我的习作《鸦儿鸦儿一溜儿》出版之后，不断有人纠错，说应该是“雁儿雁儿一溜儿”，因为只有雁阵才是一排排比较规范的，也只有这样才比较切合语境，可我一直不争不辩，只一笑了之。我之所以采取这样的态度是因为我在对这首儿歌的诗意理解里贯通了对这种生活的经验和理解。

在我看来，儿歌之中最为传神的一句是“阳坡根里炒豆儿”，这简直是神来之笔。那些上上下下整体舞动的鸦群太像一锅不断翻炒着的黑色豆子了，它们不断被簸起和落下的情景，简直就是一个农妇在黑锅前蒙尘炒豆的既视感。

可是，这是一个我们看不到的大锅，看着这个情景，我常常目瞪口呆。不过，儿歌很俏皮地把我们从无边无际的遐想中唤回到童年生活的现场，“你一碗，我一碗，胀烂肚儿我不管”。饥饿中的孩子们，一时之间忘了想象和现实的边界，表达出了他们对于饱足的渴望。所以，我曾经开玩笑：这是我所接触到的最早的一首魔幻现实主义儿歌。

为了强调它所指的准确性，弥补在表达逻辑上的不严密，去年我在微信群里还做了这样的声明：我之所谓“鸦儿”只指河湟空荡荡的山野里成群活动着的那种白脖子寒鸦，其中不包括不时游飞村庄的红嘴鸦、乌鸦等其他鸦群。对此，大多数人可能不太在意、上心，也并没有做出过积极的回应。但让我欣喜的是，好几个身居山区的朋友却一下子心知肚明，他们说：“这种鸦的叫声里含着天年，辽远空阔预示着风调雨顺，急切暴躁则预示着某种不祥和干旱。”哦，原来还有此说？不知科学家们有何说法。但无论谁说，我不能忘记的还是这首儿歌所表达的意境以及儿歌声里的那么丰富多彩的乡村生活。

二、 高悬在心中的太阳

日头日头出来来，
我给你哈烙个油馍馍。
你吃着，我晒着。
阳洼旮旯里种菜着。
啥菜，韭菜，冰冷伴郎地滚开。

过日子，过日子，生活哪能没有日的陪伴和映照呢？一地阳光的纯度决定着一地生活的质量。所以，如今置办房地产，非常重要的参考指标之一就是阳光。因为阳光，东西朝向和南北朝向价值不等。南山脚下的房子和北山脚下的房子也有实际价值的差异，不同的楼层有不同的房价。这就预示着：人们越来越感到阳光的重要性了。

说到这个，一个老人曾给我讲过这样一个故事：旧社会，西宁，一个四合院里住着四户人家，每一家有各自不同的命运。最为凄惨的是南厢房一家，他们无论娶来多么健壮的媳妇，在这里，过上三五年无一例外都会患上腰腿病，为此，曾请过不少江湖医生，听了不少神秘传言，可情况依旧还是没有向好的趋势。直至新中国成立后一家兄弟各奔东西，离开了那个环境后，从此再没有腰腿病了。几十年过去，到了今天，他们的后人这才全然明白：原来，是南厢房一直不见阳光，其厕所更是一点儿也不通风，整个环境潮湿不堪，这使一直在家的女人们首当其冲地深受其害。男人们之所以幸免是因为白天都要出门奔波，一时摆脱了这个环境。

这道理以上儿歌早已总结，就看谁能吸取营养。

这首儿歌打上了浓浓的青海地方文化烙印，洋溢着典型的青海地理山川个性。众所周知，青海是三江源，湿地星罗棋布，再加上青海气流运转飞速，青海天气一日多变更是毫不奇怪。

这种现象，在青海湖周边和祁连山里表现得尤其突出。对此，我们早就不觉奇怪，但外人却感到不可思议。有一年，我带一名澳大利亚籍华人游走青海湖，早上从西宁出发时，万里无云万里晴，一路风景看得他如痴如醉，说一切都太难忘了。可就在我们吃个中午饭的工夫，刚察海滨即乌云滚滚，不见天日。回程不到哈尔盖小镇就已暴雨倾盆，到处浓云，不见前路。这可把他吓坏了。我们让司机在路边停车休息片刻。在车上，我们还没怎么说几句话，蓝天却像帘子从后边随风卷来，阳光如瀑布洒在我们的车身上，前路已见彩虹如练，直映草原。对于这一切变化，他后来来信感叹："能够见识唐诗里的青海长云，真是三生有幸；在一天之内，能够感受水洗的草原和万里无云的高原，这简直是梦幻。"

是的，这就是青海。阳光，长云，这是青海最为标志性的地理文化个性。受赐于大自然的这一恩泽，青海人自觉不自觉地那么喜欢阳光，做人也显得很阳光，并不遮遮掩掩。

最有意思的是，晒阳洼一度是青海人早已习惯了的休闲方式。过去，在农村或城市街道一角，老人们有事没事时就靠墙站成一溜，面对太阳，随性聊天，享受阳光沐浴。因为有此习惯，他们身体健康，想法简单，对于他人和自然从来怀着一份天然的敬重。青海人一旦没了太阳，心理节奏就会出现紊乱。这首儿歌里把太阳也当成了人的玩伴。正因为是玩伴，才乐于拿出油馍馍献上。油馍馍，在生活困难的时期，是孩子们心中另一枚高悬的太阳，不到节日，哪能易得？可是，为了太阳的一缕温暖，孩子们愿慷慨献出，可见孩子们多么渴望阳光。

阳光、种菜、休闲，一个都不能少，这就是我们的享受。我们的欢乐像韭菜，一茬茬从孩子们奶声奶气的童音中流淌到眼前。

三、 古今万物关系图

古今儿，
古今儿当当，
猫儿跳到缸上。
缸扒倒，水倒掉。

猫儿的尻子上两梢条。
猫儿跳到锅巷里烙馍馍。

烙下了三十三半个。
半个来？
狼抬了。
狼来？
上山了。
山来？
雪盖了。
雪来？
化水了。
水来？
和泥了。
泥来？
漫墙了。
墙来？
猪毁了。
猪来？
朱家爷爷打死了。

这是青海家喻户晓的一首儿歌，原以为现在的孩子们都不会唱了，谁承想，那年一经在青海电视台春节联欢晚会上传唱，就在那一段时间里，所有的青海人，包括大人小孩都沉浸在儿歌的旋律中兴奋得简直有点不能罢休了。甚至还勾起了远在海外的一些青海人的乡愁。

哦！原来这是母乳般的儿时记忆，是精神的胎记，它曾像阳光一样洒向每一个儿童的心，成为青海乡愁的重要一极。

儿歌从最常见的生活情景切入，把孩子们的视野从家里带出，一直带到了山里。山里的情景是孩子们非常熟悉的，或者说多是耳熟能详的山川动植物。就在追着它们玩的过程中，儿歌非常巧妙、含蓄地为我们道出了一个哲理：山里的一切最终都会回到家里，回到人身上；人与自然之间的关系再复杂，最终都是一体的。就这样解读着，我蓦然发现：一首哄孩子入睡、逗孩子们玩的儿歌已经达到了哲学的高度，勾勒出了一条具有青海地域个性的生态链，描绘出了一幅鲜明的河湟生活的和谐图谱。

先从一般家居生活谈起。河湟人家，一旦家有存粮，就会养猫捉鼠，养狗护院，猫猫狗狗，牛牛羊羊，朝夕相处，不离不弃。这使所有的家养动物自觉不自觉地总要犯淘气——牛顶房门，羊吃鸡食，猫上油缸，不一而足。因此，主人家就会抬手收拾，手中不离从树梢上折下的枝条。但这一收拾可了不得了，一旦出手，就会破坏原有的和谐。这猫不就把水缸、油缸扒倒了吗？好了，主人定会更加发怒。这时，这猫也像孩子们一样懂得立功赎罪，就跳到锅巷里干起女主人的事来。人物一体，物我两忘，感情就是如此不露痕迹。

但这样的生活情景是由什么更具体的内容构成的呢？儿歌就把狼引来了，猫儿惹下的祸端再大，都属于内部矛盾，可以原谅。而狼是侵入者，是敌人，我们可不允许它叼走哪怕是半个馍馍。于是，就追出去了，说不定手里还拿着一支猎枪或者一根铁棍，是可忍孰不可忍，情绪应当是很激烈的。但是，狼会像一座雕塑一样等在那里让我们下手吗？不可能，它进山了。山，有大有小，但再小的山，也不可能完全暴露在孩子们的视野里，更何况，山面临着随时被雪封的情况。就这样，一个个兔子般奔跑着的问题引着孩子们认识了山与雪、雪与水、水与土、土与泥、泥与墙、墙与猪之间的连锁关系。而这关系，不就是古今万物相关的一张含着逻辑的生活图谱？

这是一幅大千世界的因果图，也是《易经》等东方哲学在高原儿歌沃土里播下的一粒种子。

因着它的引导，我们曾度过快乐的童年，下雪的暗夜里，那一盏昏黄的油灯不止一次焕发出阵阵暖意，孤独无缘的乡村少年在饥肠辘辘中由此咀嚼出了思考和奔跑的双重快乐。

最为有意思的是，如今，我把这首儿歌教给了几个孙子，让他们从中感受儿歌的节奏，也让他们明白事物的相关性。就在这个过程中，我还发现，儿歌就叙述的节奏和视野的转换而言，是很好的写作体裁，其收放自如值得慢慢揣摩。

四、 叶笛声声马莲滩

马莲马莲响膛膛，
阿訇奶奶擀汤汤。
啥汤？
白面肉汤。
晾到后晌，
比她的肉香。

唔喂唔，
五味五，
无味无。

这是一首能够钓起味觉记忆、唤醒季节感受的儿歌。每每想起它，我就想起故乡田野里那些蓬蓬勃勃的马莲滩。马莲是一种常见植物，它生长在道路、荒野以及一般的山坡上，是一种耐踏、易活且极早开花的植物。于我而言，它是我们村庄里春天的最早的信使之一。故乡的春天总是那么姗姗来迟，直至清明时节才能看到脚底下的石缝或者阳面墙根里的一丝绿草芽。这时，如果偶尔在草丛里看到一朵两朵金黄的蒲公英，在河湟谷地，那绝对是令人眼前一亮的景致。就这样，一丝丝增绿，一朵朵添花，直至马莲花在田野里芬芳烂漫，把蓝汪汪天空的颜色一片片展现在我们眼前时，河湟大地的春天才算正式拉开序幕。

柳叶初绽，麦苗新绿，就连人的心境也是一片清新。这时候，最为享受的劳动就是拿着锄头走向田野，弯腰划开潮润润的土地。湿土含香，青苗含香，整个田野都是香喷喷的了。

何其美哉！就在这样的田野里，我曾牵着牛在塄坎上不止一次地看到伙伴们聚在马莲的周围吹叶笛的情景。如今想来，这样的娱乐还伴随着一种儿童独有的仪式感。在一丛丛蓬勃开放的马莲花前，孩子们，尤其是女孩们总会一脸专注地选择与自己气息相投的那一片马莲叶，然后对折重叠，双手揉捏着使其柔韧，并且唱起这首儿歌。声嘶力竭，或者柔情无限；性格不同，音量不一。儿歌止处，叶笛声声。因了这叶笛的催发，窝了一个冬天的女人们就会有感而发，低声唱起《花儿与少年》。

花儿里美不过青少年，穷光阴转眼间就让一个英俊的少年变成了老汉。

岁月已逝，童年不再。可是，儿歌里荡漾着的“通感”却一直在传唱。世世代代，让马莲也有了胸膛，而且有了响声，以此回应孩子们的关切，配合孩子们的吹奏。这是孩子们的想象，也是他们心情的自然流露。而这样的叶笛声却像阿訇奶奶擀下的面汤，这是一种非常有意思的通感。孔子听《韶》乐而三月不知肉味。河湟儿童的一曲马莲叶笛简直是一餐令人向往的美食。

这是一餐怎样的美食呢？

汤！

其实，还不只是汤。

在大通等地的语境里，汤是一切面食烩饭的总称。人们把手擀的寸寸面叫汤，把面片叫汤，把机器面叫长汤，就连饺子也被叫作汤。在河湟的通用话语体系中，“捏汤”意即包饺子。而在这个体系边缘的人们听来，很难理解，无任何常识常理在里面。

有一年，在贵南下乡住队，吃饭时房主让我多吃一碗饭，并随口说，在有些地方把饭叫作汤。我忙说，就是我们那儿。此事弄得人家很不好意思。我马上补充道，这没什么，习惯使然，听不顺也是习惯使然。为了淡化当时的尴尬，我还说，《红楼梦》中将吃早饭叫吃早茶，这是贵族人家的习惯，谁想得到，我们青海很多地方将粗茶淡饭也称为早茶。语言，无论使用范围大小，都有自己的一方领地，都有边界。

这样一种吃法、叫法的背后，似乎还有一种养生的至理在焉。在我的经验中，但凡说“汤”的面食都是下在汤里的，包括饺子，其实是面菜的另一种杂烩。“汤”之中少不了萝卜、洋芋、白菜等基础性蔬菜以及不同档次食材之“养”，不单单是饭。所以，这首儿歌觉得，它一经“晾到后晌”，就会有“比肉香”这样一种味道。

简单之中含着丰富的营养，丰富的营养均被一锅烩上，一碗端上，这是过去青海人的待客之道。如今，青海人在会宴、大餐之后，依旧念念不忘我们称为“汤”的一碗面。这一碗面，从来也少不了一壶陈醋、一碗油泼辣子、一撮盐的陪伴。酸辣咸淡，各随各性。面里乾坤，延及音乐。孩子们在儿歌中以此比喻他们手中的叶笛。听，田间犹闻叶笛声。“唔喂唔，五味五，无味无。”多有味道！

五、 家里来亲家

喜鹊喜鹊喳喳喳，
你的家里来亲家。
亲家亲家你坐下，
吃上个烟了再说话。

你的丫头扫地不扫地，
夹着条竹一溜屁。
你的丫头担水不担水，
站到巷道里了流瓜嘴。
你的丫头揉面不揉面，
坐在案板上揉尻蛋。
你的丫头洗锅不洗锅，
坐在锅头上洗净脚。

青海儿歌，就我所知，鸽子、麻雀、老鸦、猫老鹰都是言说取譬的对象，而且寥寥几句，就会无痕攀升，仿佛长着翅膀，很快就会把我们的注意力带到云端。

而这一首儿歌的不同之处却在于一反常态，三言两语即把我们的视野从树梢带到了家常，在喜庆的背后给我们泼了一头水，让我们喜悦的心情从此蒙上了一层浅灰，也让我们感受到了平常生活中防不胜防的一缕淡淡的哀愁。

可以说，这是生活的常课。我们的生活时时有喜庆，两家结亲更是喜上加喜。想让这样的喜庆绵延不绝，具有恒常性，就免不了亲戚之间随时走动。有亲自远方来，不亦乐乎！让亲家坐下来吃个烟、喝个水，并用好茶好饭招待之，这是河湟地区少不了的礼节。可是，在这尊荣的背后，也时时潜藏着危机与耻辱。这不？娘家遭到了女儿婆家一顿连珠炮似的羞辱。这是蓄谋已久的一战，抑或一场防不胜防的风波？

喜庆就这样出现了拐点。对方拿女儿扫地、担水、揉面、洗锅等四个方面的不规范奚落亲家，让亲家无地自容。这在今天看来，皆属无足轻重的小事，完全可以原谅或者忽略。但在旧社会里这是最没有教养的表现，是完全可以端上桌面的大话题。那么，我们不禁要问：是哪个亲家遭此奚落而下不了台呢？

几乎没有这样的人家，却有不少有这种心理的人！

这是生活的必然，也是常见的现象。儒家文明和传统礼教中的许多礼节在青海人的心目中根深叶茂，在许多人的观念里，洒扫庭除、担水做饭是女人的天职、本分和生活的主场，借此肯定和衡量一个女人的价值。

因此，这首儿歌是在“打疫苗”，借此实现对所有女孩的教育：出嫁后，做家务一定要专注，不能三心二意、坏了规矩。

正话反说。

大人的话借孩子的口说出来了。

将严肃的话题以戏谑的方式说出来。

青海人自有青海人的说话方式和习惯逻辑。不知君见否？青海人在孩子结婚的几天里，不断地以各种搞笑的方式，捉弄公公婆婆以及其他长辈，冠之以“结婚三天没大小”，实现各种关于辈分以及规矩的警告。在别人看来的这一系列甚至有点野蛮的作为背后，延续着有点反讽意味的地方教化模式。

这是青海特色。最落后的言说中是否包含着最前沿的修辞手法？

在品鉴着这首儿歌的时候，我常常这样发问，并觉得儿歌道出了生活的某种辩证法。

六、 河湟《九九歌》

一九二九，
闭门洗手。
三九三，
雀儿肥成油蛋蛋。
四九四，
冻了个没狼藉。
瞎五九，

冻死狗。

六九七九，

净肚娃娃拍手。

八九的猫老鹰满天旋。

九九再一九，

拉铧牛儿满地走。

《九九歌》，北方各地都在传唱，内容大同小异。但细细揣测，我们就会发现其中的地理细节，甚至精神脉动。

作为电视人，最难忘 1999 年央视等推出的大型电视文艺纪录片《新中国》的开头。这是一首蕴含着河北西柏坡地理信息和时代信息的儿歌："一九二九，不出手。三九四九，冰上走。五九六九，河边看柳。七九河开，八九雁又来。九九加一九，牛儿满地走。"伴随着这首儿歌的画面是滹沱河及周边风物。这一切都是 1949 年历史巨变的序幕拉开之前的自然气象，本身就没有太多象征意义，但一经这首儿歌的渲染，其历史意象就非同小可了。我认为，在我的从业生涯中，这是一块防不胜防的砖头，一下子敲醒了我一己一时的懵懂：如何让死板的叙述找到富于生机的细节，并以此四两拨千斤，这的确是一个典范。与此同时，我从这首儿歌里了解到了西柏坡一带的自然天象，并开始了其与河湟天象与人文的比较。

不比不知道，一比吓一跳。原来，一首河湟《九九歌》不仅包含着这里的地理，也包含着非常深刻的人文气息。在我看来，河湟《九九歌》首先透露出的是青海人价值观的冰山一角。只一个描述五九严寒的"瞎"就可以看出青海人情感深处的厚道与温情。我发现，在河湟各地，越是年龄大的人，评价一个人时越是很少用"坏"字，而用"瞎"字，比如河湟的一个俗语，"瞎人洒水，滑倒好人"。这里的人说一个人的脾气不好时，常常也是一个瞎字，从不说坏。那么，坏和瞎有什么不同？就此我曾跟很多人探讨过。大家比较一致的看法是：坏字斩钉截铁，不留退路，在价值判断上有一棍子打死的决绝；而瞎却给坏留了一条进步、改正的阶梯，其中暗含着宽容，意即一个人表现出来的错误是因为他价值观的不明朗，是非本性的，有点“性本善”的意味。

因此，我常开玩笑，青海只有“瞎人”，没有“坏人”。一字之差，人各有别，青海人看人的价值坐标是不同于别处的。这是多厉害的智慧，多宽广的胸怀！还不止此，就连评判一个寒冷的季节时，也不忍使用不带温度的词，就索性将其拟人化了——瞎！说明五九的严寒也非本性。

另外，这首儿歌还蕴含着河湟用词的习惯。青海话有很多特点，在此不赘述。但让我钦佩的是，青海话在用词上有非常明显的两个特点：一是对于古汉语词汇的沿用和吸收已经到了出神入化的程度，比如“抵岸”（表示时间快到了），“了乱”（从没有眉目之中整理出眉目，意指事情很快做成）；二是惯于很传神地描述生活中的各种事物，比如“净肚”“净脚”“净板炕”等，以一个“净”字说明一丝不挂，还通过加“儿”表示亲切或者“小”的意思。

这些词在不同的语境里有不同的意思。就说这首儿歌里的用词，“闭门”“狼藉”等是从古汉语里头化用的。“雀儿”“牛儿”“净肚”等是其他人都能听懂的青海话。

关于“雀儿肥成油蛋蛋”，有朋友问我是否有点唐突。我回答：“微妙在词外。”因为，一进入九九天，随着大自然的封闭，青海人就彻底闲下来了，但人心闲不下来。于是人们就想各种办法放逐自己，这就盯上了梁头上的麻雀。据说，三九里麻雀最是大补，也最肥，麻雀就这么被惦念上了。这是三九里的闲适，也是三九里的民俗。我小时候就见过很多人这么做。

写到这里，我才明白，为什么曾经在湟源度过童年的美国传教士的儿子柏大卫离开青海后借着几首儿歌保存了青海记忆和青海话。

原来，儿歌里还有一种我们一时说不清楚的精神血脉。

七、 城乡差别里的自我感觉

韭菜韭芽儿，
乡里人没钱儿。
韭菜长成了蒿子，
乡里人还没吃个包子。
韭菜老韭菜，
乡里人拿着个破口袋。

城里娃，
没见啥。
见了个猪尾巴，
喊阿大。
见了个羊粪蛋，
喊阿妈。
见了个黑老鸹，
跟着叫哇哇。

这两首儿歌让我想起小时候我们在北川河沿岸玩水时的情景。最难忘，我们与南岸孩子们的对骂。骂词随性粗野，骂声总想盖过涛声。如今想来，无论南岸还是北岸，孩子们觉得只有自己站着的地方是世界的中心，所有的优越感总在自己身边流淌，如同身边的江河。

或许，这就是流淌在人性深处的另一条江河，它早就在我们的血液之中咆哮，大人一样绕不过它的波峰浪谷。

先说说城里人的优越。以前我们村来了几家城里人。他们虽流落他乡，生活一下子跌入了低谷，但他们有着先天的优越感，就是旧衣服，也总比乡里人穿得整洁。就因为这，说话做事，他们总是怀着对乡里人的不屑。这样的不屑，一开始表现在其神情上，紧接着就表现在其言行中了。

与此同时，乡里人在骨子里是一点儿也看不起他们的，总觉得他们说话做事一无是处，尤其是在具体的农事上，一个个简直肩不能扛手不能提。于是，摩擦自然是免不了的。乡里人总拿最重、最棘手的农活让城里人难堪，而城里人总以“宁做城里的狗，不做乡下的人”等话气乡里人。当时，大家虽然在一个生产队里干活，过着差别不大的日子，但心里却有着一座比山还高的壁垒。

大人之间的相互看不起就这样自然而然地传播到了孩子的世界里，我们在田野里玩耍或在放学回家的路上就与互相看不起的孩子们干上了。先是相互谩骂，接着是动手动脚。当时，以上两首儿歌简直就是我们手中的石块，就像谁递到我们手中一样，顾不得思考，我们就会开口骂过去。这种骂，很痛快，我们简直找到了最为耀眼的一颗星，一下子照亮了我们的世界。云开雾散，和解来临之后，我们则常常拿这些儿歌相互取笑。

乡里孩子的版本是：城里人拿韭菜说事刺激乡里人的当儿，一个赶着毛驴进城的乡下老汉买了一抱韭菜当草放到驴嘴下，驴嗅了嗅不吃，乡下老汉就打起驴来，并一箭双雕地骂驴：城里人都当成宝贝了，你还吃都不吃！而城里孩子的版本是：乡里人进城买了一大包冰棍，以此炫耀自己有钱，谁想背到家里后却只剩半提包木头做的冰棍把子！

走出小小的乡村世界，我才发现：人们的相互攻击与取笑，从来不会止息。同样是乡村，不仅河谷地区与山区的人们相互看不起，就是同样的山区，阴山和南山之间隔着的也远不止一条沟壑。在城市之间，一线城市和三线城市之间的差别不止街道、交通，人的思维和幸福感也是各有不同的。就是在西宁，城东和城西的人们在价值取向和个性追求上都有小小的不同，相互之间的看不起和取笑不仅渗进了骨子，也表现在俗语之中。比如：吃在东区，住在西区，玩在中区，不乡不城的城南新区。

每每想到此，我常常一下子释然了：原来，走出自我中心之后的世界另有一番模样，我们一时一隅的不理解永远只是一首一厢情愿的儿歌。

是的，儿歌。我从来认为儿歌也是一种天意。

八、　叽叽喳喳的童年

咕嘟咕，
一年抱着十二窝。
死一窝，活一窝。
谁说我的儿女多。

翻番翻油饼，
麻雀儿抬的是红头绳。
你掸胭脂我搽粉，
天上价跌下个油骨嘟，
我俩啃！

鸹老哇呱，
下坟摊里下。

猫老鹰猫老鹰旋旋旋，
灶火里炖着的砂罐罐，
身上披着的破沙毡，
脚上穿着的鞋曲连，
说着的全是没边边。

四首儿歌，四种鸟；五首儿歌，五种鸟。在乡村孩子的世界里，每一种鸟儿就会对应一首或者几首儿歌。正是这些儿歌帮着乡村的孩子认识了那么多的鸟，并拓展了自己的视野，早早地识了身边的动物世界，并在脑中形成了比较丰满的诗歌意象。与此相比，刚刚断奶就会背“白日依山尽”的孩子们则缺少这丰满而飞翔着的一翼。

为什么？因为任何知识都是建立在现实的基础之上的，没有生活根基的知识、游离于生活的知识和来自生活的知识总是有差距的。一个没有看到过荒野日落景象的孩子永远难以体会“白日依山尽”的意境。所以，中国古人将“万卷书”与“万里路”匹配，指出了一个人在成长之中不可缺少的两翼。

回顾当前，在中国知识界，最为出类拔萃的顶尖人才几乎都曾是知青。为什么是他们？就因为他们在书本知识储备和现实实践层面已经形成了最为理想的知识结构。他们赶上的正是中国文人几千年所向往的一种道路。

正是因为有了这样的认识，我很庆幸自己小小年纪即通过儿歌认识和熟知了很多鸟。

那时，麻雀筑巢于黄泥小屋的椽缝，鸽子抬窝在梁头，我们简直像是一家人，朝夕都在一处。鸽子的机警，麻雀的顽皮，这些特点我们几乎可以对应到某些小伙伴的身上。我们懵懂地觉得，我们的天性和情感也跟它们的息息相通。

在我看来，说鸽子的那首儿歌，忧郁的旋律，就是我们那个时代里孩子们共同的命运。那时家家多孩子，但去世的孩子也总是很多的。好端端的玩伴，忽然间拉个肚子，得个感冒，说没就没了，好像活得很脆弱，这使许多家庭沉浸在阴郁的氛围之中，有点忧伤。为此，我们听这首关于鸽子的儿歌就有一种听一个丧子母亲心声的感觉。

麻雀那首歌简直就是乡村孩子们心中的歌，那时我们的顽皮一点不逊于麻雀的，上房揭瓦，穿梭于庄稼蓬蒿之间，总怀着“天上有路也想上”的俏皮。于是，我们一旦拉起手，玩起游戏，心中就是一片阳光、一缕微风，想把自己打扮得漂漂亮亮，尽享天上掉下的“油骨嘟”。那种无忧无虑，是孩子们的，也是麻雀的。在这首儿歌中，我们还可以体验到庄子梦蝶的意境。游戏着、想象着，借着麻雀的翅膀把自己送上云端，这是多么幸福的童年，多有滋味的儿歌!

童言无忌。面对生死，我们就把它与乌鸦联系在一起。这是中国文化纵深处的一道肌理，它同样出现在河湟乡村孩子们的嫩舌上。有意思的是，它很短，大人们也不让我们纵情吟咏，这是懂得分寸。

与之相比，我们见猫老鹰唱起的儿歌则简直就是自嘲，或者说体现的是农家生活的寒碜。砂罐罐，是质量最差的煮茶炊具。破沙毡，最为原始的劣质毡衣。鞋曲连，失去了支撑和样子的鞋。在贫寒的极境中的人说起话来也是没有边边，即毫不靠谱的。而面对这样的一个人，猫老鹰你在天空中旋来旋去，这不是有一些荒诞吗？猫老鹰，在青海的语境里有贪婪之意。我们跺着脚，看着那个黑色的影子，常常一乐就是好半天。那时，是在骂，但今天想来，我觉得这首儿歌自有一种黑色幽默的成分。

谁说儿歌缺乏艺术性？

九、 伴着念想的亲情与调侃

磨儿磨儿别晕倒，
阿舅打给的花切刀。
花切刀老了，
阿舅吓着跑了。

石板石板开门来，
阿娘坐着花鞋来。
花鞋烂了，
阿娘哈气着笑了。

蛋儿蛋儿光光，
里面坐的娘娘。
娘娘放屁了，
蛋儿着气了。

打箩箩，
喂面面。
阿舅来了散饭饭。
啥饭？
蕨麻米饭，
阿舅吃了喜欢。
啥菜？
韭菜，
阿舅吃了成口袋。

儿歌有时是话语的边界，儿歌里最能见出一地的人们精神的世界。要是没有大人的默认或者引领，所有的儿歌都会是沙漠里的河，无法流远。所以，我始终认为，儿歌是大人和小孩共同的领地，没有明确的边界，因为任何大人都是由小孩一天天变大、变老的。人老之后，即使忘记了所有的过去，也忘不了他小时候得以启蒙的儿歌。正因如此，一地儿歌就像血脉一样源源不断地流淌，进而成为一地标志性的民间文化和最具沟通性的共同语言。

记忆尤深的是，小时候，我拽着奶奶的衣角走亲戚时的无聊。常见的情况是，她说的话，我不感兴趣；我问的问题，她觉得烦。这时，最让我们都不觉得累的就是儿歌。她随性地吟咏，我则觉得这是升起在我们前方的太阳，一下照亮了我的胸膛，脚步也由此变轻。

无独有偶，我母亲在哄我的几个孩子时，无论是陪他们游戏，还是哄睡，也是一天都没有离开过儿歌的。不过，那时我并没有留意其中的内容，总认为，一代代就这么以生活语言喂养孩子，使其在怀抱中不经意间学会母语。到了自己哄孙子的年龄，我方觉悟：原来儿歌在陪伴孩子玩耍、教会孩子说话的同时，给了孩子一个无形的世界和大人的世界观。

就说以上我罗列的这几首儿歌，它们有着典型的河湟农耕文化色彩，从中可见儒家传统文化在人际亲情中的渗透和影响。因为在河湟地区，人们非常注重人伦，亲戚之间平时的走动比较频繁。在所有的亲戚中，阿舅和姑姑更是时时惦记着的近亲。

河湟有谚："阿舅来了，家里的金柱都得抖三抖。"姑姑们更是最亲的，是一个家庭人际关系的活镜子，哪能蒙尘？所以，在婚丧嫁娶等重要场合，阿舅和姑姑们是坐上席的客人。如逢新郎、新娘问话等礼仪，阿舅和姑姑们肯定是首要人选，必得推到前台。就是在平时的走动中，好多人家有好吃好喝的总留着给阿舅和姑姑们来吃。阿舅来了宰公鸡，姑姑来了捏包子。这一份热情和传统就这样代代相传，让孩子们小小年纪，就懂得了尊重血亲的道理，也时时念叨着与阿舅和姑姑们见面。歌以载道，编创者沿袭的是中国的传统文化。

但让我们眼前一亮的是，这几首儿歌在严肃古板的教育中撕开了一道口子，它把调侃的手法引进儿歌，让儿歌风格俏皮、轻盈，让孩子们在轻松的玩耍中，卸下了礼教的沉重与传统的古板。

到了我们这一代，大人们在集体劳动中顾不上孩子，可是，这并没有影响我们的健康成长。相反，在无意中获得的放逐和散养，让我们的童年充满了意想不到的自由。在这所有的自由之中，如果说有什么启蒙和教育，那就是流行在村庄里的儿歌。玩土有玩土的儿歌，用石板打造玩具有破石的儿歌，在麦场上旋转有旋转的儿歌，捉迷藏有捉迷藏的儿歌。从来没有人专门教过孩子们儿歌，但玩着玩着，谁都可以随口唱出儿歌。这是否也属于另一种母乳与亲情？反正在我的记忆里，每一首这样的儿歌都是含着丰满的意象的。

方言里的青海

青海是全国推广普通话毫无障碍且最为顺畅的地方之一，这是因为青海的包容。五湖四海之人，不同民族、语言，几百万人共处高原，谁不懂得让步与妥协？然而，有意思的是，与此同时，青海的方言并没有因此消失，在许多情境中，依然那么充满活力。

粗略总结一下，我们就会发现，青海方言不仅继承了古汉语的典雅、简洁，还吸收了诸多民族的语汇，这使它在特定的语境中具有普通话鞭长莫及的优势。诸如，“傍肩”“抵岸”“了乱”等只有青海人意会得到的词，在表情达意、遣词造句时依旧保持着古汉语的个性，在干净利落的简洁中蕴含着非常丰富的含义。诸如“筏麻”等词已经成为青海人口头上须臾不可分离的口头禅。更为有意思的是，青海人都听得懂、说得熟的一些词在青海的不同的地区、不同的人群中有着更为独特的意思，甚至打上地域烙印。

在与全省各地的朋友们打交道的过程中，我一直琢磨方言，觉得有些词只在一地方言中才更具表现力。为此，每逢聚会，我乐享朋友们的方言的同时，将之写成文字展现出来并征求他们的意见。方家觉得虽是以偏概全，但亦不乏会心一笑之趣。这就全部连缀起来，形成这一篇文章。

一、“阿么了”

这是青海汉语方言中最具特色的一个词，甚至可以当作青海的代名词。为此，青海人曾戏称青海是“阿么了的国度”。因为青海人一口一个“阿么了”，让初次接触青海人的外地人，在还不怎么了解青海以及青海人时，就牢牢记住了这个词。

其实，熟识了这个词，也就熟识了青海，把握住了青海的地理、历史以及文化个性的一些脉络。

就地理而言，青海一度是边疆，与内地保持着长久的隔绝，偏安一隅、信息封闭，这使青海人见人、见事倍觉好奇，于是吊在口边的一句话是“阿么了”，表示对一切外来信息的关切、关注和好奇。

就历史而言，青海开发较早，先民留下许多珍贵文物，这里的彩陶流成了河就是铁证。然而，自羌人而至藏族，空旷而广漠的青海一度是汉族、蒙古族、回族、土族、撒拉族、哈萨克族等民族暂居的家乡，风水轮流转，每一块土地都未曾被谁长久拥有过，这使他们之间有时为了一方土地而少不了争吵、讲理。在此过程中，一句“阿么了”，表示理直气壮、未曾冒犯。

就文化个性而言，青海封闭而保守。有意思的是，曾经风行内地的诸多文化印记在其发源地早已不见蛛丝马迹之时，在青海却能看到它当初鲜活的样貌，感受到它生动的气息。举两个例子，第一是青海社火在大同小异之中延续了内地社火的精华，几乎是一脉相承地反映了过去一些地域的个性以及时人的心态，是青海历史的活化石，可圈可点的节目很多。第二是青海人婚丧嫁娶之中坚守的礼仪带着浓浓的远古气息，他们严格遵守的程序中包含着他们始终不渝的乡土情怀。对此，当别人质疑时，青海人就会直接“堆”上去，一句“阿么了”，表示的是他们坚如磐石的自信。

在青海人的观念中，“阿么了”有时就是一种皮绳也拽不过来的倔强。

每逢他不能改变，执意要坚持己见的时候，一句“阿么了阿么”，透露出的则是他把自己全然豁出来了，哪怕上刀山下火海也在所不惜的果决。就此，我曾经与湖南的朋友聊天，他说：“青海人的这种个性与湖南人的铁血精神几乎是一致、一脉的。”我说：“在表现形式上似乎有那么点儿接近，而实际上青海人的这种大胆果决是长期封闭造成的无知无畏，是初生牛犊不怕虎的蛮勇；而你们湖南人因为有岳麓书院等传承和传播传统文化，凡事都能进行全局的研究，早知这个世界上一切在变，所以敢于挑战权威与秩序，这是青海人永远都望尘莫及的。同样的胆大，但这绝对是大胆的两极，‘青海的奶子湖南的茶，青铜的锅儿里炖下’。虽有某种相似，却离得那么远。可以说一致，但不能说一脉。”说到这，我们都在笑！

我还给湖南的以及更多的内地朋友讲，随着信息的全球化以及整个知识结构和视野的开阔，今天的青海人变得越来越圆融了，甚至都学会了“扮猪吃虎”，其中，还是一句“阿么”最能体现青海人独有的精明。就某个深刻或郑重的话题进行讨论，抑或闲聊时，青海人再也不会像以前那样轻易出牌，一目了然地表示自己的观点。相反，他们大都会喜怒不形于色，平静地一口一个“你，阿么”。这是同意，还是反对？其实都不是。比如，一方说某某学者的文章写得好，另一方就会说“你，阿么”；再比如说，现在的孩子们不听话，也是一句“你，阿么”。平等对话，不失礼仪，有问有答，却云里雾里，难明就里，没了棱角。

一方水土养一方人。一个热词在形塑一地人。阿么了，这，还不对吗？

二、“戏儿”“死姑舅”

青海话里骂人的词也很丰富，有些甚至还很厚道。这就怪了。比如青海人评价一个人时不轻易冠以“坏”字，而以“瞎”字替之。说明在言者的观念里一个人的“坏”是由于眼界不开阔、认识不透彻造成的，而不是骨子里的。这境界多高啊。

正是在这样一些惯性思维的影响下，青海人特别注重人的本分与厚道，尤其不鼓励一个人不切实际地表现与表演。所以，他们点评一个人时往往以“戏儿”贬斥其表现与表演欲的强烈。这在很长的历史时期里是一个非常好的价值标尺，培养了青海人对于儒家文明或对于自己厚道信仰的坚守。

可是，在今天这样的时代里，就是这么一个挂在口头上的词，让青海人在时代潮流里至少落伍了几十年。

因为，今天最是一个需要表演的时代。不只吃专业饭的演员，几乎行行业业都是按照戏份出牌。老实忠厚，甚至故作谦逊，那你就去守你老先人那点摊子去吧。北大教授钱理群早在十几年前就看出了畅行在学生以及校园里的“精致的利己主义”，他们小小年纪就学会了表演，而且其功力几可以假乱真，真真假假，让生活处处是表演，这是一种可怕的风气。

与之相对的是，本该发表的论文找不到“婆家”，原应享受待遇的专家久处边缘位置。在一个飞速变革的时代，有多少人削尖脑袋在争的东西你却自甘落伍地在等，那你就等着去吧，老皇历早已翻出了新页。这不是制度的原因，也不是人人变坏的原因，一部《红楼梦》能够养活数以万计的专家，就是养不活一个曹雪芹，而且还三餐堪忧，要不是朋友资助，甚至难尽天年。这世界上永远有太阳照不到的地方，你不会点灯？这世界上有不下雨的时候，你不会人工降雨？戏，是现实的翻版，难以实现的愿望就得靠戏催成。前段时间看中山大学谢有顺关于诺奖的看法，他认为，诺奖不是万能的，但诺奖获得者如果不善于让全世界的人，至少让瑞典评委熟知，就是金子般的作品也只能永埋地底。诚哉斯言！由此对比青海人，骂人“戏儿”，欣赏“死姑舅”，这，谁还敢主动推销自己？

死姑舅，说穿了就是吃“死”亏。凡事突破不了自己，突破不了老先人认定的死理。青海人最不懂变通，最不懂乘势、借势。直至今天，这毛病依旧缠身，不能改正。据说，改革开放之初，全国人民解放思想，大干快上，即将拉开改革开放序幕之际，青海的许多人却仍沉浸在上一个历史阶段。

总是慢那么半拍！不该一根筋的地方老是一根筋，更别说察言观色、善尽人事了。细想想，死姑舅心理至今依旧是一片暗了雪山的青海长云，还那么坚固地横亘在青海人的心头。

三、“筏麻”“糊涂”“阿拉巴啦”

青海的方言中，夹杂着大量的少数民族词汇。不知从何时起，它们早已跨界成为各民族共同的语言。不论是谁，一旦在青海生活过一段时间，虽然不知其出处渊源，然对其内涵却很快就会心知肚明，不需特意阐释。照你这么说，青海方言，筏麻呗？

筏麻！

“筏麻”一词不仅在青海畅行无阻，而且在整个西北都是熟词、热词。据已故青海民族大学学者朱刚考证，“筏麻”是波斯语词，发音为“阀露麻”，意即皇帝的诏书，后来引申为“非同一般”。

这哪是哪？怎么理得清其渗透的过程？原来，一切源于成吉思汗对于波斯的征服与占领。那么多的战俘、工匠顺从命运的召唤来到中华大地，从此讲汉语，传宗接代于此。为什么？为什么要远离故土？这个问题免不了被他人盘问，或者不如意时自问，我想，此问一定伴随着一丝淡淡的乡愁。可是，这一切是冥冥注定、人力不可抗拒的。其中命运的导火索是皇帝的诏书。皇帝的诏书，这既是对他人的回答，也是对自己的安慰。就这样，说得多了，由近及远，得到了各民族的认同。如今，它跟原意没有一点关系，却是比原意广阔得多的历史一页，也是牢牢扎根于各民族口头的一个大词。

筏麻！

青海人动不动就这样夸赞他们心里、眼里以及想象着的美好事物，波斯人压根想不到这样一个普通的词在遥远的中华大地上获得了他们想都不敢想的活力、魅力。

与“筏麻”频次相当的“糊涂”则是一个藏语词。记得尤深的是，青海电视台与浙江湖州电视台合作之际，有一天在一个饭局上，湖州台的周主任非常不解地问我：“你们表扬一个孩子聪明时说‘糊涂聪明’，这到底是在说‘糊涂’，还是‘聪明’？”

我差点喷饭。

我立刻回答，这是一个藏语词，属程度副词，相当于普通话中的“非常”或“相当”，表示程度之最。由此可见，藏族人很宽厚。他们在点评一个人、一件事时是绝对不模棱两可的。好就是好，为了堵死负面的评价，就常常毫不吝惜地说“糊涂”。从此之后，我发现，周主任说一道菜、一餐饭好不好时，就说“糊涂好”；评价一档节目、一个镜头时就说“糊涂到位”。在离开青海时，他的浙江普通话里已经嵌进了许多青海方言，其中，也有“阿拉巴啦”。

“阿拉巴啦”同样是一个藏语词，却活跃在各民族的口头上。我常想，这样一个表示“凑合”“还可以”的词为什么获得了如此广泛的认同？

原来，这还是与青海人的谦虚厚道有关。这是因为青海人每每遭逢他人对自己的语言、做人、做事以及方方面面的成就给予高评时，就会很有保留地谦虚道：“阿拉巴啦。”

阿拉巴啦！浅尝辄止、不到火候，或者其他雅词、大词都不能尽意时，我们只能说“阿拉巴啦”，包括我的这篇东拉西扯的文章。

四、“一卦麻拉”“拉曼”

要不是放在具体的语境里，猛一看，这两个词还真让人觉得有点生分。可是，一放在具体的语境里，青海各地人都听得懂其具体所指。比如，两个人在说工资，其中一人说：“这个月，一卦麻拉加起来是一万，扣除各种税费，就是八千。”这个“一卦麻拉”就是“林林总总”“一共”的意思，但显然要比这两个词的含义更加丰富、更具地方性。就此，我曾试着拆开解读其原意，其中，“一卦”的意思在青海人人皆知，“麻拉”就悬空了；可它们组合在一起，其包容性远超“一共”“一卦”之意。

据说，在湟源地区这个词的使用频次很高。比如请客，他们就会说：“你们一卦麻拉地到我家吃饭。”这远比“大家”丰富得多，在这个语境里，其意思就是大人小孩，男男女女都包括在内。还比如，“这一次一卦麻拉参与医保”，其意思就偏重老老小小、城乡各处之意。语境不同，偏重不同。一卦麻拉，你知我知。

方言之神奇，于此可见一斑。

就此，我曾请教我的湟源籍老同学靳增发。他说：“一卦，是汉语，麻拉，可能是蒙古语，它们都有全部的意思。但在它们组合叠加在一起表达的众多、加起来等意思之中一定包含着各民族的情绪，这是青海一些地区方言中特有的修辞。”

我想，还不止于此。这个词，在湟源之所以使用得更加广泛，很可能与湟源的特殊地理和历史有关。因为湟源曾经是茶马互市、农牧业交接的地带，此地的汉族和众多少数民族交往较早，这使他们天然地懂得照顾各民族情绪，为此汉蒙、汉藏等语言的混用与叠用在这里一度畅行，靠此架起了一座民族团结的神奇桥梁，这“一卦麻拉”便是明证。

与此相互印证的“拉曼”一词也是带有一定的历史和地理气息的。为了写这一组文章，我曾经就平安区人的口头禅，请教平安籍老朋友刘全春，他经过反复斟酌，选定了“拉曼”。比如：“我拉曼才有一百元，你却借九十元，我自己咋办?”这一个拉曼也透露出了平安一带的地理信息。不是吗?平安是丝绸之路上的古驿站，也曾是蒙古族生活的热土，南来北往之人的络绎不绝让平安人洞察世情时自觉不自觉地形成了一种全局观、整体感，他们学会了比较，并学会了从整体中关注自己拥有的份额。为此，他们一口一个拉曼，一方面宣示着他们的不足，另一方面也透露着他们凡事有整体参照的一种惯性思维。

在表达这样的一种内心世界时，他们之所以选择拉曼，一则含蓄，二则照顾了蒙古族的情绪。这是我的猜测，因为今天的平安一带生活着那么多早已忘记了母语的蒙古族后裔。至于这个词在青海各地的流行，我想这与它的内涵与逻辑的独特有关。

如此说来，“麻拉”“拉曼”等一定就是铁板钉钉的蒙古语词？就此，我分别请教了朋友之中的陈元魁、索多、龙仁青、靳增发、刘全春、马学福等熟知青海方言的人，他们几乎可以断定，这不是藏语，但也很难说是蒙古语。那是什么语？截至目前，大家比较一致的意见是，有可能是蒙古语的转音词，抑或远去的吐谷浑留给青海大地的一件礼物。反正，在青海方言中，它们有着举足轻重的分量。

五、“哦，是哇？”“就！”“就啊！”

这是青海民和人的口头禅。

每每叙述一件事，情绪需有个停顿时，他们就像使用标点符号般一口一个“哦，是哇？”在我们听来好像是“奥沙”，与之相伴的还有一缕紧盯对方征询意见的专注眼神。不管听者明白与否、同意与否，他们就这样不断征询、发问，一次谈话下来，不知多少个“奥沙”，听得人就像被熨斗烫了般舒适。

与此同时，民和人也很会听人说话。听他人说话时，他们一口一个“就”，一口一个“就啊”，表示完全同意说者的观点。在此之中，尽管他们已经听出了对方口气中的不和谐，心里已经形成了一道防御的堤坝，但嘴上依旧一口一个“就”，不轻易表示反对。所以，有人说，民和人的语气像丝绵，民和人的心思如云朵，让你永远摸不透。

我常想，这大概与民和特殊的地理环境有关。

民和是青海的东大门，东临兰州，南邻大河家，在长期的“春风不度玉门关”的封闭中，它“春江水暖鸭先知”，先于青海各地接收到各种新鲜的信息，也先于各地跟南来北往的人打交道，这使他们对于人性有着更为深刻的了解，为此，做人处事比青海其他地区的人更加圆融、成熟。这种圆融体现在语言上就是对于这几种表达的坚守；表现在行动上，民和人有着猫老鹰般的精明与善于周旋。为此，青海人就像称湖北人为“九头鸟”一样地把民和人称为“猫老鹰”。

我认为，这个称谓名副其实。那年，与兄长张承志西游，在德令哈宾馆大厅遇到了几个慕名而来的民和人。还没聊上几句，他们便摸透了兄长的性情，随手送上了一串昆仑玉的念珠。所谓“谈笑间，樯橹灰飞烟灭”，真会投其所好。因为，我太了解兄长的性格了，他不会随意收人礼物，而这一次不知咋了，轻易把念珠捏在了手心。可见，这两个民和人的周旋能力远超猫老鹰。猫老鹰没有西部鹰隼的迅捷，但它对于一个目标的跟定和不断周旋的耐力是其他猛禽所不具备的。或许，他们在没有见到兄长之前，就把功课做到了家，才能不费吹灰之力，几个“奥沙”就赢得了兄长的信任。

事后，我常想，他们能不精明吗？这还是因为这片土地。人多地少，山大川少，许多地方穷得拉羊皮不沾草，到了后工业时代依旧在吃窖水。为此，民和人一旦狠定了目标，就不会朝三暮四。哪怕是一样可以果腹的小买卖，他们也不会轻言放弃。

改革开放之初，全国硅铁行情看好，民和一夜之间成为青海“硅谷”。川口上下，烟囱林立；县城周围，火光四射。几年间，庄稼受损，湟水污染，致富代价，远超预期。那种一窝蜂上马、下马的风潮是反应慢的地区的人难以做到的。真所谓“成也萧何，败也萧何”。

随着2008年奥运会的召开，昆仑玉一夜成名，还是民和人借着这稀世的资源在青海玉界腾挪跌宕，翻手为云、覆手为雨，牢居要津、稳发大财。据说，那几年，民和玉老板们风光无限。正月里，他们的车队的气势让川口镇一下子显得很土气、很不入时了。难怪他们之中的一些人如今移居三亚、广州，早就远离了民和。

总而言之，只要时机来临，条件适宜，在青海，民和人一定会比青海其他地方的人更容易成事，这一切源于他们的精明，而“奥沙”这类表达就像冰山一角，潜藏着的永远是他们善于谈判以及和外界沟通的大智慧。

六、“百分之百”

百分之百，这是乐都人特有的口头禅，也是乐都人先于青海各地而独有的精明。说明他们很早就有了百分数的概念，也善于站在全局之中分析事物。

这个词，要是用普通话或者青海其他地区的方言说出来，其地域特性一下子就冲淡了许多。这个词，就得用乐都口音说出来——鳖分之鳖，或者鳖分之八十，才觉得够味。

在我们的生活中，听百分数里的乐都口音，真觉得是在吸取一种别样的文化滋养，借此我们就能感受到河湟谷地里这一片高天厚土特有的文化韵致。

乐都是青海文化大县，不知从何时起，这里的文化氛围特别浓郁，农家子弟无一例外都有发奋读书的传统。为此，20 世纪初，青海其他县区的一些少数民族家庭迫于上学压力而花钱雇人代替读书之际，乐都却涌现出了一大批自觉读书识字的人，其琅琅书声声震河湟，让河湟谷地各县不得不刮目相看。“乐都的文书，二化的官，大通互助的一二三”，这是彼时青海兵营和官场的现状一斑，百分之八十的准确。

用百分数说事，乐都人把他们涉世度事的一把尺子就这样带到了民国官场和兵营。与他们接触久了，其他地方的人，也把这在全局中寻找自己位置的百分比习惯带入自己的生活。

谁学会了百分比，谁就在判断事物上高人一筹。别小看乐都人思维上的这一点点标高，在那个时代，它让乐都人迅速准确地在不同的环境里找到自己的定位。前年，为一部纪录片，我在阅读乐都籍抗日老兵张国祥的油印回忆录时发现，他不止一次死里逃生、化险为夷，这一切全缘于他对形势的正确揣测与判断。我想，无论在何时，他的那一点并不全面的知识素养和他思维里的百分数坐标比金钱更直接地挽救了他。百分之百，他随时在拿捏、揣度、分析着天下大势、一己安危。这是很有意思的。

正因为有了这样的思维惯性，新中国成立之后，乐都参加革命工作的人很多，乐都的教育普及如鱼得水，走在全省各地的前列。这使乐都人像黑燕麦，走到哪里就在哪里扎根，成为青海人在全国散布最广、走出最多的一支。虽然没有做过统计，凭经验判断，其百分比绝对是全省第一。

如今，乐都文化氛围依旧不减当年，村夫野老言谈举止不乏儒雅，下一代人的读书劲头更是不让前贤。文化强县、彩陶故乡、蔬菜大县等名分无须争取，自在闪光。

但是，在科学技术日新月异的时代，百分比思维这一盏曾经照亮乐都暗夜的灯，在夺目炫彩的阳光下，光亮只会越来越暗淡。这，绝对是百分之百的。要想领先，他们还得寻找，还得找到一个比这个词更有能量的与时俱进的新台阶。

有意思的是，受乐都口音和乐都思维的影响，青海其他地区的人们言及一个良好的结果或者一件有把握的事情时，总会模仿着说一句“鳖分之鳖”，表示难以言表的自信。

七、“什么个”

与十万个为什么可有一比的青海方言绝对是循化人常常挂在口头的“什么个”。

说一个人在一个场合看到另一个人，他就大声说：

“喂，什么个，我们说定的什么个，你什么哩嘛不什么，你不什么哈我什么哩，我什么了哈，你再别什么。”

“哦呀，我本来什么哩，什么个上不来，你就什么吧！”

听到这里，他们的话告一段落，其中的意思已经完全表达清楚了，无须赘言。

但是他们之间到底想做什么，只有他们两人心知肚明，别人只有揣测的份儿。还是让我们解读一下：简短的对话中，一共使用了十一个“什么”，第一个一定是特指，是名词，但没有直呼其名，做到了为“听者讳”；第二个也是名词，指向却是他们共知的事情，具体是什么事情，他人依旧不知；第三个到第七个都是动词，表示“办”，但比一个单纯的“办”意蕴更加丰富，突出了时态，尤其是第七个表示的时态完全不同；第八个是动词，是含有“后悔”或“干扰”等各种心理因素在内的动作；第九个和第十一个依旧是动词，含有“办”“努力”等意思，第十个是名词，意思很明确，即“钱”“资金”。

一词多义，活用“什么”，这就是循化特有的含蓄或者用词习惯。

在循化，“什么个”是一个内涵特别丰富的表达，在不同的语境里，它具有动词、形容词、名词等多种属性，且其意思的活用远超其他词。

有一次，出差循化，向人问及我的一个当领导的同学，对方答：“什么过了。”我说：“是免了职务还是去世了？”对方说：“哦，他还没到什么的时候，职务上什么过了。”我知道，在这个语境里，“什么”具有免职和去世的意思，但我的同学并没有去世。

还有一次，有人托我办事，他说：“办这种事，需要什么个就什么个，要不，人家就不什么。”我知道，这前两个“什么”是“打点”的意思，后一个则是“办”的意思。

我曾经听他们说一个女人：“啊，长相嘛，真正地什么个，没说头。”这什么个，就是漂亮的意思。另外，他们说不咋样时常常说：“他什么个不是可把自己当成了什么个。”这里什么个的含义就更加丰富了，可以解读成“大腕”“有钱汉”“领导”等诸多上好的角色。

正是有了这样的含蓄，循化人在对外交往中掌握了更多主动。比如，商业谈判、民间交易，他们借着这个词给自己和对方留下了从容转身的台阶。

据说，一个人到银行贷款，见了农贷员，就说：“喂，我的那个什么个什么哈了？”农贷员答：“正在什么着哩！”他们心知肚明，而别人则云里雾里，这简直有点像黑话了。

如此说来，难道循化人不善于言谈或者不长于表达？

绝对不是！

青海诗歌界撒拉族知名诗人如秋夫、马丁等都是驾驭语言的高手。汉语在他们的笔下就是一团早就饧过的面，想咋揉捏就咋揉捏，比拉面师傅手下的面条还要听话绵软。循化藏族高僧大德之中不少人不仅精通汉语，对于撒拉话也不陌生。循化人的视野开阔，对于循化人来说，不论身处何地，面对何人，语言从来都是小菜一碟，表达更是从容不迫。正因为听惯了各种语言，享足了语言带来的各种好处，他们反而觉得一个“什么个”方是最为传神、简练的活用词，为此，他们就这样借助于一个需要在具体情境中体验的词，过着他们悠然闲适而别具魅力的独特生活。

这，真有点什么个！我不由赞叹。

八、“真正儿”

这是湟中人的口头禅，不过青海各地人都听得懂。与湟中人生活一段时间之后，任何人都会自觉不自觉地使用这个词。

这篇文章好得真正儿。

姑娘漂亮着真正儿。

他学问做得真正儿。

你的人好着真正儿。

正面激励，不挑毛病，专说优点。湟中人深懂人性，老练成熟，一个“真正儿”时常把人说得心里热乎乎的，就是有些毛病和不足的人，听着听着，忽然发觉自己都有那么多的“真正儿”，这就产生了许多正能量。

早些年，在金场里，湟中人是最早雇人淘金、最善于管理雇工的。在金场，他们虽然住在帐篷里未必亲自干活，但其效率从来是那些事必躬亲的掌柜望尘莫及的。当然，设备先进、组织严密、发钱干脆、伙食等后勤保障到位都是基础，但他们最拿手的激励工具就是这个“真正儿”。

他们在干活现场巡视时，看一个人在不同岗位上劳动，总少不了一番让人听了倍觉舒服的激励：

啊，这小伙铁锨使得真正儿。

哦，这老汉盆子出得真正儿。

他们总会发现一个人身上的优点，并不吝惜赞美，这使他们与人在感情上的距离拉得最近。据说，一些精明的四川打工者在金场里玩命干活，有些人为此挣命挣得都吐了血，但是，在离开金场时，还连连感谢掌柜，说只有他才是这个世界上最赏识自己的人。

通过激励他人让他人为自己服务，或自我陶醉，这是湟中人独有的精明，也是湟中人消化了青海多元文化之后独占鳌头的主要原因。河湟从来是青海文化的中心，各民族走马灯一样曾在这里留下了或深或浅的文明印迹。如今，这里是中华文明最具活力的地方之一。塔尔寺里，白帽往来；八宝塔下，道士频出；佛号邦克，时相交叉；南朔山下，各族漫歌。在这样的环境里，一个人很难断然地说谁是谁了，因此，湟中的高人们发现，无论是谁，也无论遵奉和信仰什么宗教，在世俗层面上大家都是人，都有受尊重的需求，这就是大家相处的共识，为此，他们学会了说“真正儿”，用“真正儿”架起了一座夸奖人的金色桥梁。

这是他们真正儿的聪明，这是他们真正儿的高。百年来“真正儿”就像空气和阳光一样成为湟中人生活须臾不可分离的精神工具，美国心理学家亚伯拉罕·马斯洛直到1943年才在《人类激励理论》论文中提出：人类需求像阶梯一样从低到高按层次分为五种，分别是生理需求、安全需求、社交需求、尊重需求和自我实现需求。假如一个人同时缺乏食物、安全、爱和尊重，通常对食物的需求是最强烈的，其他需求则显得不那么重要。此时人的意识几乎全为饥饿所占据，所有能量都被用来获取食物。在这种极端情况下，人生的全部意义就是吃，只有当人从生理需要的控制中解放出来时，才可能出现更高级的、社会化程度更高的需要，如安全的需要。

对此，虽然湟中人从未这么清晰地表述过，但他们知道，所有的人都需要正面肯定、正面激励，他们比心理学家更早懂得这个道理，并将此融入“真正儿”这个词中。

真正儿，最是馈赠他人的厚礼，湟中人懂。

九、“整校”

这是门源人的口头禅，也是他们一辈辈在血与火的生活经验中总结和传承下来的生活态度。

门源人身处祁连山腹地，偏安一隅，生活相对富足、殷实。加上云遮雾罩、达坂相隔，信息相对比较封闭。这使他们做人比较厚道老实，没有花花肠子，不会口是心非。因此，当别人贼精贼精地来到门源表达他们的愿望，与门源人聊天时，门源人虽然一直在听，却不怎么上心。尤其是面对那些云里雾里的半截话时，他们很难一时全听得懂。可是，他们的实诚却让他们不忍心随便得罪任何一个人，于是，谈话结束之后，他们对此就会反思琢磨一番，并不时打电话或当面“整校整校”，以更完整地领会和消化别人的话。

整校，是门源人的生活习惯。

记得十年前，青海回族文学第二届笔会在门源召开，我和朋友们在白天说定的事情，到了晚上，作为主办方之一的门源方就会再整校一遍——时间、地点、参会人以及所有的细节，无一例外，都得过一遍、两遍，直至会议结束，我们每天都在适应他们的不断整校。正是在这种整校习惯的帮助下，那次会议组织得非常严密，各项议程滴水不漏。

门源人每逢婚丧嫁娶等重大事宜时，绝不忽视任何细节，尤其是在过去。如果不慎忽略一点程序，他们就会耿耿于怀，牢记终生，悔恨一辈子。正是在这样的惯性心理驱使下，门源人的礼节里多古风，在其他地区早已革除的习俗在门源依旧具有鲜活和别样的生命力。

同样是葬礼，门源人在葬礼中依旧看中“收内”等慰问的礼数。在他们看来，一个人的去世会使丧主五内俱焚、不堪忧伤，作为亲友，就应该在痛定思痛之后前去慰问，和丧主说说话、拉拉家常，让他回到正常生活。而这样的礼节在青海其他回族地区不是被忽视，就是被淡化，甚至已经无人认同了。

在门源回族的家里，每逢老人病重，家人就得宰羊祈祷，然后将羊肉一份份放在油饼上面送到亲友家里，这是无言的通知。若是熟肉，说明病不紧急；若是生肉，说明时不我待。亲友们接此通知，就会赶紧探望。如果未能及时赶到，就会遭人唾弃和批评。门源人的人际关系依旧缠绵敦厚，让人钦羡。与之相比，达坂山山麓南面的大通等地，这一古风早已绝迹。

访古问俗，不能不去门源。在门源，安坐于羊粪蛋做燃料煨热的土炕上，与老人们整校民俗，这的确是一件很有意思的事。

古今多少事，全都化烟云，趁门源古风犹存之际，我们在看油菜花的空当在这里“整校整校”，包括方方面面的遗存，否则，就有点太遗憾了。

十、“妈妈哈”

平常是个吃饭的啦啦，关键的时刻忘不了妈妈。

大通人曾这样自嘲，也曾把“妈妈哈”吊在嘴上走南闯北，用以壮胆。

人问：“这不是在骂娘吗?”

但在大通的语境里，骂娘的意思分明早已渐行渐远了。

还是从头说起。

曾经以为骂娘是国骂，鲁迅小说《阿 Q 正传》的主人公表达情绪时，一句一个“妈妈的”，我曾引以为耻，总觉得这是最大的不文明。后来读书发现，不论是哪个民族哪个国家，人们在骂人时几乎无一例外都不曾放过娘。其中，西亚一位哲人的训诫让我记忆犹新，一天，他正在跟众子弟讲道，他说：“你们可不能骂自己的娘。”众子弟说：“我们虽偶尔骂人，但从来不曾骂娘。”哲人说：“不是的，你们惯于骂娘；你们乐于骂别人的娘，那么，别人就不反击了？你骂一遍，人家会还十句。所以，尊重自己的娘，就不要骂别人的娘。”

然而，教诲归教诲，多少年过去，人们还是惯于骂娘。我们为什么如此不文明？这是因为在人类的情感中，最是母子情深，人性让我们恨不得一句骂死他人，这就让母亲们不明不白地“中弹”。谁让母亲是最伟大的亲人？

可是，骂着骂着，在不经意间，这个词在青海大通等地的方言语境中失去了它原有的切齿与凶狠，变成了一种口头禅，一个不经意间表达不同情绪的词。

大通曾经是青海东部农业区的煤都，一年四季，煤车络绎不绝，最让外地拉煤人觉得奇怪的是，他们一旦到了煤矿，好端端的，那些矿工一口一个“妈妈哈”，让人觉得受气、受辱。可是一经仔细的推敲与观察，我们就可发现，这“妈妈哈”一刻也没有离开过矿工们的口，他们其实并不针对某个特定的人。

对此，原先我认为这是大通矿工们的优越感使然。与天南地北前来拉煤的人相比，他们可是蹲在井沿上，一天二十四个小时都有火烤的。就这样烤着烤着，心火也逐渐变大了，这就学会了骂人。妈妈哈，这分明是一种面对他人的优越与夸耀。可是，我的一个久在煤矿的表兄说：“这是那个特定的环境异化的结果。因为再安全的矿井都是潜藏着各种风险的，干煤矿的没有点二杆子劲就坚持不了多久，这‘妈妈哈’就是矿工们有点自残自虐性质的安慰语、口头禅。”矿工们一旦到了井下，就像金客们到了荒原，这就得来点破常规、有点壮胆的言辞，“妈妈哈”就是酒精般让他们忘记自己处境的兴奋剂，抑或一剂安眠药。

他还给我讲了这样一个例子：一对父子都在煤矿干活，父亲在井口摇辘轳，儿子在井下挂煤筐，那时没有哨子和信号，煤筐满了，儿子就会喊：“喂，摇辘轳的，妈妈哈，拉！”等父亲腾空了煤筐，再次放下煤筐时也大声喊：“喂，挂筐的，妈妈哈，走开！”此时，“妈妈哈”成为一个信号。下班回到家，他们则父慈子孝，哪还敢轻易地说“妈妈哈”？

正是因为有了煤矿风气的影响，潜移默化之中，大通爱说“妈妈哈”的人就逐渐增多。

我还记得的是，有一年大通一个手扶拖拉机师傅到了牧区，拿了钢锯条正在窃锯牧民草库伦上的角铁，谁料，被牧民发现了，拔腿逃跑之际，他对同伴们说：“妈妈哈，被发现了！”然后马上逃离。在这个语境里，“妈妈哈”更多表达的是自责以及运气不佳等自我解嘲，绝对没有骂对方的意思。

更为奇怪的是，在有些语境里，“妈妈哈”还表示“窃喜”“欣赏”之意。比如，办成了一件不抱多大希望的事，他们就会说：“妈妈哈，还成了呗！”比如，孩子高考成绩很好，家长特别高兴，他们就会说：“妈妈哈，考了六百多分！”

让一句骂人的话，在生活中尽量减少其火药味，并且逐渐文明化，人们在自觉不自觉地进行改造，这应该是文明进步的开始。

因此，我常想，随着语境的变化，这个词假如从此消失，人类文明史上这一页就该大写特写！

十一、“啊， 丘！”

请允许，我写一个错别字。丘，是男性的性器官，也有专用字，但为了含蓄一点，我就这样学古人“假借”一次。

说来可笑，在许多民族的潜意识里，丘，是值得崇拜的图腾。可是，在青海人的口头上这是一个暗含着极大轻蔑的词。尤其看不起一个人、轻视一个人时，就会随口说："他是个丘吗?"有时，斩钉截铁的一个"丘"字表示坚决不认同。

这个词，青海各地都在说，也是一个当之无愧的"全省通"。但在青海贵德、贵南一带人的口中与"啊"字相配，则特别耐人寻味。

我曾在贵南下乡驻村，没事时就在村里与众人闲聊。当说到一个众人看不起的人时，他们就会语带轻蔑地说："啊，丘！他那点烂本事。"干净利落，爱憎分明。小地方就是小地方，人不花花肠子，我觉得很正常。可是，有一天，让我觉得不可思议的是，当说到某个公众人物或名人时，他们常常也是一句："啊，丘！"

曾与贵德、贵南的文友说起这一切，他们都认同存在于贵德、贵南人身上的这一点"风骨"，但都不做更加深刻的分析。我想，这一切与这一方风土有关。在我提出问题的时候，或许他们已经开始了更为全面的琢磨，或者在心里说了一句："啊，丘！"表示这个问题的不值一提。

贵德、贵南的山水与别处不同，它荟萃了江南山水的灵秀和高原大地的雄浑。娴静优雅的黄河，熊熊燃烧的丹霞，进退有据的山川，宜农宜牧的田土，各族杂居的村庄……不论山川地理，还是人文资源，都比较有利于人的生存和发展。这使贵德、贵南人做事时就有一种游刃有余的自信。他们骨子里对于一时的成功保持着相当谨慎且决绝的否定，所以口口声声就会说："啊，丘！"

敢说"啊，丘"就得超人一截。为此，贵德、贵南人即使衣食无忧，也大都克勤克俭，发愤图强，做起事情来就有一种他人少有的坚毅与果敢。

前年，在一个私人的场合，我就我省东部农业区两个县的文化大县名分之争，曾告诉征求意见者："这种争论是可笑的，我可以告诉您的是，贵德籍的作家王文泸、诗人张荫西、电影导演万玛才旦等在全国闻名的文人，贵县都没有出现，所以，还是不争的好！"

对方一时无语，或者万般愤恨，但都没有表态。此时，我想他要是贵德人，他会说一句："啊，丘！"一箭双雕地找到挽回自己面子的台阶。

当然了，"啊，丘"也不是万能的。贵德、贵南人都非常清楚，有时一句"啊，丘"也会让自己陷入尴尬境地。因为，敢说就得有两板斧，否则，就是攒空劲。为此，贵德、贵南人最懂破釜沉舟的必要性，也每每做悄悄较力、惯于走长路、看谁笑在最后的"儿子娃娃"。

一方水土养一方人，一方水土也在葬一方人。因此，在今天，他们之中越来越多的人再也不敢轻易地说"啊，丘"了。但是，一个人一辈子都不敢说一声"啊，丘"那也会被憋死的。对此如何拿捏？我准备再请教一次贵南、贵德的朋友。

十二、"不响" 和"装囊"

不响。

这个词如今大红大紫 ，独属上海了。

其实啊，在青海，这个词早已有之，青海人嘴上也常说。

青海人每每摸石头过河，尝试着办一件事情时，无论当事人还是旁观者，总以"响"还是"不响"告知他人其结局，而不讲过程。这简直是民风一缕。

尽管如此，我们还是没有太在意这个词在青海语境里的深刻含义。

直至看了小说和电视剧《繁花》之后，我才明白，这不同语境里的"不响"还是有点不一样的。在青海，它更偏向事情的进展和结局，言者一般是处于被动地位的，有一种投石问路者的谦卑意味在。而在上海话的语境里，则是静水流深一样的一种能动心态，是一种对人的态度，很少对物。

比如，宝总跟着解释：不该讲的，说不清楚的，没想好、没规划的，自我为难、为难别人的，都不响，做事要留有余地。

这里的"不响"不单指不吭声、不说话的意思。原著作者金宇澄曾说，不响，是上海人的人生哲学，“心里有数，但是不吭气，隔岸观火”。所以，剧中的宝总，常把“有数”挂在嘴边，自然也把握着较合时宜的一种“不响”。

与此相比，青海人面对响与不响的心态则是自己心中没有数的、没有把握的，而且是带着一点尝试心理的。

如此说来，青海人就没有自信、没有智慧，而在面对外部世界时，手忙脚乱、失去分寸了吗？

不！

青海有一个词像青海湖一样，包容了青海人的智慧，这个词就是“装囊”。

比如，猫儿吃鸽子——装囊了。扮猪吃虎，外憨内奸。这是青海人独有的应世智慧。你别看青海人在重大问题上不抢先、不发言，无动于衷，好像慢着半拍，实则就是靠着这种装囊在看时机，也在隔岸观火，等着赢大牌。

想到这里，我就感觉怪了，既然如此，我们的文学作品中，这个词为何一直装囊？

装囊！或许藏在更深处的煤层，还没到开发的时候。在我看来，装囊的智慧是高于难得糊涂的。难得糊涂，有点此地无银三百两的意味。而装囊是一种腰身更低的姿态，不会引起他人的怀疑。

好拳不赢一二三！怕什么，装囊！

花事里的青海

一、 乡思千年果花节

谷雨时节，青海大多数地区还都一派荒凉，一片苍茫，甚至白雪皑皑。七十二万平方公里的大地上，从东到西，很少很难看见哪怕是一丝新绿。因此，人心也是一片苍白，一派灰黑，一颗颗如同迎风摇摆的老杏树树枝上寥寥的残叶，怎一个孤独和寂寞了得?

可奇怪的是，就在这个季节，青海民和下川口村却有点意外地迎来了春风初度，果花先开。还不等树叶初绽、庄稼出苗，各种各样的果花竞先挂在如同干桩的树枝上，不仅招蜂引蝶，还吸引着四乡八堡焦渴了一个冬天的无数目光，让人们不远百里前来赶会，这使下川口村创造出全省最早的花会，最有名的第一个赏花现场。

说起具体的花，如果放在内地，或者是青海的其他季节，这实在说不上规模，也说不上值得一提——无非田间地头、庄廓院内外的梨花、桃花、杏花等惯见的家常的果花。它们不是齐刷刷一夜爆开的，而是按照自己的节奏错峰盛开的。即使是这样，这一段时间的下川口村却成为整个河湟谷地的一道风景。

每日看花的人来了一拨又一拨，那些平时还嫌宽敞的村巷因为摊点连着摊点而处处出现人流、车流的“肠梗阻”，这急得性子急的司机们把喇叭按成了一串，但依旧没有人理会。在当地人看来，这本身就是个人看人的热闹，谁还能埋怨谁？可是，不看上这么一番热闹，不这样在人群中挤出一身热汗，我们咋排除一整个冬天沉积在心中的那些寂寞与孤独，那些说也说不清的阴影？谁让青海的冬天那么漫长，春天的脚步总是那么缓慢？春风跨过了享堂桥！

据说，下川口村的果花会已延续了不止千年，这不单单是因为这里的气候和海拔在青海是独一无二的，还因为这里曾经是唐蕃古道的重要驿站、汉藏文明的重要交会点，是内地花红柳绿的果树落脚青海的第一站。据传，下川口的先民是被吐蕃俘获安置在这里的中原人，唐蕃交战让他们落难川口。后来，唐蕃和好，他们阴差阳错地戍守川口进而久居川口。在那一波时代的巨浪面前，他们决定不了自己的命运，但获准可以回家探亲。作为游子，他们时时忘不了故乡风物，所以每每从中原回到川口时，都喜欢随手带几种家乡的花草栽在这里。久而久之，这一隅荒原上就有了不同品种、不同来路的果树。看着这些树，他们就像看到了故乡，从此不再想家了。就这样，不知过了多久，他们彻底在川口扎根，成为这里永久的居民，川口也因此成为花果茂盛之地。为了纪念这一页历史，每每看到果花，他们就会相约在一起叙旧迎新、祈求平安，进而形成新的乡俗和附近村庄共同的集市。

庙会自然是少不了的。唱几天秦腔更是与故土最亲密的连接方式。庙会和戏台，一体两面，习俗就这样沉淀在民众的心中，像村庄脚下的湟水一样流淌在年年岁岁中，记录下了青海东部农业区的一页历史。

很有意思的是，在这个古老的庙会上，我们看到的仪式不只有烧纸、磕头，还有唱道歌、点灯、敲钟、献祭，甚至唱花儿等，各种各样杂糅在一起。以民和话为日常交流用语的当地农民对秦腔传统曲目和陕西话不离不弃，甚至怀着很深的感情。对此，我看不明白，便请教一位同行的汉族专家，他说：“其中儒释道全有，这就是这个庙会的特别之处、包容之处。”

他的一番解释如醍醐灌顶——一滴水里有大海！原来这些仪式浓缩了一时的文化个性，一地的文化个性，这里处处是青海移民史的缩影。要想读懂青海，进入青海历史文化的纵深处，这是一个最为直观的切入口，或者说，这是最为直观的一棵枝繁叶茂的大树。

是的，大树！花开青海东大门，在多地春寒料峭之际率先开门迎客的大树！这大树一样的节日被评为全省非物质文化遗产更是当之无愧！

二、　万亩桃花横空来

“宁吃仙桃一颗，不吃烂李子半背篼。”这是青海的民谚。可见，桃在人们心目中的位置多么显赫了。

从古到今，桃总是和仙连在一起进行表述的。那一年在新疆旅行，看到昌吉街头的蟠桃，参加笔会的一帮文友竟不约而同地说：“莫非昨日看过的天池还真是王母娘娘的洗脚盆？要不，这街头的蟠桃源自何处？”说着说着，他们问我：“青海有没有桃子？”我一时还真答不上来。就这样，我关注起青海与桃子的关系。曾经有一两年见人就问，得到的回答是：“河湟谷地低海拔地区的民和、循化、贵德等县有零星种植，味道一般，但果花却好看、雅致。”

那么，何时能够走近看看呢？这就存了这么一丝念想，却并没有怎么上心，没有多么渴望。反正，青海果树的版图上，桃子无非点缀，我们知道其存在足矣！

想不到，这才过去没有几年，听说湟水沿岸的民和县凭借得天独厚的地理优势竟培植出了万亩桃林，并配合旅游规划在阳春三月推出了一个桃花节。从媒体宣传到口口相传，一时之间，令人耳目一新。于是，经不住诸多诱惑，我们一脚油门，不止一次驱车来到川口。

第一次赶早，还不到花期，只在整齐划一的、矮矮的桃树间走走，拍几张光秃秃的树枝照，就算是勉强了却了一桩心愿。第二次来是为了赶赴一场饭局，过了花期，桃子刚结，在桃树浓荫下享受了一桌饭香四溢的农家美餐。直至后来几次，才赶上了花期，并记住了这姹紫嫣红的半个月时间，即四月中旬到月底的一段美妙时刻。

这时，正是河湟谷地的播种季刚刚结束，冬小麦还苫不过地面的季节。在半绿不绿的田野之中，桃花却使湟水南岸的万亩台地一下子变成了艳红的花海。偌大的一片海子！不，在褐色的山坳间，这简直是一枚玲珑剔透的桃花玉！它镶嵌在青海人游春的心坎上。谁让青海人那么爱浪山、浪河滩呢！而这正是一个山中的奇葩、河边的仙境，能不争着看看吗？

就这样，苦等了一个冬天的人们呼朋引伴，扶老携幼，来到了桃园，人流就像小溪般一股股从四面八方注入桃林。树刚隐人，花香扑鼻，枝叶婆娑，餐桌就在树荫下，能不坐下来泡上一天？

又是一年春来到，再穷的人家也是不吝于时间和小钱的，于是，桃林几乎天天都有来客。先是青海各地的看花人，再是路过的外地旅人。当然，更多的是那些不离不弃的当地人，见事请客、找事相聚、无事闲坐，直至桃树下果，桃叶扶疏，三五好友依旧在桃林中散步说话、恋恋不舍。

最有意思的是，为了延伸餐饮产业链，有人居然在桃林中盖起了温室餐厅，就是到了冬天，在一派萧瑟的桃林中温棚依旧留住了几抹绿色。这使冬天的桃林如同古桩上的花蕾一样别具一番风情。

热闹散尽，温馨依旧。就在这个季节，我与几个朋友吟咏着《诗经》里的桃花诗说起青海人心目中的桃花：

桃之夭夭，灼灼其华。
之子于归，宜其室家。
桃之夭夭，有蕡其实。
之子于归，宜其家室。
桃之夭夭，其叶蓁蓁。

之子于归，宜其家人。

一曲出嫁歌，殷殷祝福意。这意境简直像是湟水北岸华热藏族嫁女的婚宴曲。可是，万亩桃林的阵势无论如何总与这样温馨的祝福有点不般配。

那么，李白“桃花潭水深千尺”的诗句与此有关联乎？

我不断地“百度”，不断地发问，海阔天空，总觉得历代文人的桃花诗没一首可涵盖我身边的万亩桃花林。

且不管这一切，我自喝熬茶，品草膘羊肉，说东西南北。我觉得，在桃花由中国走向波斯，由波斯走向欧洲的道路上，青海民和这一脚是否亦可当其印迹之一？难说！但我敢拍着胸膛说的是，民和的万亩桃花林，在青海植物栽培史上是一个前无古人的创举。

话既拉开，难以收束。回来的路上，有人给我发了张举的一首《桃花三月天》：

莫道蜂蝶往来忙，果然娇艳世无双。
暖雨香风频相顾，花开正是好春光。

我把这一首诗转发给了民和诸多朋友，并建议：何不把历代桃花诗刻石立于桃林，增加一点旅游的情趣和厚度呢？

三、　难忘群科杏花时

在青海岁月的枝头上，不能没有群科镇这一棵鲜花烂漫的花树。这，正像群科杏树的枝头上不能没有肉厚多汁的杏子一样，早就是我们心中的定论了。

虽然群科的果树不只杏树一种，但在人们的印象中，群科好像只有挂满了金黄果子的杏树，这便把其他掩映在绿叶中的果子压了下去。一美遮百丑，一香压众芳。群科与杏子，就这样沉淀在青海人的味蕾深处，成为青海荒原枝头上最为鲜亮的果实，让远近的人们不得不时时仰起脖子看着群科、向往着群科，等着这里杏子熟黄的消息。

犹记得小时候，卖杏的货郎出现在我们村庄的情景。他一口一个群科，尽管售卖的并不是群科的杏子，但经他这么一吆喝，人们就纷纷围了上去、凑到跟前。先尝后买，大伙儿一口吞了卖杏的人递过来的杏子，或点头，或质疑，从果肉的厚薄与果汁的味道上寻找和判断是否为群科杏子，这使得许多不曾踏上群科土地的人对群科充满了向往，不由自主地对群科就是一番夸赞。

群科太值得向往！当同样是化隆地界的县城巴彦镇还是光秃秃一片，不见丝毫绿色之际，群科早已花红柳绿，一派春色，宛如江南。当化隆和平安的交接地带青沙山上白雪皑皑、滴水成冰之际，群科却在黄河的波光中闪现掩映在树丛中冬小麦的一片鲜绿。

据说，有一年，一个林业部的官员从群科镇来到了巴彦镇。他看着巴彦光秃秃的树枝，就有点愤怒地给当时青海省林业厅的领导打电话："化隆县城树都死光了，到了清明，尚未发芽，你这是咋回事？"领导慌了，急忙赶过去，问："到底发生了什么事？"这个官员说："群科到处花红柳绿，而这里的树都不曾发芽，难道你都不闻不问？"哈哈哈！原是一场误会。小小化隆，"冰火两重天"。这里与群科比，春天之来，至少要迟上二十多天；冬天之来，至少要早上二十多天。这就是化隆的一体两面，青海的一体两面。要是不行走，我们哪想象得到二三十公里的地区之间的气候能有如此天壤之别？

所以，青海人就喜欢到处去走走。这种走，几乎不怀有任何功利目的，因此也常常称为"浪"。浪山浪水浪河滩，只要嗅到一点春天的气息、绿色的气息，或者听说了一处不一样的景致，不远百里，人们就会结伴出门去浪。所以，大山皱褶深处黄河隐身的群科如同他们的"心结"，有约在心头，是必浪之地。尤其是在交通发达的今天，杏花盛开的那几日，人们鱼贯而人，就像鳇鱼产卵奔向布哈河一样，朝着一个方向，群科到处是看花的人影。

花还是那些花，树还是那些树，但在这个时节、这个环境里，我们感觉到的却是不一样的氛围，收获的是不一样的心情。大概是一个冬天的封闭让我们积累了太多的压抑，这几天一到群科，人就有一种全面打开了自己的感觉。

在群科，不能不在黄河边随便走走。这几天的黄河则如同婴儿刚刚睁开的眼睛，水面似乎比往日鲜嫩、可爱些。尤其是在早晚，它冒着的水汽如同轻纱，与刚刚耕种过的土地冒出的热气或浓或淡地交织在一起，常常轻轻地飘逸在杏花丛中、行人身边，让人有一种身在仙境的感觉。一时之间，大自然的气息，人的气息，在无意间贯通，人有一种与山川和季节融为一体的感觉，一下子会感到很舒服。

黄河东流去，杏花如约开。

身在青海，年年岁岁，虽然只是看上那么几眼，但我还是忘不了群科杏花，忘不了杏花树下波光潋滟、水天一色的黄河，忘不了这里村庄外那些杏树皮一样粗糙不堪、不见绿色的连绵大山，忘不了在农家黄泥小屋的烟柳丛中那些能讲藏语、汉语和东乡语等多种语言的各族百姓的美食，更忘不了那些非常难得的天象人文荟萃在一起的诸多瞬间。在我看来，这一切，不仅是群科杏花不同层次的边框，也是这一隅边地独有的文化魅力。但愿人为的开发能摸准群科的脉搏，使群科不仅成为一处风景名胜，也成为青海东部农业区一隅难得的人文高地。

四、　贵德处处梨花香

大凡能结出一种闻名遐迩的果子的地方，一定有很深的文化根基。有青海花儿歌词为证：贵德的梨儿长把子，好不过碾伯的果子。在青海果树大家庭中，贵德和碾伯就因为当地盛产的两种普通水果而闻名河湟，这之中，其文化根基就像植物所需的氮磷钾一样也是一种营养，在默默地滋润一方水土。就青海各县的平均文化水平而言，乐都和贵德似乎始终在领先。

因此，我常说，文化是一种“地力”，这就像一个人的气质一样，都是不露痕迹地含在一地物候之中的。多少次路过乐都，看着湟水两岸并不宽展的土地，我想这里的农民的日子肯定不会过于富庶。后来，去过几户农家，我甚至感到了他们在经济上的捉襟见肘。但乐都农民却并不因此失去自信：“我们乐都的沙果子比你们那儿的鸡蛋大。”一句玩笑话，居然能够打退外人的奚落或者轻视。

那么，这是一种怎样的精神气质？

乐都人文化上的整体海拔决定了他们的不同凡俗。因此，他们把一种不怎么上档次的果子挂在了青海文化的高枝上。

与此相比，贵德的梨花当仁不让地挂在青海文化的高空。因为这是盛开在文明交接地带的果花，在青海农耕文明和游牧文明交织携手的地方，这里的一树风景打开的是多种文明的视野。

青海贵德籍作家王文泸曾经将这一片土地称作“文明边缘地带”，因为这里曾经是“诸羌环居，民不读书”的地方，至今依然是游牧文明根基扎得很深的地方。与此同时，这里是一片文明的谷地，也是容得下各种文化扎根的地方。很有意思的是，这里是儒家文化的西部边缘，一个以玉皇阁为代表的汉族文化符号几乎全方位延续了中原的全部文化记忆。一些传统的儒家思想在这里像黄河一样流淌在家家户户的为人规范之中。这里的大多数汉族人家不喜孩子说脏话，也不大瞧得起没有修养的外地人。

但偏偏这些打上了各种文化烙印的外地人就是他们的邻居，不是依旧保留着游牧习惯的藏族人，就是那些个性似乎有点张扬的回族人，还有在不经意间通过各种渠道定居在这里的各民族、各地方来人。越是瞧不起，就越是不离不弃。谁让贵德曾是一片尚待开发的处女地？渐渐地，贵德就成为一片包容的大地，多种文明汇聚于此。树犹人也，各种各样的花卉树木，也随着不断加入的新人，受惠于黄河的滋润而在这里蓬蓬勃勃地生长起来了。

最是梨花与众不同，其洁白，其芬芳，其直指繁星的枝叶，在各民族心中都得到了一致的认同。据说，送苗、接枝、相互送果子品尝，早成了贵德人与人交往中的常事。

就这样，梨花变成了流淌在贵德人心目中的另一条黄河。为此，每年的四月中下旬，无论有约与否，青海各地的人们就会翻越拉脊山，赶赴梨花节，在贵德黄河边，在梨树的花丛中，迎送几天平常的日子。细想想，这确实算得上一次早春的壮游。

从西宁到尕让，包括翻越拉脊山，这是在穿越青藏高原。高原风物尽在眼中，还不到半小时时间，我们就一下子跨越了城市、牧区、农业区三种地域。

从阿什贡到县城，一步一景，一路丹霞，我们简直是在远古深海里遨游。公路一边，我们看到的则是寸草不生、难得一见的焦土雕刻出的万般风景。而我们才一转身，另一边看到的则是平静如初的黄河和河岸湿地。湿地上，鱼塘毗连，芦苇丛生，一派江南风光。转头之间，两个世界，这简直是在梦中。

五、　西宁何花最相宜

西宁是一个大踏步向前迈进的城市，从著名的养马牧场青唐城到今日青藏高原的区域性重镇，它几经变身，以自己的方式写下了青藏高原开拓和开发的一页，沉淀下了丰富多彩的文明形态。

就说这里的花卉栽种史吧，从野花移植到百花繁盛，在不断试验、不断推新，几乎从没有停止过各种尝试，今日西宁已经成为各种各样花卉的会聚地。据专家介绍，就花卉品种而言，包括温室培植在内，西宁早就全球化了，每年几乎都有落地生根的外来花卉品种。它们有的栖身于市民窗台，有的妖艳于街头花园，有的隐身于小区的房前屋后，而更多的则盛开于各个公园、植物园，不断刷新着游客的期待，也使西宁的城市品位不断攀升。因为有了它们，青海的生态超出了人们的预期。多少次，带着外地的朋友逛西宁植物园时，他们常常睁大了眼睛问："这么多奇花异草是怎么漂洋过海来到西宁的呢?"

原来，西宁人的心头总有一片花田在空着，只要见到了新鲜的花卉，他们就会想方设法移植到自己的眼前。就我所知，三四十年前，三角梅和蟹爪兰这些常见的南方花卉在西宁还难觅踪影，而如今，只要喜欢，谁家的窗台上没有这些花?

"花事革命"从来是暗流涌动的：循化街头大片的蔷薇，化隆街头成排成行的泡桐，西宁人民公园里耀人眼目的郁金香，等等，在不经意间，就妖艳在我们的眼前，融入了我们的生活，悄然改变着我们对这些地方的原有记忆。

最让我难忘的是，郁金香铺天盖地进驻西宁的那几年的盛景。每每到了五一，在政府倡导的郁金香节前后，郁金香几乎开满了西宁街头。追着花香，各地旅客也是一脸灿烂、喜气洋洋，整个夏都旅游成效达到了节会策划者的预期。据说，郁金香节是夏季青海旅游的序幕，一旦拉开，从此旅客如泉涌，一床位难求，来青游客远远超出当地人口的总数。

就从那时开始，郁金香扎根青海。胆大的市民更是将其移植到自家的花园或者花盆里。公园里从此也有了郁金香的花畦，温室里也藏着郁金香的花球。赤橙黄绿青蓝紫，在郁金香的装点下，西宁一改灰头土脸的城市面貌而一下子显得美艳多了。甚至有人大胆坦言："西宁一下子拉近了与世界的距离。"为此，有人建议，把郁金香定为西宁市的市花。

这事不知什么原因而被搁置。可是，渐渐地，西宁人发现，郁金香艳则艳矣，但花期有点太短，简直是昙花一现。再加上其娇，侍弄有点费劲，于是众人将目光再次盯向了古老的丁香。

丁香是西宁市的市花，花期也不算长，但为什么依旧受到众人的爱戴?

没有细究过。我想，这一定是因为丁香暗合了西宁人的某种个性。它先于众绿而喷发出来的脉脉香气，它身在荒野而不声不响的低调表现，它坚韧顽强不留行迹泯然大地的普通姿态，等等，是否就是西宁人心中暗赏着的精神气质？在与朋友讨论时，他以并不肯定的语气说：“有可能，因为在一个注重表演的时代，西宁人的观念里，‘戏儿’始终是一个贬义词。在这样的一种观念下，他们觉得丁香就是最地道的植物，最贴心的花卉。”

这是真的吗？

我始终没有做过探讨，但我从此认定：花与人的距离不仅是空间的，同时是心理的、精神的。

西宁人的花事与花心和别处的是有些不同的，难道海拔沉淀下来的花卉里也含着一地的思想和审美水准？

六、 深山杜鹃开端午

花开端午。

这是又一场季节的约会。

在青海赏花人的心目中，每年的花事中最不能忘记的还有端午杜鹃。每每到了端午节，人们一边忙着包粽子、插柳叶，把自己的心思寄放于南国，使其与中国文脉一端的屈原和汨罗江保持那一份藕断丝连的千古联系；一边则迫不及待地念想着身边深山里的串串杜鹃，恨不能把杜鹃开放地周遭的山野味一股脑呼吸到自己的鼻腔里，使其成为我们在那一段时间里特有的一缕鼻息与呼吸。

文化和自然就这样沉淀在青海人的记忆里，成为青海花事的一景。

这一段时间，正是河湟谷地的各类作物出土覆盖地面的季节，人的感觉毫无缘由地非常新鲜，一缕微风都可以在心中掀起一番波澜，更何况，在节日氛围中的原始记忆一一复活在大脑深处，脚步信马由缰，常常把我们引出家门，引向祁连山、娘娘山皱褶里那些似曾相识的山坳一角。从互助、大通到门源、天祝，这一路人迹罕至的深山里，只要是阴山，只要是一方静境，只要有一番披荆斩棘的功夫，人人都可接近那一身清芬、洁白如雪的杜鹃花。

杜鹃花是野花，大都盛开在深山里，其周围不是层层叠叠的麻柳、柽柳，就是坡坎、悬崖，没有一番走山的腿脚功夫，就断然无法走近它的身边。但越是这样，我们对它的追逐就越一发而不可收。多少次，我被脚下的麻柳、金露梅丛绊倒在山坡上，彻底躺倒在岁月厚积的苔藓上，享受到了一种我说不清的、原始的舒适。有时，身体斜仰在灌木丛中，人有一种接通了天地的感觉。有时，脚挂在灌木丛的枝丫上，手扶着苔藓，人有一种凌空飞翔的感觉。为了一丛或一大片杜鹃，人虽折腾了个半死不活，但就是从来感觉不到劳累。最为神奇的是，经过了这样的一番折腾，便秘的人从此不再便秘；抑郁的病人在那段时间会感到豁然开朗；有其他病的人，也会焕发出短暂的勃勃生机。

一个中医朋友这样解释：端午之时，正是大山焕发生机之际，各种药草都在释放着它们的药性。这时，原始灌木丛就变成了一个天然的氧吧、药吧，氧气中充满了各种各样的药味，总有一种对症的药气会巧逢需要疗愈的病人，所谓回春的妙手就是这样藏在原始的灌木丛里的。

哦，原来如此！花香疗法，草香疗法。人虽不言，道理早知。谁说人不是自然之子？其实，我们在追逐杜鹃花之时不觉间就遇见了各种各样的自然，那一段赏看杜鹃花的道路上的风景远胜于杜鹃花本身。

出门即风景。端午前后，蒲公英早就放开了步子，沿着海拔的阶梯，从川道河边一直开上了浅山塄坎，并直逼高山悬崖，撒下一路金黄与温暖，挺向岁月深处，给我们留下了一路金黄的梯层，任我们随意攀缘。与蒲公英一样，沿着山路海拔攀缘的植物还有马莲花。它们蓝莹莹的，仿佛天空的一角，标示着一地的农事时间，伴随着拔草的农妇，艳丽在田野路边。与它们截然不同的是，悬挂在深山里的那一丛一丛绵延不断的穗状白花，青海农民常把它们叫胡儿条。当它们开遍原野、装点野性的深山之际，杜鹃花就会现身。一团一团的，一嘟噜一嘟噜的，一片一片的。花团锦簇，白了山坡，好像积雪，一夜间挂在那柔脆的枝干上。

杜鹃花真可谓花中仙子，其花瓣洁白如玉，其花蕊红白相间，像是淡淡的口红，整体看上去，一身洁净，满瓣优雅，毫无招摇之态，对周围的一切始终怀着一份不理不睬的冷淡和不屑，简直有点冷艳。尽管如此，一旦靠近，我们总免不了采摘那么几束，想带回家插在花瓶里。而让我们伤心的是，没一会儿，那花瓣就像雪片般消失在我们手中或者身旁。就是侥幸没有当场陨落的，等被我们带回家时，那些失了生机的花瓣也早没了最初的繁盛与娇嫩。

既然如此桀骜不驯，我们也就只好随它进山，赏它于山中，在端午前后追它一程。就是这样，它也不等我们细赏慢品，就香消玉殒了。在我的印象里，花开还没几日，山脚的杜鹃就像长了翅膀一样地攀升到了海拔更高的山腰、山巅，直至走向另一处海拔更高的深山，简直如一缕闪电，说谢就谢了，说隐就隐了。

不过没关系，它一溜烟消失的山野里还有花期很长的银露梅、金露梅，以及开着紫色、黄色花的荆棘等其他深山草木，它们秉承杜鹃掀起的山野清气，在开满了自己的花期之后，还会把盛开的接力棒交给其他野花，直至霜满山野、雪落高原，实在挺不下去时就把自己的全身心交给冬天。

谁说青海花事不悲壮？

七、 季节巅峰里的花海

在青海，季节与地理总是牢固地联系在一起的。这一点，喜花、看花的人们最敏感，也最清楚。在什么季节、什么地方，开什么花，他们心明而不言，沿着海拔，忙着追逐攀升。到了门源千里花海这一站，站在达坂山上，人就有一种站在季节巅峰的感觉。

这种巅峰感首先来自门源特有的自然地理环境。门源是祁连山里最为辽阔的一隅山谷，是浩浩汤汤的大通河冲击、开凿、浇灌出的一个大平川。然而，川地南北依旧是祁连山连绵不断的高峰，北横直插云天的岗什卡雪峰，南竖贯通了丝绸之路的几条达坂，这使门源就像一个祁连山怀抱托举着的金盆。

金盆，熟悉淘金生活的人们都知道，是一个像抽屉的敞口簸箕，是金客们握着其后、跟其漂游水上的淘金工具。当然，风水远不止这么一点。门源还是祁连山金牧场的一角，曾经孕育出了能够追踏飞燕的浩门马，有人称其为天驹。加上河西走廊就在北缘，丝绸之路青海道的一端从来无法绕过门源，这使门源天然地有一种在天上飘逸的感觉。也难怪门源人把自己称作“天上人”。天上人，这是一种怎样的感觉？

三十多年前，从西宁到门源，几次赶马车过达坂山，在弯弯绕绕的山路上，透过阵阵袭来的云雾，我们一眼看到的就是云雾下边的村庄。有时，视野所及，一目了然；有时，村庄周围，炊烟缭绕。这时，无一例外，我们就有一种人在巅峰的感觉。如今，驱车旅游门源，沿着宁张公路穿越达坂山隧道后，车窗左右皆风景，达坂山北麓观景台上更是车流不息。山中烟火，让我们忘了一时身处何地。看山下金黄的大海在阳光下变幻闪烁，我们的感受不是一个简单的巅峰概念可囊括的。

我还想说的是，门源千里花海争艳的时刻就是青海最美好的季节快到了尽头的时候。青海的夏天太短了。夏至一过，暑期紧连；暑意未浓，秋气渐至。

紧追慢赶，花期将过。在门源，看花的最佳时间无非七月中下旬，到了八月初，虽看得到残花败叶，却看不出海的那种波澜壮阔了，所以，门源看花有时就有一种在季节巅峰里回望的感觉。花越艳，天越热；天越热，冷越近。这时一种超乎季节冷暖、近于物极必反的悲壮感就会不由自主地在我们心中汹涌，这是否也是一种看海的感觉？

这肯定是我的一厢情愿。有容乃大，门源千里花海，这金黄色的昙花一现背后，就我所知，还潜藏着多条河流，没有这些河流的涌入，一切的海无非淖尔（湖泊），无论有多大，最终都会自然干涸，不会久存。所以，多少次沉浸在门源花海之中，嗅着香了周围空气的北方小油菜阵阵袭来的芬芳，我就给朋友们胡诌起我感觉到的那些注入这个花海的所有河口。

其一，这里有一条直连天庭的雪河。门源雪，家门口。国庆节前后，它就会悄无声息地从直连天宇的岗什卡周围的大山上一步步走来，就像那只深夜窜到了村庄的雪豹，亲临这一片黑色的土地，让其早早钻入白色的棉被，在童话一样的氛围里，迎送平常日月。直至第二年的五月开犁，这里还是断不了一场又一场的雪，让门源人觉得一年四季的大多数时间是在雪河里漂游。正是这雪河灌注着花海，衬托着花海，使其显得更加鲜艳夺目、与众不同。

其二，这里有一条直往油锅里流淌着的油河。门源油，满街流。门源因为土地宽广，北方小油菜种植面积很大，这使门源农家的日子一直过得很富庶。门源于我的老家大通而言，是大通人走投无路之际的逃荒首选地。这与门源是小油菜基地的特殊性有关。因为小油菜不仅是口粮，还是很好的经济作物。牦牛的骨头煮牦牛的肉，门源人走亲访友或者发展外贸，小油菜自然是大品牌，他们不仅将门源油一瓶瓶分送到亲朋好友家里，也一车车运输到达坂山外。我们觉得门源油是流淌在青海人血液中的一条河流，我们炒菜、拌面都少不得它。

其三，这里有一条直通青海农业机械化的先河。新中国成立初期，在青海，农业机械化还只是个梦和口号，远在天边，如今门源花海所在地还只是一片肥美的草原，并没有被开垦。到了 20 世纪六七十年代，门源的各个农场才渐渐实现了农业机械化，这使几十亩、几百亩、几千亩的黑土地迎来了前所未有的垦殖黄金期，那时就实现了耕种、除草、收割的全面机械化。

我常想，假如还是古老的农耕时代，这千亩油菜地上马牛拉犁只一个来回，就是一天时光，光一个春耕，哪里是尽头？没有机械化的春耕，我们哪能指望这一望无际的花海？所以，畅游门源花海，我总能感觉到农业机械化在门源流淌着的阵阵波涛。

还有没有？

既为海，有众流。

我曾在《随笔》上读到过关于在这里垦荒的文字，我想，这里肯定有一条文字长河与蜜蜂的嗡嗡声一起，在花海里汹涌澎湃。正在这么想时，耳边忽然响起嘹亮的花儿：

上去个达坂往下看，
门源的回汉人伙坐。
谁如果把我的花儿哈看，
我叫他心里的火着。

莫非这也是花海边另一条我们可感的河流？

车流滚滚，人潮如流。且不说这一切，金色的大海其魅力不容我们细读分解。还是让我们扶老携幼别忘了看一眼这金色的梦幻，这本身就是青海人夏日生活不可缺少的一页。

八、 花落谁家为谁开

这是我在青海各地采访时想到的一个题目。我说不清花卉与一地风气有着怎样的关系，但我知道花落谁家的背后一定有着一种就像最大公约数一样的文化背景作为支撑。

在循化，无论走进撒拉族还是汉、藏族人的家里，院子再小，都设有花畦、花园、花坛。在鲜花的映衬下，无论是黄泥小屋，还是松木大房，都多了几分祥和，几分灵气，几分清爽。我把这一切归结为一个家庭的元气、底气、脸面和另一副精神面貌。就是这么一点小院风物和心底的风景，会像江河的涟漪一样不断扩大，可以延展成为一地风气。

大名鼎鼎的波斯诗人萨迪曾将自己的诗集起名《蔷薇园》，这与中亚西亚的人们普遍喜欢名贵花种有一定的关系。俄罗斯当代著名作家康·帕乌斯托夫斯基以《金蔷薇》为自己的著作命名，这更是他和他周围的民众追寻一种高贵不俗的精神的体现。可见，英国诗人丁尼生“当你从头到根弄懂了一朵小花，你就懂得了上帝和人”的论断是有根基的。

与此相比，从卡力岗山上搬迁到化隆群科地区的回族和藏族人家就有些反差了。他们虽然搬离了原有的酷烈环境，也知道群科是黄河北岸最适于种植花卉的土地，但许多人家就是不屑于在自家院落和房前屋后种植花卉。加上有些人家竟连蔬菜都不想种，这使我们感觉到一地习俗有着很强的惯性生命力，也使我明白心灵上的风景一定是会先于现实出现在心境和梦境中的。

还有佐证，我在大通当老师的那段时间，附庸风雅，试着养过几次花，但均遭失败，虽然是一样地浇水施肥，程序无误，但养着养着，在我宿舍的窗台上还是只见花盆不见花。由此，我开始留心起其他人家的窗台。原来，花艳谁家，不一而足；窗台也是一方天地，自有乾坤在其中。

无论草本、木本植物，几乎都是观察主人性情的一面镜子。那些人为地添置上去的发财树、常青藤们也无一例外，如若不深深地契合主人的性情，则总不会长久。梅兰竹菊背后的每一张脸也不一定都是君子。养性怡情，各随其变，人养花似乎都没有特别的功利。可是，一个好端端的家里哪能缺少鲜花的装点？尤其是在青海这样一个需要度过漫长冬天的地方，好多人家养花其实是为了延续一丝绿意罢了。特别是三九寒天，我们眼中哪能没有一丝养眼透心的绿色呢？这时，养花实则养心，养希望，养自己，接续自然，与花卉本身似乎还有点远了。

此中有真意，欲辨已忘言。

这并不是说，青海人养花没有任何功利色彩。需要特别强调的是，在青海，怀着功利的花室早就从南到北，扎根西宁郊区。当人们的物质生活得到全面保障之后，无论农村还是城市，不知从何时起，人们在探望病人、恭喜乔迁之际，会握一束鲜花，表达人情。这几年，走走早市，我们就会发现，许多人频频买花插在家中，一大把一大把地不再计较那几个小钱了。花，已经成为商品在街头巷尾流通，是人们公认的情感货币了。

在不知不觉中，花的文化边界似乎亦得到了很大的拓展。青海东部农业区里的多个地区，利用当地土地和山形优势，成片成片地种植不同颜色、不同季节里盛开的花卉，名之以花海，以花为媒，大兴旅游，想带动一方经济的发展。就我所知，这些花海还真引来了人流和人气。人流人气的背后是吃喝玩乐各链条上的消费和推介。当然，花海本身的门票收入亦在其中。从目前的情况来看，这做法有点新鲜。但从资本运营的成本理论进行核算，这是不是很划算？不知道。因为，青海的夏天太短暂了。更为重要的是，好花全靠绿叶扶，这种花海的周围有多少值得一靠的绿叶是真长在人心里的？谁都不知。

犹记得大通药草的花海，曾轰轰烈烈地玩了一季，从此便彻底地销声匿迹了。据说，花海掀起千层浪，在价值观念和利益分配等各个层面引发了意想不到的矛盾，为了维持稳定，政府倡导的项目在政府的反思中彻底偃旗息鼓了。

招蜂引蝶花无辜，谁使此山枝叶枯？

青海看花何时了？深层的原因还是花太少。要是开花的季节再长些，花开四季，那么，青海人看花、赏花、追花的历史就得重新书写了。

吉光片羽看青海

一、鼓声里回响的远古

在我的记忆里，河湟谷地里的新年是在咚咚咚的鼓声中拉开序幕的。也只有鼓声才能使这片古老的大地从铁桶一样的冬日沉寂中苏醒。

那时，正是20世纪七八十年代，河湟农村的农民几乎没有什么娱乐。但特殊的是，到了春节，过了小五，汉族村庄里无一例外就会鼓声连连，然后就会在村巷里痛痛快快地耍上十多天社火。作为回族小孩，那时，我们一旦听到了这种伴随着社火的鼓声，就会翻山越岭，不远十里，相约追踪社火，方能得到一年里仅有的一点娱乐。

就这样，我们喜欢上了社火。看得多了，在对各村社火的比较中，我了解并补习到了汉文化的一些皮毛。直至上了中等师范学校，在老师的引导下，借着社火我才打开了深度了解中国古代传统文化的一扇门。

那一天，我们在县体育场看全县社火会演，看了半天，看得个眼花缭乱，总觉大同小异，没有新鲜的东西。到了晚自习时间，语文老师让我们写写当天看到的社火时，我“老虎吃天，无处下爪”了。看着我们一脸的迷茫和尴尬，老师简直有点激动地给我们上了一节“社火补习课”。他说：“大通社火有两档节目直通古代，令人耳目一新。一是大通社火中的蛙图腾祭祀舞四片瓦舞，这是宋代以前民间祭祀仪礼的重要组成部分，其中扮演者脸上的蛙图腾，与表演过程中的步伐动作都透露着先民们对于庄稼和青蛙的深情厚谊。在舞蹈队形的变换中，采取的跑四门、拧麻花、走太极等都是千年前的祭祀仪式，从中我们可以感受那个时代的民间信仰。如今，在中原大地上几乎看不到这样的仪式，我们真想不到它是怎么一代代流传在大通地区的。二是，具有五千年历史的傩戏，其生命力在大通不仅渗透到了汉族社火之中，也演绎到了回族宴席曲中。这些都是像北川河和孙家寨彩陶上的舞蹈纹一样源远流长的文明之光。”

哦，原来如此！在由外行到内行的转变中，那一夜，我们似乎感受到了比文字记载更为具象久远的文明之光在照亮我们的内心。

后来，从事电视行当，在拍一个非遗系列专题片时，我发现，在现有的河湟社火中，许多节目都是青海仅有、内地消失了的，它们如今都是化石样的文化遗存。就我所知，乐都高庙、湟中千户营高台等地的社火，隐藏着很多历史文化信息，许多细节都是书本中不曾记载的，与今天的生活远非一个“相距遥远”概括得了。

在拍摄这些社火时，我还发现，乐都社火中的所谓“身子”，一个个都是活跃在《封神演义》和《水浒传》等文学名著中的人物。在这片文化普及率较高的土地上，这些人物早就在各族百姓心中扎了根，成为人们为人处世的坐标，于是，人们把他们高供在村庙，作为村落的保护神。所以，每每到了正月，人们就把这些身子请到村巷街头，让其“巡视”一番，这其实是一种警醒，也为营造一种氛围。就是这种氛围，让乐都高庙的农人们在务农的闲暇里从来没有忘记读书，晴耕雨读的传统让他们有着不同于其他地区的一种举止和谈吐。

与之相比，千户营高台就是一扇时代的窗口。千户营高台的先民们自明代遭贬谪至此，后辈们牢记先民的嘱托，在社火中不断注入时代内容，总给人耳目一新之感。他们注重正面形象、大众心声，延续着的则是先民们从南京出发就开始祈求风调雨顺的良民心愿。由此，高台上的身子不只有神灵，也有时代偶像。有意思的是，他们的身子中出现过《智取威虎山》和《红灯记》中的人物。在迎合时风、配合大势方面比较迟钝的青海，这样的应时反应简直有点另类，但这同样体现一种古风。

在青海，被正月锣鼓惊醒的大地上，在各地的社火中，还有很多在岁月的长河中沉淀下来的古风，它们在其诞生之地，早没了踪影，但在我们的身边就像庄稼一样陪着我们，无意间为我们记录下了先民们生活的一页。

二、 巍巍昆仑的东方雪光

“如把中国与欧洲比，青海就是希腊；如果把中国比春秋，青海就是岐山。”这话是一民国学者说的。但要不是这一次实地走一趟昆仑山，书生几十年，我都无法知晓这句话，在此之前，更是闻所未闻。看我孤陋寡闻的尴尬样，朋友说：“有眼不识昆仑，这是为什么？”一时语塞，无语作答。想了很久，我暗自纳闷：这可能就是所谓的熟视无睹，或者“只缘身在此山中”？

人就是这么怪：我们记忆中最深刻鲜活的常常不是几盏暗夜里的油灯，就是闪烁在草丛中的一缕荧光，谁还记得每日阳光的一地灿烂？巍巍昆仑在身边，原来青海长云遮蔽了我们的视野，使我们忘记了昆仑文化在我们身边无所不及、无时不在。

昆仑之大，一个“莽”字。这是毛泽东主席站在东方大国的曙光中，看到的昆仑雄姿。“横空出世，莽昆仑。”在其冰山一角下面，我们看到了中国河山的壮美，看到了在长江、黄河、澜沧江以及黑河的波光一泻千里中耸立着的昆仑。如果说，以青海湖为中心的高原湿地是亚洲之肺，那么，昆仑山则是华夏大地之心，因为，九百六十万平方公里的大地遍布全身的血液几乎全都来自昆仑。昆仑连四海，雪光映中华。中国生态文明之源就在我们身边，就在我们心中。身居江河之源，青海各民族文化之中都闪烁着敬畏自然、呵护江河之光。藏族、蒙古族的祭湖习俗，穆斯林的重水理念等已经深深地扎根高原，成为青海地方文化的重要组成部分。

昆仑之莽，还在于它是中华文明的文化源头。自古及今，昆仑神话如同一道贯穿古今的闪电撕开了挡在我们眼前的各种黑暗。在人类的童年时期，当希腊神话带着地中海的波光照亮了西方的道路时，昆仑神话则带着来自天宇的雪光照亮了东方大地。

在中国历史的地平线上，最先映入我们眼帘的人影，就是活跃在昆仑山里的西王母，它的活动半径几乎覆盖了大半个中国。如今，惯于附会的人们几乎言之凿凿地认定：新疆的阜康天池、青海昆仑山深处的瑶池，就是西王母曾经洗澡的浴盆。在以西王母为中心的这个神话体系里，还活跃着羿射九日，夸父追日，造父学御，周穆王西游、蟠桃盛会等一系列东方故事。正是这些故事记载下了中国人童年时期的认识边界、思想边界，使一地文化因此奠定了深厚的基础。

昆仑就是中华文明不断走向成熟的大舞台，在研究者的视野里，昆仑就是中华文化的曙光诞生之地。读遍古籍，我们会惊奇地发现，打上了昆仑文化印记的著作如同西部的星空，其丰富性简直可以称为星河灿烂：《山海经》《神异经》《淮南子》《汉武故事》《后汉书 · 西域传》《汉武内传》《穆天子传》《庄子》《楚辞》《诗经》《列子》《史记》《拾遗记》《博物志》《独异志》 等典籍都或多或少有关于昆仑神话的记载。李白、杜甫的诗篇中也有不少关于昆仑的佳句。李白“黄河西来决昆仑，咆哮万里触龙门”的气势，千年之后，涛声依旧。杜甫“西望瑶池降王母，东来紫气满函关”的诗句更是颠覆了“春风不度玉门关”的传统偏见，而将昆仑当成了函关紫气的源头。

就是这样一脉文化的江河一直流淌在中国文化的深处，涵养着中国文化的希望。有意思的是，1942 年当时在西宁的第一所高级中学被更名为昆仑中学。这所中学虽然深深地打上了那个时代的烙印，但其倡导的海纳百川、有教无类的教学理念却使青海教育的理念与胸襟师承孔子、直抵昆仑，一下子缩短了青海与内地的距离。

在青海，昆仑就是这样一个与天地和日月同寿的品牌。早在屈原时代，《九章》里就有："登昆仑兮食玉英，与天地兮同寿，与日月兮同光。"读到这里，我常想，难道从来没有踏上过昆仑的屈原也知道昆仑有玉？2008 年，当昆仑玉做的金镶玉奖牌亮相时，不少人为此瞪大了眼睛！包括我在内。就在惊问的那一瞬间，我蓦然觉悟：在一切文化的源头或者出发点上，世界是否早已大同，或者大通？

只觉东方这一缕雪光已经走出了青海长云的长久遮蔽，而与世界接轨了。

三、　马蹄声里的格萨尔王

行走在西部牧区，无论是在青海，还是在西藏、云南或者四川，只要有藏族人，只要是在人烟稀少的草原上，在炊烟袅袅的黑牛毛帐篷里，就少不了关于格萨尔的诸多话题。

走出帐篷，视野所及，在外人看来是很普通的一隅山川，当地的藏族人会指着它言之凿凿地说：这是格萨尔王的拴马桩，这里是格萨尔王走过的地方，这里是格萨尔王激战群魔的战场一角。传说与现实就这样交织在一起，如同白雪皑皑的阿尼玛卿神山，依旧很鲜活地活在广大藏族牧民的身边，这使他们的世界远远地超出了现有草原的空间疆界而与口口相传的历史传说有机地交融在了一起，谁听了都会感觉到一种强大的文化磁场。

"不，这简直是西部的星空或者草地上的淖尔在人心中的另一种呈现方式，其汪洋恣肆、汩汩流淌的情景宛如大地深处的泉眼，映照出了这一片大地的精神风貌。"一名内地纪录片人在看完上海电视台拍摄的关于格萨尔王史诗的几集纪录片后，曾这样感叹。我觉得他抓住了这一地文化的魂魄。沿着他的思路巡行，我们就会看到另一片巡行在草原上的江河。

这是一条更为久远的江河，我们真不好说，其源头还在人心，还在星空。因为，生活在草原上的藏族牧民一致认定：凡能说唱格萨尔王的艺人的才华是天赐的。这是有几分神秘色彩的，因为他们从来就不是在拜师学艺的传统学艺轨道上成长起来的“凡人”。他们有的是在一场重病中突然开悟而无师自通，有的是在一场睡梦的延续中接通了远古时空。但无论是什么渠道的成长，他们一经出世，就会吟咏这传奇的故事，其内容大多是他们想都没有想过的。

就这样，格萨尔艺人在草原上代代相传、一脉相承。其中，有专写的艺人，有专唱的艺人，有专画的艺人，但无论借用什么媒介，其艺术的主题和形式永远摆脱不了那种根深蒂固的英雄情结，或者说是旋涡。让这旋涡从宁静状态之中荡开的契机无一例外就是所有相聚的机会。

对于逐水草而居的游牧民来说，每一次相聚都是难得的相会。他们在对方的帐篷里喝酒或闲聊的时候，总免不了一番激赏或者向往。这时候，格萨尔就是他们心头的太阳，可以照亮生活里所有的阴霾与黑暗的角落。会唱几句的在三分酒意里就会尽情发挥，会画几笔的就会找来燃烧得差不多的木棒信手在白板子、皮袄上随意起笔。尤其是在漫漫黑夜或者漫长冬月里，格萨尔王最是他们一日不可分离的精神糌粑。

就是这些格萨尔王的故事，让他们在茫茫无际的雪地上酒醉后依然找得到自己的帐篷，在遭受来自自然和社会的各种不幸之际依然看得到自己心中的火光。就是这些英雄的传说，让他们明白，这个世界上从来没有不可一世的恶魔，这个世界上所有的人都会遇到形形色色的考验，包括爱情的考验，都是在刀光剑影中才亮出它可爱的面庞的。

格萨尔王是一部史诗，每一段、每一节，都为人们留下了想象的空间，也为人们保留了一顶他们征战之余得以从容休憩的帐篷。

所以，天上有多少颗星星，地上就有多少个格萨尔艺人。这些艺人，天上地下，过去现在，穿梭往来，让草原处处都是魔幻现实主义的重镇。

犹记得前几年在果洛草原上观看马背藏戏的情景。当那些穿着戏装骑马呼啸而来的演员出场之时，所有前来观看的观众都起身欢呼，抛撒风马旗，表现出了少有的谦恭和激动。而那些马背上的勇士听到观众的欢呼之后，总是连连呼应，一片呜呜，整个现场仿佛跃动着远古的声响。在沉郁、厚重的寺院音乐的伴奏下，那些马背上的英雄一会儿在人群的包围中唱、白、舞、演，呈现历史情境，仿佛那远古的故事就发生在我们身边；可是，不一会儿，他们就冲出观众的包围圈，扛旗驰骋于周围的草原山岗，这让我觉得整个戏剧充分打破了时空限制，又把我们带回了现实。看着他们骑马远去的背影，我对身边的藏族朋友说："这样的表现形式，这样的时空互动，在城市和乡村的舞台上是无法呈现的，是不可想象的，在世界戏剧史上，就我所知，可能也是绝无仅有的。"

他长舒了一口气，好像是从传说回到了现实，浅笑着告诉我："好在还有这格萨尔史诗，这热闹的场面，假如没有了这回响在耳边的马蹄声，西部草原的千古死寂简直是一堆没有点燃的牛粪，其单调和平静是不可想象的。而我们今天看到的这一切会使广大牧民由此长上翅膀，产生不断奋斗的动力。"

那一天，嗅着帐篷里点燃的牛羊粪烟味，看着草原上东西纵横、盘盘绕绕的小河，我觉得格萨尔史诗好像这牛粪烟、这汩汩流淌的小溪，是渗进草原骨血里的一种情绪、一种叙事力量，甚至是草原本身，是一种打破了物质与精神界限的独特存在。

在西部草原，任谁也说不尽格萨尔。

四、　文明边地的旋风

喜欢对比各种文明形态的核心内容和表现形式，深知每一种文明之间都有一个模糊的边界。与此同时，我还认为，无论什么文明，在其基座和巅峰的两极，似乎都没有本质的冲突。就基座而言，无非吃穿住行、生老病死，几乎都在物质层面；在其巅峰，也无非是非善恶、灵魂终极，大都属于道德精神层面。正因如此，文明之间的深层关系在相互影响、相互渗透中会化生出另一种既不属于你我，但你我都悄悄认同着的"暗文明""暗文化"，我把这种文化叫作“袖筒里的暗号”，或者是“文明边地的旋风”。

是的，旋风。在旷野里，来去无踪，突兀出现，如一个穿着连衣裙的舞者，在我们的身边旋来旋去，腾挪跌宕，常常卷起一阵风暴，形成一股撕扯的力量，让人惊骇。但它说走就走了，很快就会从我们身边消失。据说，有些旋风直通天宇，能够卷起巨石和风暴中心里的各种重物，会把卷起的重物抛撒在几公里之外旋风失去力量的地方。

言归正传，在青海文化的边缘地带，有一种可以称为最大公约数的文化存在，那就是抓鬼驱邪的古风。

就我所知，像巫师的这类人，在各民族之中都有，在看病禳解时他们从来不管病人的民族和信仰。所以，为避免本民族其他人的误会、排斥和攻击，请求巫师服务的人家从来是偷偷摸摸的，不愿将此公之于众。

李泽厚在其《由巫到礼 释礼归仁》中有过相关探讨。可我觉得奇怪的是，在民间有人将其与萨满教的驱邪仪式做了严丝合缝的“嫁接”。举例来说，在青海许多地区，晚上归来或者做客时，主人或者识趣的客人会在门前燃一堆麦草，让远道而来者一一从火堆上跨过，以此阻挡同来的恶鬼，从而求得家庭平安。人们把这种行为叫作“跳冒火”。有孩子晚上哭闹不已，一些母亲就会在空地上燃火熏烤，以其光焰驱邪，以求孩子一夜安宁。当条件不允许放一堆草火时，有些母亲就会点燃纸扎的火把，以其在孩子的头部晃动，并念念有词，让火光驱逐一切不洁的存在。

就是这一缕星光般闪烁在人们心头的暗光从远古出发，在不断积蓄补充中形成了一种新的文化形态，人们就把它叫作傩。傩，在古书上解为驱鬼逐疫。古老的图腾崇拜和鬼神信仰，辅之以歌舞，形成了最初的傩戏，使先民们总习惯于借助这种神秘力量来实现自己的美好愿望。表演者古称巫觋、祭师，被视为沟通神鬼的“通灵者”，表演时需穿戴各种服饰面具，模仿神鬼的形神动作，借神鬼之名驱鬼逐疫、祈福求愿。《周礼》对此曾进行了详细记载。

那么，这一股文化的源流如今流向了哪里呢？

我在青海三个地方看到了其浓重的遗迹：一是民和三川土族的纳顿节上，其中各村的“法拉”不就是那些远去的巫师？二是在同仁地区的黄南六月会上，“通神者”依旧活在这一片土地上，为整个村庄祈福。三是互助的梆梆会，在不断敲响的手鼓声中，表演者们以舞蹈寻求天地的响应。这几项活动，如今都是当地的非物质文化遗产。虽然其表现方式和表达路径迥然有别，但其在延续傩戏传统时，都没有放弃远古的原则，狰狞的面具、奇特的服饰、简洁有力的动作、古怪的言语以及充满神秘的场景。这近于原始的仪式，也有点像古希腊的酒神狂欢仪式和印第安人的原始宗教活动。

看着这样的表演，我常常有一种时空颠倒了的感觉。

五、 名山大川里的道痕

《史记·老子韩非列传》：

> 至关，关令尹喜曰：“子将隐矣，强为我著书。”于是老子乃著书上下篇，言道德之意五千余言而去，莫知其所终。

读到这里，我常想，作为道家创始者，老子告别了函谷关之后，是否径直往昆仑山，然后从此隐身于此，终老于此？

要不，为什么有那么多的古代文人心心念念昆仑山，并认为这是神仙的故乡？如今，为什么我国台湾、香港以及东南亚地区仍有那么多学者不远千里来到这里寻根问祖？

带着这些问题，我从格尔木出发，不到一百公里，就来到了昆仑山，我们的身边出现了好几处道家的遗迹。

先是 2012 年修葺一新的无极龙凤宫，它言之凿凿讲述的是姜子牙得道昆仑的故事，说这里在明朝时即为道教浑圆昆仑派的道场。

距无极龙凤宫不远的地方，就是西大滩的玉珠峰。玉珠峰也是一个道教遗迹，传说这是玉珠神女在人间的行宫。玉珠神女幼年时常常跟着母亲到昆仑山中玩耍，久而久之，就喜欢上了山中的奇花异草，于是，其母就在这里为她修了一个行宫。每隔几个月，或者一段时间，她就会来到这里居住一段时间，在皑皑白雪之中感受别样的生活况味，并把自己的足迹留在白雪之中和雪线下面的草地之上，使这个荒原引起了更多神仙以及人间的关注。就从那时开始，玉珠峰周围的环境因为有了人气而变得越来越好了。西大滩从此多了一份人神共有的气息。

据说，与玉珠峰遥遥相对的玉虚峰也是一处道教遗迹。相传这是玉虚神女居住过的地方，被誉为道教的洞天福地、佛道两教的“神山之最”。有意思的是，玉虚峰两侧共有六个神洞，右面三洞为佛家“三宝洞”，左面三洞为道家“三清洞”。六洞之上，还有一天洞，道家称之为“圣洞”，佛家称之为“未来佛洞”。

想不到两教就这样在这里自然而然地合一了。但无论是在哪儿，佛道相会之地定是思想流光溢彩之地，现实和理想的相逢之处。具有浓郁道教情结的唐代诗人李商隐曾经写下的《玉山》是否就是如今在无极龙凤宫旁边的这一座玉山？

玉山高与阆风齐，玉水清流不贮泥。
何处更求回日驭，此中兼有上天梯。
珠容百斛龙休睡，桐拂千寻凤要栖。
闻道神仙有才子，赤箫吹罢好相携。

“道可道，非常道。名可名，非常名。”在昆仑山里，我似乎一下子靠近了道的本质，但我仍旧说不出来。与这种被特殊环境烘托着的道观相比，我在西宁北山、互助五峰、大通老爷山上看到的道观就充满了人间烟火气，其导人于修炼的境界似乎有点具象，有点形而下，甚至还带着一点点功利气味。但无论怎么说，道教在青海的分量是举足轻重的。我想，这可能与青海是名山大川的故乡有关吧。也只有名山大川才容得下人的无为、道的无可名状。

在人影如织、人声如沸的闹境中，跻身一个角落放着水碗看相的道士们哪能看到真正的道魂，接近真正的道教?

道在青海，这是由青海的山川荒野决定的。至于青海的道士们有多少修为，建立了多少道场，那倒在其次了。

六、 延续着的儒家礼仪

在当今社会，儒家礼仪早已碎片化了，如同曾经遗失在田野里的那些陶片瓦块，但细细寻找、拼凑，我们依旧会看到它的容颜与可心之处。所以，我还是比较认同“青海是儒家文明最后的边疆”之说的。

犹记得在大通一中教书之时躲在毛佰盛街上犄角旮旯里的那些民风民俗。每每到了孩子们小学毕业的那一天，亲戚们就会远道赶来，径直往学校去，在毕业典礼上就要给孩子披红挂彩，将此作为一个家庭的重要荣誉与脸面。我曾为此发问：“为何中学、大学毕业了，都不怎么理睬，独对小学毕业这么看重?”他们说：“小学是启蒙阶段，是一个人扎根的阶段，也是学习礼仪和规矩的重要阶段，是人生大事；而中学、大学是学习谋生技艺的台阶，对于一个人的修养并不怎么重要。”

哦，礼仪。从此我就开始观察这里的礼仪。但凡婚丧嫁娶、洒扫庭除，他们都是严格按照传统儒家礼仪进行的，不肯省略在我看来已经有点过时的繁文缛节。最让我感到奇怪的是，在婚丧嫁娶中，如果不拿着正规请柬和必要礼物去请客，客人就会板着面孔拒绝，断不会召之即来。在此过程中，主家如果不亲自登门请上两三次，客人是不肯随便出面的。他们会笑话在我看来是直爽的一次之请。我见过他们骂这种人：“好像几百年都没吃过席，只请了一次就去了。”更让我不理解的是，他们的待客礼仪有时简直是在“虐客”。客人一坐到炕上，连坐姿都是“身不由己”的，马上处于被批判和校正的范畴内。主人待客、陪客的礼节更是一丝不苟——放桌子、放馍馍、倒茶、敬茶，每一个动作里都含着谦逊。一俟吃饭吃菜结束，就会开瓶敬酒。这时，一家人鼠大牛二，按着辈分年龄纷纷劝酒，客人好不为难，但也无可奈何，没办法，就吐在人家炕上，直至丢脸丢大了，方才罢休。

礼仪之中含“报复”。在丧葬礼仪中，舅家的摆歪更是让丧主遭逢难堪，常常下不了台阶。正因为如此，他们平时的待客礼仪中从来就把舅家放在首位，他们惯说的一句话是：“舅家之来，梁柱都动。”

当然，也有尚不过时的好传统。这里的人即使很穷，也从不忽视正月里作为一家精神面貌的一副对联。每一户人家，都是理了发迎接新年的。这段时间，在村巷里晒太阳的老人们一旦闲聊，就会议论和点评视野所及的好对联、好写家。这使这里的整体文化氛围很好，促使这里的孩子们认真练字、积累传统文化知识，这里的念书人一个个都很重视写字，由此孕育出了一个闻名全国的书法家王生明。据说，王家和薛家两家就像跷跷板一样一直在大通文化的天平上“你来我往”，特别是在写字上暗暗较劲，不下几百年了。

以上，只是一个局部，此风在大通好多地方都看不到了。与此相比，据说，乐都的很多乡村、贵德的一些地区以及全省各地汉族人相对集中的许多地区，有不少完整保留儒家礼仪的村庄和街区。据王文泸考证，耕读传家的传统氛围在海东一些乡村还很浓重，他举了乐都和他的老乡张荫西的例子。就我所知，作为董仲舒后裔的循化董家，虽然早已信仰了伊斯兰教，但其家教依旧是儒家的。前几十年里，家里女人端着盘子进了堂屋之后，一般都是倒退着出去的。

因为周围环境的熏陶，全省各地的回族人自觉不自觉地也吸收了诸多儒家礼仪。让我常常回味不已的是，河湟地区的好多回族人家在其炕头上无一例外都摆着一个叫作炕书架的家当，但其中装着的却是待客的被褥，竟连一本书的影子都看不到。他们家里再穷，都不肯吃掉存放面粉的柜角里那一把待客的白面。客人重于一切，脸面重于一切。我们小小年纪就被教育：骑马见老人、长者，从远处就得下马问好。这使我如今驱车经过老人身边而不能一一问好时就常怀不安。

有客来，双手迎；有客去，送到门。很多青海人家都不忽视这一古老的礼仪。如今搬进楼房之后，一些有修养的人自觉不自觉地仍然不忘把客人送出楼门，甚至送至住宅小区的门口。

可见，仁义礼智信，在青海，尚未绝迹，尽管其磁场有强弱，但其核心内容似乎仍然有一定的生命力，它们就潜藏在我们的身边，这正如来自田野里的那一段歌声：

花椒的树上你别上，
上去时刺枝儿刮哩。
到了庄子里你别唱，
你唱哈老人们骂哩。

总有老人在一代代传承和守护着儒家礼仪。其捍卫礼仪的教导声或许已经在我们的内心深处盘根错节了。

七、 挺在天际的红色坐标

红色文化浓墨重彩写下的几笔深深地影响着青海人的思维，并成为青海地方文化的重要组成部分。

按照时间的顺序说，红色文化扎根青海较迟，到了 20 世纪 30 年代末期，中国工农红军在西进的路上曾经派一支队伍悄悄潜入班玛县，在那里买粮、探路，接触当地的藏族人民，并在那里的石板和屋墙上书写红色标语，首次撒下了革命火种。如今，这些漆写的标语还在，流落在此的红军木匠的后代还在，青海民大周忠瑜教授以亲历者的笔墨写下了这一页星光灿烂的历史。

星星之火燎原青海的另一页红色史册则是西路军兵败祁连山之后，由一个个战士沿着自己命运的轨迹共同写成的。从祁连山周边各县的偏远乡村到河湟谷地的西宁街头、黄河两岸，他们三三两两隐入民间，融入各族百姓家中，以自己每一个平常日子里的一言一行继续书写共产主义理想，丰富了中国革命的内涵。就我所知，他们无论在哪，都有一种律己容人的宽阔胸怀，也始终保持着艰苦奋斗的优良传统，在一己得失与集体利益相冲突时，总将牺牲精神展露无遗。所以，新中国成立之后的历次运动中，他们总是挺在一线、做出表率。

我到各地采访，总忘不了他们（或者她们）的身影，看着他们的晚辈们波澜不惊的平常日子，我总说这是他们的先辈换来的现代生活。他们的人数不下千人，他们的后代更是数以万计。《青海省志·军事志》等对其有详细记载，循化红军寺等爱国主义教育基地更是了解西路军历史和灵魂的一扇窗口。就我所知，西宁、祁连等地都有不同性质的西路军纪念馆。

青海红色文化的另一重要册页就是青藏公路、青藏铁路的开通以及格尔木市的横空出世、西部荒原的开发。这是青海开拓史的重要一页，也是人类挺进荒原的重要一步。

人人都说柴达木盆地是聚宝盆，但是，要把这个盆子端在手里，其过程何其艰难！“千里之行，始于足下”，青藏公路的诞生和青藏铁路的通车，就像两条风筝飘带，把世界的目光引向了千古荒原。沿着这两条交通大动脉，青海柴达木开发以及全省荒原开发建设掀起了整个西部大开发的新篇章。

就我所知，这是动员全国力量，凝聚全社会共识，展示社会主义制度优越性的最好样板。这里曾经凝结着几百万军人以及不计其数的其他劳动大军的多年心血。如今，看着祁连山下那一眼望不到边的油菜花海以及西部荒原上一个个以格尔木市为中心不断拓展开来的绿洲，我常常想起青藏高原上那些映着天光的淖尔，它们一如西部的星空，也是一道独特的壮美风景。所以，我常常说，西部开发，这些大手笔一个个都是真正的《大风歌》。

大风起兮云飞扬，在时代的壮歌中，原子城是青海红色文化版图上最为浓墨重彩的一笔。这里曾经是中国两弹研制基地，多少科学家曾经在这里隐姓埋名、默默研修，以草原为案头，以青海长云为笔墨，写下了生命的华章，也为新生的中华人民共和国锻造和挺起了坚硬的脊梁，为万里长城续上了一块崭新的时代砖石。

每每走在这里，我不仅感受到了红色文化密码中本有的那种壮怀激烈，也隐隐领略到了佛教文化之中的出世思想。无论哪一种文化，都无法忽视举大事者沉下心来专注一件事情的那种“静气”。正是这种静气，让中国科学家们默默地成就了一番惊天伟业，彰显了社会主义制度的优越性，也让我们感受到了红色文化在青海的勃勃生机。

味蕾深处的青海

一、 杂碎碎语

如果说，兰州人的早晨是从吃一碗牛肉面开始的，那么，西宁人的早晨则是从吃一碗热气腾腾的杂碎汤开始的。

天还未亮，街灯正明，西宁市大街小巷上的杂碎摊、杂碎店就次第开门，或者摆摊了。几张算不上排场的桌子，一两条纵横摆放的条凳，一盏在冷气里模糊出一团水汽的电灯泡，一口在炉火中一直翻腾着热气的大锅，一张堆满了牛羊肠肚的案板，然后是三三两两如约前来的食客，一碗碗飘着蒜苗和油花的杂碎汤就这样摆上了桌子。

小本生意，特色食品。这曾经是西宁以及周边小镇早晨非常有意思的一景。

如今，杂碎生意依旧风生水起、风光无限。原先那些不起眼的小摊子一个个要么变成了品牌店，要么人约天亮前，食客们蹲着在人行道上吃，索性省了那一溜垫着屁股的小板凳了。杂碎生意也就出现了两极分化：要么是粗瓷碗配上精致木盘，走向高端；要么是食客们碗扣着一张脸，半倾着腰身，不计体面地蹲着吃。

因为，在吃杂碎的人们看来，这个餐食环境是大可忽略不计的，因为杂碎吃的就是烫心烧嘴的那一口滚汤。这汤是牛骨头熬制的，里面的草果、胡椒、花椒等热性调料简直就是他们味觉的故乡，一经舌触，即感亲切对路；一进肠胃，即感暖和舒心。

有时，就是经过这样的场景，涟漪般层层荡开的味道就像一把无形的手拽着你不得不驻足摊前，亦不由得让你胃口顿开、蹲在一边。在呵气成冰，或者寒凉阵阵袭来的清晨，能够围着这样一口冒着香味的大锅喝几大勺杂碎汤，吃一碗冒着油花的杂碎，这不仅是在吃饭，更是在驱寒和为一天的生活垫底。有此开场，这一天的日子就过得温暖、富足，这一天的营养就得到了全部保障。

人在高原，热量第一。有一碗杂碎垫底，无论忙闲，也无论脑力或体力劳动，就是忙得不吃午饭一直在喝水，整个人的营养都是有了保障的。这使西宁人一个个看上去面色红润、精神抖擞，很少有病歪歪一蹶不振者。

食不厌杂，况杂碎乎！这是牛羊的头蹄和内脏，里面凝聚着草原的精华和劳动的汗水。曾经，因为贫困，燎烧头蹄、洗涮肠肚、烤吃腰花只是为了充饥。杂碎的一切始终与穷人的穷有关。但在多年的尝试中，人们发现，这种种杂碎食物都是很好的药物，具有一般的肉食不能替代的医疗保健作用，还不只是吃甚补甚那么简单的一句话。于是，杂碎逐渐从百姓厨房上了高档餐桌。

如今，在青海，每每摆席宴宾，大小菜盘上桌时总少不了一盘红烧肚片、一份干煸羊肠等杂碎家族的成员领头挂帅。在作为夜宵的烤肉摊上，人们更是把烤腰花当成了保健品，争着品尝。作为家常饭菜之一的羊肠面更是地方小吃的一种，让多少食客难舍难离，排队品尝。晚餐的饭桌上刀切一小碟羊肝蘸着辣醋吃则是许多家道殷实人家的必然选择。据说，凉拌萝卜加羊肝是天然的开胃品。

就因为如此，杂碎在青海成为独特的买卖，自古至今，培养出了一批洗杂碎、收拾杂碎、经营杂碎的行家里手。在我们看来是比较烦琐的杂碎收拾工作，经他们一番充满创意的劳动后就成为一种有地方魅力的美味佳肴。神奇的是，经过他们那一道道琐碎的工序，那些肠肚从此远离了污秽，那些头蹄肉从此远离了毛味而成为很好的胶原蛋白，这过程简直可以说是化腐朽为神奇了。而更为重要的是，他们的劳动场景不是在泉头，就是在河岸，总在清新的自然环境之中，这使吃杂碎的人吃着时总有一种与自然始终相伴相连的感觉。

人是自然之子，越是靠近自然就越有活力。君不见西宁有人曾为了一碗心仪已久的杂碎，不怕路远，每日驱车二十公里前往西宁郊区后子河小镇去满足口腹之欲，那种痴情谁可体会？写到这里，我更难忘那些早已离开了西宁的游子，每每说起泉儿头杂碎和马尔沙牛杂等西宁名吃时一个个都垂涎三尺，不胜向往，羡慕的神情就像高原的天空，常常把人带回过去。

二、　面片片语

一碗面，情无限。

就说青海人爱吃的面片吧，在有些地方，被叫作揪片子。这就像西北人以吃的方式命名大块牛羊肉为“手抓”一样，突出的是制作的动作之一——“揪”。可是，真正地说起一碗面片，何止一个“揪”字呢？

一碗面片里饱含着烹饪者以及广大面食区域不止一代人的技艺与修为。

青海有谚：“一样的面草，十样的造作。”面片从选择面粉开始，就决定了其味道的厚薄绵长。在我们的认识里，山东面干、蓬，味道敦厚，就像这里的人一样厚道；甘肃张掖面犟、筋，味道单纯，就像河西走廊的山川一样有个性；青海贵德面柔、散，味道绵长，就像雪山下静静流淌着的清清黄河。在真正的行家眼里，地理、气候、海拔、光照都是那么显眼地保存在面粉之中，他们只消用眼睛看一看，用两个指头摸一摸、捏一捏，就能感觉出是什么地方的面，能够做出什么样味道的面片。

小时候，我们村子里的人，大都只吃自己家乡的面，几乎没有吃外地面粉的机会与缘分。但是，就是凭着偶尔走亲戚的一鳞半爪的经验，他们也能比较得出我们浅山和川水地区面粉的细微差别。令我感到惊奇的是，我们村一个走出去很久的工人，他在吃面时，能感觉得出是水磨还是电动磨加工出来的面粉。他说："水磨慢悠悠的，最契合小麦的脾性，因而，其磨出的面，面性没有遭到丝毫破坏，味道也最是慢悠悠的，耐得住咀嚼。而飞速转动的电动磨加工小麦的过程其实就是一个施暴的过程，麦子的天性因此被扭曲，哪里还保存得了那些天然的麦香？"当时，人们听了都只是笑，没有人反驳。时过四十多年，等大多数农民见多识广之后，却是众口一词地承认：麦香的存留与加工的器械是有千丝万缕的关系的，高档的面粉加工器械因此不会忽视加工出粉的自然温度等让麦香绵延的条件。

那么，哪儿的面最是做面片的上品？

我还从来没有听说过农民们对于一地面粉的诋毁与不屑。

我的一个开了几十年面馆的朋友告诉我：一家人吃面片的面性不需要太筋，散一些比较好，这种面做出的面片的面汤就会糊糊的，比较开胃；而招待众人，大锅里下的面片，就一定要用面性比较犟的面，这样，面不易糊，炒出来的效果也会比较好。哦，怪不得在生产队里集体吃面片时，无论倒多少汤水，下出来的面片都是糊糊的，无法变清爽，原来这是面性使然啊。

其实，面性之外，让面性得以张扬的和面技艺同样是决定一碗面片味道的重要因素之一。大凡识得面性的人，在和面时就非常看重水的温度以及面团的干湿度。他们的经验是马上下锅，需要立马就吃的面，就得调软一些；而尚需延时的面，不妨调硬一些。然而，不论是哪一种面，都得经过不断的、耐心的揣揉。其实，这揉面的功夫，就是与面粉进行深度交流的过程。就在这揉开揉合的过程中，有灵性的人，马上就能感觉到一方水土的魂魄。这不是夸张，据说，许多女人在揉自己家乡的面粉时，就能感觉到那遥远故乡的气息。

面揉到家了，马上要下锅时，就得把它放在环境温度较高的地方，促使其早饧。而需要延时下锅的，一般情况下，就得放在冰凉一些的地方。做生意的人，还常常将揉好的面保存在冰箱里。

人与面，面与一方水土，就这么不需表述地融为一体、难分难离。

面片的做法和种类可多了。

过去，日子艰辛，配料缺乏，就是清水面片里，最起码也得要炝上一勺油汪汪的葱花或韭菜，这使一碗面由此变得有滋有味。

后来，生活丰裕，配菜渐多，面片做法因人而异、因料而异、因地而异，也就出现了今日面馆八仙过海的创造性局面。

在青海，清真餐桌上，今天我们最常见的有羊肉面片、牛肉面片、鸡蛋面片，这是以配料来区分的。其实，配料远不只如此简单。就说羊肉面片吧，其配料里总少不了葱、洋芋丁、萝卜片、姜丝等。常见的一锅汤面片的做法是，面团待饧之际，厨师并不闲着，他切肉、切菜，并把这一切汤料在锅里炒熟。如果是清汤面片，他就直接在这炒熟的烩菜里倒上冷水等着水开，水开之后再揪面。这是常规。也有直接倒上开水，马上揪面的，但这样揪出来的面片的味道就没有冷水慢开之后的醇香了。如果是干炒面片，他们就不直接倒水了，而是先将烩菜放下，用笊篱从开水锅里打捞出面片，将其与烩菜炒拌一番，这就算是炒面片了。

干炒面片、清汤面片。这是以程序和做法的不同来区分的。

指甲面片、搅嘴巴面片。这是以面片的大小形状来区分的。

待客面片、尕娃面片。这是以加工的粗精程度来区分的。

如今，在北京等地的一些清真餐馆里，我还发现有迎合西方口味的番茄酱炒面片。

面片，以面为主，在广大的面食区域，花样亦在不断翻新，不断吸收各种饮食文化的精华，其影响力版图一直在扩大。

在青海的待客礼节中，七大碟、八大盘，不论多么丰盛的宴席，最后，总免不了吃一碗面片，并以此收场。青海的宴席，在外地人的心目中，给他们留下深刻印象的除了大块的牛羊肉，就是这句号般席散之前的一碗面了。

在三餐堪忧的过去，青海人家里就是再穷，也会在面柜一角储存几斤白面，以备招待来客。这关乎人的尊严。一旦来客，他们就会竭尽热情地做几碗清汤面片，以此守护一家人的体面。

今天的富足，过去无法相比，大多数人早就走遍了天下，对于美食几乎不再垂涎哪怕一寸了。然而，一旦说起面片，青海人总是乡思悠悠、食欲顿开。可能大多数青海人自己都感觉不到了：在米饭普及高原的今天，人们依旧念着那一碗面片，在郊游和晚饭的主食里，总是少不了那一碗家常的面片。

面片延伸和培育出来的味觉记忆已深深地融入青海人的骨血之中。我的一个朋友去国外留学，那段时间，他什么困难都可以克服，但就是放不下对家乡一碗面片的思念。于是，从来没有做过面片的他有一天就尝试着挑战自己，还真因此了却了一次次折磨自己的那一缕心愿。他说，头一次，他买来面粉，打通了母亲的电话，靠着母亲在电话里的指点，一点点尝试、一点点过关，最后不仅学会了做面片，还对面片这种地方面食有了自己独到的思考。

他说："面片其实最好做了，它最是出门人的伴侣一样的食品。"

哦！我想起来了，那些年，痴迷淘金，我不止一次利用假期前往金场，一天五餐，吃着尕娃面片，导致在一段时间里几乎都开始反胃了。我就想，这还有没有变通的可能？有倒是有，但人在绝境，食材短缺，除了馒头，也就数面片做起来最方便，适合在荒野里充饥啊。

我最难忘在淘金路上，我们什么灶具都没有的那一天。王大爷找了一块有点凹陷的石板，把它当作面盆和切菜板，既在上面和面，也在上面切洋芋萝卜，三下五除二，很快为我们做了一锅消除旅途劳顿的清汤面片。在后来的日子里，我们不论是在哪个淘金点上，有多少人，住多么简陋的住处，在那么遥远的荒野，只要有面粉和土豆，我们就能吃到一碗保命续命的面片。

其实啊，在金场里，一日五餐，谁家何曾离开过面片的滋养？

上得了盛宴，下得了荒野；随高就低，朝夕相伴。面片就这样与我们形影不离、难舍难分，让我们养成了雷打不动的饮食习惯，并因此形塑着我们的气质和精神。

三、 青稞何以香江源

身在江源，曾经没有怎么感觉到青稞的香味。这是因为小时候三顿三晌吃的都是青稞面做的食物，青稞养大的生命早就失去了对于这种养命庄稼的敏感与记忆。不吃青稞的这几十年我一直沉浸在告别之后的庆幸中，早忘了与之相伴的那一段贫寒岁月。那时，走亲访友偶尔在亲戚家里吃到了心仪已久的白面或者米饭，那些瞬间沉淀在味蕾深处的感觉至今依旧隆起在记忆深处，占据了我童年记忆的半壁江山。多少次与儿时的玩伴们回味这一切，总觉得青稞与贫寒是扯不开关系的。

就这样背对青稞又是几十年，但青稞依旧跟随我们，从乡村跟到了城市，形影不离地和我们在一起。在我们发现了“三高”，感觉到身体的种种不适之后，第一时间，它自觉不自觉地再次来到了我们眼前，伸出了一双不离不弃的手。青稞面干粮、青稞面破布衫、青稞饼、青稞麦索、青稞糌粑、青稞酒、青稞醋，渐次靠近。青藏高原哪能摆脱青稞的滋养？藏族人说，这是神赐的庄稼。科学家说，这是化石样与青藏高原相伴共生的植物。在回族人、撒拉族人的手下，青稞再一次迎来风生水起，成为尝鲜、待客等不可或缺的优质食物。

城乡超市里少不了青稞面粉。

大小餐厅的菜单上，一沓青稞饼、一窝破布衫更是食客的首选。

流动商户的手推车里哪能没有青稞面干粮和洒一路面香的青稞糌粑？

互助的青稞酒、湟源的青稞醋已然成为青海名优产品。

青稞再次活跃在青海美食大家庭中了，在营养充足的年代，它肩负起了亦药亦食的重任，刷新了青海美食纪录，并成为青海美食家族中最为亮眼的食物。

从姿态上说，青稞是腰身最低的植物，同时，是功劳最大的庄稼。无论处于怎样荒寒的环境，就是在海拔四千多米的雪线下，只要有一把土、一点阳光、一点雨露，它便能生根发芽奉献出一茬庄稼，给人以耕种的希望，把中国文化的耕读传统默默地带到了青藏高原腹地的云雾缭绕处，其开拓之功无论怎么说都不过分。

在我的记忆里，每逢青黄不接的饥饿季节，那些在风中摇曳的青稞穗头就像那伸出的一双双友谊的手臂一样，毫不吝啬地把自己的身子最早送到了村庄的嘴边。看到它们摇曳的身姿，我们村的庄稼人就像听到了天穹的神谕，就会潜入其中，摘下一把把包浆的穗头，将之烧熟，随手揉搓，尝鲜于田野。这还不够，回家的时候，他们还要把穗头拽下来，一捆捆带到家里，烧、煮、揉、簸，加工成柔软青绿的湿青稞，或者用小石磨拉成寸许的麦索，然后，炝上油，以此改善生活。两者的共同特点是鲜、嫩，带着大地的湿气。但其吃法却有不同，烧青稞的吃法讲究的是原汁原味，有点像吃瓜子，一粒一粒地在咀嚼中感受麦香；麦索则是和芫荽一起用清油炝或者熬成粥食用的，讲究的是清油与其他食材的搭配与混合。这些都是季节性很强的食物，一般是过了这个村，就没有这个店的。但心细的人家喜欢把麦索晾干妥存，这样一年四季都可泡软熬粥食用。小时候，一碗麦索粥每每使我们享受着丰收的喜悦，回味不尽土地的馨香。

在青海，最会吃青稞的当属门源人了。我想，这与门源大面积种植青稞有关。门源是祁连山腹地里土地面积最宽展的地方，也是被达坂山遮住阳光后比较冷凉寒湿的地方。这使门源天然地成为青海省最有名的小油菜种植基地、青稞种植基地。门源人烙出的青稞干粮香脆可口、软硬适度，有点像点心。若是经过冰冻再烤，并烤出一点“火色”，吃起来那味道则香酥焦脆，经嚼耐品，实属难得的家常美味。若是家里来客了，门源人则少不了烙青稞面油饼，搓青稞面鱼儿，变着法子让客人感觉到一种别样的温馨。

青稞面可能是面筋最差的面粉，要想以它擀成一案像样的寸寸面，那无异于攀登蜀道，任谁来擀，都是一座难以攀越的大山。于是，擀面的女人们常常把她们手下的一案青稞面形象地叫作破布衫。这破布衫，一片一片的、七零八碎的，很难凑成一大块。但这并不影响她们每天晚饭都是一锅薄擀细切、漂着葱花的破布衫汤。这是家常饭，断不能以此招待客人。所以，一旦来客，她们就会和面搓鱼儿，做一锅像小鱼畅游一样的青稞饭，算是变了花样地招待客人。至于烙几张冒着小油菜香气的青稞面油饼则更不在话下。

青稞就这样成就了门源人，也成就了青海人。我小时候，我们那儿的人每每说起青稞饭时，总为门源人竖起拇指，也总模仿着他们不断变换青稞面的做法，创出了独属于当地的特色青稞面食。让我感到自豪的是，我的奶奶和妈妈都能把青稞面擀出胳膊那么长的长面来，也能用青稞面捏出饺子，还常常炒青稞麻麦加麻籽做我们的零食，这使我被青稞包围着的童年生活有了更多回味的余地。

在青海，互助人不知从何时起，面对丰收后的青稞，萌生了做酒的想法，从一家一户的酩馏酒到现代化的工业大作坊出品的商业酒，其不同系列的互助青稞酒已经成为世界名牌。

青海湟源人则把青稞融入他们擅长的酿醋技艺中，让青稞在湟水源头透出了别样的高原清香。

不擅于务农的青海各地各族游牧民则是把青稞糌粑请进了他们的黑牛毛帐篷之中，存放在燃烧牛粪的土灶前后，成为他们一日三餐须臾不可或缺的主食。

有意思的是，告别了草原的藏族人每进城市的餐厅，点再多的菜，也总少不了点一碗垫底的青稞糌粑。到了斋月，好多穆斯林家庭的早餐都是一勺酥油一碗糌粑。糌粑早已不再是一种食物，而是一种文化了。要不，我的兄长在写《拉萨的启示》时为什么念念不忘我们俩在祁连山腹地的托茂阿嘎家吃过的那一碗糌粑？对于如今的我来说，所有的青稞面食物不仅是一味必不可少的降糖良药，更是长青在感情深处的万亩良田，我总想着以其前所未有的文化分蘖力消解和平衡思想深处那些不经意间悄悄染上的现代瘤毒。

四、 土豆土吃法

土豆（洋芋）是全球通，它在这个地球上占领的版图是其他任何食物都无法望其项背的。无论是帝王将相，还是平民百姓，谁都说不出关于它的一句坏话。在我小时候，土豆烧牛肉曾经是一代人垂涎三尺的食物，被高高地举在一个时代的头顶、前沿，一度成为一轮炫目的光圈。

土豆是离我们最近的食物，在艰难时世中，它是最好的充饥垫肚子的食物；在酥油滑倒马的盛世光景里，它则是最好的去腻食品、最佳的平衡药物。怪不得，青海等地习惯将其称为山药。

进城这么多年，说起土豆，我依然是一口一个山药。可能，这有点老土了。但如果不服，真要争辩的话，我一定会言之凿凿。因为，在我小时候，我们那个口粮紧张的山村里，是土豆救治了山民，是三顿三晌的土豆让一个两千多人口的浅山村庄战胜苦难，一代又一代获取了活下去的勇气和生机，如此，难道还不能称土豆为药？在救治时代困乏和食物短缺方面，还有比它更好的良药？我由此想，以药为食，这是何等的知足！

犹记得那时的每一个早晨，家家煮土豆，炊烟一时罩住了整个村庄，土豆的味道充斥在土巷里，出村十里都是土豆的味道。尤其是那些在麦草火里慢慢煨熟的焦巴土豆的味道，那简直是一束灿烂的阳光，瞬间照亮了我们味觉里所有的黑暗。那时候我们的肠胃就像麦场一样常常空空如也、不着一物。通常，我们早起按量象征性地吃一点点面食之后，就可以打开胃口、饱吃土豆。因为那时土豆是不限量的，家境稍稍好转的主妇们会一盘接一盘地将刚刚出锅的、热腾腾的土豆端上饭桌，供大人小孩围桌取食，这还挺有仪式感的。这时，小孩们往往因为挑三拣四，或者掐焦巴吃，引来大人的一番训导：只吃自己眼前的，这是修养。吃土豆时，大人们高兴的话还会讲一些关于吃土豆的逸事。我至今记得比较清楚的一个故事是：有一家的孩子不听大人劝告尽挑有焦巴的土豆吃，大人吃的全是残次品，因此坏了规矩，毁了家教。于是，这一家就一改盘食习惯，而把土豆盛到一个细脖子的砂罐里，谁都看不到哪个好，哪个不好，围桌吃土豆的人伸手下去，抓住哪个就是哪个，再没有挑挑拣拣的余地。谁知，手大的儿媳伸手下去摸了个土豆却拿不出手来，被烫伤了。我不知这是哪位长辈讲的故事了，但从那时讲述的语境看，讲述者一定是津津乐道于盘食而对自己的家庭在饭桌上的民主和大度持有点夸耀成分的。

我还记得的是，因为种种原因，没有时间围桌吃土豆时，一些学生和要下地的农民就会攥着土豆，边吃边走。他们还会将土豆当作赠品，送给同行的人，这种情况是常有的。在我的同学中，那些生存能力高人一筹的人常常在书包一角藏着生土豆作为午饭，在土垒的火灶里烧熟了吃，从而免了回家吃午饭。

就是他们的这种智慧启发我们在十岁左右就学会了在田野里垒土灶烧土豆。我们无师自通地沿袭大人的说法把这叫作焋地锅。以地为锅，想来这是多么大气啊。

在野外，只要有一根火柴、一堆土豆，我们就会兴致盎然地垒土灶。说是灶，其实是一个用拳头大的土坷垃做的空心的小金字塔，形似一个倒扣着的锅，在下方留有烧火的灶门，顶端则留有冒烟和放进土豆的窟窿。垒好土灶之后，我们就会捡拾柴火，然后，点火把土灶烧红、烧黑。我们坐在一边，在烟熏火燎之中不断添柴加薪，不时地用手心在顶端感受着这火炉的温度。觉得火候差不多了，我们就从顶端留下的窟窿里把土豆一个个小心翼翼地放下去，然后用事先准备好的湿土把这窟窿填得严严实实，不使其冒火跑气。再后来，我们就等着土豆的香气从土缝里挤出来，直钻鼻孔。等到香气四溢，我们就一点点扒开土灶，把土豆一个个拨出来。不知什么原因，土豆经了这样的烧烤之后，味道就是别样的美。吹吹灰土，不及细擦，我们就津津有味地吃起来。那焦黄的皮简直就是上了油的面包，吃起来咔咔咔的，自有一种音乐的旋律；厚皮内的瓤子则是颗粒分明的白砂糖，没有一点土豆该有的黏性。如果在冻土里翻出被彻底冻僵的土豆，经过这么一番烧烤，就会散发出一种“肉感”，这使一年吃不到几两肉的我们常常有一种食肉的感觉。

乡村孩子们小小年纪就知道怎么烧土豆填饱肚子。大人们的智慧则更多了，他们知道的土豆吃法就比我们知道的不知多到哪里去了。我知道的是，好多农妇在烧饭时不忘在灶头上烤土豆，煨炕时从不忘在炕洞里放上几个土豆，生火盆、炉子时更是留足了烤土豆的位置。最让我难忘的是，在生产队里烧野灰做肥料的时候，很多农民把生土豆直接埋进灰堆，借助灰土的热力使其逐渐变熟。这样的土豆仿佛是烤饼，那厚而不焦的皮子远胜白面做的锅盔。

以上都是土豆最“土”的吃法，是没有任何作料时的吃法。一旦有了作料，其吃法则“柳暗花明”，别有一番天地。从酸菜土豆的各种家常炒法到干煸、凉拌，从油炸到做馅、炖汤，甚至做成酿皮、粉皮，下火锅，加工成粉条，与鸡兔牛羊肉同炖同炒，餐桌上的土豆不再“土”，摇身一变，一个个都是上得了厅堂的大餐。从古到今，我们真无法想象没有土豆的青海餐桌。

五、 野菜与吃野

详细想来，青海人的“野味”情结和别处的有点不同。概括起来说，大概有这样两点：一是喜欢把野菜采来在家里吃，所谓吃野；二是把家里的食物搬到野地里吃，所谓家常野吃。总之离不了一个“野”字。我想，这与青海人始终离田野、荒野很近有关。

人是自然之子，就是走得再远，也有回来的一天。城里的人想走出去，城外的人想走进来。这简直是在荡秋千，吊着这架秋千的绳子大概就是人与自然的距离了。

具体落实到我个人，这就是我们家到田野的距离。小时候，春寒料峭之际，我就禁不住自然的召唤，不由自主地拿着一把秃尖的十字镐来到那些向阳的田野里寻味野芪。野芪一般生长在没有水分的干土坎上，靠着阳光和干土里的些许湿气集聚甜味，再加上其灰黑皮内的胴体洁白柔韧，耐得住长久咀嚼，确实是很好的即食野菜。

野芪长尺许，茎黑硬，每年春天，来不及发芽，就被我们这些满山野跑的小孩一人一把攥着回家。作为季节性零食、乡村小孩的小吃，它给我留下了非常深刻的印象。在这印象之中，最让我不能忘怀的是，有些小孩常常误把狼毒花根当野芪吃，因此送了卿卿性命。

我们刚刚挖罢野芪，就是春耕。这时，随着犁铧划开的黑土地冒着的湿气，我们会在塄坎和刚刚解冻的生土里发现胖墩墩的蕨麻和白森森的萝卜。这是春天的一道曙光，一经在我们眼前闪亮，我们就会懂得在尚未翻开的冻土里悉查它们的身影了。那些茶叶般枯干的叶子，会为我们透出大地的秘密。不用论证，只需举镐，灰褐色的蕨麻常常带着大地的湿气一嘟噜一嘟噜出现在眼前。如果茬子好，我们一天挖它个三五斤不成问题。

在白土层里，我们总能挖到指头粗细的野生萝卜。这种萝卜一身洁白，宛如细嫩的竹笋，也有点像胖墩墩的手指头。所以，农人多把好看富态的手指头比作萝卜。因为有了蕨麻和野萝卜，隔三岔五，农家餐桌上就会添上一道油炝的山珍，这使他们贫寒的生活一下子多了一道金色的花边。

蕨麻脆甜可口，余香脉脉。野萝卜则绵软厚实，不忍即咽。这两样野吃都属于季节性食物，不是想在哪时候吃就能吃到的。相比较而言，蕨麻只能在春天吃，其他季节都是在疯长中积聚能量的，其根一直处于“抽筋状态”，吃不成。而野萝卜到了秋天就基本长足了，循着其逐渐收缩的叶子，我们在土地完全结冻之前，还可以吃上一茬。

这些地里埋着的野菜一般都讲究鲜吃。如不嫌弃，我们也可以吃到晒干后再泡发的这两样山货。到了这时，蕨麻就成了人缘极好的香饽饽了，可以熬稀饭，也可以拌米饭，还可以与其他食物一起做成八宝饭。蕨麻摇身一变就成了人参果，好像不再是来自地层，而是来自果树一样，一下子上了一个档次。与之相比，野萝卜因产量有限，就只能当提味品了，大多数时候会出现在山珍汤里，与竹笋一起沉浮。

继蕨麻、野萝卜这两样山珍之后，在菌类和藻类家族里，地达菜和黄蘑菇亦是撑得起青海山珍大牌的两种野菜。地达菜，又叫地耳、地膜、地衣、地软软等，其颜色和形状都非常像黑木耳，一般生长在阴凉、潮湿的坡地上和河沟边。其小小的菌丝经雨水一淋，就涨大起来，很像蘑菇。青海人喜欢用它做包子馅，平时也用于炒菜和做汤。至于黄蘑菇则更是珍宝，它生长在天然净土的草原上，只有在温度适宜的那两三个月里蓬勃生长，过了季节，便难觅踪影。所以，每年夏天，捡蘑菇创收成为当地牧民的又一生活来源。因为他们的商品意识的觉醒，身在西宁的我们也能吃到当季鲜嫩的黄蘑菇。炒菜、做汤，它们都是一流的食材。正因如此，靠近蘑菇的那些虫子也不放过尝鲜的机会。这使那些不能及时变作商品的黄蘑菇被牧民用线穿上，晾在帐篷上，用粪烟驱虫，保证其顺利风干。风干的黄蘑菇一经水泡，加上菜心炖，别有风味。吃不惯的人说这有一股草原味，而吃上瘾的人则说，干透的黄蘑菇吃的就是这个味道，这是岁月的味道，也是地理的味道，更是味觉里难得一见的一种海拔。

就我所知，青海的野菜中，蕨菜和荨麻都比较有名，苦苦菜、花花菜、灰条菜等也曾丰富过人们的餐桌。

青海多荒野，荒野多蕨菜。蕨菜因为吸收了大自然一个冬天的营养，像攥着手一样地出现在荒野上时，人们就会不由自主地采上一把两把。凉拌、清炒、配菜，吃法不一而足。味道虽然并不特别好，但其苦淡与攥着手献身的姿态却让我们难忘这个季节的馈赠。

荨麻，也叫蝎子草，它是草中的蝎子，我们没少尝过被它扎、咬的滋味。尽管如此，我们还是把它驯化成了餐桌上的一道食物。河湟一带著名的小吃背口袋就是用荨麻卷成的一种薄饼。采了新鲜的荨麻，经过晾晒、水煮等一番处理，其伤人的尖刺很快就变成了营养的汤汁，荨麻味道的独特是韭菜盒子等食物没法比的。据说，荨麻不仅是食物，同时是药物，它具有清热解毒、降压利尿的功效。与它一样，苦苦菜、花花菜、灰条菜等不仅是野菜，也是良药，它们一直在暗暗帮扶着青海人抵御各种恶劣环境的挑战。

青海人的野吃，我曾写过一篇《山浪咏而归》，从文化角度做了一点触碰。在我看来，野吃的文化里肯定包含着青海人对于野菜的那一点藕断丝连的牵挂，这是不是有点像收藏界故意把新画做旧？或者，也还有点像那种在新裤子上开窟窿耍酷的时髦味。或者，这就是青海人骨子里一直未曾改变的“野味”。

这世上凡野的东西就是不戴笼头的、没有定论的，是无法框在那些形形色色的理论范畴之中的。

六、 馍饼锅盔里的草灰味

过去，青海人吃饭很简单。大多数时候，好多人家的早午餐无非就是吃馍馍喝茶。花儿里有“吃馍馍喝茶的心不宽，见我的花儿哈喜欢”之语。正因如此，人丁多的人家，主妇们一直在灶房忙于烙馍馍而不得片刻消停。

烙馍馍是个泛指，具体的烙法因烙具的不同而有不同。最为常见的烙具当然是铁锅，其烙法就是用麦草或蒿草一点点将锅烧热，然后将揉匀的面团放进锅里，靠着适宜的温度上下烙，当底面形成一层有些焦黄的薄皮时，方始翻转，如此反复，使其变熟。如果火候不到位，还要追加一点微火。皮薄皮厚，这里大有讲究。如果是烙给老人吃的，当然皮不宜厚、不宜硬；如果是烙给年轻人当出远门的盘缠，则讲究皮厚、皮脆。最被人们嫌弃的就是那些皮焦瓤生的馍馍。

烙馍馍是评价青海女人本事的重要标尺。青海有谚：“针线看纽门，茶饭看饼饼。”在青海的传统中，女人的本务有三样：烙馍馍、擀面、补裤裆。为此，几乎所有人家都把女人烙饼的功夫视作其内功。因为饼饼是最薄的馍馍，其中之飞饼就是用不添加任何作料的面烙成的正面饼子，其薄若鸟羽，甚至薄如蝴蝶的翅膀，所以习惯称之为飞饼。飞饼香脆可口，挨锅即上色，对火候掌控的要求除了经验，就是精心，最考验女人茶饭功夫和专注精神。如若在飞饼上擦了油，使其成为油饼，青海人又将其叫作狗浇尿。名虽不雅，但其名对制作过程的描述与展现却是相当传神的。因为本身很薄，容易变焦，所以在制作中等不及仔细抹油，只得迅速拿油壶的细壶嘴绕浇清油使其渗入饼面，有点像狗在抬腿撒尿，因而得名狗浇尿。据说，在上海世博会上，狗浇尿的色香味得到了多国美食家的肯定，但因其名翻译成英语后有点不雅，有学者干脆将其暂名为橄榄饼，突出了食材之一——北方小油菜。狗浇尿不知是否因此得到了更为广泛的传播，但在青海，此新名称并没有得到推广。

飞饼之外，青海人还烙一种一指厚的发面饼，这种饼可大可小，没有固定尺寸。有点奇怪的是，人们把直径一拃大小的饼子叫作大饼，或者烧烤。而将一张中等漆碟大小的饼子叫作撒拉饼，或者起面饼（发面饼）。这种饼有白饼，也有油饼，讲究的是面嫩和现做现吃。我一直在想，人们为什么把它叫作撒拉饼呢？请教过多人，没有得到满意的答案。但有一个猜测可能非常接近事实——起面饼是用于应急或者待客的，有点十里不同俗，在青海循化一带为了驱冷，其早餐最讲究吃热馍，循化人因此习惯了现做现吃的饼子，就是馒头也总喜欢在热锅上焙着吃；与之相比，天气更寒凉的大通等地则更习惯于吃冷馍。

一旦有寸厚，人们就不再将其称为饼了，而叫作锅盔。这是因为其成熟之后的样子有点像钢盔。锅盔讲究的是色黄、皮厚、瓤酥，一般不热吃，等其变凉后拿刀切块吃。锅盔因其大，最适宜于带着出门慢慢吃，所以，过去人们出门喜欢带着它。据说，两个青海人在机场里对话，一人说，你把转盘机枪放在哪？另一人说，我已妥存，不要问了。这使一个早就听到了他们对话的安检人员在安检时单刀直入：“武器在哪?”这两人一时不懂，就说：“哪来的什么武器?”安检人员问：“老实交代，转盘机枪在哪?”哈哈哈，一场误会。安检人员最后才搞清，原来，有的青海人把锅盔叫作转盘机枪。

一样的面草，十样的造作。除了锅，青海人也喜欢以鏊烤馍。

一般情况下，人们在院子内外随便找一块平地就“兴师动众”了，以柴草烧鏊，等其温度能够烤饼时就将拤好的面团放进充满热力的灰烬中，靠着金属鏊已到火候的温度和灰烬的余热让馍慢慢成熟，一般中间还要翻一次面，这使这种馍的底面是平的，另一面微凸，有点蘑菇的样子。这种馍，可大可小，所以，一次可放进一个整面团，也可以分开放三五个小面团。人们把这种馍叫作焜锅馍。关于焜锅馍，我知道的是，在大通等煤资源丰富的地区，人们直接在现成的煤火里烤。由于柴草和煤的火力不同，烙馍的人就得站在鏊旁边“待命”，增减底火和顶火，以控制温度。另外，焜锅馍可以做成一团白面的，也可以添加清油卷层，加工成层饼样的，不一而足。

由于鏊的启发，借鉴新疆馕坑的经验，青海东部农业区的人们还喜欢用泥巴做一个方形的大土台一样的巨鏊。这种鏊上下左右都是抹上了黄泥巴的内壁，其内部空间里设计有两三层方形的铁板或者铁皮，用以放面团。其烙馍的方法是，先用柴草将土台烧热、烧红，然后将放上了面团的铁皮一块一块放进去，最后堵上本来是开口的正面，之后就靠着鏊中的热气将馍馍蒸烤。用土台烤馍一般只需翻烤一次，就可变熟。这种做法的优势是一次性可以烤几十个馍馍，有点规模效应；就味道而言，它则既有蒸馍的糯软，也有烤饼的干脆，少烟味残留。而其不足是，它不适合做大锅盔，面少的时候，容易把馍饼烤焦。

在青海，最让人难忘的则是黄南等黄河一带流行的火烧馍。火烧馍就是直接在木炭灰或柴草灰的灰烬里烧出来的、不用任何灶具的“天然馍”。烙馍的妇女们一边在家门口燃烧柴草，一边把灰烬堆积在一边，等灰烬能够掩埋一个两三斤重的面团时，就会把事先准备好的面团埋进灰里，靠着灰烬的温度将馍烧熟。为了保证火力均匀，她们常常在馍的中间挖一个洞，这使馍看上去就像一个巨大的面环。这种馍的特点是，麦香里含着土香，焦黄的皮子依然有点软嫩，最适宜就着奶茶、蘸着酥油茶吃。说到这里，可能有人担心，这样的方法能够保证馍里没有残留的烟灰？奇怪的是，这样的馍经过小小的湿面团的滚沾，其干净清爽是一点儿也不亚于鏊做的焜锅馍的，但其原汁原味是焜锅馍望尘莫及的。

馍馍是青海人一天都不能离开的食物。青海人给人倒茶总少不了一碟子馍馍的陪伴。馍馍也渐渐由吃进入文化层面，青海人说起过日子，常以“咋大的肚子吃个咋大的馍”作比，说明一个人的能力与所做事情大小的关系。以“拾馍馍渣”比喻打工挣钱的低微程度。以“要馍馍”称呼乞丐，引申为不走正路之人。以“谁把你的馍馍掰烂了”说那些愁眉不展或者给人脸色看的人。可见，馍馍是他们心中的太阳，是灿烂在他们心中的阳光。对于一个女人来说，烙馍馍则一定是一场最为庄严的修行，花儿有证：

撇沿的锅里烙馍馍，
蓝烟把庄子罩了；
搓一把面手送哥哥，
眼泪把腔子泡了。

七、 节日食物里的那些敦厚香气

让食物的馨香就像小溪寻找江河一样从四面八方汇聚到节日，这可能是人心的语言，也是所有文化的最大公约数。要不，青海各民族的节日食物为什么总是那么璀璨夺目、花样百出？

在青海，每逢中秋，各族人民就会做出与天上明月可堪一比的月饼。这饼说是饼，其实是一个蒸笼大小的馒头，其直径在四五十厘米，甚至有更大的。与馒头不同的是，制作者总喜欢把红曲、姜黄、清油、苦豆、玫瑰的花瓣等具有视觉冲击力和味觉冲击力的食材一层层卷进面里，这使偌大的月饼宛如一朵面做的鲜花，看得都让人有点垂涎欲滴。这是献给日月的厚礼，也是映着人心的祭品，人们把它做成了日月的模样，这使天上地下、餐桌人心都充满了日月的清辉，人心由此得到了日月的抚慰与贴近。有意思的是，就是没有给日月献祭习俗的民族，也喜欢在中秋前后做这种月饼改善生活。惯见的吃法是将之一切为四，再切为块，一点点分解之后捧在手里细品慢用，以享受季节的馈赠。

其实，食物早已超越了民族的界限。汉族的腊八粥，中国西北各民族在阿舒拉节上惯吃的麦仁粥，早已没有了清真、非清真之界限。青海各民族崇尚的凉粉、熬熬等更是成为跨越了民族界限的共同食物。熬熬，在有些地方被称作大烩菜，因其包容性强，老少皆宜，贫富不分，就像火锅一样已经成为青海各民族餐桌上的家常团圆菜。这一点跟饺子有点类似。可见，食物确实是文化的使者，它在沟通人文、化成天下的过程中具有神奇的力量。

走在被称作西宁清真食品一条街的中下南关时，我常有一种在文化长廊里徜徉的感觉。因为，这里的糌粑食品系列原属藏族等游牧民族，如今却是当地老人们的日常食品和斋月早餐。甜醅和粽子本来是河湟汉族的食物，甜醅来自酒糟，粽子来自江南，如今它们却是中国西北各民族须臾不可分离的家常食物。馕是维吾尔族的日常食品，在西宁有很好的销量。更别说穆斯林的油炸食物了，其得到了各民族的垂青与喜爱。据说，有些外地游客不远万里从西宁打包各种油炸食物，这已经成为古城西宁的一种消费时尚。

油炸食物，在食品短缺时代属于节日食物。在我的记忆里，那时，我们家不来客，就不会轻易烙油饼；就是烙，也只以麻刷涂一点点油，极俭省，不敢轻易动油锅。后来，日子逐渐丰腴，到了节日，每动油锅时，总把原来的薄铁锅换成一个底浅的平底锅，说是它吃油轻。

既要省油，又要吃油炸食品，就在这个过程中，先民们探讨出了很多办法，由此激活了创造的灵感，使我们今天见到的油炸食品越来越丰盛。馓子、麻花、花花、油饼、油团，几乎都是从沸腾的油锅里像鱼一样游出来的。它们的外形透着阳光般的灿烂色彩，它们的味道含着青海菜籽油独有的芬芳。因为制作方法的不同，食材的有别，它们的味道也各有千秋，不能一概而论。油炸食品早已从节日食品变成了家常食品，也从青海流向全国，成为青海味道的一脉，融入中华美食的大家庭。

回顾过去，有这样一首花儿记下了油香里的民族性：

身骑上大马挡羊走，

羊伙里挡花羊里。
你随上回回了跟我走，
天每日吃油香里。

在今天的语境里，这首花儿有点恍如隔世之感，但通过这首花儿，我们依旧可以感受到香料之路上，青海人根性中的那缕嗜香心理及其在食物之中的沉淀与展示。

茶满高原

早就写过《茶味无穷》这样一篇随笔，受青海人民出版社之托，还编过一本名为《茶味无穷》的青海回族散文集，在中国茶文化版图上算是无心地胡涂乱抹过几笔。如今，提起茶，依旧觉得言犹未尽，这是因为在青海，茶不只是茶，茶已经溢出茶碗，飘荡在生活的方方面面，说是茶外有茶，也不觉夸张。

在我生活的回族文化圈里，婚丧嫁娶的各种礼节，无论与茶有没有关系，几乎都是以“茶”命名并一以贯之的，茶之礼可谓贯穿人的一生。

我们还是从头说起。谁家姑娘如有了身孕，娘家人就会款待婆家女厢，一则表示祝贺，二则分享喜庆，三则含蓄吩咐她们从此照顾担待好姑娘，此一礼节被叫作“请喝茶”。孩子一旦诞生，婆家就会在第一时间通知娘家，过去会带着一角茯茶去通知，此一习俗被叫作“送茶包”。

一桩平常的婚姻更是从“送茶包”“回茶包”开始的，在茶来茶往中拉近两家关系，最后的礼仪则终结于一顿“谢媒茶”。平时感激一个人，要请人吃饭时更轻描淡写地称为“口到个茶”。人死之后的慰问和吊唁则称为“递茶”。

茶，是疏通情感的桥梁，更是打破坚冰的铁镐。茶早就成为青海穆斯林民族礼俗中最为突出的冰山一角。

在青海各族人民的心里，茶更是一个家庭的脸面。

在传统青海人的观念里，家里一旦来了人，问人吃没吃饭、喝不喝水是浅薄、庸俗、没有修养的表现。见有人来，无论亲疏，最常见的待客礼节是，先把人让到炕上，然后放炕桌，倒茶。茶馍不分家，让人先吃一口，这是常识。所以，老人们总是念念不忘“好吃的留待客人，好穿的自穿身上”这样的古老训谕，从不吝惜给人倒一碗茶喝，也以倒不倒茶来评价一个人的基本修养。所以，就是在今天，青海人经营的大小面馆以及烤肉摊上，店主总不忘给人递上一杯早就滚成了牛血颜色的免费老熬茶。

老熬茶，被人戏称为青海咖啡。说是这么说，但老熬茶的熬法却因辅料的不同而分为多种。其中，最为常见的是加了淡盐和草果的热茶，它在消食去腻方面是最好的药。为了增强茶的后劲，也有加姜片和花椒的茶，其作用是开胃镇呕，舒缓肠胃。在循化、化隆一带，人们还加炒焦的麦片，所以，此种茶被称为麦茶，在过去，这种茶去除了开水的寡淡，用来暖胃增味，在今天却是很好的营养茶、家常茶。在祁连山深处的几个县里，人们更是以柴胡为茶，用柴胡茶消炎开胃，别有风味。

除此之外，以荆芥、薄荷、蕲艾等熬制药茶的习俗在青海各地也流传不知多少代了，至今仍在延续。我记得的是，小时候到了秋天，我们就会去河滩或山上采摘荆芥，将它晾在家里的窗台上，等着冬天早上以之煮茶。

那时，大通地区因煤的方便，几乎家家都睡在煤炕上。煤炕的好处是温暖，再冷的冬天都不觉天气寒冷。但其不足之处是，因为一氧化碳等有害气体的侵袭，人不是头疼，就是胸闷，早上起床之后常常难以振作。这时，大人们就会不慌不忙地拿起舀饭的铁勺在火盆或铁炉上煮茶。配茶的主要原料就是荆芥、薄荷、蕲艾。其顺序是先把铁勺烤热，然后把茯茶、荆芥等物放进铁勺里炒黄、炒焦，然后加开水，使其沸腾一番，充分融在一起。此茶出勺前，再在其中放一块红枣大小的煤火，使其沸上加沸，噗噜噜几声冒出飞沫。待其平静后，滤去残渣，就是药茶了。也怪，吃药不管用，喝了这茶，人就一下子来了精神，恢复常态，头也不疼了，胃也平静了。

荆芥等物也常常被用来煮奶茶。荆芥、薄荷是去除奶茶异味的天然助手，因为有了它们的加入，奶茶没有了腥味，其味道就会更加醇厚爽口、天然别致。我的一个在浙江生活的朋友问我，他很喜欢喝这样的奶茶，喝后却总感觉肚子疼，这是为什么。我问他是咋熬制的。他说："不就是个烧开吗，这还有讲究？"我说："熬制奶茶一定得先把水烧开，茯茶熬好，最后才是放牛奶，因为水的沸点和牛奶的不一样，奶水混着烧，这就是程序上的不规范，喝了肯定会肚子疼的。""哦，还有此说法？"他说，"人上半百，才获此常识。茶道之中，谁还曾言及这一切？"

我说："如是在奶茶里少加点糖、泡上几枚烧焦了皮的红枣，那才是'喜茶'呢！"

哈哈哈，茶味无穷，茶道通天。青海人懂得的也只是把满满一碗茶端给客人，其他的还正在学习呢，哪敢言满？

青海人家说喝汤

那是十几年前的事情。

有一天，我在贵南驻村吃晚饭之际，房东鲜大哥再三谦让之后，无意间开玩笑："吃饭呀，工作员，一定要吃好晚饭。夜饭差一勺，大睁着眼睛睡不着。青海人吃饭，就是注重吃晚饭啊，听说吃晚饭在有些地方被称作喝汤。"

"哈哈哈，正是！我们那儿（大通、门源一带）就把吃晚饭称作喝汤呢。"

"哎呦呦，不好意思，我也没有讥笑的意思，请你别见怪。"

"哪里哪里，十里不同俗，这是一点都不奇怪的。"

就这样，我们说起喝汤。

在祁连山一带，汤是一个泛称，也似乎是一个特指，即指面饭，包括寸寸面、面棋、拉面、挂面、面片、饺子等带汤的面饭。所以，"擀汤"一度是女人茶饭本分中的重要功课。最为奇怪的是，因为不经意，在大通一带常常把包饺子叫作捏汤。这确实经不起细致推敲，但在流行之地的人们早就感觉不到别扭和奇怪了。甚至，人们把喝汤作为一天的结束，成为生活中的一项重要仪式。

每每要擀汤时，女人们会先准备烧灶的麦糠或其他柴火，将此作为重要的准备工作。然后，她们会洗洋芋、萝卜、白菜、葱等食材，放在案板的一角，最后才是擀面。这面无论是面片，还是饺子，或者是面条，她们都不会先下进锅里。在面下锅之前，她们会先养汤。条件好的人家，以葱爆肉，先把肉末炒熟，以此作为锅底。然后，才放洋芋粉条，与肉拌匀。等其香气馥郁，奠定了汤汁的味道之后，她们才会倒上冷水烧一锅汤。等汤充分沸腾之际，她们才把面下进汤里使其成为汤的一部分，开锅前，她们会下进白菜、萝卜、香菜。这使一锅面饭具有汤的诸多成分，因而，就将它叫作汤。说是汤，其实还是面饭。正因如此，久而久之，这里的人们也就习惯性地把面条叫作长汤，把饺子叫作疙瘩汤，把形形色色的吃晚饭都叫作喝汤。所以，在大通一带，有人问“你喝汤了没”的意思就是“晚饭吃了没”。

一日盛典，居然喝汤。所以，平时待客，也非常注重烧一锅汤。

青海人传统的待客礼仪被人简称为“老三篇”。开篇一壶老熬茶、一碟囫囵馍馍。这是垫底饭，也是下马饭。紧接着是一份炒菜，不外乎酸菜粉条、醋熘菜瓜、麻婆豆腐等其中一样，如是再加一份热花卷，那简直是不得了的热情。最后，才是一锅汤。肉、菜、面齐全，辣、醋、盐另摆。一个句号就这样画圆了。不奢侈、不怠慢，好客到此，还有何话说？礼节到此便完整了，客人可走可留，那是接下来的事情了。

在青海的不同地方，还有一些汤，与此不同。

以前，凑凑合合把面掺进开水里充分搅拌使其成熟，然后伴之以辣醋的面汤叫作拌汤。据说，豆面拌汤是最好的清火剂，上火的老人们总喜欢放上了青菜的那一碗豆面拌汤。拌汤的清和稠里含着年景的好坏，老人们最讨厌照得出人脸的拌汤。因为拌汤最好做，所以，过去的穷人说媳妇讲条件时总不忘最低的门槛——只要拌汤会做，不管其他。

在大米紧俏的年代，有些地方常以肉末熬制白米汤待客，也以花生、黄豆等熬制黄米汤。如今，在欢庆的席面上，青海人早已习惯了呈现高鲜汤、胡辣汤、肚丝汤、三鲜汤，将此作为衔接荤素大菜的桥梁。但此时的汤早不是彼时的汤了，其文化意味全然不同。所以，在青海说汤，一定要看语境。

餐饮礼仪、打拼伙与抓大头

青海人非常注重餐饮礼仪，就是倒一杯水，也讲究“双手满碗”；放一盘馍，讲究“新鲜囫囵”。让人吃饭，一般会把客人请到炕上或者让到客厅主位；给人端饭，哪怕是只有一只碗，也总是放进盘子里双手递上，以示尊重。作为主人，在用右手拎壶给人续茶时，左手是手心朝上悬在一边显示礼仪的；递杯续水的客人也是一手端杯一手悬在一边的。青海人笑话一个人没有修养时，总说“就像给狗喂食一样一只手扔了过来”。所以，在有教养的人家里给客人敬酒时，至少有两个人服侍在侧，一人双手端盘，一人双手续酒。每逢划拳猜令，晚辈们不出拳的手也总是托着出拳的手。这看着有点别扭，但严谨之态一眼可见。

无论农村，还是城市，如遇重要的事情，如婚丧嫁娶等，则要请人陪客，以示庄重。一般陪客的人不是族内长者，就是村内乡贤，属于特别看重的人、懂规矩的人。在人们约定俗成的观念中，陪客的主要职责是陪客人吃饱喝好，还要及时弥补整个场合里的人在礼节和言谈中的一些不足、不周，使整个气氛始终充满祥和。在陪客礼节中，人们最为看不起的陪客则是那些“亲戚一碗我两碗”的人。既维护好主人的体面，也让客人喜欢、高兴，不让生活的窘迫坏了文明的礼仪，这是陪客的职责，也是传统和规矩。如今，日子好了，物资丰富了，而青海人礼仪中的重客情结依旧那么浓。

说到这里，读者不禁要问：“青海人这不就在吃饭中始终背着一个沉重的架子吗？”我说：“这是待客礼仪。”

与此同时，青海人是最讲究餐桌民主的，所谓的 AA 制早就在民间流行了，青海人的放得下和民主意识就体现在一个叫作“打拼伙”的习俗中。青海有谚：“麻眼睛打拼伙——公道要紧。”意即在实行 AA 制时要把公道精神贯穿始终。

打拼伙，一般指众人吃羊的一种公摊、公吃的行为。每当到了一些关键季节，看羊肉膘情和人们手头的情况，活在不同圈层里的人们就会吆喝着打一次拼伙。入伙单位可以是单个的人，也可以是家庭。

一人倡导，众人附和，其中的规矩就讲究个平摊。用时髦一点的话说，就是同吃同做同出钱，在每一环节每一个人的权益和义务是平等的。说是这么说，但在具体的操作层面上，其中每一个人发挥的作用则完全是不一致的：倡导者至少是有一定影响力的人；懂羊者必须是眼睛里有油的人；剥皮扒肚者必须是心灵手巧的人；燎羊头和四蹄者必须是有耐心的人；羊肉煮熟之后，分配者必须是手稳精准的人；等等。人各有长，但都有一份平等心，以及信得过他人的心，这就奠定了出钱打一次拼伙，集体吃一只羊或者一头牛的基础。

我从中学到了许多专业的食材知识。别看这只是吃一只羊，但其中蕴含的知识则超出了我的常识。首先，我因此懂得了羊肉和羊肉的不一样，甚至有天壤之别。在青海，现有藏系黄脖羊、藏系黑脖羊、河湟土种羊、新西兰羊、小尾寒羊、山羊等多个品种。品种不同，肉的价位也完全不一样，有一斤二十多元的、三十多元的、四十多元的。同样是羊肉，为什么不同价？商家不言，知者更不轻言，这就看挑肉者的眼光了。其次，同样的品种，因为生长地的不同，肉味也是不尽相同的。戈壁上生长的羊，肉就比草原上长大的羊的肉香很多。靖远羊羔肉、茶卡羊肉为什么每斤都要贵上一两块，甚至十块呢？再次，不同季节的羊肉有着不同的肉质、肉味，行家们常说蒜皮膘、刀背膘、秋膘等，而我只知草膘、料膘之分，其中的学问就是粗心的牧民也有不懂之处。如今的人非常聪明，煮膻腥味浓的大尾巴羊时，一勺一勺地放味精及各种调料，这样煮出的肉早已没有了原汁原味，谁还说得清哪是哪？最可怕的是，激素、尿素喂壮的羊，它们的肉几乎天天就在我们的餐桌上，以“假”乱真，真假难辨。这时候，谁还有话要说？

什么都不说了，与其说，还不如相约着明年夏天到草原上去打个绿色的拼伙。拒绝激素，远离调料。煮肉只放一把茶卡大颗盐、一撮循化红花椒。连肉带汤、连头带肠，还哪管三高三低！只要羊有保证，就是不打拼伙，抓一回“大头”，图个热闹请个客，不亦乐乎?!

“抓大头”的方式有点刺激，这是个有人多出钱、有人少出钱、有人不出钱，而共吃一只羊的“游戏”，在青海人的心目中常常是集体改善伙食的一种方式。

层层荡开的涟漪

——循化许乎文化拾瓣

一

通两姓之好，何为纽带？

这，还得是婚姻。

既然一桩婚姻就是一座拔地而起的庙宇。那么，这一行几十人或者几百人的婚姻，不就是大地上那些遥相呼应着次第延伸到循化各个村庄的庙宇？不，远不只这些。对于撒拉族的先民来说，婚姻不只是汩汩流淌着的骆驼泉、汹涌澎湃的一段黄河、田畴万里的一方沃野、遮风挡雨的那座吾土斯山，更是一条接续古老丝绸之路的重要岔道，是打开古老中华文明的一扇重要窗口，也是他们安身立命的最古老、最基础的一缕血脉。

谈婚论嫁，天命如山。

安居循化之后，撒拉族的先民在尕勒莽、阿合莽兄弟二人的带领下，穿着长袍，谦恭而行，带着礼物，敲开了周围藏族农家的一扇扇大门，或者低身撩开了藏族牧人那些早就入眼的帐篷。藏族人家一看他们的装束，一听他们的口音，一看他们的长相，就觉得这是不可思议的，不能答应。这一开始的闭门羹是他们早就预料到的。

可是，久而久之，藏族人发现：他们不是在做戏、骚扰，而是在认真地求婚。那么多人全都是光棍，没有女人，谁遇着这，都算是走投无路。但天无绝人之路，天生慈悲的藏族人再也坐不住了，就提出了一系列许婚条件。对此，撒拉族的先民们听了，就说，除了宗教信仰上的坚持，他们愿意随藏族的习惯，服从当地的仪轨，保护亲家的利益。

循化的历史，就这样揭开了它崭新的一页。两族联姻的结果是，青藏高原上多了一个民族——撒拉族。

这是哪一年呢？没有确凿的文字记载。而撒拉族却通过黄河涛声里远去的骆驼舞的遗韵在代代传承。

“你们从哪儿来？”

“我们从遥远的撒马尔罕远道而来。”

“你们是咋来的？”

“我们是牵着骆驼，驮着经书一步一步走来的。”

“一路上，你们的骆驼吃什么草？”

“我们的骆驼吃的是天风里挺身不倒的芨芨草来维持生命的。”

一问一答，且叙且舞。创世的浩茫中，文明的主人只透露出了这样一丝淡淡的心绪。

入乡随俗，从心开始。

婚礼的流程中，他们依旧坚持着女方退行出阁以及在看客、在新娘马蹄上抛洒牛奶的旧俗。

就从这时开始，撒拉族人称藏族长辈为阿舅，称平辈为姑舅。如今，他们远离家乡，在外打工遇到别人欺凌时，无论认识不认识，藏族人和撒拉族人都会自觉联手，站在一起。在生意场上，他们之间更是心照不宣，内外有别，握在袖筒里的两只手自能感受到亲情的温度。

这在循化是跟黄河一样源远流长的一脉文化记忆，也是两个民族之间走

"许乎"的一个任谁也撼动不了的深厚基础。跨族通婚，再开新局。如今，在循化，这一传统早就不限于撒拉族和藏族之间了。在奉命撰写《循化"许乎"文化的民间记忆》时，我还了解到，汉族詹家与街子撒拉族阿訇之间的婚姻以及县城董家一门两族的故事更是家喻户晓、代代传承，丰富了许乎文化的婚姻内涵。

关山难越，谁悲失路之人？萍水相逢，尽是他乡之客。

每每想起循化历史的这一页，我便联想起唐朝的王勃在《滕王阁序》里描述的类似场景。就是这种场景的层层垒叠，柱基般奠定了如今许乎文化不断延展开来的坚实基础。

二

许乎，藏语音译，意即值得信托的朋友或交往。在循化，特指藏族和撒拉族之间世代传承着的一种族际友谊与跨族交往的关系，是两个民族几百年间惺惺相惜的一座看不见的精神桥梁。在撒拉族的语言中，与其对应的词"奥西""达尼西"，也强调非同一般的世代友好。

那么，这种友好如今还表现在哪些地方呢？

细瞧瞧，还真是无处不在呢。

就说建筑吧，它们早就我中有你、你中有我了。

藏族的十八版土墙不知从何时开始成了撒拉族建房时不可缺少的传统技艺。其版筑顺序、形状、高低等自不必说，就连那标志着吉祥的墙角白石也是百年不变。据说，这是当年缔结婚姻时的协议之一，一诺千金，谁都没有捐弃的理由和说辞。

撒拉族的非物质文化遗产之一的篱笆楼营造技艺更是一种吸收了藏族建筑艺术精华而自成一体的奇葩。就此，我所知道的是，以前的藏式碉楼既是民居，也是防御工事，在长久的历史发展过程中已经形成了比较固定的格局。藏式碉楼的特点是就地取材，以石为墙，以窗为眼，人住楼上，畜居楼下，相互照应，天人合一，遗世独立，易守难攻，总给人以一种安全感和厚重感。正是受此影响，撒拉族创造出了一柱通天，木构框架，随季节不同而变化墙体的篱笆楼。篱笆楼的特点是以篱笆为墙，以泥巴为翼，自由调适房内温度，常使一座座固态的房屋因泥巴的薄厚而多出了会呼吸的肺叶。与石材建筑相比，虽失去了强大的抵抗力和防御力，但它却使土木结构的传统建筑插上了与季节同频的翅膀。

两种楼宇，互为借鉴，各有短长，因此丰富了青海民间的建筑语汇。

在清真寺建筑中，撒拉族更是敞开胸怀大胆吸收藏族、汉族建筑的精华，在借鉴汉族庙宇式建筑布局的诸元素、汉族砖木雕的各种寓意深刻的表意符号的同时，常把藏族寺院色彩艺术巧妙挪移、穿插在内殿装饰的各个环节，由此丰富了清真寺建筑的文化内涵。

在全省具有代表性的古建筑中，循化孟达、科哇、清水河东、张尕、塔沙坡等清真寺多元杂糅，堪为标本。深刻在张尕清真寺屋梁上的木头双环，据说是全青海唯一能够呼应奥运五环的最早的建筑标志。

与此同时，循化藏族、汉族也从撒拉族那里获取精神营养。他们起屋建房，也常模仿撒拉族风格，不仅把木头大门造得很宽敞、很高大、很堂皇、很气派，而且在房前种花、屋后植树等院落布局上，也自觉不自觉地向撒拉族看齐，表现出了一种积极向上的精神风貌。看着这一切，我有时竟恍惚将身边的循化当成了遥远的中亚。古典名著《蔷薇园》里的气息仿佛还在这里流淌。无数次在黄河边的伊玛目村徜徉时，我头脑中回旋着的则是伊朗伊玛目广场上人头攒动的另一种场景。

有人因此问我，这哪是哪？

神奇的是，文脉全球通，伊朗多诗人，中亚多诗人，循化亦多诗人。撒拉族诗人韩秋夫就是这个村庄的人呀。在出现“地球村”这个说法之前的很多年，这青藏高原的偏僻一隅，难道首先嗅到了地球村的气息？

三

诗意的山川，奇异的民风。

这样具有魔幻色彩的故事，也只能诞生在循化。说这里的一名藏族牧人在山上放牧时发现：有一位头缠丝巾、身着长袍的异域老人，一脚站在黄河南岸，一脚跨到黄河北岸，正俯身用右手往自己的唐瓶里灌水。然后，他轻轻抬脚，身轻如燕，钻进一山洞，也就是如今的拱北处。牧人为之一惊，即飞速靠前，钻洞细看，却什么也看不到了。这莫非是海市蜃楼？可这里山影重重，村庄连绵，到处是人间烟火气，不具备产生海市蜃楼的空寂与虚无啊？

说者无心，听者有意。一名撒拉族老人听到这故事后，蓦然一惊，喜极而泣："此乃神地，奇迹显矣。"便及时动员循化当时笃信苏菲派的撒拉族群众持香上山，按照藏族牧人的指点与描述，建起拱北。拱北者，贤者之墓庐，以寄放信众信仰之地。

就因为这，如今，人们把这一处山峡叫作拱北峡，穿过峡谷的隧道叫作拱北峡隧道，截留黄河建起的水电站叫作拱北峡水电站。

从拱北峡水电站乘船西行几公里，一山脚下是拱北接待处。普通院落，铁皮房子；水房厨房，一应俱全；毛巾唐瓶，有人专供。凡撒拉族、回族信其神秘的人，无一例外，沐浴净身，然后摸摸脸上水珠，这才平静地踏上山路。盘盘绕绕，走走停停，一路风景，在半道上还有一座小型的清真寺。离寺百米，便是峭壁。壁立万仞，直通拱北。为防滑脱，管理者在石缝里打了铁钎，铁钎上挂了铁链，铁链上挂着经幡和随风飘荡的童衣，文化符号有点杂糅，山道危险自不必细说。由此可知，这里的信众不只有回族、撒拉族，亦有不少藏族、蒙古族、汉族。

回族、撒拉族在这里的仪礼无非点香、诵经、举手祈祷，这些都在悬崖峭壁处的拱北墓室里进行。而藏族的仪礼只在拱北门外十多米处的山脊上举行，撒风马旗，煨桑祈祷，也是一派谦恭。据说，撒拉族在建起这个拱北之前，印度法师阿奇达亦曾在这里修行，留下一路脚印，因此藏族人将此称作阿尼神山。这使那些没有儿女的人都喜欢来这里求子、还愿。据说，青海循化周边的藏族人中，凡姓名冠以“夏吾”的男女，几乎都跟这座神山有关。

求子事大，哪能不护行？不知从何时起，撒拉族就自觉担负起了护卫、维护这里的道路以及接待来客的任务。包括草木树苗等生态植被的维护。陪着客人，随上随下之外，他们总关心山中这一碗饭，不能让客人空着肚子上山，饿着肚子离开。无论什么民族，只要来到了这里，拱北接待处就会递一杯热茶、放一盘热馒头、炒一盘酸菜粉条。礼节之周到，气氛之和谐让人不由自主地想起乌托邦这样不着边际的大词。可在我看来，这里就是青海的一隅乌托邦。

谁说和平共处没有现成的模板？

循化的这个拱北就是一扇透明的窗口，就是一枚撒拉族和藏族的许乎文化在这里结下的硕果。

四

关于这个拱北，站在不同角度，文人墨客曾留下诸多文字。其中，青海青年学子马在渊一篇《呀！岩古路——伊斯兰教和藏传佛教的会饮》声名远播，言及本质，引起全国关注，引来全球访客。嗅着他的文字的气息，中亚和西亚的苏非们不远千里、寻寻觅觅先后来到了循化。

可是，冰山一角，难以尽露。匆匆一瞥，让他们只见皮毛，不知其他。其实，在循化，撒拉族和藏族的交往，各民族之间的交往，早就是全方位的、毛细血管一样的、盘根错节的、一言难尽的、跨到了拱北之外的。

在尕楞乡比塘村采访时，我们遇到了一个讲汉话非常吃力的藏族老太太。她坐在门前一个大石头上休息，转着经筒，一脸祥和。当我们言及许乎时，她两眼放光，抬手指指自家院子里正在晾晒的粮食。呵！那么多。她们家到底种着多少地呢？我们走进去，见了老太太的儿子。他说："这两年种了近一百亩土地，收成都还不错呢。"一家人怎么会有这么多土地？小伙子笑了笑说："想不到吧？我们家里许乎多！"

这听得我们云里雾里，不明就里。这时，老太太慢悠悠走进屋里，坐在炕边上跟我们讲起她们家的许乎。她的儿子帮我们翻译。老太太说："我们家的许乎可多了，循化、化隆都有，这交道打了不知多少代、多少年了。旧社会，每有战乱，许乎们就会举家来我们这里避难，常常一住就是好几个月。生产队时，许乎们口粮不够吃了，我们就会驮着粮食送上门。这些年，许乎们几乎都去内地开饭馆、打工了，这就把门钥匙放在我们家，土地让我们种，房子由我们打理。前些年，甘都许乎还邀请我到他们开面馆的杭州观光，这一去半个月，开销全由他们付。现在，他们还时不时地给我们寄这寄那，打电话嘘寒问暖呢。"

"哦，你们早就亲如一家了？"

老太太的儿子说："这不，我本来打算把这些粮食全卖了，因为放着是个累赘，可阿米坚决不同意，说万一许乎们回来，一时半刻没有庄稼，饿了肚子咋办！"

"老太太这么牵挂许乎，汉话又不流畅，那平时咋跟许乎们交流？"

"哈哈哈，许乎们的藏话说得比藏族人的还流畅呢，我们一旦坐在一起，亲如一家人，哪还有什么语言隔阂？"

正这么说着时，比塘村的村支书尕尼昂插话说："在我们家里，唐瓶、拜毯、饭锅等穆斯林用品一应俱有。这在循化是谁都不觉奇怪的。"

哦，想起来了。

家在街子的藏客韩哈尼菲一口藏话，语惊四座，他对藏族谚语和歇后语的了解是高于一般藏族学者的，许多藏族学者还跟他讨教藏语的奥妙呢。

家在黄河彼岸的藏族老人公保扎西从小与孟达的撒拉族伙伴们一起种地、放羊、娱乐。婚丧嫁娶等场合，他们何曾分过彼此？这使他唱得一口撒拉族小调，对撒拉族语言有着比一般人更细致的体察。就我所知，他对循化全境和散落四处的撒拉族语言的悉心研究是许多学者都还不曾触碰过的领域。

正因如此，循化藏族人家的孩子考上大学时，撒拉族人许乎从不忘献哈达庆贺一番；撒拉族老人朝觐归来，在迎来送往的人群中也总有着许多藏族许乎的身影。

五

许乎之路，就这样在人心深处扎根、延展，通向甘肃南部著名的佛教寺院拉卜楞。

在拉卜楞寺的周围，如今还有三四处活佛准许的循化撒拉族前来经商、旅游时使用的官房。所谓官房，用今天的话来说，就是办事处，或者客栈。因为这个办事处的存在，多少撒拉族商人成为藏客，获得了长了翅膀一样的商机、生机。因为这个办事处的存在，撒拉族的织褐子技艺、藏靴制作技艺、锻制金银首饰技艺等在这儿涟漪般荡开，借助藏文化的翅膀辐射到了更广大的地区。如今，虽然时移世易，撒拉族不再从事那些古老的职业了，但撒拉族在拉卜楞周边其他商业领域的身影依旧络绎不绝。

说起撒拉族在拉卜楞得到的厚待与关照，人们就会说起那些撒拉族在黄河伊玛目渡口常说常新的往事。

那时，黄河上没有桥，循化与河西走廊，甚至蒙古高原的往来都得跨河才能实现。黄河水大，谁堪跨越？广大藏族、蒙古族同胞那么看好撒拉族，他们这就赶着牲口从容来往循化。在他们看来，撒拉族不仅是黄河水上飞翔的鹞子，也是河岸上最能体贴人的亲戚。为此，撒拉族靠着羊皮筏子和木排帮助旅客渡河的同时，敞开胸怀开门迎客，一时把自己的村庄打造成了让人舒心流连的客栈。

大炕烫炕，新毡新被，都留给客人。

客来福至，自当牵马坠镫，做饭供水，这几乎成为这个村庄的常识与传统。

1955年，在拉卜楞寺迎接年轻的嘉木样活佛坐床之际，伊玛目村更是如逢喜事，热闹许久。当时，远近的许乎听闻这个消息之后，骑马赶来，整个村庄人欢马叫，炊烟袅袅，树林里扎满了五颜六色的帐篷。撒拉族人家因此全都停了农活，迎来送往。他们一会儿做凉粉、熬饭饭送到林子里，一会儿驾羊皮筏子到对岸接客，忙得不亦乐乎。就这样，请客迎客多日之后，怕有意外，他们还跟随嘉木样活佛的接送队伍，一直把他们送到了拉卜楞寺。

正因如此，如今，很多撒拉族人说起拉卜楞就像说他们家的后花园一样地亲切。据说，很多撒拉族人走投无路之际，只要想到拉卜楞，就会两眼放光，顿生希望。

六

以心交心，源远流长。

撒拉族企业家韩兴旺说："生产队时，烧柴没了，我们找许乎；口粮断了，还是找许乎。许乎就是我们的乳汁。如今，撒拉族富了，滴水之恩，当涌泉相报。这些年，我在关照藏族打工青年的同时，重点资助大学生，从来都是藏族优先；关爱老人，力量更是几乎全都倾斜到了藏族村庄一边。"

这一切是真的吗？

我的几个循化的文友告诉我，有一次韩兴旺资助藏族大学生，每人一千元，一次性拿出了好几十万。这样的举动不是一次两次。前些年，韩兴旺每年都去藏族村庄送温暖，出手从来都很大方，这让那些藏族老人和寺院僧人都曾不由自主地为他竖起了拇指。

三十多年前，藏族教师万玛仁增得知大山深处的撒拉族村庄赛来塘留不住老师，许久没有老师的情况后，顶着不会说撒拉话的压力，一脚泥巴走进几间既是教室又是宿舍的破房子，开始了"单打独斗"的教学生涯。这一去多少年，在一个只有十几户人家，且没有任何文化根基的村庄里他硬是培养出了一百多个学生，其中，初高中生近半，大学生好几名，自己也全然融入了撒拉族之中。如今，这个村庄撒拉族的婚丧活动中从来都少不了他的身影。

身影之外有身影，举不胜举。正是这些身影，让循化藏族的面食制作水平、烹饪技术早就与撒拉族的不相上下，甚至领先全省。循化撒拉族平时的一日三餐中，也总少不了酥油糌粑的陪伴。这一切，不都是许乎文化层层荡开、不断扩展到生活层面上的涟漪？

辑三

谈文学

跟读笔记八则

一、 时代微茫中灿烂的额吉

20世纪80年代的文学作品中，涌现出了许多令人耳目一新的文学形象。他们，就像湛蓝的天幕上璀璨夺目的繁星，在各种文学杂志上散发出各自不同的光芒，一下子驱散了罩在人心上的种种阴霾，给人以浩瀚无际的清新感。这种清新感，在我看来，就像一股汩汩流淌的小溪，自然而然地注入了我们那一代青年的生活和记忆，成为我们那个时代的风气和风俗，一直流到今天。

在这众多的文学形象中，于我而言，张承志作品中的“额吉”无疑是最灿烂的那一颗，堪称我成长道路上的启明星。

那时，新的时代大潮滚滚而来，张承志的视野自觉转向了山河大地。作为知青的一员，他将苦难和历练作为人生财富展示在世人面前，让人们看到了古老中国在苦难中坚挺的脊梁。而这脊梁的质地就是通过额吉以及她所在的游牧文明体现出来的。为此，他以他的一系列文学作品回答了《骑手为什么歌唱母亲》的时代之问，并开始寻找鲁迅在《中国人失掉自信力了吗》中肯定过的那些人：

“我们从古以来，就有埋头苦干的人，有拼命硬干的人，有为民请命的人，有舍身求法的人……虽是等于为帝王将相作家谱的所谓‘正史’，也往往掩不住他们的光耀，这就是中国的脊梁。这一类的人们，就是现在也何尝少呢？他们有确信，不自欺；他们在前仆后继的战斗，不过一面总在被摧残，被抹杀，消灭于黑暗中，不能为大家所知道罢了。”

我想，鲁迅一定没有见过额吉这样的人，但他早就看到了我们这个民族坚挺的脊梁。这种脊梁在乌珠穆沁草原上焕发出的光彩，让青年张承志感受到了一种异质之美、坚韧之美，而这正是一个民族历经苦难之后继续前行的力量之源。

任何人都不得埋怨光阴，因为光阴属于不以人的意志为转移的造化之一。我想，那时的张承志一定没有听说过这样的告诫，但冥冥之中他却悄然感受到了这样的真理。正是这样的一种觉悟和境界，让他的文字从出道的那一天起就自有一种鲜活的力量，融进了一个时代的肌理，并成为我们那一代青年的标杆。

还是举例说明。

我读师范时的一个学长——土族青年郭生泉在读了张承志关于乌珠穆沁的系列作品之后，有一天骑着自行车从十公里之外的家里径直来到我教书的学校，专门找我分享他的阅读感受，直到晚上都没有回家，就与我挤在一张单人床上，成段成段地一起朗读《骑手为什么歌唱母亲》。在他看来，文中的老支书就是他父亲的投影，文中的嫂子就是他的为一家人烧饭做家务的妻子，那额吉就是为他补衣和晚上给他掖被的母亲。他不止一次对我说：“这一辈子吃饱了肚子，有一份工作，还有张承志读，人生更有何求？”久读成瘾。由此，他景仰蒙古族，向往蒙古族的生活，主动请缨去大通海拔最高的达坂山深处一个叫巴彦的村子里的寄宿学校任教，近距离感受额吉，把文学和生活融为一体，还为此写了不少诗，并与友人一起办了一份手工蜡纸刻制的油印刊物《苦苦菜》。

如今，郭生泉因为癌症走了，《苦苦菜》早已无影无踪。但一个人、一份刊物和那个时代的鲜活印记至今依然留存在我们这一代人中，我们之中的许多女生不知不觉间已经成为不同民族的额吉。但额吉们谈论着张承志作品中的额吉时一个个还总是那么热血沸腾，不见老态，心有星光，两眼发光。这，不仅是我们这一代人之幸，也是一个时代之幸。在鸡零狗碎的生活压得我们喘不过气来的时刻，在几次同学会上，同学们说，读读张承志早期的作品，我们依然会热血沸腾，那是一种青春的力量，是青春与大地山河结合在一起的力量，更是张承志输入我们心中的力量。

2020 年 10 月 22 日

二、 沿着《北方的河》 出发

1983 年，从师范毕业之后，我被分配到了自己的家乡——新庄的中学去任教。那时，虽已是中学语文老师，像模像样地在给学生上语文课，但我却连新庄为什么叫作新庄都不曾知道。在新庄村外河滩那个空旷的校园里，一个人值班守校的夜晚，听着宿舍外鬼哭狼嚎般的风声，我常有一种在孤岛上等着天亮的凄凉，甚至恐惧。我想，这不单单是一种一时被困产生的感觉，更是各种孤独一起涌来的感觉。因为走出校门参加工作以来，我就莫名有一种被谁抛弃了的感觉。这种感觉一经黑夜的渲染、风声的包围，常常不由自主地集聚成一座心中的荒岛。

那时，我清楚地感受到，随着金场的开放，村里的富裕是看得见的。与农民们一年至少千元的收入相比，我每月三十七块钱的工资简直就是暗夜里的一盏孤灯，我的所谓的铁饭碗在当时当地显示不出任何优势。为此，在人生的十字路口，好长一段时间，关于辞不辞职，我有点摇摆不定。新的时代大幕拉开之后的求知渠道宛如身边的宝库河就在脚下汹涌澎湃，北京师范学院在青海招函授生的通知在校长的桌子上遭受冷落已有一段时间了，我能轻易放弃这一次报考的希望？

矛盾就像身边的重重山影，一会儿在阳光的照射下黑白分明，棱角凸显，一会儿云遮雾罩，躲进了夜幕。

最为不可撼动的现实是，当时六十多岁的父母希望我尽快接下他们手中的农具，肩负起养家糊口的重担，他们早就为我说下亲事，等着我尽快组建家庭。家境贫寒的现实，不允许我有丝毫非分之想，我只有一腔喘不过气来的压抑。

“屋漏偏逢连夜雨”，因为年轻，在一个只有十三名科任老师的学校里，我除了值自己的守校班，还每每被为家务拖累、不堪其重的老师们相中“替班”，这使我常常孤灯只影，以一己孤独陪伴着只有几栋瓦房的校园里随着天黑从四面八方一点点攒集而来的重重暗影。

就是在这样的时刻，抱着火炉，喝着熬茶，我不止一次地打开了张承志的《北方的河》。那时，《北方的河》成了我的案头书、励志书。

奇怪的是，有一天晚上，小说主人公在汽车货厢里颠来簸去的形象一下子贯通了我在师范校园里曾经的理想。是的，人生能得几回搏？我一下子不再感觉孤独，甚至很奢侈地看到了希望：有一份安身立命的工作，有一个刚刚开始的青春，人生更有何求？内心的黑暗就像被车灯烛照一般消失了。就在那一个深夜，我不再感到害怕。我打开宿舍门，投入一团浓烟般的黑夜，看着故乡星点闪烁的夜空，听着夹杂着狗吠的风声，我觉得我比小说主人公更有力量和追求了。

更为奇怪的是，第二天下课，我不由自主地走到了宝库河边。宝库河是北川河上游的支流，北川河是湟水上游的支流，而湟水是黄河上游的支流。身在宝库河岸，我感觉到了黄河的汹涌澎湃，也感觉到了小说主人公“他”在那个时代里特有的心跳。想到这里，我不由激情满怀，于是，脱了衣裤跳进河里。我本是个旱鸭子，不会游泳，但那一天我无目的地从此岸走到了彼岸，又从彼岸走回此岸。一个来回，血被鼓荡着，我似乎感觉到了时代的召唤。上河登岸，我径直敲开了校长办公室的门：我要报考北京师范学院。

校长说：“这个机会很好，这是北京市的援青项目，虽是函授，但集中培训时还有补贴呢。”

可拿着工资上学，时代的橄榄枝伸到了祁连山深处的偏远校园，成全了我这样没有余裕的青年。从此之后，我的生活迈上了崭新的轨道。

一边教学，一边自学。这是我从星期一到星期五的生活和工作状态。

一边种地，一边喂牛。这是我在星期六和星期天的休假常态。

在假期里，我则把整块的时间分成了两半：一半参加来自北京师范学院中文系在西宁的集中培训，一半赶赴家乡附近的金场淘金挣钱贴补家用。

那时，我把时间规划得可谓天衣无缝。在此期间，每每被现实折腾得焦头烂额，我就会拿出《北方的河》读上几段，找出那些充满了理想色彩的段落为自己打气。在金场里，我的随身物品除了《北方的河》，就是一台叫作甘光的傻瓜照相机。在此不得不说的是，我的照相情结来自《北方的河》中的女主人公——让青春在理想中感光，我认为这是一个很好的时代意象。

就这样，借着《北方的河》的力量，我如一盘飞速的磨轮，旋转在江源，打磨着时光。读完了北京师范学院中文系的三年函授之后，我又背着行李在青海教育学院脱产进修两年，顺利拿到了中文本科学历、学位证书。与此同时，利用假期时间五上祁连山的不同金场，见识了父老儿辈生活的另一面，丰富了自己的生活，还增加了个人收入，改善了家庭环境。

这丰富多彩的生活，如今又变成我的文学营养，让我得以再次畅游文学的海洋，接受文学的滋养。

三、 长风和星火

非常难忘1989年的那个秋天，参加《民族作家》笔会，我从新疆赶来之时大女儿腹泻住院刚刚回家，连日秋雨中待割的青稞地一片枯黄，挺着大肚子坚持干活的妻子眼看就要生产了，而家中的农活却一桩紧似一桩地逼到了门前。看着年近古稀的父亲整日皱着眉头，一言不发地进进出出的身影，我承受着一种被大山压迫着无法喘息的巨大压力。

因为早过了学校开学的时间，作为教师，顾不得家事，我就匆匆赶到单位做报到解释工作。而校长攥着一张转自教育局的录取通知书不温不火地说："这学期，还没有给你排课，青海教育学院首届中文本科班的录取通知书在这，你还上不上？人家也开学好几天了。如上，你去就是，我还得到教育局去要人哩。"

我被挤压到一个空前黑暗的狭窄角落中，无法选择与表态。在那一瞬间，我两眼冒着金花，头脑中闪出《金牧场》开头那黑色的诞生。在这个世界上，一个生命的诞生哪能没有痛苦的分娩？苦苦备考，历尽艰辛；机会在手，却寸步难行。我咬牙回答校长："上！"眼泪就在那一刻悄悄咽在心里。从乌鲁木齐的书店我买回了两本书，一本《穆斯林的葬礼》，一本《金牧场》。在火车上，我就开始阅读《金牧场》。不知为何，我当时内心里一直回荡着主人公在大地上追寻的梦影，这使我获得了一种战胜各种艰难困苦的强大动力，莫名地在心中荡漾起一种谁都阻止不了的青春冲动。

接下来的日子里，我先是乘车赶到西宁报到，向校方做一番委婉的解释。然后，以回校交接工作为名义，在家里帮着父亲收割了两天庄稼。

家在农村，哪能承受一茬庄稼的荒芜？在脱产进修的那两年，我的每个周末都被排得满满的，没有一点缝隙，也不敢有丝毫缝隙。在家的日子，每天天不亮，我就起床干农活，直至晚上十点，仍旧休息不了。在春秋两季的农忙日子里，我是骑六十公里自行车赶往西宁的。因为，我们那儿过了下午四点就没有发往省城的班车了，而我的农活不到晚上是干不完的。这使我们一家都在为我做出牺牲。妻子往往是连夜给我洗衣服，母亲常常半夜三更为我烧茶。一般情况下，凌晨四点，我就从家里出发了，赶到省城的学校时刚好八点，这样才能保证不误课。

拖家带口，还得上学，我哪有余裕耽误得起一节课？但在没课的时间里，我总不忘多读一本书。从《金牧场》到《老桥》，从沈从文到艾特玛托夫，从老庄到三曹，我就像海绵一样吸收这些书中的养分。当然，最让我受益的还是张承志的作品。那时，只要是在大学图书馆里找得到的，在西宁的书店里买得到的，张承志的作品，我是从不放过的。

这是为什么呢？如今想来，这不是一般的同胞之谊带来的亲近感，更为重要的是他的作品有一种莫名的感染力，有一种摧枯拉朽的猛劲，有一种在地下汩汩流淌的山溪或者地火那样的冲击力。

我从这种不经意的阅读中似乎找到了自己的写作方向，接通了自己隐蔽生活的一页或心中的一种向往。“明月出天山，苍茫云海间。长风几万里，吹度玉门关。”是不是这样的一种无与伦比的气场？

在寻找和思考中，我把毕业论文的题目定为《长风和星火》，对照艾特玛托夫的《第一位老师》和张承志的《阿勒克足球》，表达出了那时心中的感受。至于论文写成了什么样子，我如今已经找不到文本，也记不起内容了。但我记得的是中亚草原上主人公亲手栽植的、迎接着千古长风的那两棵古树和星火般点亮了乌珠穆沁孩子心中火花的阿勒克足球。正是这两个具有象征意义的物象像漫漫长夜里的灯盏，不仅照亮了我心中的黑暗，还汩汩地流淌出尊重每一个平常人的思想乳汁，一时让我联想到了我所在村庄和所在城市在教育启蒙道路上的任重道远。在教育普及和全球一体化的道路上，我们哪能忘记那些脚印？

如今，我们可能再也找不到书中所写的那么艰难困苦、举步维艰的学校了。教育观念和学校面貌发生的改变是前所未有的。青海牧区玉树的现代化教育教学设施早就一点儿也不逊色于北京上海的了。但是，琅琅书声背后，人们依旧不断面临着接踵而来的种种挑战和考验。在这样的时刻，我们还能找到支撑人们战胜苦难、勇往直前、不屈不挠的动力，或是不顾一切的牺牲精神吗？

我不知道。但我愿意再一次打开《第一位老师》和《阿勒克足球》。如今，我依然能够感觉到中亚草原上的那一股万里长风和乌珠穆沁草原上那个闪亮在孩子们心中的足球，曾在我心里掀起的万丈波澜。如今，一点都不夸张地说，它们早就是我观念和知识的母乳，已经完全融入了我的血脉和记忆深处。

2020 年 11 月 13 日

四、 屡上卡力岗， 接续慈善路

卡力岗，一个藏语词，意即山。在山重水复、山宗水源的青海，许多地方，山，只是相对于平地的一个泛指，哪能一一落实？但奇诡的是，一旦采取了藏语词，这山一个个却是实指——一个由黄河和青沙山南麓诸溪流长期切割而隆起在化隆县中心地带的大山，其特点是：山高水远，遗世独立，山中人日子清苦。因此在习俗和文化上好像总与山下慢上半拍、一拍。但这一切并没有影响卡力岗人的繁衍生息。过去是藏族，如今是讲藏语的回族，按照今天的行政区划，这里整整有三个乡：德恒隆、沙连堡、阿什奴，总人口早超过三万。更为奇怪的是，早期搬迁到青海湖周边天峻县的一支藏族人仍以“卡力岗”命名自己的村庄；在民国或更早的时间段上搬迁到祁连县的一支回族也以“卡力岗”命名自己的村庄；在民国时期，吃粮离山，官升青海抗日骑兵第二师师长的马禄在春风得意，与林彪、朱德、秦邦宪等共产党要人携手交友之际，依旧一口一个卡力岗；如今走出大山的拉面匠们怀揣着大把钞票，开着奔驰车依旧不忘回到卡力岗修一份光宗耀祖的豪华家业。

从地理上说，这是一个桃花源般遗世独立的地理隔断，因为四周地理险峻，道路盘盘绕绕，不太好走。从文化上说，这是一方藏传佛教和伊斯兰教两大文明交汇相融之地，具有传奇般的文化魅力。

正因如此，兄长张承志每次来青海，只要时间余裕，就会安排上一次卡力岗，接续花寺路。在他眼中，这是一方曾在岁月的长河中流金的地方，显示过奇迹的地方，也是让人眼前一亮的绝地。造物的规律几百年前就像闪电般照亮了这一片荒寒。对于这一切，我没有问过兄长，没有更为详细地请教过他，但我从他两次上卡力岗的眼神中看出了他由衷的喜悦与满足。

第一次，我们是与青海回族撒拉族救助会的志愿者们一起成行的。那一天救助会的主要任务有两件：一是请一名老板给一所村庄的小学生们赠送书包和运动服，二是让几名医务工作者免费为乡亲们查病，救助会提供药品。别看就是这样的两件小事，办起来却困难重重，光从西宁赶赴卡力岗便是一件难事。尤其是从东北麓上山的时候，我们正赶上修路。山路的一半在施工，一半则时断时连，工程车不止一次把我们逼到便道或崖根，我们在车内不时地东倒西歪、身不由己，路上的惊险自不必细说。可是，一旦进入村庄，看到活蹦乱跳的孩子们，我们就忘记了旅途中的一切。

这一天，坐在主席台上的兄长一脸谦和，弯腰让孩子们给他戴上了红领巾。轮到他发言时，他就像一下子年轻了很多岁，一脸喜气地把自己最美好的祝愿送给山上的孩子们。看到村民们不分民族一个紧挨着一个排队看病的场景后，他更是感慨万千：两种信仰在一种语言和一方地理面前早没有了边界，这是卡力岗人最可爱的一面。

第二次，我陪他上卡力岗还是与救助会的一项救助项目安排在一起的。这一次，配合救助会完成主要目标任务之后，他就与索飒商量着从包里拿出他们的作为捐赠的一万多元现金，分成一个个三五百元的红包，在一个村干部的带领下走进那些相对贫寒的人家。等盘盘绕绕穿越整个卡力岗，从山麓西南角下到群科时，已是下午五点。我们一直未曾吃饭，只以自己的茶杯润着嘴唇来到了王凯的听水湾茶园。

吃饭时，我笑问兄长："此刻有何感受？"他说："把自己的一点心血交到了比自己更穷的人手中，这种富足感别人无法体验。"我觉得他的行动与脚步悲壮而真实，我从他不断的攀缘中猜测：他一定是把卡力岗当成了他生命中非常重要的精神驿站。

就我所知，除了我见证的这两次，他在青海人民出版社有关编辑的陪伴下还上过一两次卡力岗，在一个叫作冶什春的村庄里结识了一名学生。后来，他几次三番打听这名学生的去向，想说一声“卦正切”，但一直无缘再见此人。或许，这个人在南方哪一个城市的角落里，拉面喘息的闲暇时刻也在讲述着他与北京作家张承志之间那份刹那的因缘吧。

2020 年 12 月 28 日

五、 长忆西海路， 不言东干情

2009 年夏日，在青海人民出版社等单位的帮助下，兄长张承志、嫂子和我结伴前往海西戈壁，踏入海西蒙古族藏族自治州的土地。因为时间充足，时值夏天，我们此行比较从容。

我记得的是，在德令哈，兄长为其文化馆题写了蒙文书法“金色的草地”，并在这里演讲，就青海周边文化个性发表自己的观感。在德令哈周围，我们在蒙古族作家师琴夫等当地作家的带领下进入蒙古族毡包、小镇回族人家里做客，感受到了一地民风。在没有当地人陪同的时候，我们一行人就去街道自由行走。

就这样，随性游走，信马由缰。有一天，我们在大柴旦的草原上遇到了哈萨克族牧民图尔木。在亘古荒原的绿洲一隅，他支起哈萨克毡篷，拿出古老的炊具，煮奶茶，卖马肠子，办起了牧家乐野餐点。这让我们就像在戈壁巧逢了绿洲一样地兴奋了半天。因为，自从踏上西游的道路之后，在长途劳顿中，我们不止一次谈到了哈萨克。

图尔木是出来做生意的哈萨克族牧民，读过高中，是牧民中脑子最活泛的那种人。吃过饭，聊过天，在柴旦镇一位党委副书记的带领下，我们径直向月球表面般荒凉的马海村进发。戈壁深处有马海。我生平第一次为这四周黄沙漫漫的环境而伤心了一番。图尔木与我们同行，他把茶园交给女儿打理。到了村庄，正好遇到一户人家嫁女，于是，我们被当作贵客让进砖瓦房门前空地上专门搭起来的哈萨克风情帐篷里。兄长自然坐主席，拿唐瓶洗过手，他主刀把象征着礼仪的羊头肉一块块割下来分发给来到帐篷的远近的客人。

喜庆结束，我们在村主任的带领下看了看村庄的建设。其中，最难忘的是，这里有一座蔬菜大棚。尽管里面的植物稀稀拉拉，没有长得像样的，但其中的些许绿意却让人心里踏实和平静了不少。走出蔬菜大棚，看着空地上几间房子的地基，哈萨克老人们说："准备盖个清真寺，但没有钱，这地基打了有几年了，可我们就是没有能力在上面盖起哪怕一间泥屋。"

听到这里，兄长的神色一下子严肃起来，并会意地看了看我。之后，他把我拽向一边，问："怎么办?"我说："想办法。"其实我那时心里空落落的一片空白，真没有办法的轮廓。不过，面对众长者凄苦的眼神，我胆子一大，就开始表态："我们本身的力量有限，但可以借助西宁众人的力量帮着完成这一愿望。"怕哈萨克族群众没有听懂我的话，当地领导对他们做了一番转述，体现出了他作为人民公仆的热情和担当。

一事当胸，忘了其他。自兄长用哈萨克语说出他的希冀之后，我们俩就悄悄谈论起我们的这个举意，并开始不断地以细节丰满、浇灌我们的思路。最坏，我们哪怕各自拿出自己的积蓄也不能让刚刚安居下来的哈萨克族群众失望。回到西宁，我们把这一想法一五一十地告诉了几个最有可能成全此事之人。之后，我们兵分三路，各自奋斗。

清真寺竣工落成，马海迎来最喜庆的日子，兄长在北京分享我们的喜悦。就这样，我们从 2009 年下半年到 2010 年夏天的通信的主要内容几乎都围绕着马海，围绕着那几百人口的哈萨克。2010 年夏天，抵达西宁之后，兄长首先要见的就是那些顶着蚊虫叮咬参加了马海建寺的工人。看着手机拍摄的施工现场图片，他激动不已。之后，在与几个朋友一同走访黄南时，在夜市的烤肉摊上，他铺开稿纸，题写建寺碑文，我的名字忝列其中。我知道，这碑文与我起草的那几行字，早已天壤之别，不是一个境界。我更知道，这是他对我的奖励与馈赠，我不应该推辞。也好，毕竟我们携手努力过，碑文经玉带桥清真寺刻石后送到了马海，这就算我们共同交给历史和真理的一份答卷。

为了激励我，他还给我送了一幅墨宝，内容为“长忆西海路，不言东干情”。

我们一定要关怀他人，我在大地上行走的过程中，就这样跟着兄长走出了一己的狭隘，在历史长河中体验了一次赠人玫瑰的芬芳。

2020 年 12 月 29 日

六、 值得珍视的参与

想不到，有这样一个人走进了我的视野；更想不到的是他走进我视野的方式——我陪着专程从北京赶来的兄长张承志在西宁参加他的骨灰安葬仪式。这个人，就是与我素昧平生的日本老人服部幸雄。

20 世纪 90 年代，服部幸雄与兄长相识于日本，是内蒙古的东苏木这个在地图上找不到的草原一角连接着他们，让他们产生了彼此看重的友谊。据兄长说，这是一种不掺杂任何功利色彩的友谊，是经得起考验和咀嚼的友谊，是我们常说的“淡如水”的君子之交。

我与兄长相识于 2003 年的夏天。那年，青海人民出版社出版了他的散文集《夏台之恋》。他应出版社之约前来西宁签名售书。经朋友介绍，我们在西宁相见并共进晚餐。在此之前，我读过他所有的作品，所以那一天我非常兴奋，谈话并不怎么拘束，有一种相见恨晚的亲切。此后，我们俩之间的交往日益密切。这一晃就是四年了。每一年，我们之间几乎都有一些难忘的交往和共同话题。

去年春节期间，我到北京审片时，几乎每周都与兄长在一起。在这期间，他跟我详细谈起了服部幸雄这个人，介绍了这个人与青海的千丝万缕的感情和关系，并要我打听一下这个人在青海的具体情况。为使这项“工作”顺利，他给我提供了青海省政协、青海民大的几位知情人的名字。

谁能想象，时过大半年，服部幸雄的骨灰安葬仪式在西宁举行。这消息使兄长感到不安。顾不了马上就要来临的斋月，9 月 8 日晚上 11 时 40 分，他戴着标志着民族身份的白帽子出现在西宁机场。他说，斋月前，他要了却这桩心愿。就这样，我陪他去参加一个与我素昧平生的日本人——服部幸雄的骨灰在西宁南山的安葬仪式。

2007 年 9 月 9 日，西宁南山公墓，除了携骨灰从日本赶来的服部幸雄的夫人、长子、次子和女儿，来者大多是青海省政协的领导和自发从全省各地赶来的群众。他们是服部幸雄生前帮助过的地区学校的教师和群众代表，这一天他们一脸肃穆、一言不语，他们以山一样的表情，缅怀着这位心系贫困孩子但从不张扬的日本老人。

据说，服部幸雄自己的日子过得并不富裕，但他节衣缩食，硬是拿出自己几乎所有的收入，为青海各地的贫困学校捐助了谁也不知确切数目的几百万元人民币。令人感动的是，有一年，来青海捐助之前，他自己一时凑不够钱，就从自己的姐姐手里借了一百万日元应急。更令人肃然起敬的是，他只管做事，从不接受媒体的采访。他到底捐了多少钱，他从不告诉任何人。他的夫人说，他就是这么一个人——如果说了，他就不是他了。

就那一天的安葬仪式本身而言，让我感到难忘的是，那是一个融入了多种文明形式的仪式。有穿着袈裟的喇嘛为逝者诵经，有穿着西服等各式服饰的群众向逝者三鞠躬……兄长和我为逝者默默摊开了双手。想来，穿着黑色和服的服部幸雄的夫人及子女一定会感慨不已。

当时，我在想，一个人需要有什么样的操守才能走出一己狭隘从而赢得多个民族的拥戴？这历史一瞬，于他来说是多么大的荣耀和成功啊！参加这样一位老人的骨灰安葬仪式，是我的幸运。日本在我们心中留下的伤痕太多了，这使我个人一度对所有的日本人都没有好感。然而，在服部幸雄面前，我却一下子否定了占据我心灵很久的这种意识。在那个场合，我们伸开双手，默祷，表达我们对于这样一个高贵灵魂的敬意。

参加这样一个骨灰安放仪式，我们的姿态、我们的神情中，没有任何作秀和矫饰的成分。所以，我把它称为值得珍视的参与。

七、千里一会无他意，百年几人有此心

2011 年 9 月中旬，兄长张承志的《涂画的旅程》由青海人民出版社出版发行。首发式定在西宁大十字新华书店。出版社在与张老师确定签名售书仪式参加人员时，他拉了一排兄弟名单。其中有宁夏的马志文、海涛、马文波，河南的马宝国，甘肃的马进祥，北京的尹哲等老朋友，也一并邀请了哈萨克族的图尔木、阿里等新朋友。陡增这么多人，还不等主办方发言，兄长首先表态：凡没有固定收入者的一切开支均由他从稿酬中支出。这使出版社操办此事的编辑反而有点不好意思了。

但事情就这么定了，兄弟们很快走到一起，分享兄长的成功，这让兄长很高兴。与大家见面后，他一会儿关照这个人的吃住，一会儿过问那个人的穿衣，让兄弟们在他乡感受到了宾至如归的感觉。几个哈萨克族朋友离开西宁时，他还特意关心旅途班次，嘱咐我注意别耽误了时间。

在餐桌上，他再一次肩负起兄长的责任，关心着每一个兄弟的就餐与其他安排。在宾馆里，他一一问起诸位一年来的生计。我知道，他几次三番给马志文的儿子介绍工作，使其在北京和兰州等城市度过了好长一段打工时光，挣钱改变了家里的状况。他也很关心马志文一家的未来。说到动情处，他还会生气了一样地骂上几句，为使兄弟们多少长点记性，提高生存能力。

可是，事不凑巧，第二天当我们一行乘坐西宁律师马虎成点赞助的车辆准备翻越达坂山到门源参加救助会活动时，天雨不晴，秋日的雨丝在达坂山上突然变成了雪片。行至半山，积雪加厚，轮胎开始打滑。看着风雪中弯弯绕绕的山路，兄长决然叫停，说："这么多兄弟在一起，安全第一，我们还是下山吧。"就这样，出行到半山腰的我们掉头下山，在山下无雪的大通种牛场草原上溜达了好半天，照相聊天，好不自在。为了拉长弟兄们相聚在一

起的时间，我联系了大通的一个朋友，在他家吃饭喝茶、听回族宴席曲，感受了一番河湟回族的待客礼仪。

千里一会无他意，百年几人有此心？

这是张老师在这一年给兄弟们的赠言，并将此题写在《涂画的旅程》的环衬页，成为我们永久的纪念。

兄弟之情，旷代绵延。

这是海西哈萨克族民众送给张老师的牌匾。

如今，每每回味着这一切，我都会想起我们一起在循化走访拱北的情景。在半山道上，我们碰到了一对来自临夏夫妇，他们一脸汗水，正在弯腰攀登拱北所在的石山。见我们在一边休息，就停住脚步与我们搭话。因为拿着数码照相机，征得同意后我为他们拍了照。还不等对方说话，兄长就主动说，如果方便，把地址留下来，我们日后把照片寄去。就这样，我留了地址，也寄了照片。但不知什么原因，照片被退回来了。一番兄弟情，无人可查收。但兄长从不忽视与人接触中的每一个细节。他对曾经给我们一点帮助的人始终念念不忘。

2009 年从海西归来后，我早忘了一路给我们开车的在泥泞中奋力冲刺的青年司机，过了一两年，再次相见时，兄长还问我见没见过那孩子。他从没说过“俯首甘为孺子牛”，却在行动中延续着鲁迅的这种大爱。这些年，他自觉不自觉地在实施这种爱，并以自己的文字丰富了这种爱的内涵，由此架设起了一座多元文明相互交融的桥梁。

2020 年 12 月 30 日

八、 去疾的接续

又是一个难忘的9月。

继2012年9月完成巴勒斯坦难民营的救助行动之后，2021年9月2日，次日便满七十三岁的兄长张承志与嫂子索飒迫不及待地踏上了西宁的土地。赶到宾馆，全然天黑。顾不了缓冲和喘息，第二天早上七点又从西宁出发，翻越青沙山，前往青海省化隆县和循化县，开始了接连不断的攀山越岭，一路颠簸。在云缠雾绕、秋雨霏霏的卡力岗大山深处，踩着不同颜色的泥巴，将自己书法义拍所得的近八万元现金像撒风马旗一样谦卑地递到六十多户藏、回、撒拉族等族的农民手中。一俟完成任务，下到山下，循化县城早已是灯火通明，夜色一片了。

想这一天的行动，总行程虽只三百来公里，但我们却翻越了三座海拔三千米上下的大山，历时可是十四个小时呀。青沙山、卡力岗、大力架，一座座不乏峥嵘陡峭的地理坐标，就是土生土长的青海人一生都不曾怎么穿越，而与我们同行的客人却是整整七十三岁的张承志以及陪伴着他的四五位年纪与他不相上下的七旬老人，我们确确实实把“九架山当成了塄坎”，这，简直是在冒险。

在循化宾馆，回顾和盘算着这一切时，我不由得生出串串歉疚和一身冷汗，也默默地在为兄长的七十三岁生日祝福。

谁都知道，卡力岗是一座堡垒一样的大山，素以难攀、易守和封闭著称，山道弯弯，就是在晴天，亦事故多发，外人是不轻易攀爬的，当地人也是不轻易下山的。而我们——一支一半老人一半中年人的扶贫队伍——却什么也不说便驱车前行了。

前方云缠雾绕，能见度不足百米。路面宽度不足以从容会车，且湿滑不堪，但我们且行且聊，照相探路，没有丝毫的畏惧。好在一路平安，一切顺利。回顾着这一切，我不由得长舒了一口气。与此同时，心跳不由自主地加快：我几次感受到了轮胎的打滑，却掩藏了自己的慌乱。

大力架山坳里的来塘村在青海是一个可以忽略不计的小村庄，云雾深处只住着十几户撒拉族人家，那一条弯弯绕绕通往山外的道路更是比羊肠还要不知端末。但兄长牵挂着这里的一名会说撒拉话的藏族民办教师和他的十来个撒拉族学生，几次问我具体情况，早已决意亲自前往。

而我们从卡力岗下山时已近下午五点，在通往循化的道路上，我忽然想起，9 月 3 日是周末，恐怕师生都放假走人了，我们进山找谁去？在征求兄长的意见之后，我迅速联系万么仁增老师。他说，确实已经放假了，他已下山，刚到白庄。

那怎么办？我把具体情况一说，万么仁增老师就开车追到了在半山道上的我们，并开车带路，把我们领到了他坚守了三十多年的这座小学校。听了他走路十二年、骑摩托车八年在山里默默教书的故事后，兄长非常热情、一脸谦卑地拉住万么的手，递过带着他体温的三千元心意，并说了一句“卦正切”。接下来他一一给每个孩子发一千元，然后，合影留念。我们早忘了这一天的疲惫。而此时，刚刚露了一会儿脸的太阳再次羞答答地躲进了云层。

天黑在即，从甘肃大河家开车赶来参与这次行动的七旬老人丁生智还得星夜返回家里，这使我们的返程自然而然地增加了点走钢丝一样的紧张与焦灼。这一切，我没有跟兄长细说。好在依旧平安无事、有暗惊而无明险。作为一个车技一般的司机，我庆幸全天一路平安。作为活动执行人和联络者，我歉疚于把活动安排得太满，以致让所有人几无喘息机会。更何况，兄长和嫂子头一天刚从北京赶到青藏高原，一下子挑战这么严酷的自然环境，这简直是在受刑。但在撒拉印象园共进晚餐时，两人对此没有丝毫的怨言，反而还带着点激赏和满足。

我似乎清晰地看到了一眼又一眼汩汩流淌的清泉。

在卡力岗到处是牛粪和泥巴的山路上，兄长坚持着一家一家地登门，近二十户藏族人家无一遗漏。而这些人家住得是比较分散的，东坡里一家，西台上两家，随山就势，蜗居在不同的大山皱褶里，这使我们的身子很快就被秋雨淋湿了，兄长一夜未睡的疲惫都显示在那坚毅的脸庞上，我悄悄建议：

集中发放如何？但他还是跟着其后昂村党支部书记多旦走完了这些山道，握了一双又一双布满老茧的粗手，以行动诠释了谦卑的含义。

夕阳下，在与藏族教师万么仁增的短暂交流中，他那一刻的眼神简直谦卑成了校园外村道上的丛丛低草，朴素得一如这里的泥土。兄长说，让他最为难忘的是卡力岗山上那些藏族妇女一脸平和的神情，那仿佛是荡漾开来的另一片草原，也是人之为人的修养的极致。与之相比，我们掺杂了世俗欲求的脸就没有那么可爱了。

心弃疾，或去病。想来在还没有踏上高原大地的时候，他早已认同了这一真理，这使他和嫂子的生活始终很朴素，方方面面克己谦卑，并毅然决然地割断了残存在意识里的自私之情。

就这样，在两天之内，我们马不停蹄，圆满完成了兄长的青海书法义拍扶贫行动。从化隆、循化回来的路上，一时兴起，我们下高速公路后短暂停留在青沙山北麓，品尝石壁面片。

就在这圆满画上句号、告别石壁的刹那间，我的心头忽然一亮：难道这跨越了地理和人文边界的石壁也在见证、参与着兄长七十三岁生日这一天的行程和善举？

2021 年 9 月 8 日

时代的裂口

——读郑小驴《去洞庭》的一点感受

前几天，走了一趟大山深处的托勒牧场，听七十多岁的曼苏尔老人讲他在20世纪60年代赤脚一年游牧祁连山的故事。

其中有一个细节令人难忘，他每天睡觉之前烤羊油脂烫脚上裂口时，都要经历一阵撕心裂肺的痛苦。这情景，我虽未亲见，但能感知。因为在生产队里参加集体劳动的那些年，我父母何尝不是这样？每每吃了晚饭，洗完像老牛皮般不怎么认水的双手、双脚之后，在油灯下，他们从不疏忽关键的两件事：一是全神贯注地为身着破衣的孩子们捉虱子；二是烤羊油脂，将其汁液浇到僵虫般爬满手脚关节的流血的裂口上，咬牙承受灼伤的阵痛，以此止血，从而缓解皮肉的不断撕裂。

这情景，不只是我一个人的记忆，凡经历过那个时代的人，尤其是青藏高原河湟谷地里的农人，几乎都有各自不同的深切体验。如今，走遍青藏高原，再难看到那样流血的双手了。一言以蔽之，随着人的境遇的改变，手脚的尊荣悄然而至，人们不再为一双伤痕累累的手而蒙受苦难和尴尬了。

就这样，总结着祁连之行以及由此引发的感慨的同时，我拿到了郑小驴的《去洞庭》。

小驴之于我，是晚辈。近二十岁的年龄悬殊，加上天各一方，经历不同，阅读有障碍，自在情理之中。所以，虽其早有《蚁王》《少儿不宜》《痒》等大作，但我一直未曾展卷。这一次，一口气读完《去洞庭》，我方明白，小驴之于生活、之于时代的审视完全超越了他的年龄和地域的限制，他对于这个时代里人的精神的把握的精准，让我自愧弗如。我从他的文字中感受到的是我们这个时代的裂口，一个个不在指关节上流血的裂口。他的书写姿态宛如黄泥小屋的油灯下自行疗伤的农人，有一份悲壮而坚毅的底色，在我的心中不断荡漾开来。

这是因为我们今天处于一个千古未有的大时代，理想、自由、爱情，还有金钱等就像五彩缤纷的彩虹，总在眼前招摇，对此，谁能无动于衷？形形色色的诱惑，眼花缭乱的变局使我们生怕自己被甩远，来不及思考就匆匆上路了。可是，前路茫茫，哪有尽头？为此，书中的主人公们几乎每一个都是在路上，无论是物质还是精神之途，他们都在跋涉。从北京到湛江、东莞、洞庭湖、长沙、咸阳，人的活动半径在不断扩大，丰沛的地理难以满足无尽的贪欲。从单纯到越界、占有、出轨、欺瞒、报复，人的爱情也不断地走向泥潭，为了完美的出发，人们越走越远。我们原本都不是坏人，但我们越来越身不由己。

我们就这样被推向荒野，前不着村后不着店了。我们虽然早已告别了物资匮乏的岁月，大多数人不再为三餐发愁了，可是，我们的精神从此失去了扎根的原乡，这使我们无论在物质上多么丰裕，却始终无法换来精神的片刻安宁。在今天，难道去洞庭是大家唯一的出路？在读书的过程中，我感觉到了作者的心在流血。透过这样一部小说，我似乎看到了我们这个时代的裂口也在流血。

说不尽各种痛！但我们只能检点自己。

时代是谁都无法抗拒的，时代就像一条奔流的江河，它自有自己的渠道与逻辑，任何人都没有理由埋怨，也没有力量抵抗。对此，作者有非常清醒的认识。他在后记中写道：我相信笔下的这些故事和遭遇，正是我们日常生活中常见的旋涡，或被礁石拍碎的瞬间，它们与我们的现实处境血脉相连。心灵共鸣，从而具有普遍的意义。

看到这里，我会心一笑，眼含热泪，在后记留白处写了这样一句话：小说是一个民族的秘史，信然！

2019 年 8 月 1 日

鲜润的诗心

——绽海燕诗文印象

受托拜读绽海燕的书稿《书签里的时光》是在老家红石崖——祁连山皱褶里的一隅山坳——休假的一段时间。茶余饭后，每每打开手机，接着读过的篇章，紧盯一方屏框，在山影从东到西的悄然沉寂中，我常常产生种种在循化黄河边低头漫步的幻觉。

山中犹闻波涛声，行间每涌浪花句。多少次锁屏关机之后，我都禁不住欣慰：绽海燕是找到了书写的感觉的。因为在此之前，我常开玩笑：如果大通人的文字中嗅不到把儿煤淡淡燃烧的那缕缕煤烟味，这就说明写作者尚未接住一方的地气。让我感到高兴的是，我在绽海燕的文字里感觉到了她在黄河边长大并圆润起来的那颗诗心，并借此感觉到了那一片神奇土地的脉动。其文字的圆润和质感使我自然而然地联想到了吸纳了西部自然精华的黄河石。

物华天宝，人杰地灵。黄河石是黄河遗留在循化等黄河沿岸地区的最为神奇的宝物，其坚硬的石质、奇特的造型，其经过了多年时光和浪花的打磨冲刷出的圆润，其在清水里显示出来的清新如初，每每荟萃于包括循化在内的青海人家，成为人们朝夕观之、抚之，并赏之不厌的别样艺术品。这是青海独有之美，大美青海不能没有黄河奇石之美的陪衬。

正是这种美，自觉不自觉地影响着青海诗人写作的质地，尤其是撒拉族诗人的写作，使他们自觉不自觉地追求诗歌语言的鲜润、诗歌表达的流畅、诗歌意象的清新和岩石般坚韧的风格。由此，我常常想，在青海，为什么在撒拉族中诞生了诸如韩秋夫、马丁、翼人、韩文德等一批全国有名的诗人？

天时地利人和，在多种因缘的巧合中，谁都无法忽视黄河这一直连天地的地理坐标的影响。黄河在孕育、造就循化地理的极致美的同时，把一个个撒拉族人训练成了漂流在浪尖上的筏子客。过去，筏子客是一种职业，是一种严酷的谋生手段。但就是这种特殊的职业，让撒拉族人懂得了黄河、悟透了生活与生命的奥义，也让他们结识了八方来客。这不就是一个个诗人横空出世的坚实基础和文明基座吗？

正因如此，绽海燕的文字先天地就有一股与这一片土地般配的独特气质。其中，既透出了与中国传统文化一脉相承的汉语的华贵，也融入了她在文字中驾轻就熟、腾挪跌宕而历练出的晶莹剔透。“冰冻三尺非一日之寒”，从循化到西宁，经课本看现实，绽海燕作为语文老师肯定是阅文无数，筏子客一样没少畅游于汉语的江河湖海的，真可以说是在语言的浪尖上见识和领略了汉语之美。但是，这种优势一旦不能被及时消化、转化，就会变成一条汹涌的黄河，或者一条幽深的隧道，吞没一个人的活力，使一个人在拿起笔的瞬间常常产生无所适从的感觉。

正所谓“成也萧何，败也萧何”，多少语文老师就是在这种“老虎吃天，无处下爪”的无奈中弃笔兴叹的。而绽海燕的幸运在于她仿佛语言河流中的一个筏子客，从多年的揣摩和修炼中找到了属于自己的语言，找到了语言中那一个撬动地球的支点——删繁就简，落笔见神，以最传神的几笔写出捕捉到的多元意象。

在她的诗文中我发现了很多就像浪花般令人眼前一亮、心中为之一振的表达，诸如“零落的梦，时至而归”“皴裂的记忆”“零碎的幸福”“弯腰背粮的乡村”“临墓尽哀”等与内容珠联璧合的精妙表达，一个个都是“冰山一角”。这样的语句在其诗文中举不胜举、俯拾皆是，它们常常使我想起在深夜的窗口里那些撒拉族艳姑独自倾诉的口弦声，在昏黄的灯光下，有一种异质化表达的新意。

绽海燕的异质化表达还表现在她对故乡话题的藕断丝连般的贴近。故乡是她心中的风景，也是她精神的原乡。无论是在散文中，还是在诗歌里，她着墨最多的是故乡的遗韵，是那些挂在故乡枝头上的串串鲜活的记忆：乳名、月光、阿娜、驼泉；荷犁牵牛的父亲、在背篓下老去的母亲、苦难中坚韧活着的众亲人，他们就像刚刚翻开的土地一样，是连着远古血脉的，是一眼非常圣洁的骆驼泉，这不仅是具象的，也是包含着神性的。

她说：“这是一个天清地阔的地方，也是月光拉长了记忆的梦境，在这里，活着的每个人就像星星，都有自己的尊严和轨道。”与此相比，在她的笔下，那些在高铁上“低着头在手机里寻找自己”，或者“背着无奈无法落座”的行者们一个个都是无根的飞蓬。

繁华皆梦，红尘如泥。作者向往的永远是在亲人的“笑颜里珍藏我的幸福”，在“芳香四溢的田园里延长不老的歌谣”。

或许，这就是她诗文里的美学。在这些歌谣里，最让我不能忘怀的是绽海燕蘸着泪水写下的那些关于亲人的挽歌。

谁知道，您孤单中盼望，盼望中无望。

但愿尘世的无解，能在后世里得到答案。

你走得太快，我懂得太迟。

很多风景想带你去游览，可你已步履蹒跚；很多故事想讲给你听，可你已耳聋目痴。

这些朗朗上口的句子，让人过目难忘，经得起长久的回味与咀嚼。

能够让文字有味道，淡淡地透出自己的体香，这对写作者来说是一个很好的起点。因此，我对于绽海燕以此为起点的未来写作，充满期待。为使她能够在原有的泉眼里掘出更深、回味更悠长的甘露，我希望她走出语文老师职业里的“惯性”，谨防跟风，放下写作中出现过的那些载道之想，在文学与当下应该保持多远的距离等方面做更深的思考。

半瓶之墨，浅陋如此。言不及义，羞以为序。

2020 年 10 月 26 日

深山犹闻口弦声

——马玉珍作品印象

写作对于青海回族女性而言，是个全新的尝试，因为在传统价值坐标里，先民们从来没有使用过这样一把尺子。关于女性，他们惯用的评判标准是“上炕裁缝，下炕厨师”。正因如此，在以家庭为单位的传统社会关系中，回族女性的生活场景以及人生舞台几乎都是被规制在家庭之中的。这使她们安分于洒扫庭除、拉扯儿女、侍奉公婆，一般会把家务料理得风生水起、有板有眼，在厨艺和针线方面练就非同一般的功力。所以，她们给人的总体印象是“在家精明强干、在外含蓄内敛”，甚至，一个“阿娘”，“千人一面，万众一心”，没有什么个性可言。

可是，真正地走进她们的内心，这才发现，她们同样有着非常强烈的倾诉和表达的欲望，但她们找到的工具无非口弦——藏之于衣带，在夜深人静或田野一角悄悄地吹奏起来——万般心事，一腔心酸，就像幽泉般在很小的世界里汩汩流淌，自亦成声。那么，人们不禁要问：“其中，都想表达怎样的心思？”

说到这里，我就想到了回族作家马玉珍以及她这些年陆续发表在《青海湖》《朔方》等省内外刊物上的小说、散文。尽管马玉珍也是一个心思缜密的阿娘，平日里忙于相夫教子，不离人间烟火，但与其他阿娘不同的是，她把口弦转换成了文字，借着一支在柴米油盐酱醋茶之外充满真诚之笔，为熟悉不熟悉的读者打开了包括她自己在内的很多回族女性内心深处的画卷，将之一幅幅悬挂在我们眼前，成为青海文学界的另外一种风景，丰富了青海当代文学的意象。

在我看来，马玉珍的文字，无论是散文还是小说，都具有非常浓郁的烟火气。这种烟火气不是她刻意寻找来的，而是流淌在她的生活和文字之中的。就像“村子浸在金黄光线和青烟缭绕的一派迷离中”，她的文字本身就像带着露珠的草叶。

我不太熟悉马玉珍的成长经历，但从她的文字来看，她是有着很扎实的生活根基的。但凡走亲访友、婚丧嫁娶，她都能做到细致入微、不枝不蔓。最让我难以忘记的是，她笔下的一个个女性尽管经历着生活的艰难困苦以及各种考验，但她们始终对生活充满期望。这不是麻木，不是阿Q式的自我安慰，而是一种坚韧的面对与默默的担当，其生命的魅力就体现在吃穿住行的各种生活细节之中，这难道不是中国文学形象中少有的另类吗？或许，这就是“中国的脊梁”，民族的脊梁。

就具体作品而言，其小说《新姐》，读来让人欲哭无泪，也令人感佩连连；《杏花开了》的主人公让人同情，也让人看到了关于幸福的另类探讨。

举重若轻，用常得奇。不知是有意，还是无意，马玉珍从生活深层掘出和晾晒在我们眼前的都是隐藏在日常中的“熟视无睹”。

马玉珍作品的生活气还表现在她对一地生活气息的精准把握上。这种把握一方面表现在她对生活的整体与细节描述的精准，另一方面则表现在她将不影响整体阅读的方言嵌入文本中。

先说生活整体，这就像是一条清溪，总以线性的流程全方位展现在读者眼前，这使我们看到的生活总是完整的、有血有肉的，甚至有点魔幻色彩。

“各色羊们汇成了一条河，向垭壑缓缓奔去”“轻轻呼吸的是叶子上沉睡的微风”，这样的文字，没有生活的根基是写不出来的，不放入一种流动的叙述中，是显示不出生活的肌理的。还有，“见天”（每天）、“恋祥”（相互之间的提携与联络）、“得济”（得到了好处）等方言的嵌入，既没有影响整体阅读，还呈现出一地生活的冰山一角，达到了相同题材异质化表达的目的。

马玉珍作品的接地气还表现在作者的始终“在场”。为了增强作品的可读性，她总以一个乡村少年的视角看待周边的一切，从不游离于故事之外。无论是大人们在关爱的氛围中给孩子们包海娜，还是与小伙伴们玩改蹦蹦游戏、抓羊拐游戏，都从另外一个角度揭示了生活的温情和可爱。这一点，有点像是宁夏的石舒清和马金莲的风格，但与他们不同的是，这是一个在不同的、更加安逸的环境里的童心，呈现出的是一派安逸与宁静的生活场景。

或许，这就是门源那一片高天厚土给予马玉珍的特别馈赠。“一方水土养一方人”，门源的祁连山深处特别的人文地理环境，不仅养育了举世闻名的浩门马，也滋润涵养了门源人特有的厚道与知足。长在这样一个环境里，人是坏不起来的，也快不起来的。前几年，与一名阅稿无数的资深编辑谈起门源老作家马文卫的小说，他不无遗憾地说：“就是节奏太慢了，预热得让人有点等不及。”当时，我没有太在意他的评判。看了马玉珍的作品之后，我似乎有一点同感。但是，这慢以及这慢之后的静不正是马玉珍作品的特点？想到这里，我也想起毕飞宇当选作协主席之后接受记者采访时的一段话：

> 在今天这个节点上，我特别想对文学苏军们说的，就是希望他们能够保持“静”的状态。“静”不仅仅是作家个人的心境状态，它还是一种文化的和美学的状态，这才是文学创造力所栖身的场域。运动员的创造是在奔跑中完成的，但作家的创造性是需要我们安静到了一定地步之后，才能够旺盛地喷涌出来。所以作家们得先“凝神”，再对世界“静观”。相反地，如果他心中只是洋溢着数票子的激情，是不可能把作品

写好的。

我知道，毕飞宇这里所说的“静”与马玉珍作品涌现出的“静”并不是对等的。但我相信它们之间一定存在某种共同的、神性的纽带。如是将这两种“静”的距离日渐缩小，甚至形成默契，则马玉珍的汉语书写就一定不只是岗什卡雪峰的高度了。

如何走好未来的文学道路？我把李敬泽的一句话转述给马玉珍：把独特性锤炼为一个能够到整个中国，再能够到整个世界的一种有力的表述，建构一个独特的世界。

我愿更多的读者从马玉珍跳出了门源和青海的更为广大的文字世界里看到青海文学美丽的姿影。

2021 年 1 月 12 日

江源淖尔般的诗魂
——马汉良诗歌印象

睡土炕，吃洋芋，尚在童年，不经调教就自觉肩负起家务劳动的重任，早获了一种不同于他人的对生活的深刻理解。

上师范，当老师，初涉社会，在救命稻草般捡回的求学经历中，硬是与书结缘，得到了一份算不上丰沛的文学滋养。

相同的生活经历和同学情分，使我和马汉良保持着多年的联系，并以文学互相激励、相扶相携，想不到，这一晃竟是三十多年了。在这些年中，我们很少顾及文学本身的尴尬和自身修养的先天不足，就这样走走停停、漫不经心，但始终没有放弃过写作。虽没有写出过值得期许的鸿篇巨制，但对于文学书写却始终保持着一厢情愿的青春热度。

回顾马汉良的生活经历，他这三十年过得真是不易，甚至可以说有点辛酸。从比较单纯的校园教书生活到充满矛盾旋涡的行政工作，他先后适应了教师、秘书、办公室主任、乡镇长、局机关领导等多种角色。

在基层，每天一睁开眼，身陷的无非是鸡零狗碎，是是非非，难得有一日闲暇可供专门看书写作。有时到了晚上，他一头瘫倒在床上，连饭都不想吃了。群众利益无小事，一切都得操心。在黄河大坝截流放船的日子里，他更像一个稻草人，在大坝上一站就是十几个小时。责任如山呀，他不敢有丝毫的懈怠。就是这样，还会有遭逢老百姓指着鼻尖在街头问责、讨说法的时候，对此，不能不做耐心细致的思想工作。在此过程中，他还遭受了家庭变故、个人患疾等沉重打击，生活几度被命运撕成了碎片。一句话，他的生活一点儿也不诗意。

然而，他仍旧那么热爱诗歌。在生活一次次惨重的打击中，借着诗歌的微光，他挺起了不倒的脊梁；借着诗歌的针线，他缝合了自己受伤的灵魂。于是我把他的诗歌比喻成江源淖尔，虽无籍籍名，但含着独有的天籁。

马汉良诗歌写作的时间跨度很大，足足有三十年。然而，其主题始终没有离开自己的故土和亲人。他生身、成长、工作的循化是少数民族撒拉族的故乡，也是青藏高原和黄土高原的交界地带，黄河自西向东穿越全境，这使他的生活打上了很深刻的黄河烙印。因此，读着他的诗句，我有一种在黄河岸上散步听涛的感觉。诗集《沉河》中的长诗《沉河》就是一篇裹挟着高原千古豪气的诗篇：

在这条大河里
所有的山脉
都首尾相连
形成一支庞大的船队
缓缓驶向
我们所未知的大海
这支船队
在千万年的风雨中
或顺流或逆流
都把慷慨的四季
用太阳包裹

囤储在
这个世界无尽的黑夜

诗句晓畅明白，却荡气回肠、蕴含丰富，一如青藏高原本身的意象，千山相连、横空出世，给人很强的冲击力和感染力。就是这条河流，在给诗人带来儿子娃娃精神魂魄的同时，给了他一颗敏感的诗心：

当有一天早晨醒来
双手推开晨曦的窗户
你将看见
我正用清澈的泉水
泡一杯浓浓的鸟鸣
与这一条河流
浅浅的微笑
对饮

在诗人的心中，这条河不仅仅是他身边的黄河，也是中华文明之河，更是人类与大自然和谐相处的神圣纽带。

在这藕断丝连、难以割舍的对于家乡、对于大自然的爱恋中，诗人写出了《照在黄河里的循化》《父亲啊，我不想忘记》《想念母亲》《祖国啊，我是您的亲子》等带着他的血脉和深情的诗篇，并借此涂染自己诗歌的底色，发现魅力循化等山河大地特有的神韵，完成了对自己生命的深度审视，并进一步确立了自己的诗歌以及人生的坐标。

让我感佩的是，在诗人的世界里，循化之外的整个江源大地都是他的故乡，父母妻儿之外的所有人都是他的亲人。为此，他不止一次吟咏江源、瞭望江源，写下了《拉吉山五月的雪》《玉树，我用心抚慰你的伤痛》《蜘蛛人》等怀着大爱的诗篇。他是农民的儿子，在寻找诗魂的道路上，他关注的永远是自己脚下的大地，难以忘却的是自己的职分。小至身边的蒲公英，大到家乡的最后一盘水磨，都是他的爱恋、他的歌。《土地恋歌》《乡野如歌》《牧歌》，读着天籁般让人倍感亲切的诗，我们就会断定，一个深爱着故人和故土的诗人，在现实主义的道路上，永远不会走远。

在与诗人马汉良的聊天中得知，他不仅写诗，在亲人相聚的场合，兴之所至，他们在客厅或农家炕头上也谈诗、诵诗，这使他的兄弟姐妹以及整个家庭都充满了别样的温馨。据说，好几次这样的聚会上，他女儿的诵读让一家人先是垂泪唏嘘，接着是拉手言欢，这让生活少了诸多功利，多了一份诗意。

让诗歌成为整个家族的精神纽带和亲情黏合剂，这是他的秘密，也是他的成功之处。就这样，从家庭走向朋友圈，再从朋友圈不断延伸，就像涟漪般扩散到远方，这是他诗歌留下的印迹。我总希望，哪怕是一次，参与汉良家的家庭和亲情诗会，从那里获取一份难得的文学自信。衷心祝愿汉良的诗歌写作就像江源淖尔，在高原星空下发出自己应有的那一份蓝色幽光。

青海回族文学漫笔

一、 关于回族文学的概念

这是20世纪20年代中国文学最见活力的那些年人们曾经热烈讨论的一个话题，最后的结果是雷声大，雨点小。由此可以见出那个时代的一些特点。我知道的是，一开始，评论界就形成了两种意见：一种是，凡写回族生活以及其内心状态的文学作品，不论作者族属，一概是回族文学；另一种是，只要是回族人写的，不论写什么，都应该是回族文学。

讨论来讨论去，谁也说服不了谁。倒是正在不断发展着的现实最终沉淀出无须争论的结论：既然以“族”打头，以文学为核心，就应该以族属定义回族文学，即回族文学是参与文学写作与评论活动的回族人的文学。更为一致的观点是回族文学是中华民族文学的重要组成部分，也是世界文学的重要组成部分，因为文学本身是没有边界的，文学本身就是人与人之间、民族与民族之间、国家与国家之间交流的重要通道，文学本身的性质以及魅力可以推倒一切人为的藩篱。

二、 关于青海回族文学

回族文学源远流长。早在唐五代时期，回族尚未形成一个民族之时，在回族文学的地平线上就出现了一些热衷诗词的作家，他们对于中华文学的认同以及对于诗词的驾轻就熟与汉族几乎不分上下。其后，闪亮在宋代元代文学星空中的高克恭、蒲寿宬等文学健将，奠定了回族文学的坚实基础。直至明清之际，刘智、王岱舆等人的出现，则标志着回族文学之火越烧越旺，成为中国文学传统的一脉。

认真梳理，我们就会发现，不论是“五四”时期还是新中国成立之后，回族文学始终未曾断线。最让我们看得清楚的是，近三十年以来，《穆斯林的葬礼》《北方的河》《清水里的刀子》等一批回族文学作品以其鲜明的民族性进入中国乃至世界文学的视野，这不言自明地证明了回族文学的高起点。然而，与之相比，青海回族文学的差距是显而易见的。如此，难道青海回族果无文学耶?

三、 青海回族文学的强大根基

实实在在地说，青海回族文学的传统几乎无从查找。见诸民国史料中的官员酬唱诗歌，虽然相当有水平，但是其发出的光焰只照亮了他们生活的一角，与大众的心理需求相距甚远。

大众的文学在哪儿呢?在苦苦寻求中，我发现，青海回族文学隐隐约约的根基其实很大。它虽没有文字的表述，但我们不能因此说，青海回族没有文学。我认为，这样几点基础是不可忽视的。

第一，宗教文学根深叶茂，覆盖面广，它以清真寺和拱北为中心，述而不作，代代相传，以个性化色彩很重的方式，滋润和辐射广大河湟地区的穆斯林，使其内心始终保持着永远的文学活水。

青海文化的保护和传承方式很有意思，它不像其他地区通过建博物馆、民俗馆的方式将文化荟萃在一起，在供人观看中不断辐射开来。相反，青海各民族，包括回族的文化、民俗都分散在各地，特别是在各地的寺院、拱北以及花儿会、赛马会等群众性活动当中，这使青海文化虽然没有呈现出完整性和精英化的特征，却始终与民众在一起，这就保证了它应有的鲜活。

不说不知道，一说吓一跳。虽然有很多回族人不识字，但他们之中有不少能够背诵阿拉伯古诗集《天方诗经》、波斯诗人萨迪的《真境花园》的人。这对专以文学为业的人来说，都是可望而不可即的能力。他们之中，许多人多多少少都会讲几个《一千零一夜》或《玛斯纳维》里的故事，这使他们对于表述，有着相当深厚的童子功。

这是一个很了不起的传统，文学的火种就这样孕育在他们心中。有一天，如果等到了合适的人，文学的火种就会流注到其笔端，进而产生毫不逊色的文学名著。纵观宁夏回族作家群的作品，其中不少都是在民间孕育成熟起来的，作家只不过是加工梳理者。

第二，花儿的滋养功不可没，文学手法不教自会，源自《诗经》的文学自觉，让回族儿女既是文学创造者，也是文学消费者。

花儿本是心上的话，不唱时由不得个家。文学是人学，花儿是情歌。花儿在表达人性、情感时最常见的手法就是比兴。唱花儿的把式们不知道比兴为何物，却把比兴驾驭得如行云流水般让人感叹不已。如：

老爷山上云起来，
闇门滩下起个雨来；
尕妹妹就像个嫩白菜，
一指头弹出个水来。

以气候变化起兴，夸赞妹妹的鲜嫩可爱、憨态十足，这是源自《诗经》的文学手法。

细听回族花儿，我们可以找出与《楚辞》以及唐诗宋词不相上下的意境，它们自觉不自觉地化入回族民众的血液中，成为他们的基因里不可或缺的重要成分。

花儿虽多为情歌，但其中包含了农事、地理、民族、历史等丰富的内涵。大传花儿就是以历史或者神话传说起兴的，举凡《盘古造人》《封神演义》《三国演义》等传说或历史，无一例外都在花儿里有所反映。一些已经消失的农事和职业，在花儿中依旧很鲜活，这是青海人思维的重要支点。如脚户等令人怀恋的事物，原封不动地保存在花儿之中。

花儿讲究的是“上去个高山望平川”，因而，回族人对于表达的最高追求是“一口咬到肉上”，即不啰唆、直达本质。为此，长期浸淫并守望花儿的回族人与热爱花儿的各族人民一起受到了很好的文学教育，对于文学早有自己的深刻理解。

第三，回族宴席曲、流传各地的古今儿以及青海地方小调等奠定了回族文学内容的丰富性，打通了回族文学与中华各民族文学交流的通道，亦打上了浓浓的中国文学底色。

回族是一个善于吸收并不断完善自己的民族，在形成之初，他们就选择了伊斯兰教和汉语作为自己的骨架，并以此为坐标，不断调适、不断平衡，使其成为伊斯兰文明和中华文明共同滋养出的一个民族。回族的这一个性决定了回族文学一定会拥有丰沛的母乳。这表现在回族文学具有相当的包容性，断然不同于阿拉伯的伊斯兰文学。

回族宴席曲是回族人学习元代的戏曲艺术之后，结合自己的特点，积淀下来的独特演唱形式，其内容主要是流传在民间的一些悲情故事，当然为了调节气氛，其中掺杂着喜庆和幽默的段子。喜事，悲歌；悲歌，喜事。回族人对于生活的理解以及哲学理念尽在其中。这是世界文学探讨的领域，但回族人在不动声色的演唱中，将此作为礼物高挂在喜宴的枝头。

回族各地的古今儿，在有的地方叫作说比方。在没有电视、手机的时代，古今儿是老人们哄孩子睡觉的“必然一课”。从“吃人婆阿奶”到“薛仁贵征东”，从《伊索寓言》到小道传说，东拉西扯、魔幻现实，代代相传、多元混杂。

我记得的是，青海各民族的习俗以及传说，通过这个渠道流到了我的心田。

青海地方小调，来源众多，儒释道伊，婚丧喜庆，简直可以称为青海文化的缩影。回族中也多有喜欢此道者，为此，在田间地头、公园花坛，或其他公共场所，常见唱《一个家的尕老汉》《孟姜女哭长城》《格萨尔征战》的，由此，回族敞开了一扇丰富心灵世界的大门，回族文学的根基由此不断厚实。

尽管如此，青海回族具有文本文学的时代依旧姗姗来迟。

四、　青海回族文学的现状

(一) 闪耀在地平线上的晨星

青海回族具有文本的文学始于当代，其重要标志是回族知识分子的大量出现。

虽然自“五四”运动开始，青海回族不识汉字的状况通过昆仑中学以及各地回族教育促进会的促进，有所改善，但其文学自觉的阶段却一直等到了20世纪80年代。这时，随着改革开放以及文学启蒙运动的深入，青海的一些回族知识分子迎着时代的呼唤，才有了进一步的自觉。在这一时代的大潮中，首先涌入我们视野的代表人物是朱刚、韩玉成、马汝伟、马文卫等人。

朱刚是新中国成立后最早开启文学自觉和进行写作实践的作者，早在20世纪50年代就在《青海日报》等发表“豆腐块”，表达自己的思想。其专业是藏语，其长项在吹拉弹唱，他具有多方面的艺术探索和造诣，但由于受时代影响和限制，他早年主动放弃写作。进入新时期以来，与新疆回族作家白练的交往使他重拾文笔，写了一些作品，但并没有形成影响力。可是，在促成青海首届回族文学笔会的召开中，他穿针引线，发挥了极为重要的作用。

韩玉成是进入新时期以来，在青海文坛上掷地有声的作家，在河湟文学的大旗下，他以家乡和河湟为主题，不断拓展探索的触角，在省内外形成了一定的影响，其小说代表作《账主儿尕七斤》《荒地》，散文代表作《正月》，散文诗集《平静的太阳》等，在青海文学史上都有举足轻重的地位。韩玉成因从事行政工作，后期作品渐少。

马汝伟是新时期以来活跃在青海评论界和杂文界的一位作家，虽然一直在做行政工作，但依然有较高的写作热情和文学自觉，在《青海日报》等省内外刊物上，写了许多批评类随笔，也发表了一系列介绍青海以及青海文学和回族状况的文章。其文学起点较高，视野较为开阔，却因精力分散，在文学上没有获取骄人的成绩。

马文卫是新时期以来，在文学上最静得下心来的回族作家。他偏居一隅，悉心阅读，做了比较厚实的文学写作功课。他最早的作品《白雨》通过《回族文学》走向全国，他在《青海湖》等刊物发表的系列中短篇小说，体现出了浓浓的地方特色和民族特色。他写小说，也写散文，至今有长篇小说、散文、游记、短篇小说集等多种，虽年已七十，仍笔耕不缀，属于有恒心的回族作家之一。

（二）导入文学江河的缕缕清溪

·首届青海回族文学笔会·

1987 年 10 月，首届青海回族文学笔会在化隆县巴彦镇召开。这是在时任青海省作协主席朱奇的牵头组织和化隆县的支持下，开展的一次有组织、有目的的文学启蒙活动，旨在总结回族文学取得的成绩，鼓励回族作家在新时期文艺繁荣工作中做出应有的贡献。虽然，成绩乏善可陈，启蒙却是实实在在的。

在这次会上，我发现，在专业作家队伍中没有一个回族，回族与撒拉族、藏族等兄弟民族的差距已经拉开，而回族中有着紧迫感的朱刚等作家急得搓手，可文学哪里是能立竿见影的事业？

不过这一次笔会的价值不容低估：第一，它正式提出了回族文学的概念，团结了一批写作爱好者；第二，它请来了《青海湖》杂志的工作人员，就介绍投稿流程、编辑与作者之间的互动等做了贡献；第三，它请来了省内作家王文泸等进行了讲座；第四，它安排作者讨论，让青年作者与朱刚等前辈就回族文学作品创作等问题交换意见。

·第二届青海回族文学笔会·

2006 年夏，第二届青海回族文学笔会在门源的浩门镇召开。它与首届笔会的不同之处在于这是一次民间推动的笔会，由门源县委宣传部承办，是得到了多方支持的一次笔会。说民间推动是因为这次笔会是由我和同事马志荣发起推动的，我们俩分别到省作协、青海回族研究会以及门源县委宣传部等处游说，进那山唱那调，最后促成了笔会的召开。

难忘的是，省作协主席董生龙同意举办，但说作协没钱，只派代表参加；青海回族研究会可以出一点钱，但人员名单得由研究会定；门源出于旅游宣传的需要，提供吃住，全程承办；时任西宁工商局局长的韩玉成答应做免费讲座，并赞助了几千元讲课费；《回族文学》时任主编李明答应全程参会；我们还邀请到了省内的一些专家。

这次会议，马志荣代表青海回族研究会回顾了青海回族文学取得的成绩以及以后努力的方向；韩玉成谈了一些个人感受；我在谈及个人感受的同时，宣读了作家红柯从西安发来的贺信；老作家马文卫等分别发言，谈到了多方面的情况；回族研究会介绍了研究会的工作；门源方介绍了《金门源》

杂志的创办以及运作情况；会上还交流了《鸦儿鸦儿一溜儿》《心的纺车》《左邻右舍》等一批回族作家的作品。

· 《回族作家之窗》以及《青海回族作者专辑》 ·

我参加新疆《民族作家》1989 年的笔会之后，一直与《回族文学》主编李明保持着联系。当时，他只是一名普通编辑，也是一名诗人，我们之间虽较少见面，但一直在互相激励。所以，我与《回族文学》很熟。这种熟络的结果是，他们邀请多名青海作家参与杂志的多期笔会，我们由此建立起了与全国作家的广泛联系。另外，他们通过我约稿，在其《回族作家之窗》栏目推出了马汉良、马志荣、冶生福等作家作品。2007 年，经与副主编王勇商量，我们还推出了《青海回族作家专辑》，集中展现了青海回族作者阵容。其后，青海有多名回族作者在《回族文学》发表文章，借此，我们与全国回族作家以及评论家有了比较密切的接触。

· 多名回族作家参加鲁迅文学院培训 ·

近几年来，青海回族作家中出现了好几名前往鲁迅文学院参加培训的学员，这使他们在更高的平台、站在全国的高度，学习优秀作家作品，接受创作的前沿信息，由此丰富了自己的文学经验。

就我所知，冶生福、马云龙、马富花等新锐作家经过鲁院的培训，其眼界、文笔等都有较大提高。

· 在全国平台上的身影日渐增多 ·

多年耕耘在文学批评战线上的马钧、马有义等在全国文学批评界都是有成果、有担当的文学批评家，他们的作品多次在全国有名的刊物上发表。如我的散文随笔先后被《天涯》《散文选刊》等选载；冶生福的小说散文被《民族文学》《散文选刊》等选载；90 后作家马在渊的作品在《散文选刊》等刊物上刊载；我和冶生福的散文集、短篇小说集分别进入由宁夏人民出版社出版的《当代回族作家典藏丛书》……

青海回族作家的身影在全国文学的地平线上闪现的次数越来越多了。

·《青海回族文学丛书》即将面世·

经过一年多的征稿、筹备，由时任青海省文联副主席马有义主编的《青海回族文学丛书》即将面世。该丛书共五本，分别为散文集、小说集、诗歌集、评论集等，本着精益求精、优中选优的原则，丛书全面回顾了青海回族文学走过的道路，展示了改革开放几十年以来青海回族文学的成果。

·全省各地文学活动从未间断·

就我所知，青海各地的地方刊物中，不少回族作者同时是编辑、文联主席，肩负着带动一方文学艺术发展的重任。如海东文联副主席马英健是《河湟》杂志副主编；祁连县文联副主席聂文虎是县刊《牛心山》的主编；海西州作家马学福身兼德令哈作协主席；大通、门源等自治县刊物中更是活跃着一批既是编辑又是作者的回族人。

继马志荣多年前就诗集《心的纺车》进行研讨之后，2016 年夏天，马汉良得到省作协的支持，在循化就诗集《沉河》进行了研讨。

在《中国回族文学史》写作过程中，我受时任《民族文学》编辑石彦伟委托，对全省能够联系到的回族作家事迹进行梳理，为他们提供了许多资料。

综上所述，青海回族文学已经“出土”，且苗势见旺，具有无限潜力。然而，要想长成参天大树，还有很长的一段路要走。好在积淀深厚，起点不低，视野开阔，观念对路，一旦形成一定的高原，就一定会出现伟岸的高峰。

2017 年 3 月 5 日

从大的历史坐标认识《黄河从这里拐弯》

今天是庆功兄的长篇小说的分享会，我是带着耳朵来的，原本就没做发言的准备。但现在既然被主持人点到了，不敢推辞，那就随便说几句吧。

关于《黄河从这里拐弯》的价值，刚才诸位评论家从撒拉族文学、黄河源头文化背景等方面做了精辟的发言与解析，我认为，讲得都很好。但我觉得，其中似乎还缺乏一个重要的参照坐标和背景，那就是这部小说涉及的历史背景。

关于这个背景，我把它与庆功兄的出发点联系在一起来思考。自从拿到《黄河从这里拐弯》，我一直在想，庆功兄为什么要写它，窃以为答案是庆功兄在中国当代文学的版图和中国读者的期待中，填补了一个历史的空白，回答了省内外许多读者内心深处的关切。

请允许我把话题绕到清代。清代的《青海奏疏》《那彦成青海奏议》以及左宗棠文书等官方文书中关于循化的话题结束了循化“久在深闺无人识”的历史。在此之前，尽管撒拉族在循化默默生活了好几百年，但并不为当时的统治阶级以及全国所关注、所认识，应该说是处在真正的“百年孤独”的境地之中。可是，自清代苏四十三起义、1895 年的河湟事变之后，循化一度成为西北乃至全国的一个热点和风暴眼，人们借此了解了西北这一隅边地，听说了一些非常小众的教派概念，也开始了对这一片隐秘大地的持续关注。

让人感到不可思议的是，在青海的近代史上，循化虽然是个小地方，却是一个大舞台。这不只指循化涌现班禅大师、喜饶嘉措大师、邓春兰等一批闻名遐迩的大师级人物，循化还是青海作家浓墨重彩写到的历史现场的一隅。正因为这样，每每来到循化，我总忘不了发一番思古的幽情。多少次，不由自主地行走于循化，走着走着，总想去当时是导火索的张尕清真寺等地走走、看看。因为这里曾经是马明心讲学的地方，也是一个巨大的历史现场。如今，这个现场就像磁场，让循化内外的许多知识分子都在思考：那时，撒拉族处于水深火热之中，是谁把那个时代里最深重的社会矛盾和阶级矛盾偷梁换柱转移到了撒拉族的宗教内部？

如今，一百多年过去了，时过境迁，经历了那个时代灾难的撒拉族儿女有着怎样的今天和未来？

众人之问，就这样汇聚到了庆功兄小说的笔端。

在《黄河从这里拐弯》中，我们依旧能听到激荡在撒拉族儿女心中的时代涛声。

不知是有意为之还是偶然契合，庆功兄设置的小说叙述的时代起点也很有意思。1937 年，抗日战争全面爆发，这是中华民族走向新生的一个时代节点，青海抗日骑兵师亦于此时进入中原大地。写了《万历十五年》的黄仁宇在言及中国现代化之路时认为，这是一个时代的拐点，莫非这个年份也是庆功兄心目中认定的黄河在这里拐弯的时间？

如果说，左边黄河右边崖是循化的历史宿命，那么，走出历史阴影、融入社会大潮、寻找更为广阔的天地则是撒拉族人的必然选择。在经历了一系列血与火的考验之后，在“五四”运动的召唤中，循化醒了，撒拉族儿女醒了，从这时开始，他们一日日学会沟通、一日日得到新生。

而在这之前，《黄河从这里拐弯》的冰山一角下似乎还潜藏着自尕勒莽、阿合莽以来更为难忘的几百年历史。在阅读这部作品时，我们不能忽视这个潜在的背景。

这是我讲的第一点。

第二点呢？我认为庆功兄这部书为我们保存了即将消失的河湟记忆中的撒拉族的传统生活的诸多细节。

在现代化的道路上，传统河湟的消失势不可挡。一页翻过，下一代人就不知道上一代人的生活样貌了。为此，有个人写了一本书，《消逝的河湟》。他在搜集素材时，我把王文忠关于河湟老建筑的画册推荐给了他。与此同时，也把庆功兄的《黄河从这里拐弯》推荐给了他。因为《黄河从这里拐弯》言及的大量民俗和农事已经是下一代人无法想象的。用牲口把麦子驮到麦场，摊开，再用牲口打碾，最后把麦粒抛向空中，任风吹去麦糠，让麦子一粒粒落下来，就像雨点般。农人沐浴着麦粒忙碌在麦场，这种有点魔幻色彩的劳动场景，二十年前在河湟大地上随处可见，如今却很难看到了。过去是“三十年河东三十年河西”，如今恐怕是“三年河东三年河西”了，甚至变化更快，让人来不及眨眼。

在这样的时代潮流面前，一个蕴含着大量生活细节的小说就不仅是一个民族的秘史，也是一个民族的风情长廊，甚至精神血脉的长河了。

可能大多数读者都不曾感知，我在读这部小说时感知到了一种他人容易忽视的亲切的气息。这种气息里不仅含着时代，也含着主人公继承的源自祖先的精神寰宇和价值坐标。

刚才诸位谈到的要“口唤”这一细节，可以说是我们今天这个时代里最为珍贵的精神资源之一，也是穆斯林清洁精神的一个具体体现。这样的精神一脉，成为未来的精神文明建设以及民族担当的一个重要参照。

小说是一个民族的秘史。想要了解一个民族，有些事在文件里是看不到的，在教科书里也是看不到的，但文学会填补这个空白。从这个意义上说，庆功兄为消逝的河湟留下了很多血肉丰满的细节，在此不赘述。

仁者见仁，智者见智，只要我们认真打捞，每一个读者都能从小说里打捞出许多非常珍贵的东西。我愿这部小说成为各民族读者深度了解循化和撒拉族的一扇窗口。

2020 年 6 月 2 日于循化

2020 年 6 月 6 日根据发言整理改定

我心目中的回族文学
——2018 年 2 月 3 日新月文学奖颁奖典礼上的发言

关于回族文学，我认为，它没有数学公式或定律那么界限分明的标准答案，但它一定是有自己的个性或者说味道的。这种能够感觉到的东西，正如我们常常说到的“拜拉开提”（吉庆祥和的氛围），它是一种微妙的存在。

在阅读回族文学作品时，在语词和语词构筑的文字世界、感情世界之外，我们能够感觉到这种高贵、优雅，或者与灵魂向度有关的东西，我认为它就是回族文学的“核”，是回族文学得以存在的依据。围绕着这样一种非物质性的东西，回族文学摸爬滚打，到了今天，我们才看到了祖国文学大家园中这一朵奇葩的整体风貌。

记得在几年前，与小说家龙仁青谈到石舒清小说中的一个细节时，他有点惊愕地说：“这是回族文学中的闪光，也是回族文学中才能看到的人性大坝。”

这一次比较匆忙，我没有来得及就这个细节做较细的功课，但我记得很清楚的是，面对一个来到家里扶贫的干部，妻子希望丈夫大胆接受来自政府的帮助，而丈夫却不论如何都有一种不安与不适。在一个为了眼前利益不计一切的表演时代，回族文学中如此平常的一个细节，却可以使我们看到人性中，特别是回族人的性格中这一能够抗衡时代的顽劣习气的可爱，我认为这是弥足珍贵的回族文学的气息。

张承志老师的作品如《北方的河》、“蒙古草原系列”以及《轻轻地触碰》等，无论是什么内容、什么主题，都闪耀着回族文学独有的光芒，照亮的不仅是中国文学的天空，也为当下文明的走向、文学的走向做着属于他个人的大胆探索，为当代回族文学撑起了坚固的脊梁。

还有更多的回族作家，汲取人类文明的精华，借助自己手中的笔，深入生活、深入人心、深入时代、凝聚共识，自觉不自觉地为回族文学增砖添瓦，他们在中国当代文学地平线上的身影以及气息同样让人难忘。李进祥、阿慧、马金莲、石彦伟以及我无法一一列举的更多作家，他们的书写引起了全国文学界的关注，为回族文学架起了一座坚固的桥梁。

文学是全人类进行深度交流不可或缺的精神脐带，也是探察和展示人类精神寰宇必不可少的手段，更是一面观察社会和族群的镜子。借着文学的力量，我们彼此加深了了解。然而，尽管如此，人类社会中人与人之间的沟通与交流依然无法畅通无碍，依然有着不少的误解与曲解。我认为，在当下，文学不仅是投枪，不仅是凝聚人心的旗帜，更应当是我们掷地有声的问候。将文学作为问候的形式之一，表达我们爱好和平之心，这是我在青海诗人马汉良诗集发行仪式上的一个主张。我认为，唯有如此，我们的胸怀才会更加坦荡，我们的文学才会更加高贵，更能有一种卓尔不群的魅力。

参加新月文学奖的颁奖典礼，参加回族文学的多次笔会，参加大大小小不同的文学研讨会，在发展壮大回族文学的道路上，我听到了令人耳目一新的“端庄”理念，也看到了诸多“有良好举意”、带着体温的文学作品。邂逅了很多在回族文学事业中有眼光、有担当的长者和同道。

“以真理相劝，以忍耐互勉”，在此，我谨向他们表示敬意，并祝愿回族文学事业在更大的时空坐标中健康成长。

《青海回族百年实录》发行仪式上的发言

尊敬的各位领导、各位读者：

今天是个大喜的日子，能够与多民族读者齐聚一堂，共享各自百年实录发行，见证青海文化建设中的这一件大事，这是作为写作者的幸运。在此，请允许我代表回族卷各位写作者向“实录”策划者以及为此付出了心血的各位领导、各位编纂人员致以崇高的敬意，感谢你们多年来为青海文化事业付出的各种努力，为青海民族团结事业奠定的坚实基础。

各位读者，在我看来，这几套实录是青海几个主体民族百年生活的冰山一角，在其背后潜藏着青海各个民族在五四运动的召唤下，一步步觉醒，并在中国共产党的领导下，走向新生的全部过程。其中，有辛酸，有曲折，也有各种考验，但从整体上看，这是“春风飞度玉门关”的一百年，也是青海各族人民睁眼看世界，并积极投入世界潮流，走向现代化的一百年。

一百年，在历史长河中只是一瞬，但是，一百年的光阴蕴含着几代人的艰辛努力。其中，发生的事情一定有很多很多，但从这么多的历史事件中，能够打捞出灯捻子一样照亮人心、人性的具体事件，是需要做大量甄别和筛选工作的。尤其是在互联网成为信息传播的工具之后，在海量信息中，为人们打捞出有用的历史资料，其甘苦只有编纂者自知。所以，在看到这一成果之际，我们应该感谢参与编纂工作的各位领导、各位工作人员。

另外，我认为，这几套实录是加强民族团结进步事业的一面很好的镜子。回顾过去，在青海，各民族之间一直和睦相处、唇齿相依、互相影响，奠定了很好的民族团结进步的基础，但是，我们不时看到一些不愉快的事情发生。总结这一切，我们就会发现，根子还在对于其他民族的了解始终处于一个浅层的水平。

“以史为镜，可以知兴替”，今天，我们阅读兄弟民族实录，可以拓展我们的视野，增进彼此的了解，欣赏兄弟民族的优点和长处。一位著名学者有一句经典的话：学会对他者的了解、懂得对他者的尊重、开始对他者的欣赏，这是当代人走出狭隘的基本素质。正是从这个角度出发，我认为，在加强全省民族团结进步的工作中，我们这一套实录的文化价值不只是一面镜子，还是一部非常生动的乡土教材。

一家之言，不当之处，请诸位指正。

《青海回族文学丛书》发行仪式上的讲话

尊敬的各位领导，各位朋友：

春回大地，万象喜人。在美丽的群科，在黄河涛声的伴奏下，在铺天盖地的杏花馥郁的余香里，我们迎来了《青海回族文学丛书》的首发式。

花香伴着书香，让群科的这个春天格外生机勃勃、喜气连连。这是青海文学界的喜事，也是化隆这一片神奇大地的盛事。在此，作为见证了本套丛书诞生过程的编委和一名普通作者，我谨向省文联、省作协、化隆县委县政府以及化隆县文联和各位同仁为此付出的不懈努力，表示最真诚的感谢。

我今天的这个感谢是发自肺腑的。

因为，就我所知，青海回族文学事业发育得很晚，青海回族文学的启蒙基础在以前简直可以说是零，或者说是“荒原”。正是在这样的起点上，青海省作协、化隆县委县政府于1987年10月，在巴彦镇联合召开了首届青海回族文学笔会，将回族文学的发展提上了议程。因为在那时，谁都很清楚，青海回族文学的现状，与这个民族的人口基数和整体现状完全不相吻合。

就是在那一次会上，我们感受到了省作协的一片诚心和期待，聆听到了回族前辈的谆谆教诲，由此开始了如今看来简直有点辜负众望的迈步。在此之后，2006年夏天，在省作协和门源县委县政府的支持下，第二届青海回族文学笔会在门源召开。在此基础上，这些年来，省作协不止一次地推荐回族作者参加省内外各种培训，包括去鲁迅文学院培训，这使回族文学作品由“小荷才露尖尖角”到今天在省内外刊物频频现身，终至出现了今天看到的这一套书。

吃水不忘挖井人，这套书的出版得到了化隆县多位领导在资金等方面的大力支持，这是化隆县在推动全省文学事业建设中做出的贡献。对于每一个作者来说，这属于大恩，大恩不言谢，各位自当永远铭记在心。

各位朋友，虽然如此，我们依旧十分清醒，青海回族文学创作的整体水平与全省兄弟民族和兄弟省的回族作家相比，依旧有很大差距。但是，我们不能忘记的是，在青海回族文学的地平线上，曾经有那么多关注和期待我们的热切目光。正是由于他们的关注、激励、滋养，我们今天才能相聚在一起，分享喜悦。

众所周知，文学是很个人化的事业，作家的培养不同于其他人才的培养，但是，在一个没有写作传统，在一片并没有引起写作潮流的地方，一次培训、一套丛书、一块版面对于初涉写作的作者来说，犹如护花的春泥。让我感动的是，为了激励大家，《青海湖》杂志加班加点，推出了这一期《青海回族作者专辑》，领导和编辑们在其中的支持和关怀，我们亦当永远铭记。

各位朋友，为了这次会议，省内各位专家、文学界的朋友以及来自《兰州晨报》的编辑赛炳文、《民族文学》的编辑石彦伟、宁夏大学的博士苏涛等批评家千里祝贺，成人之美，我在此也表示深深的感谢！

各位领导，今天，我的感激就像身边的黄河水一样在心中澎湃，我难以尽言对每一个人的感谢。

最后，我在此还想特别强调对省作协副主席、化隆县文联主席李成虎先生的感谢。为了这套丛书的顺利出版以及今天这个会议的召开，几年来，在马有义主席、梅卓主席的指导下，他殚精竭虑、不辞辛苦、任劳任怨、上下奔波、跑前跑后，带领着他的团队，一会儿是在出版社，一会儿是在印刷厂，直至这次会议召开，几乎一直在全负荷工作。他对于回族文学事业的贡献，他对于回族文化建设的满腔热血，让我感动和感激！

这样的文学楷模还有很多，感谢之言难尽胸臆。再次感谢各位领导、各位专家、各位同仁，让我们以自己今后的不断进步以及创作实绩来回报诸位的关怀！

难得的笔墨

——《托茂人文化研究协会大事记》序

民间有谚“好记性不如烂笔头”。对此，一直不以为意，只当耳边风听过，并没有详加消化和斟酌。直至 2015 年拍摄青海抗日骑兵师八千河湟子弟进入中原大地的历史文献纪录片时，我才感觉到了这句谚语的斤两，方觉在重要历史的当口，哪怕是一句话的记录对于未来都具有四两拨千斤的珍贵价值。

为了拍好这部纪录片，当时，我花了大约半年时间泡图书馆、走档案室，循着哪怕是一星半点的线索，在民间奔寻、落实，其间没少动用各种关系，可谓不辞辛苦。可是，让我欲哭无泪的是，这么一件重大的历史事件却没有多少相对珍贵的资料。

八千骑兵，历时八年，多个民族，转战多省，牺牲惨重，英勇无畏，吓得日本指挥官冈村宁次都把他们写进了个人日记，表达出了少有的愤恨和咬牙切齿。可是，我们自己的记录，无论是文字还是图片，却少得可怜。

无奈，摄制组分头深入青海、甘肃、宁夏、陕西、河南、安徽等地寻找民间记忆，完成了这次“史料抢救”工作。片子播出后，摄制组的人连连感叹：好在还有一些民间记忆，再过二十年，假如这些人都走了，这一段历史的空白就没有人可填补了。

细做梳理，对于过去的历史，未得记录的遗憾总是那么多。

当年，多少西路军战士就在我们身边，与我们朝夕相处，我们却熟视无睹，不曾走近，也没有记录的意识。而今，当我们真想就他们写点带着温度的文字时，早就为时已晚了。他们一个个已作古，不等我们记录啊！

作为农民的儿子，我在小时候没少赶着马牛组合拉着碌碡碾麦子，可今天想拿着摄像机再拍一个这样的画面几乎已经成为一种奢望。

时间倏忽而过，在不经意间，许多珍贵的东西早已离我们而去。“逝者如斯夫”，孔夫子感叹的何止是时间！

正是因为有了这样一番认识，我看到马生彪汇总的托茂人文化研究协会成立的有关文字、图片资料之后，就感觉到了其珍贵的价值。虽然生彪兄一再谦虚地说个人文字功夫有限，羞于拿出，但我觉得其笔墨的价值早已不在于文字的华丽，而在于其对一个重要事件和时间段的把握和记录的精准。

我对他说，1895 年的河湟事变和 1958 年的迁徙中，托茂人假如有你这样的一支笔记录当时的情景和细节，那肯定价值千金。再往前说，假如托茂人中哪怕有一个人记下了先民们从中亚迁徙到祁连山的大概时间段，那对于西北民族融合和迁徙的历史来说是多么珍贵的资料啊！

我真不知先民们是不屑一记，还是没有余裕来做这件工作，或者是遭逢了不让记录的重大阻碍。现今一切都无法猜测，但这对于历史和后人来说终归是个巨大的遗憾。忘记意味着背叛，其中蕴含的道理值得我们长久反思与回味。

作为穆斯林，我们认同“以真理相劝，以忍耐互勉”的训谕，但我们拿什么资料履行自己这一天命？我认为，历史是一面镜子，过去是一曲很好的华尔兹，每一行有着端庄含意的文字都值得我们珍惜。

生逢盛世，作为托茂人的后生，以文明主人的身份记录下这两千多人的小小族群在短时间内迈出的关键一步，这是难得的开端和非常重要的历史一页。

我认为，在未来的历史长河中，它一定会闪现出更加璀璨夺目的光彩。

2020 年 12 月 5 日初稿
2020 年 12 月 16 日改定

远在天际的一角星空
——《海东民间文学卷》序

接到海东文联马英健主席的电话时，我正在翻看刚刚买回的几本书：《叔本华静心课》《心灵的平和之美》《宁静无价》《慢生活 慢美好》。从哪一本开始读呢？目光散漫，心境忐忑，时机难以适恰。

刚刚打开的网页还没来得及看，手机却响了起来；刚回完信息，有人敲门进了办公室。本来咬定牙要写完的一篇文章，却因一个需要捧场的会议而作罢。铺天盖地的信息，没完没了的事务，人有一种被裹挟着前行的感觉。

为此，未经思考，没有丝毫谦虚和推托，我就一口答应阅读《海东民间文学卷》，并乐于为之作序。因为，这是河湟大地曾经的心跳，也是这一片大地在各族人民心中的投影，其中的文字和故事犹带着泥土的芳香，其味道最能让人获得宁静，何乐而不为？

另外一个原因是，海东正在城镇化道路上大踏步迈进，曾经的河湟谷地马上将是另外一副面孔。在这个节骨眼上，有幸品味和回望这一地区先民们的乡愁和心灵家园，则别有滋味在心头。

就这样，一头沉入海东民间文学作品之中，有幸看到了海东最为生动的一页以及其冰山一角背后的博大。

海东是青海省人口最集中的地方，也是文化积累最为丰厚的地区。早在四千多年前，这里就有人类繁衍生息，创造了灿烂而辉煌的古代文明。被称作“东方庞贝”的古城喇家遗址，是截至今天在中国发掘的唯一一处大型灾难遗址，在其东区F20号房址出土的一碗面条状遗物，被认为是人类最早的“面条”。乐都柳湾遗址是我国黄河上游最大的原始社会晚期氏族社会公共墓地。考古人员在这里前后发掘出一千七百三十座墓葬，出土文物近四万件，其中彩陶就有两万余件，因此，这里赢得了“彩陶王国”的美誉。

海东是一片包容的大地，凡在中原大地上流行过、在今天几乎消失了的东西，依旧出其不意地保留在这里淳朴的民风和春节的社火之中。藏传佛教东行的过程中，曾经在这里打下非常深刻的烙印，至今还非常深刻地影响着整个中国乃至世界佛教的格局。在这里的回族、撒拉族聚居的村镇和街区，伊斯兰教早已成为人们生活的重要组成部分。

然而，海东这么丰厚的积淀，却“养在深闺人未识”，至今依然缺乏系统深入的挖掘和整理。在一些仁人志士的推动下，虽然间或出了一些书，发行了一些DVD，却因表述的不到位或不生动而力虚气短，在全省乃至全国没有形成与文化厚土相匹配的影响力与知名度。面对如此短板，《海东民间文学卷》就不啻远在天际的一角星空，成为奠基海东文化大厦不可或缺的一砖一瓦。

民间文学是一切文学和文化的母本之一。钦吉斯·艾特玛托夫曾经借由民间故事和民间文艺的滋养丰富了苏联文学的内涵，刷新了人们对于民间文学的认识，由此托举起吉尔吉斯斯坦文学的火炬，为文学表达寻找到了一个很好的突破口。不论是其早期的中短篇小说，还是后来的长篇小说《布兰雷小站》《断头台》等，均以民间故事刻画人物心理、塑造人物形象，这使作品的底色、品位以及内涵显得更加丰富多彩。

民间文学是沉淀在老百姓内心深处的冰山一角，它曾是治理一方人心和秩序的最有效的工具，曾深深地影响着人们的思维方式、指导着人们的行为习惯。在信息闭塞、读物缺乏、人们普遍不识字的时代，它一度是人们打发寂寞时光、进行深度交流的工具。在无数个乡村孩子渴望成长、一腔好奇的夜晚，它是遥远天际的一颗亮星，或者是偏僻荒原上的一团篝火，照亮和丰富了孩子们的内心世界。

民间文学的传播史与人类历史一样久远。难能可贵的是，在其传播的过程中，一代代人不断补充、不断翻新，融入了时人的理解和时代的气息。因而，民间文学既是共性的，也是个性的。而海东民间文学，曾经是照亮这一地区人们心灵的遥远星光，被打上河湟先民特有的心灵烙印。读着像先民们一样淳朴的民间故事，我如同看到母亲在油灯下一边纳鞋底一边为孩子们讲故事的场景。品味着收录其中的文学作品，我如同摸到了河湟正月里在鼓声中起伏的心跳。这一切是铺天盖地的海量信息永远湮没不了的心灵高地，至今依然是海东各族人民的精神食粮，也是他们走遍大地而最不能忘怀的深刻乡愁。

海东是古丝绸之路和唐蕃古道的必经之地，海东是青海的东大门。春江水暖，海东先知，海东的城镇化和现代化势不可挡。在海东前行的道路上，我愿一册《海东民间文学卷》犹如远在天际的一角星空、大海彼岸的一座灯塔，照亮海东，成为海东人心灵永远的平安驿，成为每一个现代读者恒久的静心课。

2015 年 5 月 6 日

北川河畔的修行足迹

——马云龙散文集书序

马云龙生活在一个人一旦有丝毫的不本分和越位之举就会被责骂为“戏儿”的小地方，这使他的文学天生就带上了一副沉重的脚镣。更何况，工科出身的他从事的是基层行政工作、党务工作，他之从事文学创作的道路走得一定比别人的更加不易。

持此判断不是空穴来风，因为我深知行政思维和文学思维不是一条道上的两个村庄，不像他下乡调研那么顺车顺路，有时还得不断翻越横隔其中的很多山脉。就我所知，公文写作，无论是一份工作报告，还是一份文件，所讲究的是四平八稳、多方平衡，甚至不排除沿袭下来的套话；而一篇散文怎么容得下一句言不由衷的话、一番不着边际的车轱辘话呢？因此，很多原本很有文学才华的人在从事行政工作之后，断然告别了文学，或者，决然辞去了行政工作而一心一意地从事文学创作。

可是，作为农民的儿子，云龙哪有这么多的选择？但即使这样，参加工作之后，他还是没有丢弃文学，在行政工作和文学爱好之间很快找到了平衡点，并坚持了几十年。行政工作让他深入基层，近距离地感受到了生活的质感，也为他提供了丰富的文学素材。而文学让他深深地爱上了脚下的这一片土地，并产生了做好各项工作的精神动力。特别是在工作遇到瓶颈、思想遇到困惑的时刻，文学不止一次地让他摆脱了烦恼与庸俗，使他及时找到一种观照一切的宏大坐标以及拯救的视野。文学之于他早已成为精神的修行和人生的航标。

尤为可贵的是，文学一度是他们一家人团聚休闲时刻不可或缺的精神大餐。云龙的夫人也是一个文学爱好者，只要有时间，她就会开卷展读；在忙碌的行政工作之余，始终保持着与省内外文学界的密切联系、交流，思想上总是与文学形影不离。正是这样一种难得的家庭氛围，让他们不止一次地携手下乡，深入生活，自觉不自觉地练就了一套扎实的文学童子功，并积累出了这一本书稿。

书中许多篇章都是我读过的，再读，依旧有一种亲切感。特别是他关于茶的一组文章，让我感觉到边塞诗中的粗犷以及青海人独有的婉约。在中国茶文化的版图上，他写到的是几种非常另类的喝法，却是茶文化不可或缺的重要内容，其中包含着青海人的精神世界。

以小寓大，见微知著，边塞文化以及文明边缘的生存实景让云龙的脚步不断延伸，视野不断拓展，文字之中有一种淡淡的乡野味和辽阔感。能够让自己的文字有一种与生俱来的味道，就像大通人家曾经拥有的把儿煤的味道一样，能够把人带入一种情景，这是文字的高标。云龙似乎已经有了这样的自觉。我愿他熬茶的味道借着这样朴实的文字成为中国乡土文学中的重要一景。

云龙这本书的价值还在于他通过散文记录下了他这一代回族学子的心灵史。从乡村到城市，从扶贫现场到现代化都市，脚步的反差，思想的反差，可以说是前所未有的。从母亲的菜畦到中东的迪拜，现实很魔幻，变化之快远胜磨轮，河东河西，不再以三十年为一个周期，我们今天经历的一切看似随意却很珍贵。在这样的时代背景下，对没有书写传统的回族后生来说，能够见证这一切，并把它诉于笔端，以自己的方式呈现自己的思考，这是一种文化自觉，更是一种赤子情怀。

多年之后，当我们蓦然回首，想象这个时代，了解这个时代的大通回族文学现状时，总不能是一片空白吧。一个民族的前行，总不能没有文明主人的记载和发言吧。正是从这个意义上说，云龙这本书不只是他自己的文学答卷，更是一个民族在某一时期的特殊背影。

在文学的道路上，云龙属于游击队员，不是正规军，但他以及他这样的一批人的参与却使文学百花园中展现出了专业作家难以企及的生活质感和多维视野。而这正是文学的希望所在、后劲所在。我愿以“N维空间”为微信号的云龙在文学的原野里借助他的多维修行爆发出更大的后劲。

2020年2月1日

《循化“许乎”文化的民间记忆》后记

大美青海，不只山川，亦在人心。

关于人和水土的关系，真的难分彼此。对此，我在写作这本小书的过程中几乎天天感知，时时印证。有时，甚至觉得人与水土互为镜像，相互滋润，这才使一地风物更加壮美，一地人心更加辽阔博大。

就说循化，假如没有以撒拉族为主的十几万各族人民美好心灵的呵护与装点，它不过是青藏高原和黄土高原交接地带的一隅荒原，顿失今日之无限魅力和博大神奇；同样，假如没有这一片壮美大地的映衬与滋润，这里生活着的各族人民亦不过是不加边框的相册，一下子就会失去我说不清楚的诸多涵养与个性。

山高人为峰，人与山川从来都是相互影响、相互成全的，是谁也离不开谁的，更何况，人与人之间，一个民族与另一个民族之间。循化各族人民深知这个道理，于是，把许乎文化一代代传承到了今天，把与人打交道的艺术自觉不自觉地表现在自己的日常行为之中。

许乎文化是流淌在他们血液之中的对于他者文明的全然包容与关怀，也是对于自己抬头不见低头见的他族邻居的一份担当与照顾，具有很高的精神价值，在今天的民族团结进步教育中是弥足珍贵的教材。

受循化县民族团结进步创建办的委托，走遍循化，捡拾许乎文化的民间记忆，是我的幸运。我很珍惜这个机会，并将此作为生命的功课和担当，在欣赏中完成了这一神圣而光荣的任务。但是，许乎文化根深叶茂，博大精深，而我触碰到的只是一些皮毛，或者说只是冰山一角。但愿我这一角“烂砖”能引来碧玉无数，使许乎文化像水中涟漪一样由循化而全省、全国，成为我们与人相处的重要人文坐标。

本书在写作整理过程中，得到了循化县委县政府诸多领导的关心和大力支持。让我感动的是，韩兴斌县长百忙之中拨冗作序，让本书增色不少；桑吉部长、韩庆功副部长、王国长主任等自始至终都在帮助我，在一年多的光景中，在指导、策划本书的同时，帮助我排除采访过程中遇到的诸多困难，并亲自审阅稿件，提出具体的修改意见，减少了本书很多错误。与他们一样，循化县还有许多已经退休和尚未退休的干部、群众帮助我走乡串户，付出了很多心血。对于他们的参与和帮助，我在正文中已有言及，不再赘述，但感谢依旧。

本书在出版过程中，得到了青海人民出版社副总编辑戴发旺先生、责任编辑李兵兵等的大力支持，在此深表感谢！

2019 年 4 月 9 日

后　记

最后一茬庄稼

积习成俗，积时成果。

面对这本书，我想起了1996年晚秋那一堆金灿灿隆起在故乡麦场中心的麦子，以及帮忙的邻居们渐渐稀落下来的挥动木锨的声音。

那时，我知道，一茬庄稼就这样稳稳地成为我们一家人不止一年的万里长城了。我们那儿的老人们惯说：“有了屁股好挨打，有了粮食心不慌。”麦子对于一个农家的价值恐怕还不只长城一角和这些蹩脚的比喻。船到码头，河临海口。当麦粒从重重包裹和遮盖着的麦壳中现身露面的那一刻，麦色映亮了父亲额头上的汗珠，同时接通了我蓄积已久的泪水。面对这一大堆三千多斤，甚或四千斤的麦子，我转过身，偷偷地哭了。

这可不是一般的麦子，它是我父亲的庄稼人生涯中最后一次丰收。在父亲的心目中，这不只是喜悦，更是一次前所未有的耕作记录。我们一袋袋地往家里背麦子，背了将近大半夜。不仅装满了四个木柜，还装满了一个靠墙的土仓。我如今不能精确地估算出它共有多少斤，但敢肯定的是，其总量绝对超过父母在生产队里奋战将近三十年分得的小麦的一半。

这是母亲去世后我们迎来的第一个丰收。它越是丰收，我心里越是沉重、难过。一则是母亲已经不能再分享我们的喜悦了，二则这恐将是我们的未来时日中最后一茬庄稼了。因为，那时我任中学校长，工作越来越忙，分身乏术，甚至有点身不由己，三个孩子早就在小镇上学了，家中只余父亲一人在孤守、操持庄稼。

面对生活的七零八碎，腰断腿折，我不得不悄悄决定：在收了这一茬庄稼之后，带父亲离开村庄，从此把土地包给别人。在此之前，我曾向父亲透露过这个想法和心思。就在那一天，我从他的眼神和气色里感觉到了他的万般无奈和无限伤感。庄稼人都不种庄稼了，这对他来说是多大的打击啊？但世间万物总难两全，他都七十多岁了，我们不得不牺牲他的坚持，不能不动摇我们世世代代的农家根基。

农家的根基有多深？

告别家园时，尽管我们面对着的只是几间破屋，没有多少值钱的东西可变钱带走，可父亲犹恋恋不舍地在庄廓院里走了又走，一遍遍抚摸着那些留着岁月痕迹的旧家具和墙壁，一再殷殷嘱托我，无论如何，哪怕未来风光至极，也不能背叛了这家园以及存放着备用的这些粮食。就这样，我们去了县城，而麦子依旧在乡下为我们守家。可是，没几年，它们就遭逢鼠害霉烂，无法再保存了。没办法，我们只好廉价卖掉这一家人可以吃三五年的口粮，换取了一千多元现金，腾空了木柜和土仓。

一千多元钱。

当晚，我沾了唾沫一张一张点着数给父亲。父亲却把手藏到身后接都不接，说："你该咋办就咋办。"如此推来搡去，就像是面对一团火，谁都不想把它攥在手里、揣在怀里。在小镇上租下的屋子的客厅里，我们俩为之尴尬了许久。

如今想来，当时，我不敢占为己有是因为这是父亲最后一茬庄稼的收益，其中包含了他带着我们一家人在土地上辛苦劳作不止一年的大量汗水，这是金钱无法衡量的。而父亲不愿坦然接受的原因是，我们一家人离开土地后的吃穿用度都得花钱，我进城后面临的最大问题是买房。

可是，我们俩心里都很清楚，一千多元钱，按照当时的物价，连两平方米的房子都买不下来。所以，那个晚上，面对这点钱，我们俩都遭受了一次深深的伤害与侮辱。难道城乡差别就是如此残酷无情？是谁在撕裂我们曾经的价值与尊严？

不说了。将近三十年的岁月，弹指一过，克服各种困难，经受万般考验之后，我早就变成了两栖动物，可以从容适应农村和城市的不同生活方式了，对二者的本质也有了更为理智和清醒的认知。

如今，人近花甲，从小镇到省城，总结这些年人在城里的生活时，我陷入了当年离开故乡时的那种心境，自然而然地再次想到了父亲的最后一茬庄稼和那让我们一度失去了价值判断的一千多元钱。

一千多元钱。它到底是多，还是少呢？

如今，与之可比的也只有电脑中储存的这些文字了。它们之于我是这些年行走高原大地的“副产品”，或者说是我工作之外的自留地作物，大多在报刊或平台上已经露过面，一如我曾经侍弄过的那些麦穗，亦曾在广大的田野里迎风摇曳，有过一次生命。但在浩如烟海的当代文学丛林中，它们不就是我曾经卖了的麦子和卖了麦子获取的那一千多元现金吗？

文字，庄稼，原来如此形影难离，互为彼岸。

三十年河西，如今站在城市的枝头，注视着这些记录下我生命印迹的文字，仿佛面对着当年堆在霞光里的那一大堆麦子。细细地端详着它们，我如嗅到了故乡田野的味道，看到了父亲额头上那粒粒滑落的汗珠。正是这些汗珠，像太阳和星星般挂在我的心空，让我走不出命定的轮回，在进城多年后依旧忘不了风雨无阻地耕耘、朝夕不辍地吟咏与回望。

现在，终于有余裕把这包含着一己汗水、透着麦香的文字不计成色地献给父母，献给父老乡亲了，对我来说，还有比这更为珍贵的表达方式吗？

我的眼眶里再次涌满了泪水。

本书在出版过程中得到了广西师范大学出版社文艺分社社长罗财勇的扶掖与鼎力支持。我亦师亦友的兄长张承志老师赐序的同时一直关心着它的早日面世。与此同时，曾经深深地影响过我的思想和文字，并直接或间接地助我不断进步的名师鲍鹏山、谢有顺、赵瑜等老师礼贤下士，不吝举荐，让我至获荣光。责编朱筱婷一丝不苟，精心雕琢，其专业精神让本书从内容到形式都获得了档次上的跃升。当然，还有那些我不能一一点名的朋友和师长，他们的厚道和友谊使我想起了曾经在麦场上帮我一锨锨把麦子从麦壳里分离出来的那些额头上沾满了汗水和草屑的长者以及邻居。

只一个“谢”字哪里表达得尽我此刻的心意？

2024 年 5 月 30 日于西宁